【关中枭雄系列】

贺绪林◎著

兔儿岭

陕西出版传媒集团
太白文艺出版社

图书在版编目（CIP）数据

兔儿岭 / 贺绪林著. — 西安 ：太白文艺出版社，2015.1
（关中枭雄系列）
ISBN 978-7-5513-0770-3

Ⅰ. ①兔… Ⅱ. ①贺… Ⅲ. ①长篇小说—中国—当代
Ⅳ. ①I247.5

中国版本图书馆CIP数据核字（2014）第280398号

兔儿岭

作　　者　贺绪林
责任编辑　王大伟　荆红娟　李　丹
封面设计　朵　云
版式设计　前　程
出版发行　陕西出版传媒集团
　　　　　太白文艺出版社
　　　　　（西安北大街147号 710003）
　　　　　太白文艺出版社发行：029-87277748
　　　　　tbwytougao@163.com
经　　销　新华书店
印　　刷　陕西博文印务有限责任公司
开　　本　880mm×1230mm　1/32
字　　数　300千字
印　　张　12.5
版　　次　2015年6月第1版 第1次印刷
书　　号　ISBN 978-7-5513-0770-3
定　　价　29.80元

序

“关中枭雄”系列长篇迄今我写了五部，依次是——《兔儿岭》《马家寨》《卧牛岗》《最后的女匪》《野滩镇》。

第一部是1994年动笔写的，1995年8月份完稿，交给了一个书商，没想到被他弄丢了。沮丧的个中滋味只有自己知道，幸亏我的承受力还可以，没有崩溃，重整旗鼓，花了三四个月时间重新写出。2002年人民文学出版社出版了这部作品，书名《昨夜风雨》。等待出版期间被西安华人影视公司改编为三十集电视连续剧《关中匪事》（又名《关中往事》），在全国热播，广获反响。片头曲“他大舅他二舅都是他舅，高桌子低板凳都是木头……”唱红了大江南北。这是我始料不及的，也给了我极大的鞭策和鼓励。

随后一鼓作气写了《马家寨》和《卧牛岗》。2005年年初，太白文艺出版社把这两部作品连同《昨夜风雨》（更名为《兔儿岭》）一并隆重推出，产生了一定的影响。

2006年完成了《最后的女匪》，由北京文化艺术出版社推出。

2008年完成了《野滩镇》，此作被列入陕西省重大文化精品项目——西风烈·陕西百名作家集体出征，2010年由太白文艺出版社出版。

“关中枭雄”系列小说讲述的都是关中匪事。陕西关中闹匪是20世纪50年代以前的事了,我出生于20世纪50年代之后,从没见过土匪,书中的故事都是听来的。土匪的首领几乎都是世之枭雄,不乏智勇杰出的人物,譬如书中的刘十三、马天寿、秦双喜、郭鷂子、彭大锤……他们称得上真正的关中汉子,之所以为匪,并非他们所愿,是有其社会根源的。

我的故乡在陕西关中杨陵。杨陵,曾是农神后稷教民稼穑之地,现在发展成为国家唯一的农业高新技术产业示范区,便改“陵”为“凌”,意在高翔。根据这五部书之一《兔儿岭》改编的电视剧《关中匪事》在全国各地电视台热播后,常有人问我,这块圣地怎么会出土匪呢?甚至有人怀疑我在瞎编。这些朋友对杨凌的历史只知其一,不知其二。杨凌位于关中西部,南濒渭水,北依莽原,西带长川,东控平原,原本是富饶之地。民国十八年(1929年),关中地区遭了前所未有的大年馑,旱灾、蝗虫加瘟疫,死人过大半,十室九空,富饶之乡变成了荒僻之壤,土地也变得荒芜贫瘠,很难养人。有道是:“饭饱生余事,饥寒生盗贼。”此话不谬。贫瘠的土地长不出好庄稼,却盛产土匪,当然,书中涉及的地域不仅仅局限在今杨凌,而是包括整个关中西府的黄土地。

还有人以为我是土匪的后代。在这里我郑重声明:我家祖祖辈辈都是纯朴忠厚的良民,以农为本,种田为生,从没有人干过杀人放火抢劫的勾当;而且我家曾数次遭土匪抢劫,我的父亲和伯父都是血性硬汉,舍命跟土匪拼争过。那一年父亲和伯父因家务事吵了架,分开另过,土匪趁机而入,经过父亲住的门房时,土匪头子对几个匪卒说:“这家伙是个冷娃,把他看紧点!”随后直奔伯父住的后院,响动声惊醒了伯父,一家人赶紧下了窨子,伯父手执谷杈守在门口，撂倒了一个匪卒，随后跳下了窨子。至今许多老人跟我讲起往事，都对父亲兄弟俩赞不绝口，说他们兄弟俩是真汉子。

然而，我的家族中确实有人当过土匪，让乡亲们唾骂不已，这也让我心怀内疚感到难堪。有句俗话说：“养女不笑嫁汉的，养儿不笑做贼的。”虽是俚语，却很有哲理。谁都希望自己的儿女成龙成凤，可谁又能保住自己的儿女不去做贼为匪，不去偷情养汉？家乡一带向来民风剽悍，几乎每个村寨都有为匪之人，都流传着关于土匪的传奇故事。追根溯源，这些为匪者或好吃懒做，或秉性使然，或贫困所迫，或逼上梁山……尽管他们出身不同，性情各异，可在人们的眼里他们都不是良善之辈。我无意为他们树碑立传，只是想再现一下历史，让后来者知道我们的历史中曾有过这么一页。

“关中枭雄”系列小说迄今写了五部，不管哪一部，您看过三页还觉得不能吸引眼球的话，就把书扔了吧，免得耽搁您的时间。

这不是广告词，是心里话。

好了，不啰嗦了，您看书吧。

贺绪林

2014 年中秋

第一章

罗玉璋的性命毁在了一根驴鞭上。事过多年,许多知情人回忆起这件往事,都一致这样评说。

那是一个春光明媚的日子,永平镇商会会长徐云卿在迎宾楼宴请罗玉璋。迎宾楼是徐家开设的,位于镇中央,是永平镇最豪华高档的饭馆兼旅馆。筵席十分丰盛,不过罗玉璋近几年吃过如此丰盛的筵席无数,并没吃出什么特别来。宴请接近尾声,跑堂的端上一个冷盘菜。徐云卿躬身给罗玉璋布菜,笑容可掬地说道:“罗团长,尝尝这道菜味道怎么样。”

罗玉璋夹起一片酱红色的肉片扔进阔嘴,细细咀嚼。第一个感觉是筋道,第二个感觉是肉细,越嚼越香,便说了声:“嫽!”

这时坐在侧位的永平镇镇长杨玉坤笑着说:“罗团长能说出这道菜的名吗?”

这一问,罗玉璋便仔细看那菜。徐云卿笑道:“罗团长吃过的美味佳肴无数,这道菜还能难住罗团长?”

罗玉璋摇头:“云卿兄错了,还真把我考住了。不知此菜叫啥名?”

杨玉坤笑答:“金钱肉。”

“金钱肉？不是罗某在二位老兄面前夸口，这几年也见了些场面，还真的没吃过这道菜。”

杨玉坤笑脸盈盈，夹起一片肉片，举到齐眉高：“罗团长，你看像不像铜钱？”

罗玉璋再仔细看，果然似铜钱。肉呈酱红色，铜钱一般大小，中间有筷头粗的圆眼。

杨玉坤又笑问一句：“罗团长，你尝得出是什么肉吗？”

罗玉璋夹起一片塞进阔嘴，细细品尝，半晌，说：“狗肉？”随即又摇头否定，“不对，也不像是马肉……嗯，驴肉，是驴肉。”

徐、杨二人一齐笑赞道：“罗团长可知道这是驴身上的什么东西？”

罗玉璋用筷头挑在金钱肉的圆眼里，举在眼前细看，顿时醒悟，哈哈大笑：“原来是驴鞭！二位老兄真能打马虎眼，驴鞭就是驴鞭，硬说成是啥‘金钱肉’。罗某今儿差点栽在了你们手里。哈哈哈……”仰面一阵大笑。

徐、杨二人也陪着大笑一阵。

罗玉璋一筷头夹起一摞肉片塞进嘴，一阵猛嚼，随后端起酒杯，一饮而尽，随手抹了一把沾在唇髭上的酒珠，笑道：“谢谢二位，用这么好的东西招待我。”

杨玉坤说：“君子不掠人之美。罗团长不用谢我，这全是徐会长的一片美意。徐会长有头叫驴，是心爱之物。有人出五百银圆要买，他也没舍得出手。今儿给罗团长接风洗尘，他忍痛割爱，把它杀了。”

罗玉璋有点不相信：“一头驴能值五百银圆？我那匹赤兔胭脂马也不过值四百五。”

杨玉坤说："驴跟驴可不一样。罗团长，你要见了那头叫驴保准也会喜欢的。那驴长绝了，方圆数百里不一定找得到，浑身乌黑如炭，油亮如缎，没一根杂毛。可那四个蹄子是白的，洁如白棉，名曰：雪里站。真是千里挑一，万里挑一。走手更好，骑上它不觉得是在驴背上，而像是驾着云在空中飘。百八十里路，半晌的工夫就到。"

罗玉璋心里一震，望着徐云卿。

徐云卿冲罗玉璋一拱手："罗团长，永平小镇地处偏僻，穷山恶水，实在拿不出啥好东西为你接风洗尘。再则，罗团长官居要职，住在县城，啥样的东西没吃过？徐某献出爱物，理所当然，略表寸心而已。"

罗玉璋有点感动了。起初他还盛气凌人，此刻便谦恭起来，抱拳还礼："云卿兄如此盛情款待，小弟受之有愧。"

徐云卿急忙摇手："罗团长千万莫要这么说。偏野小镇，常有土匪出没骚扰，以致民不聊生。往后还需仰仗借重罗团长的声威，剿灭匪患，徐某就感激不尽了。"

话说到这里，罗玉璋完全明白了徐云卿的用心所在。徐家三代经商，在徐云卿手里已经很有了一些资产。永平镇的多半条街的铺面作坊都姓徐，而且县城和岐凤府都有徐家的店铺门面。别说在永平镇徐云卿是头面人物，就是在西秦县徐家也是数一数二的富户。在岐凤专署、西安省城，徐云卿都有能说上话的人。可土匪却不买他的账，专吃他这样的流油大户。徐家的铺面作坊多次遭抢，却抓不住个匪毛。为此，徐云卿大伤脑筋。上次负责永平镇治安的是县保安团的第五中队，中队长吴清水是个很刁钻的角色，精屁子过河屁渠子都要夹点水。为保家保业，徐云卿在吴清水身上花了不少银圆和烟土,却屁事没顶。平心而论,也不是吴清水不尽力,实在是土匪头子刘十三胜他一筹。他不但没剿掉刘十三,反而让刘十三抢走了他的小老婆做了压寨夫人。这实在是给保安团丢脸!要不是吴清水是罗玉璋的表弟,罗玉璋就一枪崩了他。罗玉璋只是一巴掌扇掉了吴清水的两颗门牙,算是出了口心头的窝囊气。

保安团丢脸是小事,徐云卿却坐卧不宁,茶饭难咽。如此下去,徐家的家业还不让土匪抢光尿了!后来还是他的挚友杨玉坤给他出主意,让他去找保安团团长罗玉璋,请罗亲自出马剿灭匪患。徐云卿经商多年,交往颇广,却很少交军界朋友。俗话有"当兵吃粮"一说,在他眼里当兵吃粮的都是些游手好闲不安分守己之徒,特别是保安团那伙团丁,更是些地方上的痞子街楦子,不愿与他们为伍。他跟罗玉璋见过几面,并无深交,但对罗的处世为人素有耳闻,知道此人有些本事,心狠手辣,常会干出一些令人咋舌的事来。杨玉坤出主意让他去请罗,他虽心存顾虑,却也无可选择。他知道杨玉坤和罗玉璋有些交情,就把球踢过去,让杨玉坤出面去请罗玉璋,尽快剿灭刘十三这股土匪。当然,杨玉坤去县城时带了不少银圆和烟土。银圆和烟土自然都是徐家的。罗玉璋虽目中无人,却也知道徐云卿是西秦县出了名的富户,根基不浅,不可得罪,加之看在银圆烟土和杨玉坤的面上。再者,他本来就打算出马围剿刘十三,给保安团捞回点脸面,正好借水放船,落个顺水人情。他当即决定,撤回吴清水的五中队,换上王怀礼的一中队,并亲自前来布防。

杨玉坤给罗玉璋的小碟夹了一筷头金钱肉,笑问道:"罗团长可知道金钱肉咋样烹饪功效最佳?"罗玉璋嘴里塞满了肉,摇了摇大脑袋。

“当真不知道?”

罗玉璋咽下肉,说道:“当真不知道。玉坤兄你给咱说道说道,让我长长见识。”他的兴致空前高涨起来。

杨玉坤饮干一杯酒,笑道:“其实也没啥特别的窍道。先要拉来一匹母马或草驴,把叫驴逗得性起,那驴鞭坚挺而起,这时突出奇手,宰杀叫驴。叫驴将死未死之时,割下驴鞭当即下汤锅功效最佳。倘若不懂窍道,随便杀死叫驴取鞭,久放再入汤锅,那金钱肉啥功效也没有咧。”

罗玉璋将信将疑:“玉坤兄咋知道的这窍道?”

杨玉坤答道:“我的一位表叔是个屠夫,他也懂医术。是他跟我说的。今儿的金钱肉就是依此法烹饪的。”

闻听此言,罗玉璋更有几分感动。他吃喝得面红耳赤,有了几分醉意,朗声说道:“过去常听人说云卿兄待朋友义气慷慨,今儿相交才知此言不虚。云卿兄,你放宽心,这回我一定要叫怀礼提回刘十三的人头来!”

徐云卿斟满一杯酒,双手递给坐在罗玉璋身旁的王怀礼:“怀礼老弟,老朽敬你一杯!”

今儿宴请的贵客除罗玉璋外,还有保安团一中队长王怀礼。王怀礼坐在一侧,和罗玉璋的卫队长郭栓子只是吃肉喝酒,一直没有开言。他是个精灵人,明白啥时候该他说话啥时候不该他说话。此时徐云卿敬酒,他急忙起身接住酒杯:“徐老伯,我和您的大儿子望龙同过学,论理是您的晚辈,您叫我怀礼就行了。”说着,干了那杯酒。

罗玉璋笑道:“怀礼才二十啷当岁,在你面前还是个娃娃。你称他‘老弟’还不折杀了他。叫老侄好了。”

徐云卿笑了:“既然二位都这么说,老朽就以老自居了。怀礼贤侄,往后就仰仗你了。”

王怀礼站起身,朝徐云卿行了个军礼:“徐老伯,怀礼一定竭尽全力剿匪!”

杨玉坤在一旁击拳赞道:“怀礼扎的这个势就够吴清水学上一两年的,不一样,就是不一样啊!我也敬怀礼一杯!”

罗玉璋一拍王怀礼的肩膀:“怀礼可是我的心腹爱将,他的一中队是我的保安团的刀刃子,生铁疙瘩都砍得开!”说罢,哈哈大笑。

徐、杨二人陪着大笑。王怀礼矜持地笑了笑,接过杨玉坤的敬酒一饮而尽。

这桌筵席直吃到红日西坠才撤席。

永平镇,古老的北方乡镇,虽然它早已没有久远朝代的建筑物,可人们总认为它是古老的。

永平镇有两条街,正街几乎全是铺面作坊,后街是居民区。徐家宅院在后街东头。在一片土木结构的青瓦房中徐家门楼鹤立鸡群,气势十分雄伟。磨砖对缝的门楼一砖到顶,黑漆铆钉的大车门,两个青石狮子分卧大门左右,虎踞龙盘,增添了许多气势。高高的四面长墙围着一宅两院。东边的院子是内宅,住着徐云卿一家男女老少和护院的郑二刘四。西边的院子有小花园,有菜地,有安着辘轳的水井,还有车房、牲口棚、伙计屋。内宅的东北、西南角各有一座砖木结构的炮楼,炮楼修建的时间不长,专为躲防土匪。

内宅里有上房、东西厢房、客厅房和门房。门房与客厅房之间、客厅房与上房之间各有一个不大的花园，徐云卿和老伴住在上房，东西厢房分别住着他的两个儿子，门房住着两个护院。客厅房闲置着，来了客人才能派上用场。

罗玉璋和他的一班卫队没去王怀礼的队部住，被徐云卿安排住在了徐家的客厅房。徐云卿自然是巴结讨好罗玉璋，他本想安排罗玉璋他们住在迎宾楼，可罗玉璋说那里太嘈杂，不愿住。其实，罗玉璋心存恐惧，怕刘十三打他的突然袭击。当然这话他说啥也不能说出口。

徐家的客厅房很宽敞，除了宽敞的客厅外，还有四间套房。罗玉璋独住一间，几个贴身马弁住在其他三间。

客房里摆设高雅，家具都是楠木做的，窗明几净，床上的铺盖里外三新。显然，主人是把罗玉璋当贵客来招待的。罗玉璋随手抹了一把明亮如镜的桌面，面露满意之色，心里禁不住又一次感激徐云卿对他的厚望和高看。

今儿酒喝得有点过量，罗玉璋感到有点头晕。他喝了一杯茶，便和衣躺在床上想打个盹，却怎么也不能入睡，只觉得浑身一阵阵难以名状的燥热，一股原始的冲动和欲望在心头升起，而且愈来愈烈。他身体强健，四十刚出头，正在如狼似虎的年龄，平日里性欲就十分旺盛，今儿又吃了那么多的金钱肉，此刻只觉得那个俗物在迅速膨胀勃起。他实在打熬不住，恨声骂了一句，腾地跳下床，大声叫道："栓子！"

卫队长郭栓子应声而来。他没有问干什么，只是用眼睛看着罗玉璋。他这人话少。今儿的筵席上他就没说一句话。

"打盆洗脸水，要凉的！"

郭栓子转身走了，片刻工夫打来了洗脸水。罗玉璋洗了头脸，心静了一阵子。时辰不大身体又燥热起来，比先前更甚。心头的欲火愈燃愈烈，下身铁镢似的竖了起来，用手按也按不倒。他竭力不去想女人，却不能自已，满脑子都是女人的大腿、胸脯和光屁股，怎么赶也赶不走。

这时罗玉璋吃起后悔药来，后悔没有住在迎宾楼。倘若住在迎宾楼，此时就让郭栓子找个窑姐来，一个不行就找两个。他罗玉璋有的是玩女人的钱！

罗玉璋原计划在永平镇住上几天，帮王怀礼安排布置一下防务。如果有可能，他还想主动出击去打刘十三的老窝。可这会儿他想明儿一大早就回县城。他不能让在县城的四房妻妾守空房，而自己在这里受无女人陪伴之苦。

想到这里，罗玉璋的心飞回了县城。四房妻妾中他最宠爱三姨太。三姨太是个大美人，怎么爱也爱不够，却是个病西施，经不起他翻来覆去地折腾。因此他才娶了四姨太。老四相貌虽比老三有点逊色，却有一身白膘肉，肥而不胖，柔若无骨，绵软中透着瓷实，一对白馍馍似的奶子翘翘的，白瓷盆似的屁股丰腴浑圆，真真爱煞人。其实老二也不错，也是个美人坯子，就是时间久了，觉得没味了，不新鲜了。结发妻是个黄脸婆，他已经让她守了好几年空房，可现在想起她来也有许多可人之处……

越想他的几个老婆，罗玉璋越觉得浑身上下不好受，下身膨胀得似乎要爆裂。他觉得自己快要变成一头发情的公猪，一头能撞倒一堵土墙。他起身直奔茅厕，手淫了一阵，泄了一下膨胀的欲火。

此时已是晚上十点多钟，夜风袭来，颇有寒意。罗玉璋却浑身燥热，解衣敞开着胸怀。他实在打熬不住，想喊郭栓子陪他到街上去找妓院。正在张口要喊之时,发绿的眼珠却看到了一道绝妙的风景。

徐家的茅厕在客房的西侧。罗玉璋出了茅厕,目光正对着东厢房。透过几株花树的枝叶,东厢房的灯光射了过来,一个年轻女人的倩影映在金龙锁梅的窗格上,时隐时现。起初,罗玉璋以为自己想女人看花了眼。他定下神来,揉了揉眼睛再看,那女人的身影愈加清晰,仿佛近在眼前。他不能自已地移步过去。没走出几步,身后有人叫了一声:“团长!”

罗玉璋回过目光,是卫队长郭栓子。他不知从哪儿钻了出来,毫无声息地站在他面前。

“团长,那女人是徐会长的大儿媳妇……”剩下的话郭栓子用目光说了。

郭栓子跟随罗玉璋已经七八年了。罗玉璋心里想啥他一瞧就知。罗玉璋除了看上他的好武功好枪法,更看上他这股善解人意的机灵劲儿。他十分宠信郭栓子,不管啥事从不瞒郭栓子。他自知有好色的毛病,也明白色能送命,给自个儿定了一条规矩:兔子不吃窝边草。并再三给郭栓子叮咛过,要郭栓子在紧要关头时提醒提醒他。

一听是徐云卿的儿媳妇,罗玉璋的脚步迟疑了。他掏出一根香烟点燃,竭力平息心头的欲火。一轮明月挂上了树梢,如水的月光泼洒一地。远处有猫在叫春,一声接着一声,凄苦而又迫切,听着使人心烦意乱。忽然,灯光强烈起来,原来那女人挑帘出了屋。隔着花树枝叶,看不清那女人的眉目,但却看得清那女人有着很好的身段。只见柔软的腰肢一拧,一盆水泼在院子,散发着女人的气味,撩拨得人心旌摇曳。

“宁愿花下死，做鬼也风流。”罗玉璋心底闪出这句戏词来，再也按捺不住心头燃烧的欲火，猛一摔烟头，移开了脚步。

“团长!”郭栓子紧撵一步，叫了一声。

罗玉璋摆了一下手，头也没回，大步朝东厢房走去。郭栓子无奈地摇摇头，轻叹一声，隐没在夜色中……

走到房门口，罗玉璋略一迟疑，便伸手去推门。门竟没上闩，闪开一条缝来。女人刚刚沐浴毕，正在梳理秀发，听见门响，转过脸来，有些吃惊，但并没有害怕。

“你是谁?”女人问，一脸的疑惑，上下打量着面前的不速之客。

来人四十出头年纪，四方大脸，下巴刮得精光，唇髭修剪得很整齐，身材魁梧壮实，穿一身皂缎裤褂，敞着怀，白绸衬衣十分耀眼，显然是位有身份的人。

“你是谁?”女人又问一句。

“你是谁?”罗玉璋反问一句，满脸带笑。他深信自己的笑很讨女人喜欢。

女人有些愠怒：“我是这个家的人。你到底是谁?”

罗玉璋依然满脸堆笑：“我是这个家的客人。”

“哦。你到我屋里来做啥?”

罗玉璋笑而不答，微眯着眼睛欣赏灯下的女人。这是个熟透了的女人，刚刚沐浴毕，秀发披在肩上，如一挂黑色瀑布，衬托得脸上的肌肤十分白嫩；杏核眼，一双乌眸，鼻子挺而直，嘴巴稍有点大，嘴唇鲜红丰润，很有诱惑力；身上的衣服却单薄，仅是衬衣，又显得有点窄小，那丰腴的胴体便显山露水地凸凹出来，特别是胸前的一双丰乳，似一对玉兔要挣脱纽扣的束缚探出头来。

罗玉璋顿时感到一种饥饿，狠劲咽了一口唾沫。对于女人，他十分有鉴赏力。眼前这个女人集中了他的三姨太和四姨太的全部优点,真是个尤物啊！他的一双脚不由自主地朝女人靠近,目光变得如同一双贪婪的手把女人的衣服剥得精光,又如同一双温柔的手在澡堂里给女人搓澡。

女人本能地后退一步,双手护住前胸,惊叫道:“你……要干啥!”

罗玉璋止住脚,看着女人,肉里眼里都透出笑来。女人道:“你知道我是谁吗？我是徐云卿徐会长的大儿媳妇!”

罗玉璋笑道:“知道,还知道你男人徐望龙去东洋留学了。”徐家的情况他还是知道一些的,都是听杨玉坤说的。

“那你还不快出去,真个是吃了熊心豹子胆！给你说,我公爹请了保安团的罗玉璋,那可是个杀人不眨眼的魔头!”

罗玉璋想跟这个尤物斗斗嘴皮子,故意说:“谁说罗玉璋是个杀人不眨眼的魔头？他就那么可怕?”

女人说:“你不是本地人吧？我们这里有个顺口溜:兔儿岭的刘十三,保安团的罗蛮蛮,乌龙沟里狼撒欢。狼、刘十三和罗蛮蛮是我们这个地面上的三大恶物。罗蛮蛮就是罗玉璋,蛮蛮是他的小名。”

罗玉璋的眉头禁不住皱了一下:“你一个女人家脚不出户,咋知道的这些事?”

女人说:“罗玉璋那恶物瞎(坏)得出了名,西秦人都拿他吓娃哩,我咋能不知道！我看你这人目光不善,心存不轨。快出去吧,当心被我公爹瞧见,我有心饶你,他可不一定饶你。他跟罗玉璋一说,你的命可就没咧!”

罗玉璋故作不信:“你跟罗玉璋一不沾亲二不带故,为你他能杀人?”

“我是跟罗玉璋不沾亲不带故,可姓罗的跟我公爹相好,我公爹这次请他舍出去了许多银圆烟土,他能不替我公爹出力?”

“这话是你公爹说的吧?”

“这话还用谁给我说? 这是明摆着的理。常言说:‘拿人钱财,替人消灾。’姓罗的是当团长的能不知道这个理?”

“这个理他八成知道吧。”

“那你还不快走! 我看你是个有头有脸有身份的人,也不想坏你的性命。你赶紧走吧!”

罗玉璋狰狞一笑:“你知道我是谁吗?”

“你是谁?”

“我就是你公爹请来的罗玉璋。”

女人怔住了,呆呆地看着面前的男人,如坠五里雾中。

“怎的,我不像罗玉璋?”罗玉璋笑着,伸手捏住女人浑圆的肩膀,“你穿得这么单薄,不冷吗?”

女人醒过神来,想甩开罗玉璋的手,反被罗玉璋拉进了怀中。他说:“这么长的夜,没个男人陪着,你就不心慌吗?”

女人挣扎着:“你咋跟土匪一模一样!”伸手扇了罗玉璋一个耳光。罗玉璋一愣神,女人挣脱了,缩到了屋角。

罗玉璋摸了一下被女人扇过的地方,依然笑着:“好,好,我就喜欢驯不上套的骒马。”说着,朝屋角逼近,一把抓住女人的手腕举到眼前欣赏着,另一只大手摸着女人的手:“真绵软,再打一巴掌吧,让我好好尝尝这滋味。”

女人吓傻了,想抽回手来,可怎么能挣得脱,反被罗玉璋箍在了怀中。女人想要喊叫,那丰润的嘴唇却被男人的大嘴巴堵住了,随即那粗壮的身坯也压了上来……

徐云卿的老婆徐王氏白天吃多了荤腥，半夜闹起了肚子。说来也有点奇怪，徐家三餐顿顿有肉，徐王氏很少因吃荤腥拉肚子。可那一夜闹起了肚子，而且闹得很急，急得徐王氏顾不得穿上长裤，穿着裤衩披上上衣就往茅厕跑。

从茅厕出来，徐王氏瞧见大儿媳喜凤屋里还亮着灯光，隐约听见还有说话声，心中顿生疑窦。这么晚了，是谁在她的屋里？徐王氏想悄没声响地过去在儿媳窗外听听，又觉得当婆婆的光着屁股听儿媳的墙根一来有点龌龊，二来有失体统。可儿子不在家，这个心她不能不操。倘若儿媳真的勾引了野男人，那徐家的脸面就丢尽了。

徐王氏正在迟疑之际，东厢房的屋门悄没声响地开了，一个黑影钻了出来。借着射出的灯光，徐王氏认出那人是姓罗的团长，禁不住打了个寒战，起了一身的鸡皮疙瘩。她赶紧把身子缩成一团，躲在黑暗处。

徐王氏用目光一直把罗玉璋送进了客房，这才心惊肉跳地回到自个儿的住屋。她没有点灯，摸着黑把徐云卿摇醒："他爹，出事啦！"

徐云卿睡意未消，吃了一惊，忽地坐起身："土匪来了？"

"土匪没来。是家里有了偷花的大贼！"徐王氏压低声音，在老汉耳畔把刚才眼里看到的一勺倒一碗地叙说了一遍。

半晌，听不见徐云卿吭声。徐王氏摇了一下老汉："他爹，你灵醒着吗？听见我说的话了吗？"

徐云卿早就灵醒过来，惊得出了一身冷汗，半晌，咬牙切齿地说道："我只当姓罗的真心要帮我剿土匪，没想到他偷花竟然偷到了我徐家！我这是引狼入室啊！”

徐王氏听不明白，问道：“你说的是啥？”

徐云卿叹道：“这都是我自个儿招的祸！我是夹着纸钱往家里惹鬼哩！”

“这可咋办呀？土匪来了抢的只是咱的钱财。这个姓罗的比土匪还要瞎十倍，他揭的是咱徐家的脸皮！这事若要张扬出去，往后你还咋在人前走路呀！”徐王氏长吁短叹。

徐云卿一声不语地起了身，一手捏着水烟袋，一手捏着纸煤，一锅接着一锅地抽烟。徐王氏明白老汉在动心机，便不敢再吭声，呆呆地看着那水烟袋一明一暗地闪亮。两人披衣而坐，一直到天光大亮。

吃罢早饭，徐云卿到客房去见罗玉璋。说了几句闲话，便问道：“罗团长准备几时回县城？”

罗玉璋坐在太师椅上，跷着二郎腿，手指夹着一支大号雪茄，那神情仿佛他是这屋的主人：“过些日子再回不迟。”

徐云卿的脸有点变颜失色，但短短一瞬又恢复了常态：“罗团长不是说县城还有重要公务吗？”

“也没啥大事，我已经派人回去做了安排。”罗玉璋坐直了身子，开玩笑似的说，“咋的，云卿兄要赶我走吗？”

徐云卿强作笑脸，说道：“罗团长说的哪里话。你这个贵客请都请不来，云卿哪能赶你走。”

罗玉璋哈哈大笑：“有云卿兄这句话，罗某就住上半年六个月。”

闻听此言，徐云卿出了一身冷汗。罗玉璋禁住笑，一本正经地说：“永平镇这边我不放心，刘十三这股土匪不除，是我的一块心病，也是云卿兄的一块心病。你说是吗？”

“是呀是呀。”徐云卿嘴里应着，肚里却恨恨地骂道：“好你个狗贼，要把我徐某人的脸皮往完地揭！”

又没话找话地闲扯了几句，徐云卿起身告辞。回到上房。徐王氏急忙迎上去问老汉：“姓罗的几时走？”

“妈的！他就根本没想走！”徐云卿有失常态，恨恨骂了一句，吩咐老婆：“去把成虎给我叫来！”

徐王氏捯着一双小脚慌忙去叫二儿子徐成虎。时辰不大，娘儿俩站在了徐云卿面前。徐云卿从嘴里拔出水烟袋嘴，长叹一声，欲言又止。徐成虎看着父亲的脸色：“爹，有啥事？”

徐云卿示意老伴把屋门闭上，叹口气说：“成虎，咱家出了件不得了的大事！”便把家丑给二儿子说了一遍。徐成虎是火药桶脾气，当即就跳了起来：“日他妈！姓罗的太欺负人，我把他狗日的收拾了去！”

“喊叫啥！”徐云卿呵斥儿子，声音低沉而又严厉，“凭你能收拾了姓罗的？！”

徐王氏在一旁也说：“娃呀，你莫要不知轻重，姓罗的可不是好惹的！”

徐成虎怒气不减，气冲冲地说：“姓罗的骑在咱脖子上拉屎，我可咽不下这口气！”

徐云卿训斥儿子：“你咽不下这口气，我就能咽下这口气？娃呀，这事弄不好麻达就大咧！”

徐成虎有点蔫了，不再咋咋呼呼。经过半夜深思，徐云卿已经冷静下来，一边抽水烟一边说：“如果姓罗的知足，见好就收，我也就哑巴吃黄连咽下了这口气。如果姓罗的吃饱不知道搁碗，那我姓徐的也就不客气了!"

徐王氏和徐成虎瞪大了眼睛看着徐云卿。徐云卿不慌不忙地又装上一袋烟,吸罢,说:"他姓罗的是只老虎,我姓徐的也不是羊羔等着让他来吃!"

徐成虎攥紧了拳头:"爹,你说咋办?"

徐云卿一扬眉毛,说:"收拾姓罗的不能叫你出面。"

"那叫护院的郑二和刘四干?"

徐云卿连连摇头:"成虎,干大事靠的是谋略,不能逞匹夫之勇。你啥时才能跟你哥一样会用脑子想事!这事如果让你或者让郑二刘四去干,干成了姓罗的手下那伙人能不怀疑咱?干不成那就更糟,姓罗的还不把咱徐家连窝端了!"

"那咋办?"

"必须找个跟姓罗的有深仇大恨,又肯替咱徐家出死力的人去干这事。干不成,他不会把咱徐家卖了。干成了,姓罗的手下那伙人也不会怀疑到咱身上。"

徐成虎挠起了后脑勺:"这人上哪达寻去?"

"就是难寻我才叫你来商量的。"

徐云卿又抽起了水烟,徐成虎不住地挠后脑勺,似乎那地方有一大把虱子。徐王氏眨巴着眼睛看看老汉,又看看儿子,一脸的愁容。

好半晌,徐成虎猛一拍大腿:"爹,有人了!"

"谁个?"徐云卿抬眼望着儿子。

徐成虎压低着嗓子,凑到父亲耳边说:"墩子!"

徐云卿沉吟半晌,把水烟袋往八仙桌上猛一蹾,面露喜色,吩咐儿子:"快去请墩子来!"

第二章

墩子的爹李世厚生前曾给徐云卿干过护院的差事。李世厚生得身材魁梧,虎背熊腰,幼年时因家境贫寒出家当过和尚,学了一手好拳脚,还学会了治疗刀伤棒疮的医术,后来耐不住寺院的清苦寂寞,还了俗,徐云卿请他去看家护院。他秉性耿直,忠厚本分,很得徐云卿的赏识。那年河南闹饥荒,过来许多逃难的。徐云卿用二斗麦子从一个老汉手里换来一个姑娘,从中撮合给李世厚做了老婆,第二年便生下了墩子。

有了老婆和孩子,李世厚又在徐家干了三年,手里积攒了点工钱,便在家乡置了几亩地。随后辞了徐家的活,回到家乡李家寨居家过日子。临别之时,李世厚倾金山倒玉柱地跪在徐云卿面前,泣声说道:"我李世厚不是人,对不住你……"

徐云卿急忙双手搀扶起李世厚:"世厚兄弟,莫要这么说。人往高处走,水往低处流。你成家立业、居家过日子是大喜事,也是应该的。我为你高兴啊!"

"掌柜的,往后有用得着我李世厚的地方就言传一声,就是上刀山下油锅我要皱一下眉不是人生父母养的!"

"世厚兄弟,言重了,言重了……"

辞了徐家的活，李世厚想过几天舒心平安的日子。可事与愿违。李世厚有个表弟叫杨豹子，是个不安分守己的角色，生在贫苦农家，却偏偏不愿过清贫日子，纠结了一伙狐朋狗友拉起了杆子，越闹越红火。杨豹子知道表兄拳脚功夫十分了得，又懂医术，多次请表兄入伙，并说只要表兄入伙，他情愿让出头把交椅。李世厚并不动心，说啥也不去入伙。

杨豹子的人马日渐增多，胆子也越来越大。一次竟闯进县城绑了县长姨太太的花票。两天后县长花了一千银圆，虽说赎回了姨太太，可姨太太却给那伙光棍汉当了两天两夜的媳妇。

县长恼羞成怒，严令当时是保安中队长的罗玉璋，带上他的人马一定要剿灭掉这股土匪。

绑县长太太花票的那一仗，杨豹子的左臂挂了彩。杨豹子当天带着侄子小白狼和几个喽啰去找李世厚疗伤。李世厚知道这伙人得罪不起，强赔笑脸相迎。他取出药物等家什为杨豹子疗伤。

疗完伤，李世厚又拿出些膏、散、丸等药物给杨豹子，叮咛他如何服用。他想尽快打发走杨豹子，以免惹出事端。杨豹子却不慌不忙，呷了口茶，说道："表哥，你有这么好的医术，干脆跟我上山算了，我保你吃香的喝辣的。"

李世厚淡淡一笑："哥生就的穷命，挖出黄金变成铜，没那福气。"

这时，院外忽然传来急骤的马蹄声，屋里人都是一惊。杨豹子忽地站起身，右手已掣出枪来。一个喽啰慌忙跑进来报告："豹爷，不好了，罗玉璋的人来咧！"

这些日子，罗玉璋放出的眼线一直盯着杨豹子，他们一行刚出乌龙沟就被罗玉璋的眼线盯上了。得到密报，罗玉璋火速带人赶来包围了李家。

杨豹子喝喊一声:“冲出去!”

可晚了一步,李家已经被保安队围了个水泄不通。只听墙外有人大声喊叫:“杨豹子,你被包围了!缴枪吧,缴了枪留你个全尸!”

杨豹子豹眼圆睁,喊了一声:“冲!”猛地冲到了院中。

外边的枪响了,杨豹子就地打了个滚,躲开了子弹,可他身后的一个喽啰却倒下了。杨豹子红了眼,手中的盒子枪爆豆般地响了起来,趴在墙头的几个团丁应声而倒。墙外传来罗玉璋的叫骂声:“杨豹子,你他妈的死到临头了还敢跟老子作对!机枪准备!”

李世厚赶紧拉着墩子娘儿俩,猫着腰跑到红芋窖跟前,疾声让墩子娘儿俩下去,低声叮咛:“记住,天就是塌了,也不能出来!”

墩子妈说:“他爹,你也下来呀!”

李世厚说:“我要不在,罗玉璋就会把咱家挖地三尺。千万记住,塌了天也不要出来!”

这时,机枪开了火,院门被打成了木渣。一个喽啰跃身上了院墙,却被飞蝗般的子弹打中滚了下来。小白狼情知不妙,喊道:“二爸(二叔),你快走,我来断后!”

杨豹子瞳仁往外喷火:“狗日的罗玉璋是要我的命来的,你快走!”

小白狼不肯走。杨豹子对着侄儿脚地打了一枪。小白狼一怔,呆眼看着叔父。杨豹子怒吼一声:“还不跑!”

小白狼明白了,痛叫了一声:“二爸!”

杨豹子又打一枪,吼道:“跑!”

小白狼哭叫一声:“二爸!”抹了一把泪,翻身跳出后墙。

眼看侄儿逃遁,杨豹子面露狰狞之色,带着几个喽啰企图夺路而逃,可终究寡不敌众,都被乱枪打倒在地。

打过一阵枪后,罗玉璋见里边没有动静,便命令团丁往里冲。他还不放心,命令团丁对着死尸一一补射,唯恐有个出气的。团丁们又在屋里屋外搜了一阵,没有发现什么。忽然,一个团丁发现了红芋窖,疑惑地朝下面张望。躲在柴房的李世厚一直盯着院里的动静。他见那个团丁对红芋窖起了疑心,生怕出了意外,一咬牙走出了柴房。果然,院里的人都被他吸引了过来。罗玉璋来到他面前,阴鸷地一笑:"李世厚,你的胆子能给天做楦子,竟敢窝藏土匪!"

李世厚急忙分辩:"罗队长,我没有窝藏土匪……"

"你没窝藏土匪?杨豹子咋在你家哩?!"

"他们来找我治伤……"

"他们咋不找我治伤?!"

"你不懂医嘛……"

"你狗日的还敢狡辩!你知道窝藏土匪是啥罪吗?与土匪同罪,要砍脑袋!"

"罗队长,我真个没窝藏土匪,你可不能冤枉人……"

"我冤枉你?"罗玉璋用马鞭一指杨豹子的尸首:"铁证如山,我看你是活泼烦了!"

李世厚见罗玉璋如此蛮不讲理,气愤已极,破口大骂:"罗蛮蛮,你个龟子戻,还讲不讲理?"

罗玉璋冷笑一声:"老子今儿来就没想着要讲理。你说我不会看病,这也是实情。我把人看不活,总能把活人看死吧。"说着大吼一声:"把铡刀抬过来,把狗日的给我铡了!"

几个团丁把放在台阶上的铡刀抬了过来，张开铡口，把李世厚强压在铡墩上。铡起铡落，鲜血喷了一院……

上面的响动声，墩子娘儿俩在窨下听得清清的。墩子几次都要往上扑，都被母亲死死抱住。后来上面没了响动声，墩子要上去看看，墩子娘拦住了儿子，她不让儿子去冒险，自个儿爬上了红芋窖。这时太阳当头照着，白花花的阳光令人炫目。墩子娘第一眼看到的是满院狼藉的尸体，随后看到的是已经开始干涸的血水泛着一片红光，再后看到了鲜血染红的铡刀和丈夫的尸体，痛叫了一声："他爹！"就昏了过去。

墩子左等右等不见娘来喊叫他，情急中他壮着胆子爬上了红芋窖。到底是初生之犊，他没有被吓傻，救醒了母亲。娘儿俩抱着李世厚的尸体哭成一团。

忽然，墩子妈听到远处有急促的马蹄声，情知不妙，急忙收住悲泪，让儿子赶紧跑。

原来，罗玉璋在返回的半道上听一个团丁说李世厚有个儿子叫墩子，已经是个半大小伙子。另一个团丁说，李家有个红芋窖，可能藏着啥。当下他警觉了，勒回马头返回李家。他要斩草除根，以免留下后患。

马蹄声由远而近。墩子妈直催儿子快跑。墩子哪里肯跑，墩子妈急了，打了儿子一巴掌："你再不跑，我就碰死在你面前！"说着就要往墙上撞。慌得墩子急忙拦住母亲。他双膝跪倒在母亲面前，叫了声："妈！"泪水流了一脸。

墩子妈拉起儿子，含泪忍悲说："你去永平镇找徐会长，你爹给他家干过护院，那人不错，会帮你的。"又叮咛一句："记住，你爹是罗玉璋用铡刀铡死的,要报仇!"

"妈,要跑咱们一起跑……"

"娃呀,罗蛮蛮那贼㞞抓的就是你,他要斩草除根。你跑了我一个女人家他咋样不了……再耽搁就来不及了,快跑!"

墩子双膝跪倒在地,给母亲磕了个头,抹一把泪水,越墙而逃……

罗玉璋率队再闯墩子家,抓住了墩子妈。罗玉璋横眉竖目逼问墩子妈把墩子藏在哪里,墩子妈一声不吭。罗玉璋命令团丁把玉米秆点着往红芋窨里扔。霎时红芋窨里冒出了滚滚浓烟。墩子妈还是一语不发。罗玉璋当即看出红芋窨里没有藏人,狞笑一声,让团丁把墩子妈吊在院中的古槐树上,逼问道:"说,你把崽娃子藏在了哪达?"

墩子妈破口大骂:"罗蛮蛮,你个贼㞞不得好死!"

罗玉璋冷冷一笑:"你还嘴硬!先看看谁不得好死!"随即手一挥,几个团丁抱来玉米秆、麦草,浇上菜油,放一把火点燃。顷刻间墩子妈变成了一个火人。

墩子妈是个刚烈的女人,骂不绝口:"罗蛮蛮,你个贼㞞,比土匪还瞎!"

那火越烧越烈,渐渐地,听不见墩子妈的骂声了……

墩子逃离家园,遵照母亲的嘱咐去投奔徐云卿。徐云卿果然是个讲义气的人,冒着风险收留了墩子。随后又暗地里托人买了两口棺材,悄悄葬埋了李世厚夫妇。

墩子在徐家住了一月多,自思梁园虽好,不是久留之地,决心出去闯荡一番。这一日,他去父母坟头烧了纸钱。从坟茔回来,墩子双膝跪倒在徐云卿面前,叩了三个头,泣声道:“徐大叔,你的大恩大德我今生今世还不清,来世变牛变马来报答!”

徐云卿搀扶起墩子:“墩子,快甭这么说。你遭了这么大的难,叔能甩手不管吗?再说,你爹在叔家干了多年,虽说有主仆之分,却情同兄弟。往后,你就是叔家的人,缺啥就跟叔言传一声,千万甭生分。”

墩子说:“多谢大叔了。我想到外边去闯闯,学点本事。”

徐云卿一怔,随即说道:“好,有出息!叔看得出你是个有心劲儿的娃娃。可你才十五岁,一个人出门叔真不放心。”其实,他已经听到了风声,罗玉璋知道跑了墩子,正在四处搜寻墩子的下落。这几天他正为这事犯愁,真怕这事给他招来祸殃。现在墩子言说要远走他乡,正好除了他的心病。

“大叔,你尽管放心。我爹在世时常给我说,男长十二夺父志,我都十五了,怕啥!”

“那好。”徐云卿说着取出十块银圆,“你把这钱拿上做个盘缠。”

在危难之际,墩子也没有推辞,接了钱,又给徐云卿叩了一个头。徐云卿拉着他的手有点伤感地说:“学成了本事,可甭忘了回来看看叔。”

墩子说:“大叔放心,就是到了天涯海角我也要回来看望你的!”

墩子一走就是七年,音信皆无。前几天,他突然回到了徐家。初见面,徐云卿还真没认出墩子。在他的记忆里,墩子还是个稚气未脱的少年,可面前站着的是个虎背熊腰的钢板板小伙子。墩子报了自家的姓名,徐云卿才在他身上隐约看出来了当年李世厚的影子，但毕竟不是李世厚。墩子的身坯跟他爹一样高大魁梧，但比他爹更英武豪气，眉宇间眼神里透着一股灵气。

看到墩子出脱得这么豪气英武，徐云卿很是高兴。当下，徐云卿吩咐人安排酒宴为墩子接风洗尘。酒席宴间，徐云卿含笑问道："墩子，这些年都学了些啥本事，说给叔听听。"

墩子说："也没学些啥，跟我爹当年一样，学了点拳脚功夫。"

徐成虎在一旁说："露两手让哥看看。"

墩子笑而不语。同桌吃饭的郑二刘四都嚷嚷，要见识见识墩子的本事。墩子不想在人前显能，徐云卿却也开了言："让叔也开开眼界。"

再不露一手就是不给徐云卿面子。墩子放下筷子，站起身来，从屋角捡起一块砖头，伸开手掌运了运劲，便用中指做钻头去钻那块砖，只见指头钻了进去，青色粉末纷纷扬扬落下。眨眼的工夫，砖头被钻了一个洞，而那手指头竟然皮肉无损。

一桌人的眼睛瞪得跟鸡蛋一样大。墩子扔了手中的砖，徐云卿才醒过神来，连声说："好功夫！好功夫！比你爹当年的功夫还要了得！如今是乱世，有了这身功夫既能防身又能保家。成虎，往后你跟墩子也学两手。"

郑二刘四也连声称赞。徐成虎迫不及待地说："墩子，把这功夫也教教哥。"

墩子拍了拍沾在手上的粉末，坐回桌前，笑而不语。徐云卿给墩子面前的碟子里夹了一块海参，殷切地问："墩子，回来想干点啥？"他已经有心留墩子给他干护院。

墩子笑着说："我也不知道我能干个啥，这回回来主要是看看大叔你。"

徐云卿哈哈大笑道:“你真个是好记性,还记着当年的话。”

“我老怕忘了,天天都要在心里念叨几遍。”墩子说着拿出两样礼物:一样是个做工十分精致的水烟袋,一样是一棵上等东北人参。他说道:“大叔,我知道你啥都不缺,这两样东西在你眼里也不值个啥,可是是我的一点心意。说啥你也要收下。”

徐云卿笑容满面,接住了礼物:“好好,叔收下。你不愧是你爹的好后人。做人嘛,就要讲个仁义礼智信。我当年看重你爹的就是这个,耿直豪爽实诚。你来到咱徐家,就是咱徐家的贵客。家里吃住不方便,让你成虎哥带你到正街咱徐家的客店住下,那里啥都方便。缺啥就找你成虎哥,他管着那一摊子事。你先歇息歇息,闲了咱爷儿俩再好好谝谝。”

墩子跟随徐成虎从后门进了徐家内宅。进了上房,徐云卿从屋里迎了出来。进了屋徐王氏急忙让座倒茶。一家人的殷勤还真让墩子心里过意不去。

这次回来,墩子看到徐云卿已显出老态。原先那根粗壮的发辫剪了,留成短刷刷披在脑后,前脑剃得精光,脸膛虽说还显红润,额头却刻上了几道皱纹;昨晚可能没有睡好,一脸的倦容;白眼底很白,黑眼仁子却黑,深藏着狡黠,令人敬而生畏。

“大叔,叫我来有啥事?”墩子问。

徐云卿边抽烟边笑着说:“也没啥事,叔就是想跟你谝谝。七八年了,你在外头都是咋过的?”

墩子便把他这几年在外头闯荡的经历大略地说了说。最初,他跟一家杂耍班子到处流浪卖艺。他跟父亲学过拳脚,人又机灵,在杂耍班子时间不长就红了起来。可班子里有几个痞子见他年少,老寻碴欺负他,其中之一是班主的儿子。人在屋檐下,不能不低头,他忍气吞声混日子。后来出了件事,他不得不离开了杂耍班子。

班里有个姑娘叫玉雁,年岁和墩子一般大小,人长得俊俏,爱说爱笑,和墩子很投缘。一有空闲,玉雁就和墩子坐在一起说说笑笑。这事惹恼了班主的儿子。班主的儿子已是二十啷当岁,看中了玉雁,常开玩笑说玉雁是他的小媳妇。班主夫妇俩也有意收玉雁做儿媳,这已经是公开的秘密。玉雁常跟墩子在一起,便不大理睬班主的儿子。这就让班主的儿子很恼火。这天傍晚,墩子和玉雁又去附近的小河边游玩,恰好被班主的儿子瞧见了。他妒火中烧,叫了一个帮手,要给墩子点颜色看看。没想到他俩合在一块都不是墩子的对手,几个回合下来,帮手见势不妙撒腿跑了。班主的儿子还硬装好汉,不依不饶。墩子年少火气盛,使出家传的看家本事,打得班主的儿子鼻青脸肿,趴在地上奄奄一息。这时只见帮手带着一伙人马,拿刀舞枪奔了过来。玉雁见势不好,疾声喊道:"墩子,快跑!"墩子看着玉雁有点迟疑。玉雁急得直跺脚:"甭管我!他们把我咋样不了!"墩子这才撒腿跑了。

后来,墩子在河南洛阳一家镖局落了脚。镖头姓周,是山东人,脾气耿直,为人最讲义气。墩子诚实厚道,手脚勤快,人又机灵,还会武功,很得周镖头喜爱。周镖头年近五十,无儿无女,便收墩子做义子,把平生所学全部传授给了墩子。是时,镖局的生意很是不错。不久却因了一场官司,镖局竟然关门倒闭了。墩子也说不清那场官司的起因,只知道镖局为一家大商号保了趟镖,途中被土匪劫了镖。镖局按事先说好的价码给商号赔付,可商号却说赔付的数目与实际货物的价值不符,说他们的货品是上等的玉石和珍珠玛瑙。其实他们的货品只是极为普通的玉石,而且并无珍珠玛瑙。商号告到了官府,并说镖局勾结土匪劫了他们的货物。商号掌柜的儿子在官府衙门做官,这场官司自然是镖局败北。墩子和镖局其他弟兄多方奔走打点银钱才使周镖头免了牢狱之灾。可镖局却一败涂地。周镖头关闭了镖局,气恨交加,卧病在床。墩子伺候左右,请医求药,搭救义父。周镖头吃药无数,病情却不见起色。药石再好再对症却医不得心病。周镖头气恨在心,无药可医。半年不到,周镖头含恨归天。

葬罢义父,有一家商号派人来,愿出高薪聘请墩子当保镖。刚和商家打了一场官司,墩子认定无商不奸,任凭来人舌灿莲花,只是摇头不语。不几天,周镖头的一位师弟又办起了一家镖局,请墩子去帮着协理,并有意招墩子为女婿。这时墩子已动了归乡之心。学艺七载,他自信武功超群,该回家为父母报仇雪恨了。师叔的女儿他见过几面,知书达理,颇有姿色,很让他动心。可久在江湖,他深知世事难测。在父母血仇未报之前,他不想成家。万一身遭不测,还不连累了人家女儿。他婉言谢绝了师叔的盛情邀请,踏上了西归的路……

徐云卿听罢,沉吟片刻,问道:“你回来有何打算?”

墩子说:“大叔不是外人,我实话实说。这次回来专为报父母之仇!”

“你还记得仇家是谁吗?”

“保安团罗玉璋那个贼屄!”

徐云卿说:“姓罗的已非昔日可比,他现在是县保安团的团长!”

一提起罗玉璋,墩子的眼珠子都红了,怒不可遏地说:“他就是当上委员长,我也要宰了他!"

徐云卿沉吟半晌,说道:"姓罗的现时就住在叔家。"

墩子忽地站起身,豹眼圆睁:"真个?!"

"叔还能哄你!他比你早到两天。那天你没把话说透,我怕出乱子,才让你成虎哥带你去客店住下。"

"那天人多口杂,我不便细说。姓罗的贼㞞现时在哪达?"

"就住在客房。"

墩子拔脚就要出屋门,徐云卿慌忙一把拽住:"你干啥去?"

墩子眼里往外冒火:"我去放贼㞞的血!"

"你在外头闯荡多年,咋还这么冒失!"徐云卿把墩子按倒在椅子上,"他有一个班的卫兵,个个都能枪打飞鸟,你能近了他的身?就算你把那贼㞞的血放了,你能跑得脱?就算你跑脱了,这事出在我家,他手下那伙人还不把我家一锅端了!"

墩子呆住了,他急着报仇雪恨,却没有想到这一层。他秉承了父亲的性情,为人忠厚又讲义气。再者,徐家有恩于他,他怎么能为报自家的仇而连累徐家?一时他竟不知如何是好。徐云卿咕嘟嘟连抽几袋水烟,低声细语地说道:"贤侄,这事千万莽撞不得,要谋划得周全才好。"

"大叔,你有啥好主意?"墩子眼巴巴地望着徐云卿。

徐云卿恨声说道:"姓罗的那贼㞞把叔也坑苦了,叔恨不能扒了他的皮抽了他的筋!"

墩子有点莫名其妙,不明白罗玉璋怎的坑了徐家。徐云卿长叹一声:"唉!你也不是外人,叔就把这丑事给你说了。这几年地方治理不力,土匪闹得凶,叔的铺面作坊接二连三地被抢。叔托朋友把姓罗的请来打土匪。姓罗的拿了叔的银圆和烟土,吃住在叔家里，叔拿他当贵客待。可这个贼㞞吃了叔的拿了叔的，不但不替叔办事，竟然色迷心窍把你望龙哥的媳妇强霸了！你说这贼㞞欺人不欺人！”

“这个狗日的！”墩子狠狠骂了一句。

“你有杀父亡母之仇，我有儿媳被夺之恨。姓罗的那贼㞞是咱徐、李两家共同的仇家！”

这时墩子有点明白徐云卿的心思，站起身说道：“大叔，你说这事咋办？”

徐云卿沉吟一下，说：“叔知道你身手不凡……”欲言又止。

墩子一拍胸脯：“大叔，你出主意，我给咱干！”

“那好。这事白天干不得，只有晚上干最好。”徐云卿俯身过来，在墩子耳边如此这般地说了一番。

墩子瞪起了眼珠子，惊问道：“连我望龙哥的媳妇一起干掉？”

“对，一起干掉！”徐云卿的脸色变得铁青。

墩子怔怔地看着徐云卿，以为自己的耳朵出了毛病。徐云卿缓和了一下脸色说：“不是叔的心太残，只有这么干才能滴水不漏，不让人怀疑。再说，那女人也太贱……”说着，转身取出一个沉甸甸的包裹给墩子：“这是一千块银圆，干完活后你就远走高飞，过上几年等风平浪静了你再回来。”

墩子把包裹挡了回去：“这个我不要。我是替父母报仇，不是去当杀手。”

徐云卿一怔，随即说道：“好好，有种！是你爹的好后人！”又说，“你千万要当心，要不要给你再找个帮手？”

墩子气昂昂地说：“不要帮手，人多不机密。”

“贤侄说得极是。”徐云卿拉着墩子的手，“这事本应由叔来出面去干，可叔上了年纪，你望龙哥不在家，你成虎哥领着家事，又不会功夫，只好求你去干，既为徐家报仇，也为李家雪恨。贤侄，此举只可胜不可败，败了徐家一家老小就完了……”说着老泪潸然而下。

墩子双膝跪倒在地，眼圈发红地说：“大叔，你对我有再造之恩，我一日不敢忘记。我知道大叔有家有舍，难抛难弃。刺杀罗玉璋，一是报大叔的大恩大德，二是报杀父亡母之仇。我墩子孤身一人，没家没舍无牵无挂。苍天有眼，此去罗玉璋那贼㞞命丧黄泉；老天不佑，我墩子杀身取义，绝不连累他人！”叩了一个头，转身离去。

夜幕刚刚拉开，墩子从后门进了徐家内宅。内宅昏暗一片，上房和东西厢房灯光暗淡。客厅房没有灯光，估计罗玉璋和他的卫队外出还没回归。在暮色的掩护下，墩子悄没声响地猫在了东厢房的一间闲屋。闲屋的隔壁便是徐家大儿媳喜凤的住屋。徐云卿的谋划是：等罗玉璋进了屋，两人上了床颠鸾倒凤之时，墩子冲进去将两人一同杀了。墩子觉得这个主意高，人常说“连（交媾）在一起的狗不咬人”，只是把姓罗的那贼㞞这样干掉有点不痛快，埋没了他的手段。

屋里很阴暗，放着一些杂物，有一股潮湿发霉的味道。墩子心里慌慌的，猫在窗子跟前一双眼睛往院里看。他虽说恨罗玉璋入骨，可这杀人的勾当是头一回干，不由得他不心慌。在镖局时他也真刀真枪地跟土匪干过，却究竟没有亲自动手杀过人。今儿亲自动手去杀人，他心里也有点打战。想想爹，想想娘，他慢慢不心颤了。再说徐云卿对他恩重如山，如果在这节骨眼上打退堂鼓，还有啥好脸去见徐云卿？想到这里，他心也不慌了，只剩下一股热血在胸腔里鼓荡。

没有多久，前院响起一阵杂乱的脚步声，随即客房亮起了灯光。墩子知道罗玉璋一伙归来了，心跳不由得加快了。忽然，院子出现了一个军人。最初，墩子以为是罗玉璋。仔细看看，便否定了。罗玉璋不会这么年轻，也没有这么高的个头。他虽然不认得罗玉璋，但徐云卿详细给他说过罗玉璋的相貌。

年轻军人一双眼睛朝东看着。墩子凭直觉便认定他就是罗玉璋的卫队长兼贴身马弁郭栓子。夜色浓重，他看不清郭栓子的面容，却看得见郭栓子有一双鹰眼，一举手一投足都轻捷异常，便断定此人练过武功，且身手不凡。他忽然觉得徐云卿的计谋出了点差错，忽视了郭栓子的存在。

郭栓子在院子转了一圈，进了客厅。可那张阴冷的脸和腰间那把盒子枪都刻在了墩子的脑海。他意识到刺杀罗玉璋不会如他想象的那么容易，也许根本就近不了姓罗的身。他禁不住有点心慌意乱，下意识地摸了摸掖在怀中的利斧。他原来啥武器都不想拿，自信凭武功就能干掉罗玉璋。后来又一想，还是拿件武器的好，空手万一有个闪失，不仅报不了仇，说不定还会搭上性命。今儿下午他在镇上几家铁匠铺转了转，挑起几把刀都觉得不称手。后来选中了斧子，买了一把，磨了一晌，斧刃锋利无比。他试着砍一棵树，手起斧落，胳膊粗的树干断成了两截。他冷冷一笑，自言自语道："我就不信那贼尿的头比这树还硬！"

就在这时，隔壁的屋门响了一下。墩子隔窗看去，灯光中院里闪出一个年轻女人的倩影。天色太暗，看不清女人的眉目，但看那窈窕的身段，便猜得出女人一定十分美丽。女人娉娉婷婷地朝上房走去。墩子知道她是去做每天的例行公事，向公婆道晚安。徐云卿给他说过,这是徐家的规矩。

墩子的脑子忽然闪出一个念头:猫在这里不如猫在女人的屋里!他把眼睛贴在窗格,扫射一遍院子,见院中空无一人,疾步出了闲屋,一闪身便溜进女人的屋。

进了屋,墩子想找个藏身之处。扫一眼屋子,徐家儿媳的屋子果然不同一般,上等的红木家具,油光水亮;北方人习惯睡的火炕没有,取而代之的是一张雕花双人大木床,床上锦被缎褥,花团锦簇。墩子顾不得欣赏这些,急寻藏身之处。拉开大立柜,塞满了衣物,没一丝空隙;打开卧柜,依然塞得满满当当;床头有个大衣箱,即使空着,钻进去也不好钻出来。屋子倒很宽展,可桌子底下梳妆台下都不是藏人之处。墩子不免慌乱起来,急得如热锅上的蚂蚁。忽然,屋外有了脚步声。墩子急中生智,哧溜一下钻到床底下。

床下不是个好去处,怎么着也没有躺在床上舒服。墩子换了好几个姿势,都觉得不美气。最终侧卧下来,而脸朝着床外。这个姿势可以观察到屋里的动静,再则往外冲也便利。

刚刚藏好身,一阵细碎轻盈的脚步声就撞入墩子的耳鼓,接着门吱呀响了一下,他看到一双穿绣花鞋的小巧玲珑的脚在脚地走动。此时,墩子悬着的心松了一松。他知道对付这双秀溜的小脚跟捏死一只蚂蚁一样容易,但现在还不是时候,须等到那双粗重的大脚进了屋。

雕花木床轻颤一下,女人坐在了床边。墩子看得清女人的红绸旗袍上的印花。女人一双浑圆白嫩的小腿肚在墩子眼前轻晃;目光往上移,白晃晃的大腿触目惊心地裸着,墩子禁不住意乱情迷,慌忙闭住了眼睛。

女人忽地又站起身,轻盈细碎的脚步声骤然响起。墩子睁开眼睛，只见那双秀溜的脚移出了屋外。她干啥去了？莫非她发现床下有人？墩子正在胡乱猜疑，轻盈细碎的脚步声又响进了屋。那双绣花鞋移到了床前，墩子的心不禁提了一下，猜测女人要干啥。一个油黑发亮、边上镶着彩色花纹的瓷盆塞到了墩子的鼻子跟前，一股浓烈的尿臊味直钻鼻孔。墩子急忙捏住鼻子，把一个差点打出的喷嚏捏了回去，肚里骂了一句："晦气！"

雕花木床重重颤了一下，墩子明白女人上了床，顿时觉得身上有一股绵绵的沉重感。女人和衣躺在床上，与他只隔着一层床板和一层被褥。床轻轻地呻吟着，显然是女人在床上翻身。一股淡淡的难以名状的幽香从床上弥漫下来，不仅掩盖住了尿盆的臊味，也浓浓地包围了他，他不禁有点晕晕乎乎，只觉得有一种绵软的东西压在身上拥挤他。他心旌摇曳，心底泛起一股原始的欲望。

忽然，有个硬邦邦的东西垫了他一下。伸手一摸，是掖在怀中的斧头。他浑身一激灵，收住心猿意马，在肚里直骂自己太荒唐。他手握斧把，竭力抑制住泛起的欲望，不敢使其再滋生蔓延。他思谋着罗玉璋进了屋上了床该怎样动手才好。鼻子前的尿盆散发出的气味又压倒一切地折磨他。他实在有点不堪忍受。他想把它挪个地方，手刚伸过去，床却又颤了一下。他慌忙把伸出的手又缩了回来。

床上的人下了地，一阵窸窸窣窣。墩子不知道女人要干啥，只见眼前闪出一团白亮亮，一个白瓷盆样的东西撅在了他面前。他刚想弄清这是什么东西，一股水流注入尿盆，发出令人心惊肉跳的水响声，随即溅了他一头一脸。他心中暗暗叫苦不迭。

"白瓷盆"端走了，绣花鞋轻轻一踢，那尿盆又靠近了墩子鼻尖几寸。这回气味更为浓烈，鼻子实在招架不住，一个喷嚏脱颖而出:“阿嚏!”吓了自个儿一跳。他知道再也藏不住了,伸手把尿盆拨拉到一边,一个“驴打滚”翻到屋中央,腾地一下站起身来。

女人吓傻了,跌坐在床沿,哑了似的痴呆呆地看着面前的不速之客。墩子手执利斧,逼近女人,压低声喝道:“出声就砍死你!”

女人不出声,哑然看着墩子。墩子一脸杀气,低声喝问:“他几时来?”

女人战战兢兢:“你……问谁?”

“姓罗的那贼夙!”

“不……不知道……”

“你敢不说实话!”墩子又逼近一步。

“我真个不知道……”女人看着墩子,忽然问,“你是墩子吧?”

墩子一怔,这女人怎么知道他的名字?嘴里依然十分凶狠:“你管我是谁?快说实话!”

女人却不怕了,叫道:“你就是墩子!你看看我是谁!”

墩子又一怔,细看女人。鹅蛋脸,杏核眼,柳叶眉,嘴角有一个小小的灸疤,果然有些眼熟,却想不起在哪里见过她。

“我是喜凤呀,就是你家对门的那个喜凤,你还是我妈的干儿子哩!你当真认不出我来了?”

墩子脑海里蓦地闪出一个高挑身段,长脸蛋,一双乌眸,梳着一根乌黑油亮发辫的女孩来。她住在他家对门,是孙二婶的独生女儿。她和他一块从小耍大,可谓青梅竹马,两小无猜。那时他常去孙家玩,孙二婶十分喜爱他。她一次跟他开玩笑,要收他做干儿子。那时他不大省事,说他不做干儿子要做女婿,惹得大家伙哈哈大笑。此时回忆起来,清晰如昨。

“墩子哥!”喜凤叫了一声,眼里闪出了泪花。那年墩子家出了事，墩子娘俩不知音信。没想到今儿竟在这里相见。真是人生何处不相逢啊。

墩子感到惊诧，却不像喜凤那样惊喜激动。

“你几时回来的？咋跑到我屋里来了？”喜凤的口气里透着他乡遇故知的亲热。

墩子却冷冷地说：“甭管我的事！你是咋到徐家来的？”

喜凤羞涩地一笑：“看你问的这话，这是我婆家。”

墩子这才想起他现在身处徐云卿的大儿媳屋中，明白自己问了一句傻话，也想起自己是干啥来了。

“快把斧头放下，怪吓人的。”喜凤上前一步，要拿下墩子手中的斧头。

“甭动！”墩子一掌把她推回到床边，又厉声喝问，“你和姓罗的那贼㞞咋勾搭在了一搭？”

喜凤羞红了脸面，口讷地说：“这事你咋知道的？”

“世上没有不透风的墙！”

“我阿公（公爹）请他来打土匪。他住在我家，晚上闯到我屋里来，就把我……”剩下的话喜凤没有说出口。

“那你咋不跟他拼命？！”

“我一个女人家就是拼上命又能咋？”

“你就跟他这么鬼混？”

“我能有啥办法？”

“你咋不去死！”

喜凤怔怔地看着墩子，半晌，说：“我为啥要去死？！”又说，“咱俩刚一见面，你咋咒我去死？”

“徐家的脸让你丢尽了！”

喜凤愤声说道："我是丢了徐家的脸，可那也是被人逼出来的。我来徐家四年了，好歹也是徐家的大少奶奶，可徐家把我当大少奶奶看过吗？我心里的苦有谁能知道？"

"你有啥苦？缺吃了，还是少穿了？"

"徐家富得流油，还能少了我的吃穿。可你知道吗？我给徐家做了四年媳妇，跟男人只睡过三晚……"两行清泪挂在了喜凤俊俏的脸蛋上。

墩子呆住了。

"我嫁过来三天，男人就去了东洋。人说死寡好守，可我守的是活寡。说句不知羞耻的话，我夜夜想男人盼男人，却不记得男人的眉眼了。人家都说他回到了省城，另娶了一房，可徐家的人都瞒着我，不给我说实话……我阿公请来老虎去撵狼，狼还没撵走，倒叫老虎咬了自个儿一口。我知道罗玉璋不是个好人是瞎㞞，娶了四房姨太太，还糟蹋过不少女人。他闯到我屋里来，逼我抢我……糟蹋了我，我也想过死，可又一想，我死还不是白死了。人常说，好死不如赖活。我为啥要去死？为啥要为他徐家守贞节？再说，我也看得出罗玉璋真是喜欢我。他虽是个瞎㞞，可却对我好，我也就不管不顾了……跟你说心里话，我也恨罗玉璋，恨他把我变成了坏女人。我真想杀了他……"

墩子听着喜凤的哭诉，如痴如呆，一时竟忘记了自己来干啥。

"我阿公知道了这事吧？他那人面善心残，你一定是他花钱雇来的刺客吧。"

墩子矢口否认："不，我是来报杀父亡母之仇的！"

"杀我是为啥？"喜凤一双水汪汪的大眼看着他。

墩子不忍看那目光，慌忙避开。他忽然想起小时候去喜凤家玩耍，他俩手牵着手舞竹马。后来不知怎的他把喜凤惹哭了，孙二婶从屋里出来，给他俩手里一人塞了一个麻糖，抚摸着他的头说："哪有哥哥欺负妹妹的，往后你要让着妹妹点……"他想到这儿，心里顿时不是滋味。

"我阿公那人我知底，门背后的蝎子蜇人不显身。他让你杀了我，对外人说是土匪干的，也好遮人耳目。你杀吧，我不怨你……"喜凤说着闭上眼睛，两颗泪珠滚淌在面颊上，"你下手利索点，甭让我受罪……"

墩子握斧把的手松了劲，木橛似的戳在地上，不知所措。

半晌，不见动静，喜凤睁开眼睛，见墩子发蔫，说："你下不去手？那就快走！"

墩子浑身一激灵，发狠地说："我要杀罗玉璋那贼屄！"

喜凤冷笑一声："你杀得了罗玉璋吗？！"

墩子也冷冷一笑："我就不信这把斧头砍不开那贼屄的狗头！"说着，扬了一下手中的利斧。

喜凤又冷笑一下："你的斧头比他的枪子还快？"

墩子愣了一下。

喜凤缓和了脸色，恳切地劝道："你杀不了他。甭说那一班卫兵，就郭栓子一人都够你收拾的。退一步说，你就是把姓罗的杀了，也难逃活命。"

墩子狠声说："只要能杀了姓罗的那贼屄，死了也值！"

"你再甭傻了，快走吧！"

墩子不动窝，狠声问道："今晚他到底来不来？"

"这个我也说不准。他不跟我说，我也不去问……听我的话，你快走吧。"

就在这时，窗外有人轻咳一声。喜凤的脸色陡变："不好，他来了！"

"他来得正好，我送了他狗日的丧！"墩子攥紧斧头往外要冲。

慌得喜凤抢步上前，一抱抱住墩子的后腰，疾声狠气地说："傻货，不要命了！快把斧头收起来！"

墩子见喜凤急得泪水盈盈，一时又脱不开身，只好把斧头掖进怀里。喜凤这才放开手，整了一下衣衫。这时窗外又轻咳一声，喜凤示意墩子千万不要冒失行事，移步去开门。

罗玉璋闪身进门，一眼看见墩子，吃了一惊，下意识地摸住腰间的手枪，愣着眼问："你是谁？"

喜凤疾步上前，插在他俩中间，脸上堆着笑说："这是我娘家兄弟。墩子，这是罗团长。"

墩子瞪着眼睛看着罗玉璋。这是他头一回见到罗玉璋。罗玉璋并没有他想象中那样凶神恶煞，着一身便装，身坯壮实，腰圆肩宽，笆斗脑袋，粗眉毛，一双眼珠子很大，疑惑地看着他。

罗玉璋今儿在王怀礼的队部待了一天，晚上本不想回徐家，想去妓院玩玩。可听王怀礼说永平镇几家妓院的姐儿都平平常常，便没了兴趣，又回到徐家。回来不到半个时辰，就来到喜凤屋里。没想到喜凤的娘家兄弟来了，他十分扫兴，很不友好地看了墩子一眼，觉得墩子的眼神有点怪异，却也没在意。他在屋里踱了一圈，说了几句闲话，抽身便走。喜凤起身送出屋外。

谁也没想到，墩子忽地扑出屋外，一把推开喜凤，举斧朝罗玉璋砍去。那罗玉璋不是等闲之辈，觉得脑后生风，情知不妙，慌忙缩头侧身，脑袋躲了过去，左肩却挨了一下，大叫一声："栓子，有土匪！"伸手就掏腰间手枪。

墩子挥斧再砍，罗玉璋就地一滚，躲了过去。墩子挥斧又砍，却被一颗子弹击中了右臂，顿时失去了力量。他转眼一看，原来是郭栓子。他怒火中烧，斧交左手，猛地一扬，斧头飞了出去，砍在郭栓子的手腕上。郭栓子痛叫一声，手枪当啷一声掉在砖地上。趁这工夫，罗玉璋拔出了枪，瞄准墩子。喜凤在一旁看得清楚，猛扑过去抱住罗玉璋拿枪的胳膊，疾声高喊："墩子快跑！"

墩子还想去捡郭栓子的枪，只见许多黑影扑出客房，知道再也无法下手，撒腿就跑。罗玉璋手中的枪响了，子弹擦着墩子的头皮飞了过去。墩子使出轻功，翻墙进了东院，身影消失在茫茫的夜色之中。身后响起了一阵密集的枪声和杂乱的跑步声，夹杂着一声女人的锐声尖叫。

墩子心里叫了一声："喜凤！"泪水流了一脸。

第三章

逃离徐家，墩子慌不择路直奔北边，直到听不见后边的枪声和追喊声，这才放慢了脚步。出了一身的冷汗，夜风袭来，他禁不住打了个寒战。右臂的伤也剧烈疼痛起来，刚才打斗时倒没觉得怎么痛，这会儿痛得钻心。还好只伤了皮肉，没伤筋骨。他撕开衣襟把伤口包了包。这时他的心完全定了下来。想想今晚这事失手全怨自己心不狠手太软。偏巧徐云卿的儿媳是自家对门的喜凤，这让自己如何下得去手！看来罗玉璋今晚命不该绝。再想想喜凤为救他逃离虎口连命都舍得出，她根本就不像徐云卿说的那样是个贱女人坏女人，反而是个难得的好女人。不知她现在是死是活？想到这里，墩子心头压上了一块石头，眼里又有泪水涌出。他一把抹去泪水，觉得今晚自个儿太婆婆妈妈，不像个男人。

罗玉璋没有死，肯定不会善罢甘休。墩子想，先暂避几天，待风声过一阵再谋出路。他打定主意，决定去北山一个表叔家躲几天。父亲在世时，曾带他去过表叔家几次。依稀记得表叔家住在一个土沟沟里，沟里有二三十户人家，村名叫彭家崖。

天色大亮，墩子进了北山。说是山，却没有石头。这一带是台原地貌，比关中平原高出百余米，关中人便称这一带为“北山”。台原沟壑纵横，满目都是黄土，村堡都在向阳的坡坎上，大多依崖打窑洞居住。几经打问，墩子找到了彭家崖的表叔家。表叔表婶都已认不出他来，他便说出父亲的名字。表叔十分惊喜，上下仔细地打量他，半晌，说道：“是墩子是墩子，出息成人啦。你爹你妈也该放心啦……”说着，用手背直抹泪。他的鼻子不觉也酸楚起来。

山里人诚实厚道，热情好客。当下表婶端来热汤热饭让墩子吃喝。表叔看见他的伤臂，惊问是怎么啦。他说不小心摔伤的，表叔常钻沟爬坡打猎，懂得一点医道，当下拿出专治跌打损伤的药来。揭开胳膊上包扎的衣布，表叔眉头皱了一下，惊问道：“枪伤？”墩子没有吭声。表叔不再问啥，重新拿出两样药来，给墩子上上，包扎好伤口。

住了几日，墩子心里慌慌的，坐卧不安。表叔以为是招待不周，连连向他道歉。他看出表叔是个耿直忠厚之人，便除了心中的疑虑，直言相告，说是为父报仇刺杀罗玉璋未遂，反而中了姓罗的一枪，跑到山里来藏身，不知这几日外边风声紧不紧。

表叔果然耿直豪爽，说道：“你娃有种，是你爹的好后人！姓罗的那狗日的是个大瞎㞞，把西秦的人祸害扎咧，三岁娃娃都盼着他死哩！叔是个笨人，帮不了你啥忙，打探个消息也许能行。”

墩子脸上有了喜色：“叔，那你就出山探探风声。”

第二天一大早，表叔就去了永平镇，傍晚时分带回了消息。镇里的人议论纷纷，说是土匪抢了徐家，罗玉璋抓土匪时左肩受了伤，已回了县城。徐家的儿媳是死是活没有人说，不得而知。

墩子听后，默然无语。又住几日，他心又不安起来，自知表叔家不是久留之地，决意要走。表叔拦住他，说是这几日风声还紧，不能出山。现在整个西秦县都贴了通缉他的告示，悬赏五百银圆捉拿他。万一出个差错，表叔说他将来无颜在黄泉之下见他的表哥。再者，墩子的枪伤还未痊愈，还需将息几天。

表叔的话言之有理。墩子虽然心焦，但还是依了表叔，暂收了要走之心。

五六天后，墩子的枪伤基本痊愈，胳膊也运动自如。他决意要走。表叔见拦他不住，便问他准备去哪里。他说，西秦县他是不能再待下去了，此处不养爷，自有养爷处。其实，到底去哪里，他心里也没个准谱。表叔帮他出主意："我大女子嫁到了山外，阿公是个教书先生，学问很深。他走南闯北到过不少地方，见多识广。不妨请他帮你出出主意。"

墩子心里一动，又存疑虑："他人可靠吗？会不会把我的事说出去？"

表叔一拍胸脯："你放一百二十个心！那人脾气耿直得很，为人最讲义气。只要谁信得过他看得起他，他把心都能给谁掏出来。"

墩子说："那就麻烦叔把他请来，我不便去他家。"

第二天，表叔请来了亲家翁。教书先生果然气度不凡，一身青布长衫，面目清癯，留着长须，戴一副无框水晶平镜。墩子上前一揖，恳切地说道："老叔，我如今是落难之人，想请老叔替我出个主意。"

教书先生说："你的事你表叔都给我说了。不知你有何打算？"

墩子说："我现在是有家不能回，有亲不能投。"

"这个我知道。我是想知道你往后有何打算？"

"罗玉璋杀死我爹，烧死我娘，又打我一枪，我与他不共戴天。请老叔教我一个报仇的法子。"

教书先生打量着墩子，沉吟半晌，说道："观相貌，你不是个平常之辈。"

"老叔抬举我了。"

"不是抬举你，我是实话实说。"教书先生呷了一口茶，慢慢捋着胡须，言道，"不过，我劝你还是改了这个主意的好。"

墩子忽地站起身，变颜失色地问："为啥？"

教书先生并不理会墩子的激动，依然慢悠悠地说："罗玉璋是一团之长，握着兵权手中有枪。今后他可能还要升旅长、师长，就是不升官，现在这个职也不至于有人撤了他。你一个平民百姓能杀了他吗？就拿这次来说吧，你身怀武功，也只是砍了他一斧头，可差点丢了性命，四处躲藏，没个立身之地。"

墩子说："老叔说得都对，我也仔细想过。可罗玉璋那贼仄做事太凶残，不报杀父亡母之仇，我枉为男子汉！老叔不要劝我，我的主意铁定了，今生今世非报此仇不可！请老叔教我一个报仇的法子。"说着，跪倒在教书先生面前。

教书先生急忙扶起墩子，轻叹一声。

"君子报仇，十年不晚。"教书先生捋着胡须说，"既然这样，我说个法子，但不一定是好主意。"

"请老叔指点。"

"要报此仇，手中必须有枪。现在这个社会手中有枪的有两种人，一是匪，二是兵。你爹就是因匪而死，当土匪不可取，不可取啊……"教书先生说到这里，连连摇头。

"老叔是让我去当兵？"

"俗话说，好铁不打钉，好男不当兵。当兵也不是上策。可你一定要报仇雪恨，那就只有这条路可走了。"

“不知哪里有军队?”

“咱陕西境内现在有两种军队,一种是国军,一种是红军。”

“国军咋样?红军咋样?”

“国军是政府的军队,归蒋委员长管,算是正牌。红军归共产党管,在陕北的延安一带,为首的人叫刘志丹。听说去年又从南方的江西来了好多红军的人马,闹腾得很红火。”

“罗玉璋算啥军?”墩子问。

“保安团算是国军。”

“那我就投红军,打他狗日的!”

教书先生沉吟片刻,说:“你信得过我,我就替你出个主意。”

“看老叔说的,我要信不过你,还能请你来吗?”

“那好,你听我说。红军远在陕北,详情咱不知道,一切消息都是听说来的。那边也没有咱们认识的人,没个引荐人,不知道人家能不能收留你。再者说,国军也不都是罗玉璋那号的。岐凤县住着国军的新二师,那可是正儿八经的正规军,师长是咱西秦李家集人。我舅家在李家集,我幼年时在舅家上学,跟他同过学,坐过一条板凳趴过一张桌子。他小名叫狗剩,大号叫李信义。他跟我有些交情,我写封引荐信,你拿上去投他。”

墩子十分感激,一揖到地:“太谢谢老叔了!”

当下教书先生铺开纸,提笔在手,写了一封引荐信交给墩子,再三关照:“叔看你是个有血气的汉子,到了军队好好干,干上个一官半职,好为你父母报仇雪恨,也好为十二万西秦人除此大害!”

墩子再三谢过教书先生。次日便辞别表叔一家去投新二师。

罗玉璋出身富家。襁褓中的他虎头虎脑，很讨人喜爱。他父母给他起了个别致的乳名——蛮蛮（关中方言：乖、机灵、漂亮之意）。蛮蛮的父亲治家严谨，信奉这样的理："穷不离猪，富不离书。"蛮蛮长到七岁，父亲就送他进了学堂。可他看着机灵透顶，却念不进去书。一本《百家姓》、一本《三字经》念了两年，却背不全，为此挨了先生的板子还要挨父亲的巴掌。一次教私塾的吴老先生命他背诵《三字经》，他结结巴巴地背道："人之初，性本善。狗不叫，鸡不鸽……"惹得同学们哄堂大笑。吴老先生在他头上打了一戒尺，说道："罗蛮蛮，你将来要能有出息，就把屎往我的街门上抹！"

几年后罗家突遭变故。夏日的一个晚上，一伙土匪突然闯入了罗家，拿住了蛮蛮的父亲。他父亲视财如命，被土匪活活烧死。父亲死后，没有巴掌管教他，母亲生性心软，为人良善，管他不住。他便不再去学堂念劳什子书，跟上一帮哥儿们弟兄整天价舞枪弄棒。长到十七岁便投了县上的保安队，当了一名团丁。

保安队的主要任务是维护地方治安。扰乱地方治安的除了土匪也没别的因素。一次，一股土匪到县城来抢钱庄，被保安队围住了。双方打得十分激烈，子弹像飞蝗似的满天乱飞。是时，罗蛮蛮二十啷当岁，年少气盛，血气方刚，冲到最前头。那一仗保安队胜了，打死了土匪头子杨大头。后来论功行赏，罗蛮蛮当上了小队长。大小是个官儿，罗蛮蛮觉得"蛮蛮"这个名字太土太俗，便起了官名叫罗玉璋。

又过几年，罗玉璋当上了中队长，老婆也娶了两房。后来罗玉璋的中队围住了威震一方的土匪头子杨豹子，并击毙了杨豹子。他威名大震，深得上峰的赏识，升任西秦县保安大队长。此后不久,保安大队改为保安团,罗玉璋便是团长了。

罗玉璋生性刁钻,脾气十分暴烈乖戾,官一大脾气也越发地见长。时逢乱世,枪杆子治世,保安团长的话比县长的话还管用。加之当时西秦的县长是个老儒,胆小怕事,凡巨细之事都交罗玉璋处置。这样一来,罗玉璋便上马管军,下马管民。西秦人不知中国有个蒋委员长,却都知道罗团总的威名。

保安团团长不能说不是个人物,不能说没有出息。罗玉璋任保安团长的当天下午就骑马带着卫队去找教私塾的吴老先生。来到吴老先生门前,他并不下马,令卫兵喊出老先生,用马鞭指着老先生喝问:"你可认得我吗?"

吴老先生眯着眼说:"你不就是那个狗不叫鸡不鸽的罗蛮蛮嘛!"

老先生话刚落音,众人哈哈大笑。罗玉璋恼羞成怒:"你认得不错。我今儿当了保安团长算不算有了出息?"

"算吧。"

罗玉璋冷笑一声:"你还记得当年说的话吗?"

老先生闭目不语。罗玉璋一挥手,几个团丁提着屎尿桶,把满桶的粪便泼到了老先生的街门上。罗玉璋哈哈大笑,扬长而去。

"世无英雄,竖子成名……"老先生言罢,吐出一口热血,一头栽倒在地……

当了官就有了权势,罗玉璋的嗜好便也广泛起来。玩女人抽大烟赌银钱是每天都有的事,有时心血来潮,就去玩玩过堂审案的把戏。他审过好多桩案子,但为人津津乐道的是一个偷鸡案和一个偷牛案。

那两个案子是同时审的。四个原被告被带到罗玉璋面前,罗先审偷鸡贼。

罗拍桌问案:“你平日都用啥法子偷鸡?”

偷鸡贼答:“小民把缝衣针用炭火烧红弯成钩,再把诱饵扎在钩上,用细麻绳系牢。鸡吞吃诱饵进了肚里,就可像抓鱼一样抓住,叫也叫不出声来。”

罗骂道:“你狗日的比梁山的鼓上蚤时迁本事还大!西秦的民众都如你一样狡猾刁钻,那还了得!”说着一挥手。

这是杀人的信号,偷鸡贼当即被拉出去枪毙了。

接着又审偷牛一案,问的却是丢牛者。

罗问:“你的牛在哪达丢的?”

丢牛者答:“家里。”

“牛拴在自个儿家里你都看不住,你是咋㞞弄的?看你这㞞相就是个㞞管娃(马大哈)!拉下去打二十棍,看你下回还操心不操心!”

丢牛者挨了二十棍。罗随后问偷牛贼。

问:“你是土匪吗?”

答:“不是。”

问:“我看你也不像是土匪。你能偷出牛来,想来有些手段。愿意吃我的粮吗?”

答:“愿意。”

偷牛贼当下成了一名团丁。

罗玉璋还审过一个花案。

吴家堡一个女人与人通奸,杀害了亲夫。夫家人告到了县里。三天后罗玉璋审理此案。

审案那天,堂口拥了许多人看热闹。罗玉璋一身戎装,端坐公堂，满脸煞气。堂前他的卫队站立两旁，荷枪实弹，威武森煞，颇为吓人。

罗大喝一声："把奸夫淫妇押上堂来！"

便有人把二犯押了上来。罗喝喊一声："痛打奸夫二十大板！"

手下人照办。只听打得噼啪有声，却打的是出头板子，受刑人伤得并不重。

刑罢，罗手指奸夫痛斥："你这个混账东西，害死人家丈夫，叫人家女人守寡受罪，实在可恶。本团长让你求死不得，活罪难饶，把你断给人家，当堂领回！"

听到这个判决，拥在堂口的众人一阵哗然，夫家的人齐声喊冤。罗玉璋忽地站起身，拔出手枪，对着堂口喝喊："谁敢不服，老子就地正法！"一串子弹射向屋顶，震得堂口没了呼冤喊叫声……

事后，人们才知道那奸夫是罗玉璋的表弟，名叫吴清水。后来吴清水去保安团吃粮，不久就官升中队长。再后来，吴清水嫌一房老婆不过瘾，又讨一房做妾。谁知他没桃花运，洞房花烛夜被土匪抢走了新娘子。他去跟表哥讨救兵，反被罗玉璋一巴掌打掉了两颗门牙。

天高皇帝远。如今罗玉璋就是西秦县的土皇上，他的话就是王法。他来到永平镇本不打算久停，可打见到喜凤后却不想走了。他对漂亮女人有着特殊的爱好，非搞到手不可。徐家的女人他本不想下手，却一来那日多吃了壮阳的食物，二来喜凤长得太钻人眼了，他也就顾不了许多了。他也想到干这事难免会被徐家的人发现，可就是发现了，徐家能把他罗玉璋怎么样？他没想到的是喜凤屋里会藏着一个刺客！那刺客身手不凡，竟然砍了他一斧头。若那刺客手中有枪，他的伙食账今儿晚上也就结清了。他更没有料到跟他同床共枕了几个夜晚的女人竟帮着刺客逃脱了性命。他一挥胳膊把喜凤打翻在地。依着他的脾气，一枪就把喜凤毙了。但他把枪口垂下了。他向来怜香惜玉，再者喜凤是徐家的儿媳，一介女流，打死她师出无名啊！

"罗团长，出了啥事？"徐云卿一脸惊慌地跑了过来，一双鞋也穿颠倒了。

"土匪入了家。"罗玉璋捂着伤口，痛得脸上的五官变了形。

"罗团长，你受了伤？"徐云卿惊慌得有点夸张，"狗日的土匪也太胆大了，老虎嘴里都敢拔牙！"

罗玉璋冷眼看徐云卿。徐云卿避开他的目光。罗玉璋蓦然有所悟，今晚的事不一定是土匪所为，这个徐会长不是等闲之辈。

几个卫兵扶罗玉璋回到客房，给他包扎好伤口。这时郭栓子进来了。他的右手腕还滴着血，伤得也不轻。有人过来给他包扎伤口。

"栓子，抓住了没有？"罗玉璋问。

"没有。那刺客是个高手。"

罗玉璋在桌子上擂了一拳，牙咬得咯嘣响。郭栓子凑前一步，轻声问："那女人……"

罗玉璋摇了一下头。他已经冷静下来，今晚的事还是装糊涂最好。说是土匪所为，于双方脸面都好看。若要计较明白，最无颜面的将是他罗玉璋罗团长。

第二天清晨，罗玉璋不辞而别。他不给徐云卿打招呼，是要徐云卿明白他罗玉璋不是个瓜（傻）㞞，任谁都能糊弄。

打墩子溜进闲屋那一刻起，徐云卿的目光就贴在窗格上一直注视着那边的动静。墩子蹿出闲屋溜进喜凤的卧室也没逃出徐云卿的目光。起初,他吃了一惊,不知墩子要干啥。随后明白过来,心里说道:“这步棋高,姓罗的必死无疑!”

喜凤道罢晚安回屋后,徐云卿瞧见东厢房的灯光一直亮着。他不禁心里捏了一把汗,真怕喜凤发现了墩子坏了大事。后来窗帘拉上了,灯光暗淡得很,加之有树影遮掩,什么也看不清楚。他便支棱着耳朵细听,似乎有说话声,不由得一惊,再听却啥也听不见。他暗暗责备自己太多疑了,心里却还是胡乱猜想,总觉得今晚的谋划中有不周之处。

他把目光移向客厅房,那里黑乎乎一片。显然,罗玉璋还没有回来。莫非他今晚住在王怀礼那里不回来了?不可能吧,他跟那个贱货打得正火热,能猫儿不吃腥?但愿姓罗的早点回来送命!

他吸着水烟,稳了稳神,又把今晚的谋划思想了一遍,猛一拍大腿,失声叫道:“瞎了!”

徐王氏吃了一惊,忙问:“咋瞎了?”

“我忘了那贱货的娘家跟墩子在一个村!”

徐王氏不明白:“那又怕啥?”

“咋能不怕!常言说,亲不亲,故乡人。墩子是个讲义气讲情分的人,他能对那贱货下手?”

徐王氏不以为然地说:“只要他能把姓罗的除了,喜凤好歹也是咱徐家的媳妇……”

“你懂个屁!”徐云卿骂了老伴一句,“只除姓罗的不除那个贱货,人家还不怀疑是我日的鬼?”

徐王氏哑巴了。

自从徐云卿知道罗玉璋跟喜凤睡过觉后,就十分厌恶愤恨喜凤。他厌恶这个女人没血气，愤恨这个女人没跟罗玉璋拼命。如果这个女人真的拼了命，他一定会把丧事办得十分隆重。想当初媒人给望龙提这门亲时，他就有点不美气。女方娘家是个小户人家，跟他家不门当户对。但他看中了喜凤的长相，鼻是鼻眼是眼的，是百里挑一的美人。徐家的儿媳就该是这般模样。俗话说：心疼（漂亮）的媳妇传三辈后人。他认为这话十分在理。酸面蒸不下好馍，瞎马怎能下出好马驹？因此，尽管心里有点不美气，可他还是答应了这门亲事。媳妇过门三天，儿子望龙去东洋留学。这是喜事，也是忧事。喜的是徐家出了个千里驹，自古到今永平镇出国留学的有几个？徐望龙是第一人！忧的是望龙一走，不知几时才能回来，留下青春年少的媳妇如何是好？倘若她水性杨花耐不住寂寞，做下不轨之事，徐家的脸面岂不丢尽！如今果然出了故事，而那肇事者是保安团团长罗玉璋，他惹不起。这怎能不使他愤恨交加，忧心如焚？幸好他想出一个两全其美的法子，唆使墩子去刺杀罗玉璋，顺便把喜凤也除了，一箭双雕，不留痕迹。可妙算却有失误，他忘了喜凤的娘家和墩子同住一村，而且住对门。他更没料到的是，墩子失手了，罗玉璋只是受了点伤而已。他的心提到了嗓子眼，如坐针毡，惶惶不知所措。第二天罗玉璋不辞而别，他仿佛一下掉进了冰窖，心里明白罗玉璋怀疑是他日的鬼。

徐云卿一筹莫展，惶惶不可终日。徐王氏在一旁也长吁短叹陪老汉着急发熬煎。许久，徐王氏小心翼翼地说："把玉坤叫来商量商量？"当下提醒了徐云卿，亲自去找杨玉坤。

徐云卿与杨玉坤是莫逆之交，无话不谈。可这一回徐云卿没有说实话，把罪责全推到了墩子身上。

徐云卿愁眉不展地说："老弟，你知道我这人重情义。墩子是世厚的后人,我不能不收留。可我就没想到那娃就能弄下这么大的麻达!他脚板搽油,溜了,留下黑锅让我背。罗团长不辞而别分明是怀疑我在日鬼。你说,这让我咋办呀?"

杨玉坤安慰道:"老哥,你甭熬煎。麻达已经弄下了,愁也没用。咱们想想办法。"

"你有啥办法?"徐云卿迫不及待地问。

杨玉坤沉吟半晌,说:"肚子没冷病,不怕吃西瓜。明儿我陪你去一趟县城,咱跟罗团长当面把话说清楚。他那人虽说凶蛮,可也不敢把你老兄咋样。"

徐云卿沉思片刻,实在想不出更好的办法,便只好点头答应。

第二天清晨,徐云卿备了一份厚礼,和杨玉坤坐着他的双套轿车去县城。郑二刘四两个保镖相随。郑二坐在车辕执鞭赶车,刘四腰插盒子枪坐在车后。

日头斜过头顶,轿车进了县城。郑二径直把车赶到徐家开的一家客栈。店伙计见是掌柜的来了,急迎出来,把徐、杨二人接进一间雅座,送上热水洗面,随后备了一桌丰盛的酒菜送来。吃喝间徐云卿问掌管客栈的伙计,可知罗玉璋回到县城的情况。伙计回答,只知罗玉璋打土匪受了伤,再无其他消息。

饭罢,徐、杨二人要去保安团部见罗玉璋。郑二刘四起身相随。徐云卿摆了一下手:"你俩歇着。"

郑二说:"万一掌柜的要有个啥事,跟前也没个使唤的人。"

徐云卿苦笑一声:"要真的出了啥事,你俩也是白搭。"

徐、杨二人来到保安团部。门口有两个持枪团丁站立两旁。他二人上前讲明是罗团长的朋友,专程来看望罗团长。团丁见他俩都是有年纪的人,便挥手放他们进去。

杨玉坤多次来过这地方。他在前边走,徐云卿紧随其后。大老远他俩看见郭栓子坐在椅子上擦枪。他俩走过去笑脸问候郭栓子。郭栓子一改在徐家的谦恭态度,斜了他们一眼,冷着脸问:“你俩来干啥?”

徐云卿答道:“来看望罗团长,烦请郭队长通报一声。”他看见郭栓子的右手腕还缠着纱布,不禁肉颤了一下。

郭栓子慢慢腾腾地装好枪,起身进了屋,片刻工夫出来,说道:“罗团长有请。”

徐、杨二人走上二楼,来到罗的住处。罗玉璋穿着宽大的白绸衫子,躺在床上闭目养神。床前坐着一个俊俏丰腴的年轻女人,攥着肉乎乎的小拳头轻轻地给罗玉璋捶腿。

徐云卿把手中沉甸甸的礼品放在了八仙桌上,弯着腰笑着脸问候:“罗团长,伤势是否好转了些?”一脸的关切之色。

半晌,罗玉璋睁开眼睛,斜觑着他们:“哦,是徐会长和杨镇长。你们找罗某有何公干?”并不让座给他们。

徐、杨二人答道:“我俩是专程前来看望罗团长的。”

罗玉璋冷冷一笑:“罗某担当不起。”

杨玉坤有点尴尬。徐云卿硬着头皮,装作听不出罗玉璋的话外之音,关切地问:“罗团长感觉好点了吗?”

“一时半会儿还死不了。”罗玉璋又阴冷冷地说了一句。

徐云卿一时语塞。杨玉坤这时回过神来,笑着脸说:“罗团长真会说笑话。你遭此大难,我和云卿兄深感不安。今儿前来一是探视贵恙,二来是登门致歉。还望罗团长多多海涵。”

罗玉璋这才摆了一下手,示意他们二人坐下说话。他左肩的伤势不轻,那天不是躲得快,这条胳膊可能就废了。此时一动,伤口还钻心地痛。

“唉，实在没料到会出这样的事。”徐云卿落座后，神色黯然地说，“这事出在徐某家里，实在让徐某愧见罗团长。”

罗玉璋脸色和悦了一些。徐云卿接着说道：“我已经弄清白了，刺杀罗团长的刺客不是土匪，他是李世厚的后人李墩子。”

“李世厚？”罗玉璋猛地坐起身，伤口痛得他皱了一下眉。

徐云卿忙说：“就是杨豹子的表哥。那年你在他家打了杨豹子一伙。”

罗玉璋咬着牙说：“这么说是遭了仇家的暗算？”他想问墩子怎么藏到了徐家儿媳的屋里，话到口边又咽了回去。问这话不是把他那事也露了？

杨玉坤在一旁笑着脸说：“李世厚原在云卿兄家干过活。云卿兄为人心地良善，重义气讲交情。前些日子李世厚的后人墩子突然来到徐家，说是想在永平镇落脚寻个活干。云卿兄看在和他爹旧日交情的分上收留了他。谁知他心怀叵测，弄出这样的事来……”

“那狗日的把我害扎咧！”徐云卿咬牙切齿地骂，“他把我弄得一脸黑墨。罗团长若是糊涂人，还以为是我日的鬼哩。”

罗玉璋看了徐云卿半天，口气缓和了许多：“徐会长多心了。这事我心里有数。你俩远道而来，还没吃饭吧？”

徐、杨二人齐声说：“吃过了吃过了。”

又聊了一阵闲话，两人起身告辞。郭栓子代罗玉璋把他们送出团部大门。

第四章

这地方叫兔儿岭。

相传周文王姬昌遭谗臣陷害,被纣王羁囚羑里。文王长子伯邑考上朝歌进贡宝物,为父赎罪。妖狐妲己见伯邑考风姿秀逸,眉清目秀,唇红齿白,十分俊美,淫心顿生,便要伯邑考传授琴技。伯邑考替父赎罪,不敢越雷池一步。妲己见伯邑考不动心,又出异常之举,坐在伯邑考怀中要其手把手传艺。伯邑考却心似铁石,视美色如粪土,坐怀不乱。妲己恼羞成怒,反诬伯邑考对她心存不轨,怂恿纣王将伯邑考剁为肉酱,做成肉饼,进食姬昌。姬昌演周易,算出肉饼乃是亡子之肉所做,但不得不食。后归西岐,姬昌思子心切,吐出肉饼,化为白兔。兔子奔走到这里化为土岭,后世人便呼此岭为兔儿岭。

传说毕竟是传说,但地名却真是叫兔儿岭。

兔儿岭不很高,却原大沟深,沟壑纵横,大沟套着小壑,小壑连着大沟,大同小异。地貌相似,生人难辨,进易出难。兔儿岭方圆数十里,有数十个村庄,村庄一律都在向阳坡坎。大的村庄百十户人家,小的只有二三十户人家。大部分人顺着沟壑向阳坡坎削崖为院,在崖面挖窑洞为家。

这地方最难的是吃水，井深三十余丈，每逢夏季干旱，便要断水。因此，水比油还要珍贵。这里的住户每家都在门前或院中打几眼地窖，暴雨季节贮满水，干旱季节供人畜饮用。若遇旱年就遭大罪了，吃水要到十几里外的沣河去用毛驴驮水。兔儿岭坡底村有个田姓富户，掌柜的过日子十分吝啬节俭，每日清晨让一家十几口站成一排，亲自端一碗水，用口噙上一点逐个往家人脸上喷，算是洗了脸。此事是否属实，尚待考证。

兔儿岭一带的田地倒很宽广，但都是坡坎地，屁到地里滚了，尿到地里淌了，十分贫瘠。遇到好年景，每亩能收百八十斤粮食，逢上灾年，颗粒不收。

贫瘠的土地也有特产，那就是土匪。这一带人家的男人几乎都干过土匪的勾当，但却是小打小闹。他们农忙时节种田收获，冬寒春困之日便纷纷依附占山为王的职业土匪当一回业余土匪，抢劫周围的大家富户，甚至到外县和百里之外去打家劫舍发洋财。当地官员提起兔儿岭，便含蓄地说："那一带民风剽悍，多出草莽。"清末时，朝廷一位大员来此地巡查，说了八个字："穷山恶水，匪患猖獗。"

从西秦去岐风，兔儿岭是必经之地。

农历三月中旬，已是仲春。坡坎的麦田开始返青，光秃秃了一个冬天的兔儿岭呈现出了生机。弯弯曲曲的土道上走着一个年轻人，他的右肩上搭着一条沉甸甸鼓囊囊的褡裢。褡裢四角包着红布，吊着红丝穗。年轻人大步走着，那红丝穗便来回摆动，犹如几团火苗在跳跃。

入春以来少雪雨，土道上积着半尺厚的浮土。年轻人风尘仆仆，走得热了，敞开着胸怀，只见腰间扎着一根宽板牛皮带，颇显得潇洒精干。

来到一个三岔路口，年轻人停住脚，抹了一把脑门的细汗，举目四望。远处山梁上有一群羊，恰似白云在悠然飘动。拦羊汉扯着嗓门吼秦腔：

为王的坐椅子脊背朝后
没小心把肚子搁在前头
他大舅他二舅都是他舅
高桌子低板凳都是木头
金疙瘩银疙瘩还嫌不够
天在上地在下你娃甭牛
…………

年轻人笑了笑，沿着往西的土道迈开了脚步，边走边小声哼唱：

大也黑来妈也黑
生下儿子茄子色
叫来他舅比颜色
他舅还比锅底黑
…………

翻过一道梁，拐进一条大沟，太阳斜过山梁背后，天光暗淡了许多。年轻汉子加快了脚步，他怕天黑翻不过前边那道梁。路两边是半人高的荒坎，荒坎上长满着一人多高的蒿草。蒿草刚刚走过寒冬，干枯没有生机，在春风中飒飒抖着。忽然，蒿草中钻出十几条汉子来，拦住了年轻人的去路。他们手中都拿着家伙，有的拿刀，有的弄棒，有的使谷杈。他们的武器虽经磨砺，后部仍然留有锈斑。磨砺的部分显得尖刃明利，在斜阳的辉映下闪着耀眼的银光。为首的是个块头很大的壮汉。他使的是一把不知哪个朝代留下的大砍刀,刃口也是刚刚磨砺过的,在斜阳下闪光刺目。但刀背附近仍然长满着黑黄相杂的铁锈,而且刀口上还有几处蚕豆大小的豁口,并不怎么吓人。

为首的壮汉大喊一声:“站住! 留下买路钱,饶你狗命一条!”

年轻汉子知道遇上了土匪,脸上并无惧色,口气平和地说:“好汉,我是过路的穷汉,放我一马吧。”

壮汉逼近一步,冷笑一声:“放你一马? 我跟谁要钱去? 快拿钱来,饶你不死!”

“好汉真个不肯放我?”

“你打听打听去,十三爷的地盘空手放过哪个!”

年轻汉子冷冷一笑:“我只有这条褡裢,只怕你没本事拿走它。”

壮汉哈哈大笑:“你屎上怕还没长毛哩,竟敢跟爷爷我说这样的大话!”手提大刀过来,伸手就抓年轻汉子肩上的褡裢。

年轻汉子是会家不忙,就在壮汉的手将要抓住褡裢的那一瞬,他疾手擒住壮汉的手腕往怀里猛地一拽,壮汉扑倒在地,手中的大刀也飞出了老远。年轻汉子笑道:“就你这本事也来劫道,都不怕饿断了肠子!”

壮汉爬起身,恼羞成怒,打一声呼哨。十几条汉子舞枪弄棒朝年轻汉子扑来。年轻汉子并不畏惧,左躲右闪,从腰间抽出一条九节鞭挥舞得虎虎生风。那十几条汉子看来都是业余土匪,虽然势众,却从没遇到过如此强劲之敌,缩头缩脑不敢上前。年轻汉子却越战越勇,有几条汉子倒在了他的九节鞭下。

就在这时,一声枪响,子弹从年轻汉子头顶飞过。他吃了一惊,收住九节鞭,环顾四周,只见荒坎上站着一个约莫二十五六岁的精瘦汉子,手提盒子枪,枪口还冒着一缕蓝烟。显然,那一枪是他打的。

“小伙子,功夫不错嘛!”精瘦汉子冷笑道。他一身绸布衣衫,收拾得很利索,身后站着七八个年轻汉子,人人手中都有盒子枪。看来他是这伙人真正的头。

“看看我这功夫胜不胜你!”精瘦汉子说着,扬手一枪,年轻汉子手中的九节鞭断成了两截。

先前那个壮汉捂着胳膊走过来,朝精瘦汉子说:“四爷,把这狗日的撕了!他伤了咱们许多弟兄。”壮汉的胳膊挨了一九节鞭,此刻疼得钻心。

精瘦汉子没理壮汉,走下荒坎,来到年轻汉子跟前,说道:“跟四爷上山一趟吧。”

年轻汉子没动窝,两眼瞪着精瘦汉子。

“咋的,你还想尥蹶子!”精瘦汉子晃了晃手中的枪。

年轻汉子怒而不语。

“带走!”精瘦汉子喝令一声。

便有几条汉子拥了过来。年轻汉子没有反抗。他明白拳头再厉害也对付不了枪子。他束手就缚,任凭土匪给眼睛蒙上黑布。

刘十三原本不是职业土匪,他是个杀猪的。这个职业不管是否能挣钱,却有一个最大实惠就是嘴不受穷,天天有肉吃。有肉吃自然是美事,却把嘴惯馋了。一旦没了肉吃,不光嘴受不了,肚子也受不了。

民国十八年(1929 年),关中遭了大年馑,春旱连着伏旱,伏旱接着秋旱，两茬庄稼颗粒未收。第二年落下了一场透雨，人们呼儿唤女把从牙齿上刮下来的粮食种到了地里，盼着能有个好收成，好度过荒年。谁知快到收获之际，闹了蝗灾，铺天盖地的蝗虫一夜之间把地里的庄稼吃光了，只剩下了光秆秆。这才真是雪上加霜！村里不见了炊烟，刘十三别说杀猪，想杀个老鼠也寻不见，只好拿上杀猪刀去剥树皮煮着吃。他的父母年事已高，体弱多病，怎能咽得下树皮，不几天就相继而亡。他也是吃惯肉的嘴，现在去吃树皮，实在难以下咽。

就在这危困之时，村里几个常出没赌场的鬼五锤六饿得皮包骨头来找刘十三，请他出山，带着他们去抢大户吃香的喝辣的。刘十三干的是白刀子进去红刀子出来的营生，有的是胆量，可一听去抢人，头摇得似拨浪鼓："那不成了土匪？干不得干不得！"

鬼五锤六们说："这会儿命都难保，还管他啥土匪洋匪，能有啥吃就他妈的肚肥！"

平日里鬼五锤六们在牌桌上捞钱，常去照顾刘十三的生意。日子久了，他们跟刘十三成了铁哥们。这阵刘十三饿得头晕目眩，晕晕乎乎的，经不住鬼五锤六们再三鼓动怂恿，便提上杀猪刀，领着鬼五锤六们去抢大户。初战告捷，果然是皇上过的日子，大块吃肉大碗喝酒。于是一发不可收拾，巧取豪夺，天天过年，顿顿吃肉喝酒，闹腾得方圆数十里的富家大户，听见刘十三的名字就亡魂丧胆。刘十三虽恶，却从不骚扰招惹穷家小户，也不在家乡附近几个村子作案。土匪的行话叫："兔子不吃窝边草。"远处的各路土匪因有刘十三在此，也不敢来此打家劫舍。因此，刘十三在家乡一带还落下了好名声。

度过年馑，农人们的日子日渐好转。刘十三自思当土匪终不是长久之计，便想金盆洗手，回家重操旧业。一日他在聚义堂召集众人，说道："各位弟兄，当初咱们上山落草为寇全因肚中无食。现在年馑已过，日子好过起来。山寨中还有些银圆烟土，分给大家，回去好好过日子，也免遭世人唾骂。"

这时鬼五锤六们都做了大小头目，一听此话，纷纷嚷道："大哥，你回家重操旧业自然天天有的是肉吃。我们回家去面朝黄土背朝天，依旧受苦受累受穷，不回去不回去！"

刘十三见说服不了众人，犯了牛脾气，独自一个下了山。回到家，他却傻了眼，先人留下的几间瓦房变成了瓦渣滩。原来他落草为寇后，官府多次派人捉拿他。捉拿他不着，便抄了他的家，本要一把火烧个精光，却碍着左邻右舍，就把几间瓦房砸成了瓦渣滩。他对着瓦渣滩发了半天呆，却没颓唐，决意重建家园。没料到联保上的头目把他归家的消息报告给了县保安团。第二天他刚刚动手搬砖弄瓦要重修房屋，开来了一队官兵。幸亏族里的一位叔父给他通风报信，他慌忙逃命。官兵紧追不舍，犹如狗撵兔。追命的最终没撵上逃命的，可他肩膀却挨了官兵一枪。

官兵绝了刘十三的退路，又打了他一枪，使他别无选择，铁下心去当职业土匪。他在山中养好伤，发誓与官家势不两立。几年间，他的人马日渐强盛，成为这一带最大的一股杆子。他专和官府作对，经常袭击官家的钱庄粮店仓库。官府无计可施，想到重赏之下必有勇夫，便悬赏五百块银圆买刘十三的人头。银圆虽是好东西，可刘十三的人头也是珍贵之物。几年过去，五百块银圆好端端地在官府的银行存放着，刘十三的人头也好端端地在他的肩膀上扛着，并不曾易手。

刘十三的窝巢在兔儿岭的老爷台。这地方是个台原，三面环坡,南边有条弯弯曲曲的小道连着原下的东西大道。老爷台有四五十户人家,壮男壮女几乎都是业余土匪。刘十三把窝巢选在这里得了地利和人和。

老爷台的村南有座大庙,供奉着骑胭脂赤兔马、挥舞青龙偃月刀的关云长关老爷。老爷庙是一组建筑群体,修建在高台上,居高临下,很有一番气势。老爷庙门前有石狮一对,雄视前方。庙宇为重檐歇山顶,檐牙高翘,重重叠叠,有别于一般同类建筑。两侧各有五间陪殿,后边是寝殿,都是单檐歇山顶,外檐有斗拱。这座庙宇远近闻名,老爷台也因此而得名。庙里原有十多名道士,刘十三来此后,占庙为栖息地,他对道士倒也尊重,井水不犯河水。可道士们却不愿与他们为伍,作鸟兽散去了别处。这一来倒也好,整个庙宇,乃至整个老爷台全住上了刘十三的人马。

两月前的一天,探子报上山来,说是驻扎在永平镇的保安团的头目吴清水要娶小老婆,女方是永平镇一家大户人家的闺女。刘十三闻讯后顿时怒从心头起。他自思已到而立之年,占山为王也有好几年,手下也有上百喽啰几十条枪,论名声方圆数十里无人不知、无人不晓,可他如今不曾有个老婆,还是光棍一条。吴清水这个采花贼只不过是罗玉璋手下的一条走狗,搂着一个女人还不知足,还要再娶一个,真是岂有此理!

刘十三猛一拍桌子,咬牙骂道:“叫这驴日的㞞子享不成这艳福!”拔出手枪要带人马下山去搅和吴清水的娶亲之喜。

二头目冯四走上前说道:“大哥,杀鸡不用牛刀。小弟愿代大哥下山走一趟。”

“也好。”刘十三顿了一下,叮咛道,“甭伤那女人,要活的。”

冯四乃明白人,拍着胸脯说:“大哥放心,保管少不了她一根头发!”

吴清水娶亲的那天黄昏,冯四带着一队人马下山,袭击了永平镇。翌日清晨,四条壮汉抬着一顶花轿上了老爷台。刘十三撩开轿帘,惊喜得目瞪口呆。

女人年方二九,穿一袭红缎旗袍,头插红花,薄施粉黛,面容娇丽,一双忽闪闪的大眼噙满了泪水,却似梨花带雨。刘十三看得呆了,一时不知所措。冯四上前,半搀半拖把女人“请”出了轿。女人的身段更是优美,该凸的地方凸得惊目,该凹的地方凹得迷人。旗袍的衩子开在膝盖上处,凝脂似的肌肤显现醒目。当下周围的喽啰都被眼前的美色惊呆了,个个如痴如醉。

冯四凑到刘十三身边笑嘻嘻地说:“吴清水那狗日的还没挨她的身哩。”

刘十三有点不相信。冯四说:“我让几个弟兄扮成闹洞房的,用酒灌吴清水,等灌醉了他好下手。可那狗日的心在这女人身上,不肯多喝。我看不行,就下手硬抢。那狗日的命大,钻窗子溜了。”

刘十三哈哈大笑:“真有你的,给山寨立了一大功。回头大哥有赏。”说罢,挥挥手,让周围的喽啰走开。

刘十三看着女人,笑着问女人愿不愿意做他的压寨夫人。女人哪里肯!刘十三脸一沉:“你能嫁给吴清水,就不能嫁给我?你嫁那驴日的是二房,嫁了我是原配夫人。咋的,你嫌我是土匪?吴清水能比我强到哪达去?他驴日的还不胜我,比土匪还土匪!”

不管刘十三咋说,女人都不吭声,低头垂泪。刘十三很少说软话。他终于不耐烦了,发了山大王的脾气,说出的话很霸道:“你不愿给我做老婆也行,那就给我手下的弟兄们去做老婆。这两样你看着挑吧。”

女人惊得不知眼泪咋掉了,痴呆了许久,便乖乖依了刘十三。

刘十三自从有了压寨夫人,早晨便从中午开始,并吩咐下去,一应杂事去找几个副手,不要打扰他。

这天吃罢午饭,刘十三陪着夫人玩纸牌。夫人打上山以来,终日愁眉不展,不见笑脸。刘十三便想着法讨夫人欢心。玩纸牌他故意不赢,脸上贴满了许多纸条,模样颇为滑稽可笑。就在这时,有个喽啰撞门进来报告:“十三爷,有个钉子钻进了咱们口袋,被我们拿住了。”

刘十三很不高兴,呵斥道:“混蛋! 这事还用跟我说,滚出去!”

喽啰没有滚,怯怯地说:“这钉子有点来头,抓他时还伤了我们好几个弟兄。”

刘十三不耐烦地一挥手:“让冯四把他砍屎了!”

喽啰说:“四爷让我来跟十三爷报告一声,他押着那钉子随后就到。”说着,从怀中拿出一张官府的通缉告示呈给刘十三。

刘十三手中拿着纸牌,没去接那告示。夫人却扔了手中的纸牌,接过告示细看起来。正看着,冯四大步走了进来,在刘十三耳边低语一阵。刘十三一把抹去脸上的纸条,喝喊一声:“带进来!”

几个喽啰推搡进一个蒙眼汉子。为首的喽啰上前取了蒙眼布,刘十三看了年轻汉子半天,恶狠狠地问:“你是啥人? 敢闯我的山头!”

年轻汉子眯了眯眼睛,让眼睛适应了一下亮光。他环顾了一下四周,看出这是座庙殿。正殿上供奉着关云长关老爷,关老爷一手捋着长髯一手捧着书卷,左有关平右有周仓。由于年代久远,关老爷他们塑像的色彩斑驳残败。殿前有一张八仙桌,分设两把太师椅,一把坐着一个黄脸壮汉,另一把坐着一个年轻女人。女人生得出奇地俊俏，一身城里洋学生的打扮，刘海齐眉，短发齐耳，明眸皓齿。年轻汉子在心里惊讶，这地方如何有这样一个俊美人？有人在他屁股上狠踢了一脚，大声喝道："十三爷问你话哩，还不快回答！"

年轻汉子醒过神来，答道："我叫张根旺，是乾州人，去岐凤走亲戚迷了路。请好汉爷给我指条道，放我回家。"

刘十三冷笑几声，忽然高声叫道："墩子！"

年轻汉子吃了一惊，几乎脱口答应。他呆眼看着刘十三，做出一脸的傻相。刘十三起身走过来，在他头上摸了摸，又在他脖子上捏了捏，说道："没想到你这头竟跟我的头一样值钱。"说罢，哈哈一阵大笑。

年轻汉子正是墩子。离开表叔家后，他想走大道奔岐凤。却又一想，他现在是官府通缉的杀人犯，走大道风险太大，多有不便。于是，他便走了山林小道。这一带他比较陌生，山山峁峁、沟沟壑壑看似一样，三转两绕就迷了路，闯进了刘十三盘踞的山窝，被冯四带的人马擒住了。

此刻，墩子已经清楚面前这个壮汉就是大名鼎鼎的土匪头子刘十三，自思今日是命尽了。他举目细看刘十三。刘十三长相威猛，但并不凶恶，黄净面，浓眉大眼，络腮胡，中等身材，身板壮实，猛看上去还有几分憨厚朴实。

精瘦的冯四把从墩子身上搜出的书信递给刘十三。刘十三看罢，笑道："果然你是墩子。"

墩子默然不语。

刘十三双手抱在胸前，在墩子面前踱了一圈，问："你要去投李信义？"

墩子自知瞒不住，点点头。

“为啥要投他？”

“报仇！”

“你跟啥人有仇？”

“罗玉璋。”

“这么说，前些时日砍了罗玉璋一斧头的刺客就是你？”

墩子点头。

“你跟他有啥仇？”

“他杀了我爹娘。”

刘十三正色道：“那你就该来投我。”

墩子沉吟了一下，说：“恕我直言，我不愿当土匪。”

刘十三哈哈笑道：“我是土匪不假，令尊大人当初不也是土匪嘛！”

“不，我爹不是土匪！”

“就算不是土匪，可却被罗玉璋当土匪用铡刀铡了。”

墩子咬牙说道：“我不杀了罗玉璋那贼尿，誓不为人！”

刘十三说：“你投李信义能杀了罗玉璋吗？他们都是官府的人！”

“你说得不错，可李师长是国军的正规军，我好好干，干个营长团长的，还怕报不了仇！”

“那要等到猴年马月？”

“君子报仇，十年不晚。”

刘十三突然问道：“你要当不了官呢？”

墩子一怔，语塞了。半晌，他讷讷地说：“到那时我再来投你。”

刘十三笑了一下：“到那时我不会收你的。”

沉默片刻，墩子说："十三爷，我知道你是条好汉，放我一马吧。"

刘十三沉吟片刻，说："我刘十三是专和官府作对的，你去投官军，便是我的对头。再者，你打伤了我好几个弟兄，按规矩不留在山上就要砍你的头。我念你是条好汉，就破一回规矩，先把头留在你肩膀上。"

墩子深深一揖："多谢十三爷不杀之恩。青山不老，绿水长流。咱们后会有期。"说罢，抽身要走。

"慢着！"刘十三喝住墩子，"罗玉璋是我的仇家对头，你敢杀他就是我的朋友。朋友来到我的山寨理应以礼相待，咋能让你这么着就走哩。"说着，从衣袋掏出一把银圆，往空中一抛，一阵叮当响，伸手接住，走了过来，把银圆码成一摞，按在墩子的头顶上，说了声："别动！"转身便走。

墩子肚里纳闷，不知刘十三玩什么把戏，站在那里呆眼看他。

只见刘十三走出二十步开外，抽出腰间盒子枪，瞄也不瞄，手一抬，叭的一响，墩子头上面的银圆当啷落地。

墩子浑身一颤，只觉得头皮发麻，头发都竖了起来。以前他在镖局里干过，常和土匪打交道，可经这事还是头一遭，不由得他不心惊。可他知道这会儿半点也不能动，壮起胆子木橛似的戳在那里纹丝不动。

连着九声枪响，九块银圆落地，在庙堂里乱滚。庙堂响起一片喝彩声。

刘十三走到墩子跟前，吹了一下还在冒烟的枪管，笑道："墩子，你好大的胆量。"

墩子回过神来，一笑："十三爷，你的好枪法。"

刘十三哈哈大笑:“这算个啥! 听手下的弟兄们说,你的拳脚功夫不错。”

墩子说:“也没个啥。跟你玩枪一样,只不过是玩熟了罢了。”

刘十三面有愠色:“你是说我的枪法不精?”

墩子急忙说:“不,不,我是说不管啥功夫,练久了就能出高招。”

“你有啥高招,露一手我瞧瞧。”

“在十三爷面前不敢献丑。”

刘十三不高兴了:“叫你露一手就露一手,咋这么婆婆妈妈的,不像个立着尿尿的!”

见刘十三这么说,墩子便环顾四周。他看见殿堂一侧有一块磨刀石,一拃宽,半拃厚,半尺长。他走过去攥在手中。众人不知他要干啥,围过来观看。他伸出右掌,运足气力,挥掌猛砍下去,只见那磨刀石齐刷刷断成两截。众人看得目瞪口呆。刘十三的压寨夫人竟伸出一双纤纤细手,捧起墩子的手左瞧右看,见那手掌皮肉无损,发出一声莺啼似的惊叹:“真是好功夫!”

面对刘十三的枪口,墩子面无惧色。此时被压寨夫人拉着手,他不禁面红耳赤,心惊肉跳。刘十三也看了看墩子的手,笑道:“功夫果然不错。”随后又说,“今儿天色已晚,就不要下山了。”

墩子虽然极不情愿,但落在这伙人手里,只能客随主便。

身陷匪窝,墩子啥都想到了,就是没想到刘十三能宴请他。宴席说不上很丰盛,却是山寨的高规格,大块的红烧肉,大碗的自酿米酒。

宴席设在刘十三的卧室。刘十三是主,墩子是客,陪客只有刘十三掠来的压寨夫人。

夫人给客主各斟满一碗酒。刘十三端起,冲着墩子说了声“干!”一饮而尽。

墩子闯荡江湖多年,知道这样的场合讲的是豪爽侠气,而不是客套扭捏,便双手端起酒碗,也来了个碗底朝天。

“爽快!”刘十三很高兴,一摆手,示意夫人再斟。夫人又给他们斟满了酒。酒是山寨自酿的米酒,不冲,却味甘爽口,十分好喝。三碗过后,刘十三率先撕下一个鸡腿,冲墩子一扬,说了声:“咥(吃)!”便大口吃了起来。

墩子也就毫不客气,依样葫芦。

鸡腿下肚,刘十三开言问道:“香不香?”

墩子答:“香!”

“酒美不美?”

“美!”

“你看这婆娘漂不漂?”

墩子不禁一怔,嘴也停了下来。刚才他没敢多看妇人一眼,刘十三这么一问,便转过目光去看妇人。妇人正起身给他碗里斟酒。她穿一袭红缎子紧身旗袍,胸脯醒目地高耸着;一双玉臂裸露出来,肌肤丰润而白嫩;一张俊俏的粉白脸在烛光的映照下泛着桃花色;齐眉的刘海下一双媚眼在偷看他,见他的目光射过来,含羞地一笑。墩子顿时心慌意乱,慌忙避开妇人的目光,说了声:“漂!”埋头去啃手中的鸡腿,却不知滋味。

刘十三哈哈笑道:“白天吃着香的喝着美的,晚上睡觉搂着漂的,你说这日子嫽不嫽?”

“嫽!”

“这嫽日子你想过不？”

“想过。”

“那你甭下山了，留下来。”

墩子又是一怔，举起的酒碗在半空停住了，呆眼看刘十三。刘十三干了一碗酒，抹了一把沾在络腮胡子上的酒珠，推心置腹地说：“山寨正在用人之际，我看你是个干才，你若肯留在山上，山寨的交椅有你一把。”

刘十三的山寨有百十号人马几十条枪，但能率队独当一面的干才并不多，除冯四外都是些莽汉武夫。他见墩子胆识武功过人，便想留墩子入伙。

刘十三见墩子不语，便笑问：“你娶媳妇了吗？”

墩子摇头。

“想不想娶媳妇？”

墩子红了脸面。

刘十三哈哈大笑，压寨夫人也抿嘴娇笑，显得越发楚楚动人。刘十三收住笑，正色说道：“你若肯上山，我亲自出马给你弄一个漂亮女子做压寨夫人。咋样？”

墩子收住心猿意马，放下酒碗，双手一抱拳：“承蒙十三爷看重，我感激不尽。可我大仇未报，不能从命。”

刘十三说：“你若留在山上，你的仇便是我的仇，我一定替你报仇雪恨。”

墩子沉吟片刻说：“十三爷知道我的表叔吗？”

“你表叔是谁？”

“杨豹子。”

“就是绑了县长姨太太花票的那个杨豹子？”

墩子点头。

“当然知道。他是条汉子,可惜死在了罗玉璋手中。”

墩子说:“我爹在世时,表叔曾多次拉他入伙,他都没应允。我爹生前也曾多次给我说,好好做人,不可为匪。我虽不孝,但不敢违背先父的遗言。”

刘十三略一沉吟,在墩子肩头拍了一巴掌:“你有种,是个孝子!我不勉强你。来,喝酒!”端起酒碗跟墩子一碰,仰脸而饮。

喝酒,吃菜,再没人说话,气氛便有点沉闷。

良久,墩子打破了沉闷,端起酒碗说:“十三爷,你如此厚待我墩子,我感激不尽。我借花献佛,敬你一碗!”

“好,我喝!”刘十三豪爽地接过酒碗,一饮而尽。

墩子又倒满一碗酒,双手捧给妇人:“夫人,墩子敬你一碗!”

妇人没想到墩子能给她敬酒,急忙起身红着脸说:“我喝不了……”

刘十三在一旁笑道:“墩子敬你,你就喝嘛。”

妇人接过酒碗,看一眼墩子,仰脸喝了一口,可能喝得有点猛,咳嗽起来,墩子急忙说:“夫人不能喝就不要勉强。”

妇人涨红了脸,瞪了墩子一眼,把酒碗送到唇边,埋下脸吮吸而饮。待她抬起头来,面泛桃花色,那酒碗的底见了天。

墩子看得呆了,说了声:“夫人海量。”心里却想,这妇人不一般。

刘十三哈哈大笑。

墩子落座后,言道:“十三爷,有句话我不知该说不该说。”

刘十三大手一挥:“今晚夕我请你来喝酒,你就是我的客人,是我的朋友。你有啥话尽管说,用不着婆婆妈妈讲客套。”

墩子说:“以十三爷的才干和胆魄,为何不另谋一条生路?”

刘十三猛干一碗酒,把酒碗往桌上一蹾,那碗竟成了两半。墩子和妇人都吃了一惊,呆呆地看着刘十三。

“唉!”刘十三长叹一声,“你问得也是。我刘十三虽是个粗人,但自信不是个傻人。我当然知道啸聚山林终不是长久之计。想当年我因肚中无食,被迫拉起杆子吃大户。年馑一过,我便想金盆洗手改邪归正,回家重操旧业,过几天舒心日子。谁知官府竟不能容我,抄了我的家,打了我一枪,悬赏买我的人头。这叫官逼民反,民不得不反。”

墩子说:“十三爷说得也是。官府这条路走不通,不知你想过其他路没有?”

刘十三一怔,问:“还有啥路可走?”

“此处不养爷,自有养爷处。十三爷可以带上夫人远走他乡,隐居山林,安安心心地过日子。”

刘十三连连摇头:“我离不开这一方黄土。再说,这些年我捉惯了枪把子,怕再也捉不惯锄把子了。”

墩子沉吟片刻,说:“十三爷既然尚武,还有一条路可走。”

“哪条路?”

“听说陕北的红军闹得很红火,专和官府作对,你可去投红军。干好了得个一官半职,也可光宗耀祖,封妻荫子。”

“红军我也听说过,跟我干的一样,杀富济贫,跟官家作对。可陕北那地方太苦焦,这些年我大鱼大肉地吃喝惯了,嘴受不得穷。再说,在这里除了天王老子就我大,说钉子就是铁,说庙就有人磕头,说灯就有人添油。我就是皇上,我的话就是圣旨。到了那边我就啥也不是了,说话谁还会听?还有,到了那边我就成了磨道的驴,听别人吆喝。我受不了这个。”刘十三喝干一碗酒,抹抹嘴,又说,“这一辈子我就这么过了,土匪就土匪吧!”墩子呆呆地看着面前的山大王。刘十三的眼睛有点发红,舌头也有点大了,显然是喝过了量。墩子没想去劝他。

“你甭这么看我。你一定以为我刘十三是个糊涂人。给你说掏心窝的话,我不糊涂,是这个世道把我弄糊涂了。我干脆就糊涂庙住个糊涂神,糊里糊涂往下过。今日有酒今日醉,管他明日苦与愁。”刘十三又举起一碗酒,一饮而尽。

妇人见刘十三有了几分醉意,劝道:“别喝了。”

刘十三红着眼睛说:“别劝我,让我喝。一醉解千愁。来,你也喝一碗。我知道你心里也不痛快,你不想做我这个土匪头子的压寨夫人,是我逼你做的……喝,喝醉了就忘了不痛快。”他搂过夫人的肩膀,端起一碗酒,给她的嘴里灌。夫人呛得大咳起来。他却乐得哈哈大笑。

墩子默然地看着他们,心里说不出是什么滋味。

刘十三仰面又干一碗酒,抹了一下下巴,忽然说道:“墩子,我吼一段乱弹,你听吗?”他已经有了七八分醉意,没等墩子开口,就扯开嗓子吼开了:

王彦章打马上北坡
新坟更比老坟多
新坟里躺的是唐高祖
老坟里睡的是汉萧何
青龙背上埋韩信
五丈原上葬诸葛
人生一世莫空过

纵然一死怕什么

…………

刘十三的嗓音洪亮,但唱得并不好,说“吼”也不确切,他是在“喊”。喊完后,他问道:“墩子,我吼得咋样?”

墩子笑了一下:“吼得好。”

刘十三也笑了一下:“你给我戴二尺五的高帽子哩。我知道我嗓子粗,吼不了乱弹。可这段乱弹就得这么吼。戏台上那些戏子太做作,嗓音太轻,吼不出这段乱弹的味来。你说是吗?”

墩子看过《苟家滩》这出戏,倒也没感觉出什么来,这时听刘十三这么一说,回想往日看的戏,还真如刘十三所说,没有人把这段乱弹的味吼出来。他点了点头。

刘十三端起酒碗,又一饮而尽。墩子呆眼看他,心里惊叹他的好酒量。

刘十三忽然又说:“墩子,你投了国军,往后若成了气候,可别忘了我刘十三今夜请你喝的酒。倘若我犯在你手里,你可要手下留情……”

墩子一惊,急忙说:“十三爷说醉话了。”

“我没醉,灵醒得很。好了,不说这些了。来,咱们喝酒,喝他个一醉方休!”

一觉醒来,日头斜到了西天。昨夜喝多了酒,竟然睡到了这个时辰,墩子只恨自己贪杯误事。他急忙起身去向刘十三辞行。他的褡裢和教书先生写给李信义的推荐信还在刘十三手中。

他住在关王庙后边的窑洞。出了窑洞他便觉得气氛有点不对劲儿。刘十三的大部分人马住在庙后的几排窑洞,平日里喧闹声一片，今儿却静得有点异常。墩子没有在意，径直走进大庙，门口有两个喽啰站岗，认出是十三爷高看一眼的贵客，并不拦他。

来到刘十三的住处，墩子干咳了一声，叫了声："十三爷！"

门帘一挑，出来的人是压寨夫人，见是墩子，笑盈盈地说："是你呀，屋里坐吧。"

墩子便迈步进了屋，屋里空无一人，不禁一怔："十三爷不在？"

压寨夫人说："他下山去了，你坐吧。"

墩子犯了难，沉吟一下说："夫人，请你把我的褡裢和书信给我，我要下山。"

压寨夫人说："那两样东西不在我手中。"

墩子踌躇半晌，说："请夫人转告十三爷，就说我墩子感谢他的不杀之恩和盛情款待，此情容当后报。"说罢便走。

"慢走！"压寨夫人喊了一声。

墩子收住了脚步，回过头来，不知压寨夫人有啥事。压寨夫人说："没有他的话，你是下不了山的。"

墩子一怔，迟疑起来。

压寨夫人又说："这地方上山容易下山难，你还是等他回来再走吧。"口气不无关切。

墩子目光射向压寨夫人，压寨夫人正好拿眼睛看他。他脸一红，慌忙躲开她的目光，抽身走人。他出了关王庙，自思压寨夫人的话不可全信，不妨先去闯一闯，径直奔下山的路。来到路口，几个持枪的喽啰不知从啥地方冒了出来，拦住他的去路，说是十三爷下山时有过吩咐，任何人不得下山，有事等他回山后再说。

至此，墩子才相信了压寨夫人的话。他明白，就是跟这伙喽啰说干了嘴巴也是白费唾沫，只好回到住处，等候刘十三回山。

刘十三一大早就带着人马下了山。昨夜他喝得有八分醉，连衣服都没脱就躺倒在床上。黎明时分正在酣睡，却被身边的妇人摇醒了。酣睡被搅了，他十分恼火，正要发作，一个喽啰一头撞了进来，面如土色，跪到床前放声大哭。他一惊，睡意顿逝，酒也醒了大半，忙问怎么回事？

喽啰哭诉道："十三爷，大事不好……冯四爷失手了，被保安团枪杀了……"

刘十三忽地坐起身，打了个寒战，起了一身的鸡皮疙瘩，酒全醒了。冯四昨夜带着一队人马去永平镇给山寨搞粮饷。他办事向来机灵精明，从没失过手的，可这次却竟遭此毒手！

冯四在山寨坐第二把交椅，跟刘十三是结拜兄弟，是刘十三的左膀右臂，深得刘十三宠信。他与刘十三同住一村，原也是个本分的庄稼汉。民国十八年(1929 年)关中遭了前所未有的大年馑，冯四的老母和过门不到一年的新媳妇饿得奄奄一息。老母躺在土炕上闭着眼睛等死，冯四的媳妇也躺在自己屋里，全身浮肿，下不了炕。冯四外出寻食，迟迟不归。

黄昏时分，冯四拖着疲惫的身躯空手归来。他叫了一声："妈!"不见老母应声。再叫一声，老母睁开眼睛看着儿子，半晌，又闭上了眼睛。冯四捶了自个儿一拳，回到自己屋中。媳妇睁开眼睛，眼巴巴地望着皮包骨头的男人，见男人提着两个空拳头，轻轻叹息一声，眼睛也闭上了。

冯四抱着脑袋圪蹴在脚地，许久，他看见屋角有把杀猪刀在闪着暗光。以前他经常去给刘十三当帮手，弄副下水什么的解解馋。这把杀猪刀还是刘十三的家伙。如今，刘十三连老鼠也没得杀，他就更别提了。

冯四把那把杀猪刀呆呆地看了半天，猛地抓在手中。回过头来，他看着躺在炕上的媳妇。媳妇过他冯家门也不过八个多月，没吃过几天饱肚子，如今跟他受罪受到了这个分上，真是可怜啊！

冯四突然双膝跪地，叫着媳妇的名字："采娃，我对不住你……"磕一个头。

媳妇睁开眼睛，茫然地看着冯四。冯四起身，抓刀在手，说道："今生今世，我对不住你，来世变牛变马给你还。"

媳妇灵醒过来，惊叫一声："你！"

冯四两眼放出凶光："你活着受罪，还不如死了的好……"一刀捅过去。媳妇没叫出声，大睁着眼睛断了气。

卸块取肉冯四是行家里手，加之饥饿这个魔鬼迫不及待地催促，他异常利索地取肉入锅。他给锅底塞进几块劈柴，引着火种，拼力拉动几下风箱。当火焰熊熊燃烧之时，他疲惫不堪，气力不支，歪头靠着风箱昏睡过去。

不知过了多久，他迷迷糊糊地睁开了眼睛。一阵肉香直钻鼻孔，刺激着他的神经。他浑身一激灵，忽地起身，揭开锅盖，顾不得汤烧，伸手抓出一块肉往嘴里就塞……

一块肉下肚后，他猛地想起老母。急忙取过碗，舀了一碗肉汤，给老母端过去。

冯母已经被饥饿折磨得昏迷不醒，冯四连声呼唤，不见答应。冯四急忙用羹匙给老母的嘴里灌肉汤，老母干瘪的嘴唇神奇地动起来。灌进半碗肉汤，冯母徐徐睁开眼睛，看清楚是儿子给她喂食，便不肯再吃，示意让儿子吃。冯四说："妈，你吃吧，还有哩。"

冯母又吃几口，觉得肉香满口，惊问："哪里来的肉？"

冯四支支吾吾,说是打了一条狗。冯母神志清醒过来,疑窦满腹。这年月树皮都剥光了,哪里有狗让儿子打?前些日子村东头的孙二饿得发疯,竟把七岁的儿子煮着吃了。村里一片哗然,人人自危。想到此她打了个寒战,挣扎起身,狐疑地看着儿子。冯四慌忙避开老母的目光。冯母忽然发现碗中漂浮一根长发,心中大疑,挣扎着要下炕。

“妈,你躺着吧。”冯四慌忙拦老母。

冯母推开儿子,颤巍巍地往媳妇屋里走,边走边喊媳妇的名字。老人跷进媳妇的屋门槛,只见血水淌了一脚地,媳妇的头扔在屋角,一双眼睛吓人地睁着。

“天哪!”老人惊叫一声,一头栽在脚地,再没有醒过来……

葬了老母,吃光了媳妇的肉,冯四成了名副其实的穷光蛋。后来他和几个经常出没赌场的鬼五锤六去怂恿刘十三拉杆子吃大户。拉起杆子首次出山,便旗开得胜。吃了香的喝了辣的,冯四还分了几十块银圆。他活了二十五个春秋还是头一回见到这么多的银圆,而且这银圆跟他姓了冯。他拿银圆在手,左看看右摸摸,随后又敲敲,用嘴猛吹一口,放在耳边听声响,竟然高兴得发疯了。真是乐极生悲。

刘十三见冯四喜疯了,立时红了眼圈:“兄弟怎么这样福浅!”

一个略通医术的喽啰对刘十三说,冯四是高兴得太过了,被喜痰迷了心窍。刘十三问可有医治的法子。喽啰说,他看过一本闲书,有个法子可医治此症,不知灵验不灵验。刘十三忙问什么法子。喽啰说,让一个冯四平日最怕的人打冯四一个嘴巴,抢过他手中的银圆,猛喝这钱不是他的。冯四受了惊吓,吐出迷窍的痰液便就无事了。刘十三挠着脑袋寻思,这个法子倒不错,只是不知冯四平日最怕谁？喽啰说："山寨里冯四爷最怕的人就是你十三爷。"刘十三骂了一声自己："糊涂！"当下依着喽啰说的法子医治冯四，果然见效。

…………

"冯四兄弟！"刘十三叫了一声，泪水涌出了眼眶。好半天，他止住悲声，问喽啰是怎么失手的。

喽啰泣声说道："昨晚上冯四爷带着我们一伙下了山，由眼线（坐探）带路，摸进徐云卿开的粮店，谁知粮店里竟空无一人。冯四爷心里疑惑，急忙叫眼线，可眼线却不见了人影。冯四爷便知大事不妙，急忙带我们往外撤，可已经被人家围住了，枪响得像炒豆子。我们乱了阵，冯四爷先是腿上中了一枪，我要背他往外冲，他不让，要我快回山寨给十三爷报信。我钻到了茅房，从茅坑爬了出来……"

"冯四他们全完了？"

"全完了……"

刘十三咬牙又问："眼线是谁？"

"徐家粮店的伙计赵七……十三爷，你可要给冯四爷他们报仇呀！"

刘十三抓起盒子枪，双目圆睁，牙齿咬得咯嘣嘣响，又问："围你们的可是王怀礼？"

"就是王怀礼那个狗日的！"

刘十三的眼珠子瞪得血红，冒着凶光，恨恨地说："冯四兄弟，我要杀不了王怀礼和赵七就不是人养下的！"一拳下去，桌上的茶杯跳了起来，跌在脚地摔得粉碎……

第五章

王怀礼露了个大脸。

他出重金收买了刘十三安在徐云卿粮店的坐探赵七。从赵七嘴里得知,今儿刘十三要亲自来永平镇抢粮。每年春末夏初是青黄不接的困苦季节,山寨的粮食紧缺,刘十三的人马都要下山搞粮。近则抢附近村镇的富家大户,远则去百里之外抢商埠码头。今年刘十三把目光对准了永平镇,永平镇有几家粮店,唯徐家开的粮店最大。王怀礼便在几家粮店里暗暗设下伏兵,只想着这一回一举能歼灭刘十三这股土匪,立下奇功。谁知刘十三没出窝,冯四替他赔上了性命。王怀礼虽然未能如愿以偿,可毕竟击毙了刘十三最得力的干将,砍了他的一条臂膀。比起吴清水洞房花烛夜丢了老婆,王怀礼实实在在算是露了一回大脸。

击毙冯四后的第二天,徐云卿在迎宾楼设宴为王怀礼庆功。从县城回来后徐云卿一直心有余悸。那天在保安团罗玉璋的住处,他看出罗玉璋怀疑他。最后虽说他把那堆事全都推到了墩子身上,似乎罗玉璋也相信了,可他却心虚胆不壮。他知道罗玉璋是个心狠手辣啥事都干得出来的混世魔头。万一姓罗的要算计他,那他徐云卿失去的不仅仅是万贯家产,一家人的性命也难保全。

近来他睡不安稳、食不甘味,常因此发熬煎。几经思考,他在王怀礼身上开始下赌注。王怀礼和儿子望龙是同学,这已经有了一层关系。如果再施小恩小惠,笼络笼络,王怀礼也可能俯首听他的话。常言说得好,小钱买动帝王心。尽管王怀礼是罗玉璋的部下,但也不一定听罗玉璋的。王怀礼的任务是负责永平镇一带的民防治安。有道是:拿人钱财,替人消灾。近一段时间,他多次给王怀礼的中队送酒送肉,至于送给王怀礼的东西更是可观。如今王怀礼见了他,一口一个老伯,那个亲热劲就像真是他的亲侄。走在大街,团丁们见了他都点头哈腰,不笑不搭话。这一次王怀礼击毙了冯四一伙,使徐家的粮店幸免于难。他大喜过望,大摆筵宴,邀来永平镇的乡绅名流为王怀礼庆功,以讨王怀礼的欢心。

在酒席宴上,徐云卿亲自为王怀礼把盏。他端起酒杯,双手递到王怀礼面前:“贤侄,我敬你一杯。”

王怀礼慌忙站起身:“徐老伯,折杀小侄了。”

徐云卿笑道:“说哪里话。你杀匪有功,又使我的粮店免遭被抢之灾,我理当敬你。”

“恭敬不如从命。好,我喝!”王怀礼双手接过酒杯,一饮而尽。

徐云卿叫声“好!”又斟满一杯酒,捧给王怀礼。王怀礼推辞道:“小侄量窄,老伯自便吧。”

徐云卿说:“那一杯是为贤侄贺功,这一杯是感谢贤侄救徐家粮店免遭被抢之灾,贤侄不能不喝。”

王怀礼只有喝了。他是个灵醒人,明白徐云卿千方百计地在讨好笼络他。徐家出事的那天,他是事后才赶到的。他问罗玉璋是怎么受的伤,罗玉璋说是被土匪砍了一斧头。他心里起疑,有郭栓子和一班卫兵在,土匪怎得入徐家客厅?再者罗玉璋力大过人,又精通拳脚功夫,加上手中有枪,一两个土匪怎能是他的敌手?退一步讲,那个土匪就算得了手,怎能逃脱罗玉璋和郭栓子的神枪?可事实是罗玉璋和郭栓子都挨了一斧头。后来,他私下问郭栓子,那天到底是怎么回事。郭栓子和他私交甚厚,可也只说了一句:"团长的老二惹下了麻达。"他顿时明白了,为啥罗玉璋不和他住在一起,偏偏要住在徐家,在心里直埋怨罗玉璋也太那个了,谁家的花草都敢折。当时他心里很是不安,真怕罗玉璋让他去对徐家下毒手。他对徐云卿的印象很好,觉得这人仗义疏财,说话办事讲的是仁义礼智信,而且在永平镇民众中很有口碑。如果罗玉璋真的命令他去对徐云卿下毒手,他应该是执行命令还是不执行命令?幸好,他的担心是多余的。迄今,罗玉璋关于被刺这件事对他没有过什么命令,也没有什么暗示。而徐云卿却对他恩惠有加,倒让他感到受之有愧。

王怀礼刚放下酒杯,坐在身边的杨玉坤捧上一杯酒:"王队长,这杯酒我代表永平八千民众敬你!"

王怀礼慌忙说:"多谢杨镇长美意,我真的不能喝了。"

杨玉坤说:"王队长不要推辞。这次你击毙了冯四,砍了刘十三的左右手,立下奇功一件。喝了这杯酒,下次死的就是刘十三!"

坐在筵席桌上的都是永平镇的名流乡绅,纷纷说道:"镇长说得极是,这杯酒不能不喝!"

王怀礼不再矜持,接过酒杯,一仰脖子,杯子见了底。众人齐声喊:"好!"

酒过三巡,菜过五味。筵席上拉开了闲话。杨玉坤给王怀礼面前的小碟里夹了一筷子鱼翅,笑问道:"王队长,几时吃你的喜酒呀?"

王怀礼笑答:“日子还没定下来。到时候请杨镇长一定赏脸。”

杨玉坤笑道:“你的喜酒我是一定要吃的。”

徐云卿呷了一口酒,问:“贤侄要娶亲?不知是谁家的闺女?”

杨玉坤咽下一口菜,说道:“云卿兄怎么也孤陋寡闻。怀礼要娶的新娘子是北街耿老二的三闺女,那可是咱永平镇第一大美人哩。”

有人附和道:“英雄配美人,真是天设一对,地造一双。”

众人纷纷称是。徐云卿却皱了一下眉头。北街耿老二他是熟知的,耿家三闺女他也认得,美则美矣,可早已出嫁,罗敷有夫了。难道王怀礼仗势要抢夺有夫之妇?他心中顿生厌恶,话语也尖刻起来:“是你镇长大人做的媒吧?”

杨玉坤熟知徐云卿的脾性,自然听出了弦外之音,哈哈一笑:“云卿兄只忙着做生意,两耳竟不闻街头上的事。耿老二的三女婿病死一年半了,他的女儿现在娘家住着。”

徐云卿心里释然了。他为人处世有自个儿独特的一套,对女色不怎么看重,崇尚的是好女不嫁二男。但寡妇再醮也是世间常有之事,并不为他的喜好厌恶有所改变,他也懒得去理会。只是王怀礼乃一表人才,加之又是保安团的中队长,为何相中了一个寡妇?看来王怀礼是被美色所迷,算不上个真汉子。他在心中虽然低看了王怀礼,但嘴里还是说了一大堆恭维话。

“贤侄,喜日若选定下来就给我打声招呼。我在迎宾楼摆宴给你操办婚礼。”

王怀礼正想把婚礼操办得隆隆重重,可手头缺钱。徐云卿此言一出,真是雪里送炭。他大喜过望,站起身冲徐云卿深深一揖:“老伯如此厚爱,让小侄如何感谢才好。”

徐云卿手捻胡须,盈盈笑道:“贤侄说这些话就是见外了。你的事就是我的事,有啥难处尽管开口,别跟老伯讲客气。”

“多谢老伯!”

散席后,王怀礼匆匆赶回队部,几个团丁正在给他拾掇新房。他嘴角叼着烟,双手插在裤兜审视了一番,觉得还满意。

王怀礼丧妻已有两年之久。以他的身份地位以及长相再婚是件很容易的事。别说娶寡妇,就是找黄花闺女也易如反掌。前来登门说媒的也的确很多,可那些女人他没有一个看上眼的。他的亡妻长相丑陋不堪。那时他的家境十分贫寒,没有谁家的闺女肯进他家的门。他的父母怕断了王家的香火,咬牙借贷了二十块银圆,总算把这个丑媳妇娶进了门。洞房花烛夜当他揭开新娘子的红盖头时,吓了一大跳,新娘子是个麻子脸,而且鼻梁塌鼻孔翻。他转身出了屋睡在老娘的炕上。他娘看出他的心思,教训他说:“丑媳妇是家中的瑰宝,俏媳妇是惹事的祸根。”强把他撵进了洞房。他和衣躺在炕上,却无法入睡,自思,身边躺着的女人再丑也是女人,而且花了二十块银圆。如果用银圆去砸水,还能听点响声。可这么躺着不是把二十块银圆白扔了吗?想到这里,他便奋然起身,一口气吹灭了灯,摸着黑去享用那“二十块银圆”……

第二天,王怀礼去投罗玉璋当了团丁,很少回家去。两年后他的丑媳妇难产死了,他虽然也有点悲伤,可心里却感到一种不可告人的轻松。把丑媳妇送进黄土,他在心里打定主意,一定要娶个可心漂亮的女人。

王怀礼的中队驻扎在永平镇公所,地处镇街中央繁华地段。镇公所门前有个卖香烟的老妇人,夫家姓赵,人皆呼“赵三婶”。

这赵三婶秉性饶舌多话，好揽闲事，主业卖香烟，业余喜说媒，闲着没事就爱跟人谝闲传套近乎。王怀礼嗜好抽烟，每天都要去赵三婶那里买香烟。赵三婶自然很快就跟他熟识了，熟识了便拉闲话，一拉闲话也就知道了他丧妻未娶。这一重大发现，当即引发了赵三婶的业余爱好，立时就要给他说亲保媒。可他一听女方是个寡妇，心头顿时就起了火，想骂赵三婶一个狗血喷头，又觉得她一把年纪了，跟他老娘一般老，便强息心头之火把气吞回肚里，可脸上的颜色很不好看。赵三婶是何等乖觉之人！见他变颜失色，心里明白他嫌是寡妇，笑了一笑，说道："王队长，别嫌我老婆子嘴臭。要是换个人，我还不说这话呢。那个女人虽是个寡妇，可不是一般的寡妇能比的。她那长相，说了你也许不信，比画上的人都要俊三分哩。"

王怀礼抽烟不语。

赵三婶又说："你不妨先见见她的人，看不上人就当我老婆子放了个屁。咋样？"

王怀礼见赵三婶如此这般说，有点动心了，可还是抽烟不语。赵三婶见油盐不入，不觉有点灰心丧气，把目光转向别处。

忽然，赵三婶猛地一拍大腿，眉开眼笑起来："真个是陕西地方邪，说谁谁来。王队长，你快看，她来了！"随即扬手喊道，"秀娟，过来！三婶给你说个话。"

王怀礼转过脸，只觉得眼前忽地一亮。迎面娉娉婷婷走来一个少妇，二十二三岁的年龄，修长的身段，细细的腰，秀溜的一双小脚，走路如同踩着云，又似风摆杨柳枝。她身穿月白洋布衫子绿绸裤，裁剪得十分可体，乌黑的头发在脑后绾起一个高高的发髻，发髻插着一根银簪，面如桃花，柳眉下一双凤眼含羞带笑，红润的双颊嵌着一对浅浅的酒窝,令人销魂。

少妇倏忽飘至近前,浅浅一笑:“三婶,叫我来有啥话要说?”声音柔柔的脆脆的,用眼角瞟了王怀礼一下。

赵三婶是个没话能找话说的角色,笑道:“你爹你妈身子骨可好?”

“好。三婶也精神?”

“精神。”赵三婶笑看王怀礼一眼,随口介绍道,“秀娟,你来认认,这是我的表侄,叫王怀礼,在保安团当中队长。”

耿秀娟看王怀礼一眼,含羞一笑:“我见过他,只是不知道是三婶的表侄。三婶,你好福气。”

赵三婶笑道:“你真格是会说话。以后有啥难场事就跟他说。他是保安团罗团长的大红人,永平镇没有他办不到的事。”

王怀礼满脸堆笑,殷勤地说:“有啥事就言传一声,我一定尽力帮忙。”

耿秀娟抿嘴一笑,说:“往后少不了要给王队长添麻烦。”

赵三婶在一旁说:“看你说的,啥麻烦不麻烦的,有事就找他。你的事就是我的事,他不能不办。”

王怀礼便顺着杆儿爬:“还是我表婶说得对,跟我你就不要讲客套。”

耿秀娟又抿嘴一笑,又说了几句闲话,便走了。王怀礼的一双眼睛紧追着那娉娉婷婷的倩影,不忍离去。赵三婶拽了一下他的后衣襟,笑问道:“咋样?”

王怀礼自知失态,不好意思地笑了笑,从衣兜里掏出几块银圆,拍在赵三婶的面前:“三婶,这事就拜托你了。我还有点公务。”转身进了镇公所。

赵三婶飞快地抓起银圆，撩起大衣襟，装进贴身衣袋，冲着王怀礼的后背大声说道："王队长放心，这事包在我身上了。"

赵三婶原以为做这个媒如同卖包香烟一样容易，没想到遇上了麻烦。麻烦出在了秀娟的父亲耿老二身上。耿老二一生务农，为人敦厚诚实。敦厚诚实的人也难免有狡黠之处，在给女儿秀娟找婆家时他动了一点心眼。他想自己一生把日头从东背到西，力没少出汗没少流，却光景过得不如人。他不愿女儿再受苦受难，便把女儿许配给了南街开染坊的沈老五的儿子。沈家的日子倒也红火，可沈家的儿子却是个病身子。女儿过门不到半载，沈家的儿子就一命呜呼了。他仰天长叹，说是女儿命中注定没福，强求不得。因此，他一心想给女儿找个门当户对的庄稼汉过日子，不愿再攀高枝。赵三婶上门提亲，说是王怀礼看中了女儿秀娟，倒把他吓了一跳。他连连摇头。年初，保安团的吴清水威逼东街绸布店的杜老板，抢走了他的女儿做小老婆。娶亲那天，杜家人号天悲地如同发丧一般。如今回想起来令人不寒而栗。在他眼里，兵和匪没啥两样。

赵三婶摇唇鼓舌，说得口干舌燥莲花现。耿老二圪蹴在脚地闷头抽烟，一声不吭。好在赵三婶人老脸皮厚，又不甘心失败。她见说不转耿老二，便去劝说耿秀娟。

"秀娟，那王怀礼你已经见过面，长相没啥弹嫌的吧。再说他的身份吧，既是保安团的中队长，又是罗玉璋的大红人，有权有势，谁人不高看他一眼！谁人不巴结谄媚他！跟你说实话吧，想嫁他的黄花闺女多得很。如今这世道嫁汉就要嫁王怀礼那样的汉子，手中有枪，兜里有钱，谁都巴结，谁也不敢惹。"赵三婶说到这里顿了一下，察观耿秀娟的神色，"你就算是出嫁一天，人总说你是寡妇。要不是你长得心疼(漂亮)讨人喜爱,这门亲你想攀怕也难得攀上。”

耿秀娟手里抚弄着花手绢,低头不语。她自知赵三婶的话句句是实情,字字都在理。那天见到王怀礼,她便有了爱慕之心。现在赵三婶上门来提亲,真是打着灯笼也难寻的好事。可父亲竟拒绝了,真是老糊涂了!她在心里直埋怨父亲。

赵三婶最善于察言观色,看出耿秀娟动了心,便趁势发挥舌头的功能:“秀娟,老天把你杀到了半路上,三婶都替你伤心难过。你已经走错了一步路,可不敢再走错路了。王怀礼是个打着灯笼也难寻的好女婿,你可不能错过了。过了这个村可不一定有那个店。我知道你是个有主见的娃,明事理。这事说啥大主意都要你自个儿拿,你爹那人太老实太憨厚了。”

耿秀娟沉吟片刻,抬起头,捋了一把额头上的散发,说道:“三婶,我去给我爹说。”说罢起身到父亲屋里去。

耿老二圪蹴在脚地抽闷烟。耿秀娟进屋迟疑一下,叫了声:“爹!”耿老二抬起头,看着女儿。

耿秀娟沉吟一下,说:“我三婶把那话给你说了?”

耿老二点头。

“你不愿意?”

耿老二喷了一口烟,说:“秀娟,爹不想再攀高枝,想给你寻个门当户对的实诚女婿好好过日子……”

“爹,按说这话不该我来说。我知道你老人家是为我好。可人的命天注定。头一回给我寻婆家,是你老人家的主意,这回就让我做主吧。我看那王怀礼长得不难看,身体很壮实,没啥疾病,有男人的威猛劲。再说他吃官粮,二十七八岁就当了保安团的中队长,往后保不准还要往上升。跟了他女儿一不会受人欺负，二不愁吃穿，爹妈也好放心。退一步讲，就是以后真个发生了啥不顺心的事，我只怨命不怨爹。”耿秀娟一字一句，削铁咬钢。

耿老二怔怔地望着女儿，旱烟锅在手中熄灭了。女儿的秉性他知底，这番话是经过了深思熟虑才说的，就是有八头牛也拉不回来。好半晌，他叹了口气，说了句：“是福不是祸，是祸躲不过。随你去吧。”

谁也没料到，刘十三突出奇兵击毙了王怀礼。

刘十三本想在王怀礼的洞房花烛夜结果他，让他的婊子享不成那艳福。他把人马隐藏在距永平镇只有三里地的王家崖。王家崖地处永平镇西边一条大沟的边缘，只有二十来户人家。刘十三的人马控制了整个村子，严密封锁消息，伺机出动。他派出几个探子去永平镇打探消息，一旦有可乘之机火速回报。

刚过一天，就有探子来报，说是王怀礼两天后举行婚礼。刘十三大喜，认为时机到了。他立刻传令下来，士卒饱餐一顿，好好睡觉，晚上准备行动。他计划在洞房花烛夜杀王怀礼一个措手不及。可在中午时分，几个探子接连来报，说是永平镇情况异常，王怀礼全中队人马一齐出动，人不离枪，弹不下膛，防守十分森严，别说一个生人，就是一头野牲口也难闯进镇里。王怀礼果然不同一般，不是吴清水之辈可比。他吸取吴清水的教训，胜兵不骄，在他的新婚大喜之日反而加强了警戒，以防不测。气得刘十三破口大骂：“妈拉个屁！叫那屄的婊子先享上两天福！”

刘十三毕竟不是一般的土匪头子。他虽是草莽，却也粗中有细。他见王怀礼早有戒备，也并不莽撞行动，当下按兵不动，不许村里一个人走动，把消息封锁得严严实实。他就不信王怀礼没有个猴打盹的时候。

果然等来了时机！

第三天早晨，一个探子来报，今儿王怀礼和媳妇回门拜丈人爸丈母娘，恰好镇上逢集，街前街后撤了防守的岗哨。刘十三手捏下巴在屋里踱了几圈，心生一计，挑了七八个精明强干的喽啰，亲自带队，乔装打扮成赶集的老百姓进了镇。

这天早晨，王怀礼起得晚。昨晚他与新媳妇缠绵得太久，精力不支，迟迟不想起床。新媳妇耿秀娟却早早起了床。今天是他们回门的喜日，她要精心打扮一番。她梳洗打扮完，回头见王怀礼还睡着，便起身叫他赶快起来。王怀礼睁开眼睛，看见耿秀娟打扮得花枝招展，含情脉脉地看着他，心头不禁又泛起一股欲望。耿秀娟抿嘴一笑，在他额头戳了一指头："看我做啥，没见过？"

王怀礼一把把她拉到怀里，亲吻着她的眼睛、鼻子、嘴唇。耿秀娟情不自禁地伸出双手缠绕在王怀礼的脖子上，仰起脸迎合着他。王怀礼狂热地吻着，手探进她的胸脯，捏揣了一阵，感到还不满足，开始往下移去解裤带。耿秀娟从沉迷中惊醒，拦住对方的手，娇喘地说："你还有够没够……"

王怀礼搂着她不放手："再来一回吧……"

耿秀娟在他额头吻了一下，哄小孩似的说："今晚吧……太阳都一竿子高了，咱要去迟了会让人笑话的。"

王怀礼这才松了手，起床穿衣服。他很快穿好了衣服。今儿他穿了一身崭新的军装，腰扎武装带，斜挎盒子枪，显得十分干练威武。耿秀娟给他正了正军帽，看见他腰间的盒子枪，皱着眉说："别挎枪了，怪吓人的。"

王怀礼也觉得挎盒子枪去拜见丈人爸丈母娘有点不合适，便摘了枪。耿秀娟又上下左右打量新女婿一番，觉着缺了枪王怀礼的英武之气减了一大半，人也显得不耐看了，便拿过盒子枪给王怀礼："挎上吧，挎上人显得精神。"

王怀礼笑了："你不怕吓着了我丈人爸丈母娘。"

耿秀娟也笑了："要叫爹叫妈。"

"这个用不着你教我。"王怀礼说罢，大声唤进几个心腹卫兵，要他们准备一下，跟他去丈人家。他始终心存戒备，带上几个卫兵，一来扎势炫耀，二来以防不测。

就在要出门之际，一个卫兵进来报告，说是外边有个中年汉子要见王队长。王怀礼不高兴地说："有啥事让他明天再来。"

卫兵出去，工夫不大又回来报告，来人说他是徐云卿徐会长的家人，有要紧话要跟王队长说。王怀礼略一沉吟，说："让他进来吧。"

来人是个中年汉子，进门冲王怀礼一拱手，说道："王队长，我家掌柜的请你过府，有要事相商。"

王怀礼用阴鸷的目光打量着中年汉子，好半晌，问道："你是徐家的啥人，怎么面生得很。"

中年汉子并不回避王怀礼打量的目光，从容不迫地回答："我是徐家的护院郑二。王队长到徐家做过客，我见过王队长。王队长是贵人，见过的人多眼就杂，不会认得我的。"

王怀礼知道徐家有两个护院，一个叫郑二，一个叫刘四。他虽然去过徐家几次，但并不认得郑二与刘四。现在中年汉子自报家门，他便看他有点眼熟，又见他镇定自若回答得滴水不漏，毫无破绽，便释然了，说道："你先走一步，我随后就到。"

中年汉子略一迟疑，开口想说啥，却欲言又止，转身走人。

中年汉子刚走，耿秀娟从新房出来，催促王怀礼："咱们走吧。"

王怀礼说："徐会长差人来叫我去他家一趟，说是有要紧的事，我不能不去。我让两个弟兄陪你先去。我到徐家去去就来。"

耿秀娟噘起了小嘴："这个徐云卿真是不识时务，尽扫人的兴！"

仅仅两天两夜的时间，王怀礼已经被眼前这个女人的秀色和柔情把硬脾气融化了。与先前的媳妇相比，他觉得这个女人简直就是天上的仙女下凡，一颦一笑都风情万种，就是撒娇生气也别有一番风韵，惹人爱怜。他禁不住又把新娘子拥进怀中，在她光洁的额头亲吻一下，哄劝道："小乖乖，听话，你先走一步，我不会耽搁太久的。"

耿秀娟娇声说："你不能不去吗？"

"徐家对我有恩惠，这次咱俩办婚事的所有费用都是徐云卿出的。现在徐云卿差人来叫我，你说我能不去吗？"

"那你快去快回。我叫我妈把汤烧滚，等着你来吃臊子面。"

"叫咱妈把汤烧得煎煎的，油泼得汪汪的，面捞得稀稀的，等着我。"王怀礼笑着说，又在耿秀娟的额头亲了一口。

打发新娘子出门上了路，王怀礼回到屋从抽屉取出一把小手枪，压满子弹，装进裤兜，带着两个全副武装的卫兵去徐家。

王怀礼的中队部在正街中间，去徐家要往东走五十米左右，再往北拐，穿过一条小巷，就到了后街徐宅。

此时日头已挂上了树梢，安睡一夜的永平镇早已苏醒，街上的各家店铺正在开门营业。街上还没有人流，只有三三两两的行人。王怀礼带着两名护兵穿街而过，马靴敲击着石子铺的街面，响着一串威武的气势和权贵。几乎所有店铺的老板和伙计都笑着脸跟王怀礼打招呼,那个亲热劲仿佛王怀礼是他们的亲娘舅。王怀礼双手插在裤兜,脚步不停,脸上挂着几丝笑纹,只是向跟他打招呼的人点点头,并不回言一声。

拐进小巷,王怀礼加快了脚步。这条小巷比较偏僻,由于是清晨,几乎还没有行人。王怀礼一行三人走在巷道上显得十分醒目。他们快要走到小巷尽头,四五条汉子像是突然从地下冒出来似的出现在他们面前,为首的壮汉穿一身黑衣,腰扎宽板牛皮带,戴一副墨镜,手提盒子枪,大张着机头。

王怀礼大惊失色,手在裤兜里刚要动作,壮汉手中的枪响了,他的胳膊冒出汩汩血液。他身后的两个卫兵刚想抽枪,壮汉身边的几条汉子的枪一齐响了,两个卫兵一齐倒在了血泊中。王怀礼的另一只手去拔腰间的枪,壮汉的枪又响了,打中了他的手腕。壮汉走到他跟前摘下眼镜,冷笑道:"王怀礼,你不是要抓你十三爷吗?今儿你十三爷亲自给你送上门来,你怎么不抓!"

王怀礼明白眼前的壮汉就是刘十三,知道自己的末日到了,可他还是钢口铁牙:"刘十三,算你娃厉害。这辈子我栽在你手中,下辈子定要你拿命来还!"

刘十三冷冷一笑:"你狗日的还算是条硬汉,十三爷就赏你一个全尸!"话音一落,手中的枪就爆响了……

刘十三击毙了王怀礼没有立即撤出永平镇,他趁整个镇子混乱之机,径直奔赵七家寻找赵七。

赵七家在后街西头。刘十三在两个熟知赵七家的喽啰的带领下,推门进了赵七家。院里杂七杂八似乎没有住人,一群麻雀在院中觅食,听见脚步声,忽地飞上树梢。

屋里传出一个老妇人的问声:“是谁呀?”刘十三示意两个喽啰守住街门,推门进了屋。

屋里空空如也,家徒四壁,土炕上躺着一个老妇人,六十开外年纪,头发灰白,脸色蜡黄,见刘十三进来,挣扎着要坐起身。刘十三环顾四周,问道:“赵七呢?”

老妇喘息着说:“他出门都好多天了,连个人影都不见……你是谁？找他做啥?”

刘十三说:“我是他的朋友,找他做点生意。”

老妇说:“他那个逛鬼能做啥生意。你另找人去吧,跟他做生意就把钱撂到沟里去了,连个响声都听不见。你看看这个家,都让他抽大烟抽了个精光……”老人大声咳嗽起来。

刘十三的目光又在屋里搜寻了两遍,屋里只有一炕一柜一条破长凳,实在没个藏身之处。他转身要走,老人喊住了他,说道:“你见了那个崽娃子,让他赶紧回来……就说我病死了,叫他回来收尸……你给我舀碗水来……”

刘十三略一迟疑,进了套间的灶房。灶房冰锅冷灶的,他揭开锅盖看了看,到水瓮前用碗舀了半碗凉水端给老人。老人干渴至极,端着水碗大口喝着。刘十三轻叹一声,从衣兜掏出几块银圆放在炕边,转身出了屋……

找不着赵七,刘十三心有不甘。一个喽啰说,赵七好抽贪色,不在烟馆就在妓院。刘十三手一挥,铁青着脸说:“分头去找,一定要找着!”

两个喽啰分别去了两家烟馆,刘十三径直奔永平镇最大的妓院秦淮楼。

赵七果然在这家妓院。王怀礼本来说好给赵七那份密报一个好价钱,但事成之后只给赵七一百块银圆。赵七很不满意。王怀礼说,五百银圆买的是刘十三的人头,冯四的头值不了那个价,一百块已经是多给了,下回送个准信,银圆我先替你保存着。赵七这才拿着银圆欢天喜地地走了。他本是个逛鬼,好抽贪色,祖上留下的一份家业让他踢腾光了,投到刘十三手下当了个小喽啰。后来,刘十三知道他是永平镇人,就安排他回徐家粮店当坐探。谁知他有奶便是娘,见了王怀礼白花花的银圆就把刘十三给出卖了。

赵七拿着银圆先进烟馆过足了瘾,再后到秦淮楼包了个姐儿。这段时间他抽了嫖,嫖了抽,把生病在家的老母忘得一干二净。刘十三找到他时,他正光着屁股在窑姐的被窝钻着。刘十三一把撩开被子,拽住他的脚脖子一下就把他拖下了床。窑姐吓得一声惊叫,裹住被子打哆嗦。

最初赵七有些发懵,当他看清来人时,裆下挺立的那玩意立时乌龟似的缩进了肚皮,浑身筛糠般地抖着。

"赵七,你可认得我!"刘十三怒喝一声,双目喷火。

"十三爷,饶命!……"赵七跪在地上磕头如捣蒜,裆下那不争气的东西竟淋出一泡尿水来。

"你这猪狗都不如的东西,留你何用!"

"我不是人,是狗,是猪……十三爷,你大人不记小人过,放我一条生路吧……"

刘十三把枪插回腰间,从绑带上掣出一把短刀,逼近赵七。赵七霎时面如土色,杀猪似的号叫起来:"十三爷,我家里有七十老母……饶了我吧……"

这话不说还好,一说立时点燃了刘十三一腔怒火。他把一口黏稠的唾沫砸在赵七的脸上,骂道:"你这个畜生,还有脸说这话!

今儿我不为冯四报仇,专为赵家除掉你这个忤逆不孝的东西!"一脚把赵七踢翻在地,伸手抓住赵七的头发,使出杀猪练就的好手段,一刀过去放了赵七的血。随后又旋下赵七的脑袋,一把拽下床单,包住那颗血淋淋的人头,越窗而走……

王怀礼死的当日下午罗玉璋带着他的骑兵队赶到了永平镇,看到自己的心腹爱将被枪打成了马蜂窝,他心中顿生兔死狐悲之感,禁不住鼻子一酸,落下恓惶之泪。

耿秀娟早已哭成了泪人。仅仅半天工夫,一个俏丽佳人换了个面容似的,面色灰青,乌发散乱半掩着面目,一双丹凤眼红肿木然无神,鼻涕泪水糊了一脸,哭号一声,半晌缓不过气来。她的母亲陪着她哭泣,两个姐姐在一旁劝慰,可泪水也流了一脸。耿老二圪蹴在一旁,手里捏着不冒烟的烟锅,霜打了一般,嘴里不住地喃喃自语:"这是天意,这是天意啊!"

耿秀娟做梦也没想到,早晨王怀礼威威武武地出了门,此时却成了一具死尸!她只想着这一回选准了男人,能舒舒心心平平安安过一辈子好日子。可万万没有料到,她仅仅只跟这个男人做了两天两夜的夫妻。早晨回到娘家,街坊邻居都十分羡慕她跟了个好女婿,回家身后都跟着两个背枪的护兵,县长的太太恐怕也没有这么牛气吧。进了娘家门,前来贺喜的亲戚朋友都高看她一眼,未开言先七分笑。她和母亲把煮面的汤锅烧了一滚又一滚,却迟迟不见王怀礼上门来,急得她在肚里把徐云卿骂了几十遍"老混蛋"!后来她听见后街方向响了一枪,却并不在意。再后来,她的父母等不及了,让小儿子去徐家催姑爷。工夫不大,她的兄弟慌慌张张跑了回来,说是姐夫被人打死了。一家人惊得目瞪口呆。她先是一怔,随后扔了手中的茶具,疯了似的往外跑去……

当耿秀娟看到倒在一汪血水中的丈夫时,号叫一声,就扑了过去。临出门时一番缠绵恩爱还历历在目,顷刻便成了南柯梦中人。她悲痛欲绝,放声大哭。她不怨天尤人,只哭自己命不好。

王怀礼和两个卫兵的尸体被搬回到镇公所,停尸在三张床板上。杨玉坤和徐云卿等一干乡绅名流陪着罗玉璋站在死尸前,面色凄然。杨玉坤看着呼天抢地的耿秀娟,叹息一声:“唉! 这女人真是可怜啊!”

罗玉璋今儿一身戎装,双手抱在胸前,一张脸灰青可怕。王怀礼结婚时一连给他下了三次请柬,可他没有来,只是送了一份丰厚的礼品。不是他不给王怀礼面子,实在是他不愿意再来永平镇。自从上次在徐家遇刺后,他便对永平镇这地方心存疑惧,认为这地方不吉利,是他的克星。今儿清晨王怀礼遭枪杀,中午便有快报报知他。他顿时大吃一惊,问快报是何人所为? 快报说,十有八九是刘十三下的手。他思之再三,永平镇再险也得闯一回。不然的话,西秦人会骂他是缩头乌龟;再者,手下的人也会寒心。他当即带着骑兵队飞驰永平镇。

来到永平镇,看到王怀礼和两个卫兵的惨状,罗玉璋不寒而栗,直骂刘十三太残了,心里发誓:“有朝一日擒住刘十三,定要碎尸万段。”随后,他看到了耿秀娟,就明白王怀礼为啥要娶一个寡妇。可王怀礼只享受了这个美艳女人两个晚上。他在心里为王怀礼感到惋惜。

罗玉璋用眼角觑着新婚未几又做寡的耿秀娟,手捏着宽大结实的下巴,腮帮上鼓起了咬肌。他决定做件出乎人们意料的事,一来祭奠心腹爱将的亡魂,二来敲山震虎,三来也不枉此次永平之行。

翌日，罗玉璋亲自主持，为王怀礼大办丧事。

镇公所门前高搭灵棚，灵棚里停放着三口黑漆棺材。两班乐鼓手鼓着腮帮呜呜哇哇吹着唢呐，几十个僧人在灵前做着道场，磬敲钟鸣，诵经念佛，焚香礼拜，超度亡魂。铭旌、贯钱纸、金银斗等祭物挂满了灵棚，沿着大街左右续挂而去，挽联上面的署名都是永平镇的乡绅名流。耿秀娟披麻戴孝跪在灵前右侧的蒲团上为王怀礼守灵。突然的变故使这个俏丽的女人花容尽失，骤然间衰老了十多岁。灵棚左右分站两个持枪的团丁，给悲伤的气氛平添了许多杀气。

对面的广场上搭起了戏台，请来县上有名的“黑牡丹”戏班唱三天三夜连台戏闹丧。永平镇在这一带虽为大镇，却很少有热闹的场面。凡有婚丧嫁娶之类的红白事，镇里的民众都去瞧热闹，人人欢喜得像过大年。王怀礼的丧事如此大操大办，可谓盛况空前，附近十里八乡的民众都赶来瞧热闹。一时间永平镇沸腾得似乎到了年关。

罗玉璋怕刘十三又来突袭，调来两中队团丁，加上骑兵队以及王怀礼的中队，兵力有四百余人，撒在永平镇四周严加防范。

三天后，是王怀礼等人尸骨入土的日子。

这天早晨，永平镇各家店铺破例没有开门营业。街上几乎没有人走动，只有几条游狗在街上东嗅嗅西闻闻搜寻着什么。

太阳如同一个血红的火球挂上了树梢，突然三声枪响，随即钟响磬敲、唢呐齐鸣。少顷，众声齐喑，牛皮鼓急敲起来，有人高声呼喊：“起丧了！”各样法器又一齐奏响。

又是三声枪响，只见从镇公所走出一队身着紧身黑衣黑裤的壮汉。他们走进灵棚，抬棺装上灵车，随后抬起灵车缓缓前行。灵车前幡旗铭旌高扬，几个头戴孝帽的汉子大把撒着纸钱，纸钱纷纷扬扬犹如雪花飞舞。紧随其后是数十名汉子挑着贯钱纸、纸的金山、纸的银海以及五光十色的祭品。灵车后是穿白戴孝的亲戚朋友及门族中人等；次后是罗玉璋及永平镇的乡绅名流；再后是一队全副武装的团丁。罗玉璋的骑兵队行走在灵车的两侧，马蹄嗒嗒，踢起一股冲天黄尘。

众人拥在大街两旁瞧热闹，都被肃杀的阵势震慑住了，没人大呼小叫胡拥乱挤，只是默默地观看。一只大公鸡在一堵土墙上单腿独立，突然喔地叫了一声，倒把众人吓了一跳。一头老母猪带着一窝猪娃从一条小巷蹒跚而来，被灵车拦住了去路。老母猪抬起头望着游龙似的送葬队伍深思着，忽然它好像明白了什么，转头带着孩子们撒腿就跑……

送葬队伍出了镇东门。在东门口的十字路口灵车停下了。这是乡俗，孝子及亲友在这地方对亡魂进行最后的祭奠。

在各种法器声中，充当司仪的汉子高声喊道："孝子祭奠！"

两个卫兵都是外乡人，没人祭奠。王怀礼没有子嗣，耿秀娟被两个姐姐搀扶着代祭。镇民们远远聚在四周观看。耿秀娟换了一个人似的，昔日的花容荡然无存，面色青灰，头发蓬乱，形若饿鬼，木呆呆地在两个姐姐的搀扶下行了三拜九叩大礼。

司仪又喊："亲友祭奠！"

罗玉璋率先带着一伙军官，肃立灵车前，行了三鞠躬礼。随后是杨玉坤、徐云卿及镇上的头面人物上前祭奠。再后是众亲戚烧纸钱祭奠。

罢了，司仪高喊："起丧！"

灵车缓缓启动，两个壮汉代耿秀娟的两个姐姐半搀半架地把耿秀娟弄到了灵车前,一个壮汉把放在棺材盖上的孝盆塞到了她手中要她摔。耿秀娟完全成了木偶,任人操纵,糊里糊涂摔碎了孝盆。

围观的人群一片哗然,孝盆自古到今都是由孝子来摔,没有子女的由人从棺材上代推摔碎即可,还从没有让妻子来摔的。这事做得有点出格！众人隐约觉得今天要出点啥事。

灵车加快了行进速度,直往镇东二里外的公墓而去。好奇爱热闹的镇民们尾随在灵车后,迤逦而行。远远看去,人流似一条游龙在黄烟中奔走,蔚为大观。

到了墓地,灵车落地,又如在镇东门外十字路口一般,耿秀娟及亲戚友人行祭奠礼。礼罢,便抬棺下葬。

棺材下到墓穴,打墓拱黑堂的匠工下穴蹬棺材入黑堂。按习俗,这时应让孝子下墓穴拂拭棺盖上的尘土,盖上铭旌。王怀礼没有子嗣,这个礼仪本该免去。众人等匠工上了墓穴开始掩埋墓穴。却在这时,罗玉璋的卫队长郭栓子一声喝喊:“慢着!”

众人皆惊,停住了手,面面相觑,不知出了啥事。这时只见两个手持盒子枪的团丁跳出人群,奔过去喝令耿秀娟下墓穴行此礼仪。

唢呐声似乎突然低沉了许多。神情悲切的耿秀娟吃了一惊,停止哭泣,痴呆呆地望着喝令她的团丁,禁不住打了个冷战。搀扶她的两个姐姐也惊呆了,面面相觑。王怀礼死后,耿秀娟披麻戴孝为其守灵,今日在十字路口行晚辈祭奠大礼,而且扯幡摔孝盆,不仅完全尽到了一个为人之妻的职责,而且做出了超常之举。王怀礼九泉下有知也会瞑目的。现在竟要她下到墓穴为王怀礼拭棺盖铭旌,这是前无古人的事啊!

“快下去,不要误了埋丧的时辰!”持枪的团丁又厉声喝喊。

耿秀娟的大姐壮着胆子说:“世上没这个理呀!”

“快下去,少说废话!”

耿秀娟的大姐又说:“我妹子好歹也嫁给了王怀礼,有啥话让你们罗团长来说。”

大个子团丁说:“这就是罗团长的命令!”

小个子团丁说:“这又不是啥难事。孝盆都摔了,下去擦把棺材有啥难场的。下去吧,快下快上,不要误了时辰。”

大姐还想说啥,被耿秀娟拦住了。她看出今儿的事,由不得她,下去也得下,不下去也得下。她慢慢站起了身,两个姐姐紧紧拽着她的胳膊。她回眸看了两个姐姐一眼,让姐姐松开手。此时,她倒不觉得悲伤。她面色平静,环视了一下周围,见众人都在看她,竟羞涩地笑了一下。她整整衣服,理了一下额前的乱发,径直走到墓穴跟前,突然一跃,跳了下去。

喝令她的两个团丁走到墓穴跟前,眼看着耿秀娟钻进了黑堂,退身一声喝喊:“埋丧!”

唢呐突然哑了。四周的人都惊呆了,停止了各样动作,空气似乎也凝固了,让人感到窒息。

郭栓子见此情景,雀跃出了人群,手提盒子枪,又厉声喝喊:“埋丧!”

人群一阵骚乱,却没人动手埋土,只是紧握着手中的工具。

郭栓子手中的枪响了,枪口冲着天。紧接着四周是一排枪响声,如同晴天炸雷。众人大惊,回头张望。只见身后围着一圈荷枪实弹的团丁,一边朝天放枪一边朝他们逼近。

耿老二和王家的几个亲戚站在一起,被这突如其来的变故惊呆了。耿家的两个女儿喊叫着妹妹的名字,朝墓穴扑去,被几个团丁拖了回来。两个女儿扑向父亲，哭喊一声："爹……"耿老二这才如梦初醒，踉踉跄跄地奔到罗玉璋面前，咕咚跪倒在地："罗团长，求求你放了秀娟……"老泪如同雨下。

罗玉璋背转过身去，取出一支雪茄叼在嘴上。耿老二转身抱住了站在一旁的杨玉坤的腿，泣不成声："杨镇长，求求你……"

杨玉坤也惊得变颜失色，拉了一把身边目瞪口呆的徐云卿。徐云卿醒过神来，明白了杨玉坤的意思。两人慌忙奔到罗玉璋面前，杨玉坤颤声说道："罗团长，这样恐怕不妥吧……"

徐云卿也惶然地说："罗团长，这样做于情于理都说不过去呀……"

罗玉璋喷了一口烟，冷冷地说："你们不必多说。怀礼为国捐躯，堪称烈士。耿秀娟是他的爱妻，理应为他尽贞节之忠。我这样做是成全他们夫妻的恩爱之情，于情于理都说得过去。"

杨、徐二人惊愕不已。此时又听郭栓子喝喊一声："埋丧！"耿老二顿足号啕大哭："老天爷呀……"被两个团丁强行拖开。

杨、徐二人又凄然说道："罗团长，不可这么做呀……"

罗玉璋冷笑道："我怎样做还要你们教我吗？"

二人惶然语塞，知道再说什么也无济于事。罗玉璋手一招，一个团丁走过来，拿出两摞银圆。罗玉璋说道："杨镇长，这一百块银圆交给耿老二，让他颐养天年。"

杨玉坤手抖抖地几乎拿不住银圆，四周又响起一阵枪声，惊得人心惊肉跳。有人禁不住威逼开始动手埋土了。渐渐地，动手的人愈来愈多……

很快，苍凉的原野拱起了一座新坟。

此时，太阳升起两竿子多高，如同血浸了似的赤红……

第六章

墩子在山寨待了一日，不见刘十三回山，心急如焚。

第二天，他在窑洞实在待不下去，便出来散闷。几个留守的喽啰都认得他，见他不是下山，也没有理会他。山寨不似以往，看不到几个人影。他估计刘十三的人马是倾巢出动了，暗自思忖：这里不是久留之地，此时不走，还待何时！便留心观察四周地形。

这地方是兔儿岭的最高处，有四五十户人家，一律住窑洞。刘十三夫妇和他的亲随卫兵住在关王庙内，其他人马住在庙外四周的窑洞。这里是台原地貌，三面环坡，坡长且陡，近乎直立，生长着密密麻麻的洋槐和各种杂树。此时已到立夏，洋槐花盛开，槐花洁白如雪，芳香扑鼻。南边有条弯曲的小道通往山外，易守难攻。

墩子心里暗暗赞叹刘十三选了个好地方。他虽说没带过兵打过仗，却在镖局干过好几年，看得出如果在坡口设一班人马，百八十人也难攻上来。如果想从这地方出山，恐怕也不易。他放弃了从南边出山的想法，信步转悠，一双目光搜寻着其他路径。他隐约看见有条如蛇的小道隐没在杂草丛生的密林中，刚想过去仔细看看，两个持枪的喽啰突然不知从啥地方冒了出来，厉声喝道：“干啥去？”他情急生智，说撒泡尿，随手解开裤带掏出那家伙就尿。两个喽啰不再说啥，转身钻进一个十分隐蔽的窑洞。他松了口气，把这条隐蔽的小路记在心中，又去别处转悠。

吃罢晚饭，墩子没有点灯，躺在炕上假寐。他在头脑里谋划着逃走的方案，等夜静更深再行动，那引荐信和褡裢没法要回来了，只好作罢。许久，他爬起身，把浑身上下收拾得利利索索，轻轻拉开门出了窑洞。

虽已是初夏季节，山风却紧，颇有寒意。墩子禁不住打了个寒战。他仰脸看天，一片乌蓝，星星满天闪烁，上弦月已挨住了山尖。四周一片寂静，山风从这个树梢呼啸到那个树梢，在静夜里显得格外肆虐。不知什么鸟不时地发出几声婴孩似的哭叫，令人毛骨悚然。

墩子估计已是夜半时分。他抖擞精神，准备从白天察看到的坡道摸下山去。他轻手轻脚朝北走去，没走多远，黑暗中闪出一个人影拦住了他的去路。

墩子大惊失色，使出一个马步蹲裆式，准备迎击对方。

"把我也带上吧。"是个女人的声音。

墩子悬起的心松了一松，借着昏黄的月光，他认出拦路的是刘十三俊美的压寨夫人。原来他这两天的行动一直没有逃出这个女人的一双眼睛。

墩子故作不解地问："带你上哪儿去？"

女人说："下山去。"

"你是压寨夫人，咋能下山！"

"你是山寨的贵客，为啥要下山？"女人反问一句。

"你是主我是客，客总是要走的。"

"刘十三不是要给你把交椅让你坐吗？"

“我不稀罕。”

“我也不稀罕做压寨夫人。”

墩子有点不耐烦了。他不想跟这个女人多纠缠，可一时想不出啥法子来摆脱她。女人这时递过一样东西：“给，这是你的褡裢和书信。”

墩子很是惊奇。他没想到还能拿回自己的东西，接过褡裢，把书信藏在怀中。

“带我走吧。”女人哀求他，一双乌眸眼巴巴地看着他。

墩子沉吟不语。该不该带上这个女人？她虽是刘十三抢上山的，但毕竟是刘十三的老婆。刘十三虽是土匪，可却以朋友之礼待他。他不辞而别已经有点对不住朋友了，要是再带走朋友之妻，就太不够意思了。

“山上的日子再好也是土匪过的日子，带我走吧。”女人不住地哀求。

墩子还是沉默不语。

女人侧目看着方向，忽然说道：“这条路你走不出去。我知道哪条路能走。”

这句话打动了墩子的心。他一咬牙，心一横，决计带上这个女人出山。他看着两手空空如也的女人，说：“你快去拿你的东西吧。”

女人说：“我是这样上山的，也该这样下山。他的东西我一件也不要。”

墩子一怔，禁不住重新打量了女人一眼。夜色中的女人迎风而立，似一枝柳枝，柔弱却又坚韧。

“咱们走吧。”墩子说，“这地方久停不得。”

“往这边走。”女人头前带路。

月亮落下了山，天色昏暗了许多。女人带着墩子来到西南角。他俩伏在草丛中，看着两个喽啰持枪而过。女人拉一下他的衣角，示意他快走。

一条依稀可辨的山路如蛇，在树木草丛中蜿蜒。女人在前头走，墩子紧随其后，虽然不时地弄出声响来，却被山风刮得无影无踪。走着走着，女人忽然停住了脚，他便也收住了脚，心急如焚，忍不住问：“咋不走了？”

女人不吭声，只是低头搜寻什么。他的眼睛也追过去搜寻，草丛中分岔出两条小径，一左一右。女人仔细辨认半晌，踏上左边的小径。

“不会错吧？”墩子不无担心，手心捏着两把汗。

“错不了。”女人回答得很肯定，“那条路上有暗哨，出不去。”

走不多远，女人不知道被啥东西绊了一下，“哎哟”叫了一声，跌倒在地。墩子急忙上前扶起女人，问跌伤了没有。女人说没有，再走时却牙疼似的吸着气，速度也慢了许多。照这个走法，天亮前无论如何也下不了山。女人却越走越慢，吸气声愈来愈重。他心急如焚，额头沁出了细密的汗珠，禁不住抬头看天，东方隐隐出现一抹白色。他心一急，疾走两步，搀扶起女人的胳膊。女人一怔，抬眼看他。他说：“得走快点，要不然天亮前就出不了山。”

女人点了一下头，便由他搀着。他先是觉着女人的身子很轻，似一团绵软的云。渐渐地，女人的身子越来越重，似一堆无骨的肉坠在他的身上，以致使他的脚步不得不慢点。

“咱们歇歇吧。”女人呻吟似的说。

他松开女人，大口喘着气。

女人抽了筋似的，一摊稀泥样地坐在地上。

少顷，他催促说："走吧。"

女人说："走。"挣扎半天，却站不起身来。

他急忙俯身去看，原来女人崴了脚腕，已经肿起一个大包来。

"我走不了了……"女人带着哭腔。

他急得干搓手，不知如何是好。扔下女人一走了之，于心何忍！再说，若不是她，怎么能逃脱？带上女人走吧，她崴了脚腕走不了路是个累赘。若再延误时辰，赶天亮前下不了山，麻烦就大了。

"你可不能丢下我不管……"女人泪流如雨，一脸的可怜相。

他仰脸望着东方，透过枝叶东方已经开始泛白。

"刘十三要是抓住我，我就没命了……"女人泣不成声。

他咬牙一跺脚，取下肩上的褡裢搭在女人的脖子上。女人止住悲声，呆呆看他，不明白他要干啥。他蹲下身子，说了声："来，我背你！"

女人略一迟疑，便挣扎起身，趴在了他的背上。女人在他的背上似一捆有分量的棉花，他的两条胳膊不由自主地往紧箍了箍。下山的路很不好走，他深一脚浅一脚地往下摸，身子不时地东倒西歪。好在他身强体健，又有功夫，没有跌倒。女人的一条柔臂蛇似的紧缠住他的脖子，另一只手不时地为他撩开横挡的树枝。

走了一程，女人在他耳边轻声说："歇歇再走吧。"拿出手绢替他擦拭额前的汗水。女人温热的鼻息在他脑后耳畔轻吹，秀发轻刷着他的后颈。他心头顿时涌起一股热浪，平添了不少气力。

"这时不是歇的时候。"他说了句，加快了脚步。

小径两旁的树木渐渐稀疏了，坡势也平缓了许多。墩子知道已快出山了，心里一喜，抖擞精神，步子放得更快。女人在他背上被颠得上下起伏，胸前的两团丰乳上下涌动，刺激得他浑身发胀，心有所想。他竭力抑制住心头泛起的欲望，快步前行。

黎明时分，他们终于下了山。道路宽阔平坦了，不再有树木杂草磕绊脚了。回首望去，兔儿岭黑黢黢耸立在他们身后。墩子长长出了口气，悬着的心放回了肚里。他浑身上下都被汗水湿透了，晨风一吹，颇有冷意，只有后背被女人温热的身体暖得热烘烘的，十分惬意舒坦。此时他虽然十分疲惫不堪，却有点舍不得放下背上的女人……

往前走出一里多地，天色大亮。可以清楚地看见远处有农人扛着农具去田里劳作。墩子觉得再也不能背着女人往前走了。

"咱们歇歇吧。"墩子喘着粗气说。

"歇歇吧，把你累坏了……"女人不无心疼地说。

他放下女人。女人坐在路边的田埂上，他把自己放平在地上，放松了全身的筋骨，闭目养神。少顷，他睁开眼睛无意中看了女人一眼，女人一双水汪汪的大眼睛正痴痴地看他。他身上立时着了火似的，面孔一红，禁不住心头撞鹿，慌忙避开女人的目光，掉过脸去看东边。

浮在天边的几朵白云正在着色，由粉红变成橘红，由橘红变得血红，最后着了火似的化为烈焰，一轮红日在烈焰中冉冉升腾，大红灯笼似的挂上了树杈。

墩子忽然想到这里不是久停之地，收回目光，坐起身来问女人："你还能走吗？"

女人试着站起身，刚迈了一下步，疼得直"哎哟"。墩子皱了一下眉头说："这地方久停不得。我到前面的村子给你雇辆车，送你去永平镇。”

女人连连摇头：“不不，我不去永平镇。你是把我往死处送哩。”

墩子一怔，不解地看着女人。

女人看着他说：“当初，我就不愿意嫁给吴清水。吴清水到我家去，拿着盒子枪指着我大的鼻子逼我大，说是不把我嫁给他，就要烧我家的店铺放我大的血。我大胆小怕事，跪在地上求我。我咋能看着我大给我下跪？就答应了……我要是回到家里，吴清水还不找上门去？再说刘十三能放过我？”

墩子呆住了，他没想到这些。

“你带我走吧。”女人一双企盼的目光望着他。

墩子一惊，醒过神来连连摇头：“这咋能行！”

“咋不行？”女人问。

墩子只是摇头。

沉默半晌，女人脸上飞起两朵红云，柔声问道：“你有媳妇吗？”

“没有。”

“那……我给你做媳妇吧。”

墩子一惊，抬眼看着女人。女人一双眼睛含情脉脉地看着他。他垂下目光，慌忙摇头。女人的脸色一下变得惨白：“你嫌我是个残花败柳的身子？”

“不不……”

“那是为啥？”

好半晌，墩子冷静下来，抬眼看着女人，从牙缝里挤出一句话来：“我要为父母报仇！”

女人说：“这个我知道。”

墩子咬牙说:“你不知道!”

女人一怔,呆望着墩子。

“你知道吗? 罗玉璋是个镵火手,不是我杀了他,就是他杀了我。大仇未报,我誓不成家。我不想让谁为我担惊受怕,也不愿牵连谁。”

女人明白了,泪光盈盈,不再说啥。墩子见此情景,心里也不是滋味,一时不知说啥才好。沉默半晌,女人开了口:“你送我到我姑家去吧。”

墩子问:“你姑家在哪达?”

女人说:“岐凤的青庙镇,你顺道送我去,误不了你的事。”

墩子点头答应,可心里在犯愁,此地距岐凤有七八十里地,女人又崴了脚,如何走得去? 他抬头看天色,已日上树梢。这地面还在刘十三的活动范围内,白天行走,多有不便。不如先找个地方躲避躲避,也好养养精神,到夜晚再想法赶路。他把这个主意跟女人说了说,女人连说他想得周到,要他赶紧找个地方先躲起来。

墩子搀扶起女人,环顾四周。前面有个双岔路口,一条路向西,一条路向东。他多长了个心眼,南辕北辙,搀扶女人走上往东的路,女人疑惑地看他。他说:“山上的喽啰真要来追赶,他们肯定只会往西而不会往东。”女人钦佩地频频点头称是。

这是一条牛马车道。路两边是半人高的长满蒿草的荒坎,荒坎上边是麦田。青青的麦苗正在拔节,显得生机勃勃。荒坎下边的牛马车道印着两道深深的车辙,车辙两边长着稀疏的车前草和蒲公英。车前草那脉络分明的肥厚叶片顺地面展开,蒲公英的锯齿状叶片扶持着几枝盛开的黄花。它们在牛踩人踏中挣扎生存,依然显得生机盎然……

墩子搀扶着女人走了一程，说："你先歇歇，我给咱找个地方去。"说罢，跳上了荒坎。

女人急忙喊住他："你不会扔下我不管吧？"

墩子看着女人，说："你把我看成啥人了！"转身走了。

时辰不久，墩子回来了，喜滋滋地对女人说："地方找着了，咱们走吧。"他把女人搀扶着上了荒坎，不远处有个更高的崖面。走过一片蒿草地，来到崖面跟前，女人这才看清崖面上有孔破窑洞。这窑洞很隐蔽，在路那边根本看不见。

两人钻进窑洞。窑洞不怎么大，里边很干爽，地上铺着一层厚厚的干草，还有烧过火的痕迹。显然这窑洞曾住过人。

"你看嫽不嫽！"墩子猴子似的翻了个跟头，长长地躺在了干草上。

"嫽！"女人也面条似的软瘫在干草上。

两人谁也不再说话，静静地躺着。

不知过了多久，突然，女人呓语般地叫了一声："冷！"

墩子从迷糊中惊醒，忙问："咋了？"

女人又叫了一声："冷！"

墩子翻身坐起，看见躺在身边的女人双手抱在胸前，蜷缩成一团。女人穿得的确单薄了一些，只是一袭结婚那天穿的红缎旗袍，在昏暗的窑洞里缺少温暖。他脱下上衣盖在女人身上。女人还是叫冷，他迟疑半晌，又脱下贴身衣衫给女人加上。女人依然喊冷。他不知所措，呆眼看着女人。女人一双水汪汪的眼睛正痴迷地望着他，燃烧着一种火焰。

"抱着我……"女人的樱桃小口里吐出这几个字，面颊飞起两朵红霞。

墩子一直在心中为自己坚守着警戒标杆。可火大无湿柴,他被烈焰燃着了,身子不能自已地朝着女人靠近。女人已经迫不及待了,两条胳膊缠住了他的脖颈,一张俊脸贴住了他宽厚结实的胸膛。他再也按捺不住了,饿虎扑羊一般,箍住了那个柔软而滚热的身子。他们在干草上翻滚了半天,终于联结成一体……

罢了,他们搂在一起,用各自的体温温暖对方。许久,女人呻吟起来,墩子惊问:"又咋了?"

"脚腕疼。"

墩子坐起身,捧起女人的脚腕仔细看,踝骨处肿起一个大包。他是练武的人,自然懂得一些医跌打损伤之术。

"我给你捏捏。"墩子说着,便动手去捏拿按摩,这才发现女人是一双天足。"你没缠过脚?"

女人反问一句:"你嫌弃吗?"

"不嫌弃。我倒见不得小脚。我就想不明白,一双好好的脚为啥要受那么大的罪缠小哩。"

"你说的是真心话?"

"哄你干啥。"

女人笑了,笑得一脸灿烂。

"当初我妈也要给我缠脚,我嫌疼,又哭又闹。我妈心软也没硬逼我。后来我妈病故了,我大娶了后妈,后妈待我不好。我大惹不起后妈,把我送到了省城我大姨家。我大姨很疼我,送我进学堂念书,那里的女孩子都没有缠脚。"

"后来你咋回来了?"

"后来我姨夫做生意折了本,折得好惨,我在城里没法住了,就回来了。再后来就被吴清水抢逼了……"

墩子不再问啥，一双手灵巧地揉捏着。他问女人觉得咋样。女人说好多了。他知道瘀血还没有散尽，手便使了点劲。女人叫一声，身子扭动起来，把盖在身上的衣服蹬腾光了，光洁的身体呈现在他眼前。刚才那次交欢他被欲火的烈焰焚烧得无暇顾及其他风景。此时看到这道风景，他的目光一下变直了，贪婪而肆无忌惮地流连忘返。女人的裸体如同洁白无瑕的美玉，自上到下曲线优美流畅，就连那只受伤的脚也让人爱怜不已。他双膝跪倒在地，小心地把手掌贴在女人的裸体上，由上到下轻轻地抚摸着。

女人的胴体来回扭动起来，一双眼睛燃起了难耐的渴望，示意他快点给她。他便扑倒在女人的玉体上……

这一次持续了很久很久。终于他困倦了，翻身下马。他们并排躺着，谁也不说话。一番云雨交欢，他们都疲惫不堪。

不知过了多久，女人忽然说她饿了。墩子也说肚子饥了。女人说能到啥地方找点吃的就嫽扎了。他说这有啥难的，翻身坐起找到褡裢，从里边拿出几块锅盔来，递给女人一块。女人坐起身，接住锅盔，笑道："我还以为褡裢里装的是银圆哩。"

墩子也笑道："银圆这阵能吃吗？"

锅盔是表叔表婶给墩子带的干粮。表婶的手艺不错，锅盔烙得又厚又酥又脆，只是放了些时日，变得干硬难啃。好在他俩牙口正好，肚子又饿，一时三刻就吞下了几块锅盔。

渐渐地，窑里的光亮昏暗起来。墩子钻出窑洞，夕阳已挨住了山尖。他环顾四周，几乎没有什么人影。他琢磨这正是上路的时候，刚想进窑洞喊女人，只见女人也钻出了窑洞。女人看看天色，问道："走吗？"

"走。"墩子回过头问，"你的脚能走吗？"

女人来回走了几步:“好多了,不咋疼了。”

“你这是在盐店门口试担子哩。”墩子皱着眉说,“七八十里路,你能走下来?”

女人一想也是,脸上就显出忧愁来:“那咋办呀?”

墩子抬眼远眺,说:“到前边那个村子雇辆车子吧。”

女人问:“有钱吗?”

墩子说:“雇车的钱还是有的。”

走出几步,女人回头看那孔窑洞。墩子感到奇怪:“你看啥哩?”

女人喃喃地说:“不知往后还能不能再来这地方。”

墩子笑道:“你舍不得那孔破窑?”

女人说:“我到死都会记住这个地方的……”

墩子一怔,明白了女人的心思,不再说啥,也回头看那孔破窑……

两人来到前边的村子。一连打问几家,都是穷家小户,无车可雇,却家家都喂养着毛驴,帮人驮运东西。墩子和一个五十开外的陈姓老汉讲好,用毛驴送女人去岐风青庙镇。

陈老汉不想赶夜路,让他俩暂在他家住一宿,明天早晨再上路。墩子撒谎说他们有急事,耽搁不得,要老汉千万辛苦一趟,脚力钱可以多出一点。

陈老汉同意了,牵出一头叫驴,备好鞍子。女人走到驴跟前,那驴突然昂头叫了起来,后胯唰地长出来一节黑黢黢的玩意。女人羞红了脸,目光慌忙移向别处,陈老汉看着女人,噙烟锅的嘴唇咧开了,无声地笑着。墩子有点恼怒,在叫驴的屁股上狠拍一巴掌。那一巴掌很重,驴不叫了,胯下那玩意也倏地收了回去。

女人接连几下上不去驴背。墩子走过去把女人抱上了驴背。陈老汉用鞭子打了一下驴屁股,那驴便撒开了四蹄。

陈老汉是个健谈的人,一上路,那嘴便不肯闲着。

“你们小两口上岐风走亲戚?”

墩子只能将错就错,点头作答。

陈老汉看了一眼女人垂在驴肚皮上的大脚片:“你媳妇念过洋学堂?”

墩子又点了一下头。

“你小伙子有艳福。”陈老汉赞叹道,“你媳妇长得真心疼。”

墩子这时恰好和女人的目光相遇。女人眼神里透出含羞得意的微笑。墩子心头禁不住一热,冲女人笑了笑。

陈老汉吧嗒着烟锅,唠唠叨叨地说:“你们找我算是找对了人。赶夜路要是找个愣头小伙子赶脚,你就招祸了。”

墩子问:“为啥?”

陈老汉看了一眼驴背上的女人:“这么心疼的媳妇,哪个小伙子见了不动心。走在半道上,他能老老实实!我老汉老了,有贼心没贼胆,有贼胆也没那个贼劲了。”说罢,呵呵地笑了。

女人在驴背上捂嘴偷笑。墩子也忍不住笑了。他看出陈老汉是个有嘴无心的爽快人,便跟老汉谝了起来。老汉告诉他,他们那个村是个脚户村,十家有八家以赶脚为生。他赶了快四十年牲口,岐风这条道走了个数不清,闭着眼也能摸着去。墩子问:“青庙镇离岐风城有多远?”

老汉说:“五里多路。”

墩子又问:“天亮时分赶得到?”

老汉说:“抄近道能行。”

于是,抄近道赶路。果然依陈老汉所说,太阳冒花时分他们到了青庙镇。女人下了驴背,墩子付钱打发陈老汉返家。他看着老汉渐渐远去,转过脸来,女人正呆呆看他。他硬了硬心肠,说:“你姑家不远了吧,你自个儿去吧。”

“你就不去认认门?”

墩子摇头。他不愿陷得太深。

“你的心比石头还硬……”女人泪水盈盈。

墩子不敢看女人。他害怕女人那柔情似水的目光,他害怕那泪水融化了他。

两人相对而立,垂着目光,谁也不看谁。

良久,墩子打破了沉默:“你多保重,我走啦。”说罢,转身便要走。

“墩子!”女人叫了一声。

墩子止住步,回眸看着女人。女人俊美的面庞上挂着两行泪水,拉住他的手说:“从今往后,不管你走到天涯海角,有一个叫杜雪艳的女人时刻都念着你,不论你是否在这个世上,她都是你的女人……”

“雪艳,你别这么想……”墩子鼻子发酸,眼睛发潮。

“你走吧……”雪艳松开了他的手,转身走开。没走几步,又回过身来,猛地叫了声:“墩子!”

“嗯,你还有啥事?”

“有个紧要事,往后你可不能再叫‘墩子’这个名字了。”

“为啥?”

“你想想,罗玉璋要追杀你,刘十三也饶不了你。你得改个名,再要叫‘墩子’,非倒霉不可。”

还是女人心细，墩子感激地看着雪艳，用手挠着后脑勺："改个啥名哩？你念过书，干脆就给我改个名吧。"

雪艳说："让我想想，得给你改个叫得响的名字。"

墩子说："啥叫得响叫不响的，猫娃猪娃狗娃随便叫就成。"

雪艳沉思半晌，说："文化，你改名'李文化'吧。"

墩子大笑："我两手画不来个'八'字，还'文化'哩，这个名字我叫不出去。"

"叫得出去，叫得出去。"雪艳笑着，叫了声，"李文化。"

墩子没有反应过来，呆看着雪艳。

"我叫你哩。"

墩子不好意思地笑了。雪艳又叫了一声："李文化！"

墩子应了一声，随后说："往后我就是'李文化'了？"

雪艳点点头："往后你就是李文化了。"

"多亏你提醒了我，谢你了。"

"你咋跟我说'谢'字哩，要谢我得谢你。"雪艳又拉住了墩子的手，半晌才松开，"你多保重，我走咧。"

墩子愣怔半晌才醒过神来。他砸了自个儿一拳，狠着心肠扭头就走。走出老远老远，他回过头去张望，只见雪艳站在路边的高坎上，雕塑似的朝这边凝望。他再也禁不住了，热泪夺眶而出。在心里大声喊道："雪艳，我的好妹子，哥对不住你！"

岐凤城是专署所在地，比西秦县城自然要气派一些。大街上人来人往，熙熙攘攘。店铺作坊一家挨着一家，生意兴隆红火。

新二师的师部设在较为清静的北街。师部门口两旁各站着两个持枪卫兵，那枪刺在阳光下闪着威严的亮光。行人和商贩走到这里都脚步匆匆,唯恐生出什么麻烦。

一个青年汉子,肩搭褡裢,风尘仆仆,穿过热闹非凡的东街,跟一个老汉打问一下,脚步移向北街。

青年汉子在新二师师部门前止住了脚步。他迟疑地朝里张望,看看守卫森严的大门欲进又止。

忽的一声厉喝:“干啥的?”随着喝喊声,大门口侧房里走出一个年轻剽悍、腰挎盒子枪的军官。

青年汉子一惊,环顾四周。

“问你哩!”年轻军官走到青年汉子近前,猛喝一声。

青年汉子一怔,随即赔上笑脸说:“长官,这达是新二师的师部吗?”

年轻军官一双目光冷森森地盯着青年汉子:“你打听这个干吗?”

“找人。”

“找谁?”

“李师长。”

“找李师长?”军官的手下意识地去摸腰间的盒子枪,“李师长是你找的吗?!”

青年汉子有点恼火了:“我咋就找不得李师长!”

青年军官一怔:“嗬,好大的口气!你是干啥的?”

青年汉子眼珠子一转,答道:“李师长是我舅,我是他外甥。”

军官的脸色缓和了一些,上上下下仔细地打量着青年汉子,忽然问了一句:“李师长是哪里人?”

青年汉子开口就答:“李师长家住西秦县李家集,官名李信义,小名叫狗剩。”

年轻军官笑了，说："你跟我来。"

穿过三道门，绕过一个花坛，军官把青年汉子带进一个颇有气势的两层小洋楼。走进客厅，军官对青年汉子说："你先等等。"抽身上了楼梯。

青年汉子站在客厅，环顾四周，心里说这地方比刘十三的聚义厅阔多了。清一色的红木家具，几排铺着软垫的矮椅，摆设得井然有序。脚地铺着大块方砖，正中墙上挂着一幅猛虎图，配着一副对联：柳营春试马，虎帐夜谈兵。两侧墙上挂满着字画，最惹人注目的是挂在墙上的自鸣钟，一双猫眼骨碌骨碌地转动，十分有趣。

青年汉子正在细看那自鸣钟，楼梯响起了脚步声。他便抬眼去看，刚才上楼的年轻军官在前，身后是一位五十开外年纪的人，一身戎装，中等身材，有些发福，却不臃肿，留着八字胡，嘴角叼着雪茄烟，面无表情，没戴帽子，大背头梳理得纹丝不乱。青年汉子估计这就是他要找的人，诚惶诚恐地站直了身子。

李信义来到客厅，一双眼睛很威严地注视着青年汉子，半天，问道："你是啥人？"一口地道的关中西府口音。

"我是西秦李家堡人，叫李文化。"

"你寻我干啥？"

"吃粮当兵。"墩子从怀中取出一封信。年轻军官接过，呈给李信义。

李信义看罢书信，抬眼重新打量墩子，忽然问道："刚才你咋冒充是我的外甥？"

墩子挠着头，憨笑着说："我是怕守门的卫兵不让我见你，再说，从刘先生那里论辈分，我是叫你舅。"

"你的心眼还不少哩。"李信义笑了笑，问，"你为啥要当兵？"

“为父母报仇!”

“为父母报仇?”李信义脸上的笑纹不见了。

“土匪杀了我全家,此仇不报,枉为男人!”墩子瞒了实情,撒了个谎。他听教书的刘先生说过,李信义早年家里遭土匪抢过,而且爷爷死在土匪手里,他平生最恨土匪。

“师长,你一定要收下我!”墩子咕咚一声,双膝跪倒在地。

李信义脸色一沉:“男儿膝下有黄金,咋说跪就跪。起来!”

墩子一怔,惶恐地站起身。李信义来回踱了几步,走到他跟前说:“当兵吃粮是很苦的。”

墩子挺直身板说道:“怕苦我就不来投你。”

李信义看了他一眼,缓缓地说道:“肃清匪患,除暴安良也是军队义不容辞的职责。”

墩子听人说过,有个小伙子家里被一个恶绅欺辱不堪,小伙子斗不过恶绅,一气之下投到李信义名下当兵吃粮。小伙子卖命地干,深得李信义宠信。后来李信义让小伙子带着一个排的人马去把那恶绅除了,为小伙子报了仇。

墩子恳求道:“师长,我是慕你的大名来投你了,请你一定收下我!”

李信义不语,一双锐利的目光上下左右地打量墩子。好半天,问道:“你练过功夫?”

“练过,以前在镖局干过几年。”

李信义在墩子肩膀头拍了拍,脸上显出笑纹:“身坯不错,使几下拳脚让我看看。”

墩子明白此时讲不得客气,卸下肩上的褡裢,把腰带往紧扎了扎,运气扎势,使出平生所学。一套拳下来,他脸不红气不喘。

李信义含笑点头:“使得不错。好,我收下你了。”又说,“刘先生引荐你来,我本该给你个好点的差事。可你心怀大志,应该先吃点苦。常言道:生于忧患,死于安乐嘛。你会打枪吗?”

墩子在镖局时大多都用刀剑,有时也用枪,但却是独撅子(打一发的手枪)和猎枪,从没用过快枪和盒子枪。他摇头说:“不会。”

李信义说:“现在已是火器时代,刀刃再镰,脚拳功夫再好,也难敌住枪弹。”他从抽屉取出一把左轮手枪,笑着说,“凭你敢说是我外甥,这把枪送你了。”

墩子惊喜万分,双手接过枪,挺直身子朗声说:“谢谢师长!”

李信义一笑,转脸对身边的年轻军官说:“楞子,我把他交给你了。你要用心调教调教他。”

年轻军官打了个立正:“师长放心。”

李信义笑道:“把你那两手传给他,一点都不能藏着掖着。”

楞子笑着说:“这话不用师长吩咐。”

李信义又对墩子说:“楞子是手枪营营长。他的枪指着哪儿打到哪儿,你要跟他好好学。过些日子我要考考你。”

墩子学着楞子的样,打了个立正,朗声说道:“请师长放心!”

刘十三做梦也没想到他的压寨夫人竟然跟着墩子私奔了。

那天刘十三带着人马扑下山,原想打王怀礼一个措手不及,端了他的窝。他们出兵向来是出奇制胜,快进快退,从不耽搁。王怀礼却不是等闲之辈,防守森严,使他无机可乘,不得不耽搁些时日。最终,他胜王怀礼一筹,击毙了王怀礼,取回了赵七的首级。

他凯旋了,后院却起了火!墩子不辞而别也就罢了,压寨夫人竟然也不见了踪影!他心中狐疑,叫来守寨的小头目问话。小头目自知失职闯下大祸，吓得结结巴巴语不成句。好半天他才明白。他下山后，墩子去过他的住处见过夫人。后来墩子要下山，被留守的喽啰拦住了。再后来墩子在山寨各处转悠了一天，第二天早晨他们发现墩子不见了，急忙去向夫人禀报。夫人屋里没人，他们四处寻找都找不见。他们慌了，估计墩子对山寨情况不熟，十有八九是夫人带着墩子下了山。他们急忙去追，下山往岐凤方向追赶了二十里地，却没追上个人影。他们怕山寨有失，便撤了回来。

刘十三立时肚里填满了怒火，双目圆睁，抬手一枪揭了留守山寨的小头目的天灵盖。吓得留守的喽啰齐刷刷地跪倒在地，哭喊求饶。

三头目赵拴狗和四头目杨万有急忙上前相劝："大哥，熄熄火。"转脸呵斥留守的喽啰们，"都是一伙馍笼，还不快滚！"

众喽啰慌忙溜了。

"老子打了一辈子雁，今儿却叫雁鸽了眼！"

刘十三怒气不息，以拳击桌，两个茶盅飞起，落在脚地摔得粉碎。他知道掠来的那个女人一直不安心在山上。他对她宠爱有加，百依百顺，想讨她的欢心，把她的心留住。可女人却一直心存别念，对他不冷不热。晚上干那事，女人跟个木头似的，没半点情趣。有时他真想把女人一枪崩了，却觉得秀色可餐，下不了手。他想，时间长了女人会屈服他的。就是没想到女人能跟着人私奔！他堂堂十三爷让人到窝里拐走了夫人，简直是奇耻大辱！

三头目赵拴狗说："大哥，为一个女人生那么大的气不值得。"

"你懂个屁！"刘十三怒火不减，"这事传出去我还在江湖上咋活人！让人说我刘十三连个女人都看不住。墩子这个王八蛋，我拿他当人敬，他却在我窝里掏雀！我要捉住这一对狗男女，非扒了他们的皮不可!”

四头目杨万有凑上前说:“大哥,你先熄熄火,千万甭气坏了身子。山寨出了这码事,大哥你丢人我们也丢人。不过话又说回来,事已经出了,咱们还是想个法子补救补救。”

刘十三瞪着眼睛问:“想个啥法子补救?”

杨万有说:“常言说得好,家丑不可外扬,咱们打断胳膊往袖里筒,把这事压了,谁要走漏了风声就枪毙了谁!我想夫人,不,那个婊子和墩子也不敢把这事张扬出去的。”

赵拴狗不解,问道:“为啥?”

“一是怕咱们知道他们的下落去打他们,二来为名声,张扬出去他们不好做人哩。”

刘十三把牙磨了半晌,说:“你说得也有理,可我心头之恨实在难消!这口恶气实在难咽!”

“也是。钱难挣,屎难吃,气难咽嘛。”杨万有话锋又一转,说,“大哥,气能伤身。气坏了身子就划不来了。”

刘十三还是愤愤地说:“我就不明白我啥地方对不住她了?打她上山,我拿她当神敬,凡事都顺着她,要鞋连袜子都给。可她竟不知好歹跟那个李墩子跑了!妈拉个屁!”

“大哥,女人的心天上的云,说飘就飘了,你也甭往心上去。再说天下的女人多得很,走了个穿绿的,进来个穿红的。过两天,我跟拴狗下山一趟给大哥另弄一个女人回来。”

眼看杨万有把好听的说尽了,赵拴狗急忙插嘴说:“大哥,我一定要给你弄个花不棱登回来,比那个女人还要俊上三分,保管让大哥满意。”

刘十三叹了口气,说:“女人虽是好东西,可谁愿死心塌地跟咱们这号人过日子？不弄也罢。”随后又说，“万有，山寨里的事情这几日你跟拴狗看着料理，我心里瞀乱得很，想清静清静。”转身进了卧房。

“大哥放心。”杨万有面露喜色。

赵拴狗却心里不痛快。冯四死了，第二把交椅空着。刘十三这句话等于让杨万有坐上了第二把交椅，把他跷了尿臊！他在肚里狠狠地骂道：“狗日的，就会耍嘴皮子！动真格的再看谁的本事大！”

西秦县匪患猖獗，早有人报知省府。省府的头头脑脑很是震惊，批下公文，责令西秦县保安团迅速出击剿匪，确保一方平安。

罗玉璋接到命令犯了难。说心里话，他恨不能生擒刘十三，扒了刘十三的皮，为王怀礼报仇雪恨，可他十分清楚，保安团就是倾巢出动去打兔儿岭，也伤不了刘十三一根毫毛。兔儿岭地势险要，易守难攻，加之刘十三在暗处，保安团在明处，若要强攻，败北的只能是保安团。他跟刘十三斗了好些年，从没占过便宜，王怀礼的死就是例证。再者，王怀礼的死让保安团的团丁人人震惊，个个胆寒。现在整个保安团笼罩着一股阴云寒气，士气低落，团丁们谈虎色变。这个时候出兵剿匪必败无疑。但是，省府这次的命令十分强硬，如果抗令不从，他头上的乌纱帽可就难保了。思前想后，不由得他不发熬煎。

罗玉璋捏着下巴颏，在屋里来回地走动，犹如笼中的狼，又如同热锅上的蚂蚁。这时郭栓子进屋来，看到罗玉璋遇上了难事，可不知道是啥难事，便问道：“团长，咋了？”

罗玉璋止住了步，看着郭栓子，半晌，反问道：“栓子，你说咱们这会儿前去攻打兔儿岭能胜吗?”

郭栓子有点明白了,回答说:“攻打兔儿岭可不是吃豆腐。”

“你是说咱牙口不行?”

“不是咱牙口不行,是刘十三这块骨头太硬。”

罗玉璋走过来,拍了一下郭栓子的肩膀:“你说了句大实话。”少顷,愤然骂道,“省府那帮王八蛋尿事不懂,就知道用笔胡尿画!他们要咱现在去攻打兔儿岭,这不是逼咱跳崖哩嘛!”

郭栓子不吭声了,只拿眼睛看罗玉璋。他知道啥时候该他说话,啥时候不该他说话。这个时候他只能劳累耳朵。半晌,罗玉璋叹了口气,说:“唉,官大一级压死人,何况是省府的命令,咱不能抗命不从,这个仗不打不行哩。栓子,你说说这个仗咋个打法?”

郭栓子小心翼翼地说:“硬碰硬咱是要吃大亏的。”

罗玉璋说:“我寻思刘十三也不愿意和咱硬碰硬。两虎相斗,必有一伤嘛。”

“团长说得极是。咱得想法跟刘十三打个马虎仗。”

罗玉璋很感兴趣地问:“咋跟刘十三打个马虎仗?”

“团长,这个我不好说。”

“有啥不好说的? 好歹你都说出来,我不怪罪你。”

“团长,那我就说咧。”

“屙屎就要屙净,说话就要说光。说,说来我听听。”

“团长,这个马虎仗也叫和气仗。咱让人给刘十三送点礼,说明咱们攻打兔儿岭是出于无奈,讲好双方互不伤害,只许放空炮,是做做样子给上峰和老百姓看的。”

“刘十三能听咱的?”

“你刚才说过了,刘十三肯定不愿意跟咱硬碰硬的,咱把礼送重点，他一定会答应的。”

“你看送点啥好？”

“枪和子弹。这两样东西刘十三求之不得，肯定会喜得忘了姓啥为老几。”

罗玉璋捏住下巴颏，思忖半晌，猛一拍大腿：“就依你说的办。你明儿带上两杆长枪两杆短枪和二百发子弹给刘十三送去。一定要给刘十三说清楚，咱和他打的是和气仗，不许伤害咱的人。”

第二天一大早，郭栓子骑着快马带着枪和子弹直奔兔儿岭。他是西秦县土著，自然熟悉这一带地形，不用问路就到了兔儿岭。守在山口的匪卒早就瞧见他，等他到了近前，只听一声呼哨，从杂草丛中钻出来围住了他。

郭栓子是染坊门前的锤布石，见过大棒槌，虽是吃了一惊，但并不畏惧，抱拳言道：“各位好汉，我有要事求见你们寨主十三爷。”

匪卒们看出郭栓子不是等闲之辈，按规矩收了他的枪，蒙上他的眼睛，带他上山。

当匪卒给郭栓子摘下眼罩时，郭栓子已到了老爷庙。他闪目一看，正中的太师椅上坐着黄脸壮汉。他虽然和刘十三多次交锋，但从没见过刘十三的面。但他可以肯定太师椅上坐着的汉子肯定就是刘十三。他双手抱拳，自报家门：“十三爷，在下是西秦县保安团的郭栓子。”

郭栓子在保安团是个响当当的人物，刘十三也久闻其名。他心里直犯嘀咕：“罗玉璋的卫队长跑到兔儿岭来干啥？”可脸上波澜不起，哈哈笑道：“我就说谁有这么大的胆敢闯我的兔儿岭，原来是郭队长。不知郭队长来兔儿岭有何贵干？”

郭栓子说道：“我奉罗团长之命，来给十三爷送点礼。”

刘十三不禁一怔:“给我送礼？啥礼？”

“两杆长枪两杆短枪,外带二百发子弹。”

刘十三心中一喜,可脸上没有显露出来,随口问道:“礼哩？”

郭栓子说在马背上。这时已有喽啰把枪支弹药拿了进来,刘十三看到枪支弹药如同看到美艳的女人,忽地站起身走了过去。他拿起一杆长枪拉开枪栓看了看;又拿过一支短枪卸下弹匣,又装上;随后抓起一把子弹,又松开手,子弹哗啦啦地掉进子弹箱。他脸上不能自已地溢出了笑容:“郭队长,你们罗团长送我枪支弹药是要做点啥吧？”

郭栓子便说明了来意。刘十三听罢哈哈大笑:“你们罗团长想和我玩玩,那我就陪他玩一玩。”

郭栓子见刘十三如此爽快地答应了,倒有些疑惑;半晌,又道:“十三爷,我们保安团以前多有得罪,还请你多多见谅。”

刘十三摆了一下手:“你们打死了我的二掌柜冯四,我们打死了你们的王怀礼,一报还一报,算是扯平了。这事再莫提起。”

郭栓子冲刘十三双手抱拳:“十三爷果然英雄海量。”

刘十三一笑:“你甭给我戴二尺五的高帽子了。罗玉璋打我是为升官发财,我打他是为了活命,谁都有谁的理。闲话咱就不说了,你定个日子,咱们就玩一回吧。”

郭栓子说:“那就定在本月十五,你看行吗？”

“行,你回去给你们罗团长说,就说我刘十三谢他送的礼。”

郭栓子离开兔儿岭,回到县城把见到刘十三的经过详细给罗玉璋叙说了一番。罗玉璋大喜过望,连声夸郭栓子会办事。

随后罗玉璋故意把剿匪的声势弄得很大,又是操练部队,又是请县长训话。保安团里从早到晚人出人进,风风火火急急匆匆,一派大敌当前的气氛。

玩瞒天过海假戏真做这套把戏，罗玉璋是个行家里手。他就是靠这一套起家混事的。他故意把声势造得很大，让满世界的人都知道他罗玉璋要出兵剿匪了。到时候就说有人走漏了风声，中了刘十三的埋伏。这样，匪也剿了，差也交了，没有得罪刘十三，自己也没有损伤，岂不是一石二鸟的美事。罗玉璋这些日子得意扬扬，常常情不自禁地唱几句乱弹：

鬼头大刀歪把子枪

关中的皇上我来当

…………

转眼到了约定的时间，保安团声势浩大地出发了。肖县长亲自把他们送到城外，讲了一番话，并祝他们："旗开得胜，顺利凯旋。"罗玉璋站在队伍前，黑着脸像煞有介事地亮着嗓子吼了几句："弟兄们，养兵千日，用兵一时。咱们这回要打个漂亮仗，不能给肖县长丢脸！出发！"

队伍向兔儿岭进发了。几百双脚和几十只马蹄把土道踢腾得尘土飞扬，遮天蔽日。

日头斜过头顶，保安队开到了兔儿岭，早有探子报知刘十三。是时，刘十三已经把人马拉到预定的位置。喽啰们隐蔽在半山坡的杂草丛中，黑洞洞的枪口对着山下。

赵拴狗卧伏在刘十三身边，不解地问："十三爷，不是说好的打和气仗吗？咋把咱的全部家当都扛出来了呢？"

刘十三瞪了他一眼，他还傻不愣怔地看着刘十三。刘十三在他额颅上敲了个"梆子"，训斥道："给你教了一辈子你都不开窍！兵不厌诈呀，罗玉璋说是和咱打和气仗，可万一那狗日的真要动手收拾咱咋办？防人之心不可无！虽说官匪一家，可官总想骑在匪的头上拉屎尿尿哩。”

赵拴狗恍然大悟：“十三爷，还是你想得远。我从心窝窝里服你。”

正说着，保安团的人上来了。刘十三压低声音下命令：“拴狗，传我的令，每人只准对空放一枪，别浪费子弹。”

“得令！”赵拴狗爬起身就要去传令，又被刘十三叫住了。

“拴狗，给弟兄们说明白，保安团胆敢动真格的，就给我往死里打。”

“得令！”

赵拴狗很快传令下去。这时保安团的人已到了眼皮子底下。赵拴狗命令一伙喽啰取出早已预备好的鞭炮和铁桶，随即在铁桶中点燃鞭炮，那响声简直如同数十杆枪一齐开火。吓得团丁们趴在地上浑身筛糠不敢动弹。罗玉璋也大吃一惊，急忙跳下马，伏在一块大青石背后，问紧跟身后的郭栓子：“栓子，你跟刘十三敲死了吗？”

“敲死了。”

“那狗日的咋动真格的！”

郭栓子定下神来细听了半晌，说道：“团长，他们是在放鞭炮哩。”

这时罗玉璋也听出了味道来，站起身说道：“刘十三还真有一套哩。栓子，咱们也响应响应吧。”

郭栓子冲天开了几枪，大声喊道：“弟兄们，冲啊！活捉刘十三！”

团丁们这时都醒过神来，一边胡乱放枪，一边大声地喊：“刘十三,你们被包围啦！投降吧！活捉刘十三!”

一霎时,山坡上硝烟四起,枪响如同爆豆,喊杀声此起彼伏,十里外都听得见。

这一“仗”打了两三个小时,眼看太阳就要跌窝,罗玉璋还没有罢手的意思。团丁们早已明白是咋回事了,没了恐惧,反而觉得好玩,从草丛中爬起身,满山遍野地狂喊:“活捉刘十三！活捉刘十三!”

刘十三最不爱听这句话,恨得牙痒痒,心里说:“说好的玩一场,谁让你胡屎喊叫哩!”随手拔出盒子枪,啪！啪！两枪撂倒了两个喊叫得最厉害的团丁。吓得其他团丁赶紧噤了声。

罗玉璋和郭栓子都大吃了一惊。郭栓子壮起胆子,大声喊道:“十三爷,咱们有约在先,你咋动真格的?”

刘十三哈哈笑道:“郭队长,我是为你们好。”

“咋是为我们好?”

“双方交战哪有不伤人的。你们伤了两个弟兄,我们可是伤了二十个兄弟哩。”

郭栓子还要说点啥,被罗玉璋拦住了。罗玉璋当即命令道:“撤!”

第二天,罗玉璋上报省府:此次保安团倾全力剿匪,不料刘匪得到密报,早有准备。我军陷入重围,官兵同心作战,奋勇杀敌,突出重围。此战击毙匪卒二十二名,我方伤亡两名弟兄。

第七章

徐云卿的大儿子徐望龙回家来了，自然是衣锦还乡。洋鬼子似的一身西装革履，鼻梁上架着一副眼镜，镜片不带色，却带着金丝框；头发朝后梳去，油晃晃一头气派，能跌倒苍蝇滑倒虱子；年纪轻轻，手里却拄着一根文明拐棍，戴一双雪白手套，跟人说话时便用拐棍轻轻拍打另一只手掌，一副傲然自得的神情便无余地凸显出来。

去岁秋末，徐望龙从日本留学归来，在省府谋了一个秘书的职位。要说秘书也算不上什么大官，可整天打交道的都是省府各界的头头脑脑，跟省府主席、党部书记、军界要员也能说上话，小视不得。

儿子衣锦还乡实乃天大的喜事。若是在年初，徐云卿是一定要大摆筵宴为儿子接风洗尘，可近几个月镇里接连出事，令他惶恐不安。他深知树大招风。杨玉坤和商会几位朋友都要前来贺喜，被他婉言谢绝了。他真怕再出点什么事，只是在家中设了一桌便宴，请来杨玉坤，算是给大儿子接风洗尘。

杨玉坤和徐云卿交情颇深，也深知徐云卿的心思。酒席宴间，他反客为主，频频举杯劝酒，尽拣好听的说。

“贤侄东渡扶桑，留学日本，实乃咱永平镇千古第一人！今日学成归来，可喜可贺！我借花献佛，敬你一杯！”

“多谢老叔！”徐望龙站起身，双手接过酒杯，一饮而尽。

徐云卿示意儿子回敬杨玉坤。徐望龙照办，回敬一杯。杨玉坤抹了一把沾在胡须的酒珠，问道：“贤侄现在省城干啥事？”

徐望龙欠身回答道：“在省府干秘书工作。”

“了不得，了不得！贤侄真是咱永平镇的千里驹，不，是咱西秦县的千里驹，前程不可限量啊！”

徐云卿笑道：“玉坤老弟过誉了，秘书有啥了不得的，只是个文官而已。如今是乱世，武官才吃得香。”

杨玉坤说：“省府的秘书非同一般，整天打交道的都是省府的头头脑脑。我敢说西秦县的县长到了省府也灰得跟狗一样，省府的头头脑脑谁能认得他是谁！”

徐望龙笑着说：“县长到了省府，不给守门的一点好处，人家连门都不让他进哩。”

“你听听，你听听！望龙贤侄了不得，了不得啊！”

在杨玉坤咋咋呼呼的渲染下，酒席宴上有说有笑。可徐望龙看得出父亲眉间藏着愁云，母亲也强颜欢笑。他心里也不禁沉沉的，可不便问什么，只是跟大家讲了讲在外边的所见所闻。

宴罢，杨玉坤告辞。徐望龙去父母屋里叙话。徐云卿一反往常没有吸水烟。他抽着儿子孝敬他的雪茄烟。徐望龙给弟弟成虎一支香烟，自己叼了一支。酒席宴间已说过闲话，徐望龙开口便问父亲：“爹，家里出了啥事？”

徐云卿稍一怔，随即笑了起来：“咱这个家能出啥事？没事，没事。”

“我看你和我妈好像有啥愁事?”

徐王氏刚想说啥,被老汉用目光制止住了。

“咱家一不缺吃二不缺穿三不缺花,能有啥愁事? 要有事就是喜事。昨日清早喜鹊在树梢上叫,你今儿就回来了,真是大喜事!”徐云卿说着呵呵地笑了。

“没事就好。”徐望龙心里踏实了。

又扯了一阵家常话,徐云卿让儿子回屋去歇息。他不想让儿子刚进家门就给儿子添烦恼。知子莫若父。儿子虽说留过洋,可那驴脾气不会改。他怕说出那事,儿子说不定会把媳妇打死,还会去找罗玉璋算账。如果真是这样,那就把麻烦惹大了。再说儿子出门四年多了,不容易。回到家也该让儿子享享女人的福,不管咋样,那个女人也是儿子的媳妇,模样身段在镇里都是数一数二的。

徐望龙回到自己屋里,只见媳妇喜凤低头坐在床边。离家几年他身边没少过女人。从日本归来在省府供职不久,省上军界一位要员的千金便相中了他。那位千金容貌平常,加之骨瘦如柴,他心中并不喜欢。可他却想借此女人父亲的权势往上爬,便顺水推舟与那女人打得火热,后来就同居了。那女人除了霸道外,并无所长。最近那女人逼着要和他结婚,他只能答应。此次回家,他想跟父母讲明此事。此刻进屋看见喜凤,他这才记起家里还有个媳妇。刚才酒席宴上除了母亲外,两个媳妇都在厨房帮厨,他因此没有看到喜凤。他望着眼前陌生而又有点熟悉的女人,一时竟不知说什么才好。喜凤听见脚步声,用眼角瞟了他一下,挪了挪屁股。

已是盛夏,喜凤穿着一件白真丝短袖衫,裸露的胳膊如同肥嫩的莲藕。徐望龙呆呆望着喜凤。在他的记忆中,媳妇是一个身体瘦削刚刚抽条的少女。而此刻呈现在眼前的是一位熟透了的肥美女人。那俊俏的脸庞,那白嫩的胳膊,那高耸的丰乳,无一不令人心醉神迷。他走过去挨着喜凤坐下,一股女人的气息朝他扑来,一股欲火腾地从心头燃起。他一把拉住了女人的双手,女人却含羞地抽回手。这一下反而把他的欲火撩拨得更旺。他猛地把女人扑倒在床,噙住她的两片嘴唇,一双手急不可待地去解她的衣扣。

喜凤任由徐望龙摆弄着。最初,她看到这个男人觉得十分陌生。虽然她朝朝暮暮盼男人归来,可归来的男人不是她心中想象的男人。那个跟她睡过三晚觉的男人早已在她的记忆中模糊不清了,只依稀记得那个男人有张娃娃脸,也没戴眼镜。可眼前的男人与昔日相比面目全非。当她的衣服被剥光时,才感觉到就是这个男人把她由一个黄花姑娘变成为女人。

男人的身体并不强健,性欲却很旺盛,而且很有激情。可女人却很麻木,有一种被男人强奸的感觉。她觉得男人好像是一头发情的公猪,一张嘴在她的肉体上上翻下拱。她很清楚她的胴体十分迷人。可她感觉不到有什么情趣,反而难受得要命。她几次都想把男人从身体上推下去,最终还是隐忍了,咬着牙坚持下去……

男人几番折腾,终于困倦了,翻身去睡,扯起鼾声。女人却怎么也无法入睡,瞪着眼睛呆望着从窗口流进来的月光……

翌日吃过早饭,徐望龙来到父母房间陪着说话。拉了一阵闲话,徐云卿忽然问:“望龙,这次回家,你打算住多久?”

“爹,我想多住几日,好好孝敬你和我妈。”徐望龙嘴里这么说,心里却想的是另一回事。昨晚的床第之欢使他十分沉迷。家里的女人虽然土了点,但容貌胜过城里那个洋女人百倍。此时他想起喜凤的丰乳肥臀,心头禁不住泛起一股强烈的欲望。

徐云卿吸了一袋水烟,说道:“我和你妈的身子骨都硬朗着哩,再说家里还有成虎两口子照料。你要没有啥事就早点回省城去。”

徐望龙一怔，见父母面带愁容，心里一沉，问：“爹，家里到底出了啥事？”

徐云卿叹了口气：“唉！昨晚我一夜都没睡好觉，思前想后，觉着还是让你知道为好。自从你离家后，西秦地面一直不太平，尤其是永平镇一带，土匪闹得十分凶。咱们家的店铺接连被抢，还出了几条人命。”

徐望龙面露怒色：“西秦还是罗玉璋当保安团团长吧？他就不出面管管？！”

“唉……”徐云卿长叹一声，“再甭提那驴日的了！”

徐望龙忙问：“他怎么了？”

徐云卿长吁短叹，说道：“罗玉璋的保安团打土匪没有能耐，祸害百姓本事倒是很大。今年年初，驻扎在镇上的保安中队长吴清水用枪逼着北街绸布店的杜老板，要人家答应把女儿嫁给他做小老婆。后来在成亲的那天晚上，土匪刘十三突然下山抢走了杜老板的女儿。再后来，镇里换上了那个和你同过学的王怀礼的中队。王怀礼倒有点本事，设计打死了刘十三的二头目冯四一伙。可也招来了祸。刘十三出奇兵，在王怀礼回门那天把王怀礼打死了。埋葬王怀礼那天，罗玉璋竟然把王怀礼的新媳妇给活埋了！那驴日的太鑴火了！”

徐望龙很吃惊，骂道：“这驴㞞咋胡整哩！”

徐王氏在一旁说：“姓罗的不是个好东西！他把咱家也咬了一口！”

徐望龙忙问：“他咋咬咱家的？”

徐王氏说：“你爹花了不少银圆和烟土把他请来打土匪，让他住在家里,吃喝都供上,拿他当神敬。可那驴日的却把你媳妇给糟蹋了……"

徐望龙脸色陡变,忽地站起身:"这事可是真的?"

徐王氏双手直拍大腿:"是妈亲眼看见的,还能有假!"

徐云卿连声自责:"都怨我有眼无珠,引狼入室。"

徐王氏愤声说:"那个碎屄客也是个狐狸精!母狗不摇尾巴,公狗敢跳墙!"

徐望龙看了母亲一眼,半晌从牙缝里挤出一句话:"不杀了罗玉璋我就不姓徐!"

徐云卿慌忙阻拦住儿子:"望龙,你千万甭胡来!"接着压低声音把墩子刺杀罗玉璋失手的事给儿子细说了一遍,临了连连摇头,"那驴日的是个黑煞星,难收拾……"

徐望龙阴鸷地一笑:"爹,你把姓罗的也太高看了。我要放他驴屄的血,也就是一句话的事!"

徐云卿瞪圆眼睛看着儿子,不明白儿子有什么高招。徐望龙对父亲说省上军界一位赵要员的女儿看上了他,说啥也要嫁他。当然,他没有说他已经跟那个女人睡过觉。他们马上要结婚,这次回家就是专门给父母禀明此事的。倘若这门亲事一成,他便是赵要员的乘龙快婿,只需在岳丈面前说罗玉璋几句坏话,何愁罗玉璋不死。

徐望龙以前在家信中提过这事,徐云卿对此很不以为然。他一直认为男子汉大丈夫要想干一番事业,第一就要远离女色。他在肚里直骂儿子没出息,当下写信告诫儿子以事业为重,不可贪恋女色。后来儿子来信不再提及此事,他以为儿子听了他的告诫。现在听儿子这么一说,他又惊又喜。惊的是儿子并没把他的告诫当一回事,喜的是儿子攀龙附凤,飞黄腾达有望。他以拳击掌,连声说:“好!好!好!”俄顷,又有些沮丧地问儿子,“你在家里已经娶了妻室,她愿意给你做‘小’吗?”

徐望龙说:“我没给她说这码事。”

“她知道了底细此事还能成吗?”

徐王氏在一旁说:“这又怕啥,富家男人娶三妻四妾也是常事。穷家小户想娶还娶不起哩。”

徐云卿瞪了老婆一眼:“你懂个啥!人家是千金小姐,能给你做‘小’?!”

徐望龙冷冷一笑:“刚才我还为这事担心,现在我放心了。”

“放心了?”徐云卿看着儿子。

徐望龙点点头。徐云卿不再说啥,他从儿子的眉宇间看到了一股凶蛮之气。他知道儿子念了一肚子书,对付女人有的是办法。

徐王氏呆着眼问儿子:“你要休了她?”

徐云卿不高兴地哼了一声:“咱徐家忠厚传家,只娶妻,不休妻。”

徐望龙对母亲说:“妈,这事你就甭操心了。”

喜凤和衣倚在被子上,一只手托着腮假寐着。清油灯在桌上摇曳着光焰,橘黄的灯光给她那白嫩的肌肤染上一层胭红,越发显出几分妩媚来。

她在心中回味着昨夜的事。她做姑娘时听邻居嫂子们说过“久别胜新婚”的话,可昨夜她并没有感到愉悦。男人的面孔变得十分陌生,一点不如墩子那样亲切,甚至都不如罗玉璋亲切。唯一能感受到的是:他是一个男人,一个性欲极盛甚至发疯的男人。现在回想起来,她才渐渐感到肉体有些愉悦,禁不住泛起一股原始的欲望。她毕竟是个成熟的女人,而且很久没有尝到男人的滋味。她渴望得到男人的温存和抚爱。她似乎听见男人沉重的脚步声进了屋,急忙睁开眼睛,屋里空得只有自己躺在床上,心里骂了自个儿一句:“骚货!”又闭上了眼睛。

迷迷糊糊中,墩子进了她的屋。她惊问他从哪里来的。墩子笑着说,从很远的地方来的。她问,你来做啥。墩子说,他想她了,就来了,说着动手就解她的衣扣。她抓住他的手,不许他解。墩子死皮赖脸地说,那天晚上你的啥都让我看到了,还怕个啥哩。她羞红了脸,便由着他去解,嘴里却说,徐望龙回来了,当心他看见。墩子笑而不语,两只大手抚摩她白胖胖的大奶。她娇喘着说,轻点,把我弄疼了。墩子不但不听,反而使劲地捏,疼得她叫了一声,一把推开他……

睁开眼睛,眼前的男人不是墩子,而是徐望龙,已经剥光了她的上衣。她下意识地用胳膊护住胸部,明白自己适才做了个春梦。她回过神来,娇嗔地说:“看你,进来也不把我叫醒。”

徐望龙不说话,只是阴冷地一笑,又去脱她的裤子。她没有拒绝,由男人去,只是说了一句:“看把你急疯了。”

徐望龙干得比昨夜更疯更狂,似乎把她当成仇敌,猛烈地撞击,尽情地发泄。男人的疯狂激发了她的欲望,她一反昨夜的麻木,迎合着男人。男人忽然一把推开她,两记耳光重重地甩在她的脸上,她俊俏的脸上立时印上了血红的手印。她被打呆了,茫然地看着还压在他身上的男人。

“你个骚货!罗玉璋日你时你也这么骚吗?!”男人从她身上滚了下来,脸上的五官都挪了位。

她明白了，徐云卿把啥话都给他儿子说了。

“婊子养的！说，姓罗的日过你几回？”男人没有了读书人的半点斯文，骂着比乡下人还粗野的下流话。

她分辩说：“那都怨你爹，请了个老虎来撵狼，狼没撵跑，倒让老虎咬了自家一口……”

“你个卖货客还敢嘴硬！”男人又打了她一个耳光，一股殷红的鲜血蚯蚓似的从她的嘴角爬了出来。

泪水从她的眼眶溢了出来。她继续为自己分辩：“姓罗的那么凶，你爹都怕他几分，我一个弱女子又能咋样……再说，你又不在家，我也没个依靠……”

“你他妈的还有理了！”男人的额角暴起了青筋，又一个耳光打过来。“你咋不去死？！你的屄命就这么值钱！”

她一怔，呆望着男人，泪水凝在脸上。她明白了，刚才男人那么疯那么狂并不是爱她，而是在作践她糟蹋她。她在这个男人眼里如今连个玩物也不是。她不再说啥，抹了一把嘴角的血，看了看，默声不语地去穿衣服。

男人骂困了，翻身去睡。她和衣躺在床角，以泪洗面……

那天夜晚墩子在她屋里刺杀罗玉璋失手，等于把她和罗玉璋上床的事挑明了。徐云卿一家不待见她莫要说起，就连徐家的看家护院、下人长工也拿白眼翻她。她又羞又气，便回了娘家。在娘家住了几日，母亲看出她有心事，便再三追问。她就说了。她想着能得到母亲的一番安慰。谁知母亲一反往日的慈祥，骂她太不自重。父亲更是大发雷霆，骂她水性杨花，不守妇道，不光丢了徐家的脸，也把孙家的脸丢尽了。她哭了，捂着脸跑出了娘家门。母亲心软了，要追她回来，却被父亲拦住了。父亲怒声说，她要真的去死,咱也就不丢脸了。她没有死,又回到了徐家。她不是怕死,只是认准了“好死不如赖活”这个理。她盼着男人早早归来,把自己受的辱受的气全都掏出来。只要男人能明白她的心,能疼她爱她,旁人世人再咋数说编派她,她都不理睬。她在等男人回来,可男人却迟迟不见回来。被人冷落歧视的日子实在太难熬了,她决定去省城找男人,把事情的原委对男人讲清楚,那样,就是死了也能安心。她先去找婆母说她想去省城一趟。她跷进婆母的屋门,婆母看见是她反而闭上了眼睛,她心里顿时一寒,迟疑半晌,轻声叫道:“妈,妈。”

徐王氏半天才睁开眼,淡漠地问:“啥事?”

她迟疑了一下,问:“妈,望龙在省城哪达干事呢?”

徐王氏耷拉下眼皮说:“省政府。”

“妈,我想到省城去看看望龙……”

徐王氏吃了一惊,撩起了眼皮:“啥,你想去省城?谁陪你去?”

“我不要谁陪,我自个儿去。”

“不行!”徐王氏断然拒绝,“我们徐家没有女人独自出远门这个规矩。”

她心中又是一寒,可还是恳求道:“妈,我有话要给望龙说。”

“有啥话等望龙回来再说。”

“他几时能回来呢?”

徐王氏没好气地说:“你问我,我问谁去?”

她呆了半晌,再次恳求:“妈,你就让我去吧。”

“不成,我不能破了徐家的规矩!”徐王氏又闭上了眼睛。

她的心完全凉了。她知道徐家的家里事都由徐王氏做主,再求也是白求。可她骨子里是个刚烈的女人,打定的主意八头牛也拉不回来。她出了婆母的屋,去找郑二。

郑二不仅是徐家的护院,也是徐家的车把式。在这段时间里,徐家的下人只有郑二对她的态度一如既往,所以她想到了郑二。郑二正在给牲口喂草料,见她来到牲口棚,很是惊讶:“大少奶奶,你咋跑到这达来咧。”

“你套车送送我。”

“去哪达?”

“我要去省城找大少爷。”

郑二又是一惊:“你去找大少爷?老掌柜的知道吗?”

“他不在家。”

“夫人呢?”

“我刚求过她,她不让我去。”

郑二叫道:“大少奶奶,你这不是为难我吗?当家的不发话我不敢套车送你!”

她坚决地说:“我说啥也要去!”

郑二劝她:“大少奶奶,不是我驳你的面子,当家的知道了,我这饭碗还要不要?依我之见,你也最好别去,有啥话等大少爷回来再说不迟。徐家的规矩你不是不知道,这万一……”

“你啥也别说了,我不为难你。”她转身就走。

“大少奶奶!”

她站住脚:“干啥?”

郑二再三劝道:“你真要去省城也不能硬来呀。你不会说你回娘家住些日子,再从娘家走。那样谁也不知道呀。”

她摇摇头:“我不想连累我娘家。你跟家里人说一声,就说我去省城了。”

她回到自己屋中,简单地收拾了一下就独自上路了。她不知道省城有多远,也不知道怎样才能找到徐望龙。她只知道省城所在的方向,沿着官道往东走。

郑二随后给徐云卿夫妇报告大少奶奶去了省城。徐云卿夫妇闻讯大发脾气。徐云卿当下让二儿子成虎赶紧去追,无论如何也要把她撵回来。是时,郑二套好了轿车,成虎接过鞭子赶着轿车急追而去。不到一顿饭的工夫就追上了她。成虎从车码头上跳下来,拦住她的去路:“嫂,你干啥去?”

“我找你哥去。”

“你咋不跟咱妈说一声?”

“我说了,她不让我去。”

“这就是你的不对了,咱妈的话你咋能不听?走,跟我回去。”

“我不回去。我要去找你哥,我有话要对你哥说。”

“有啥话等我哥回来再说也不迟嘛。”

“谁知道你哥几时才能回来?”

“这达是他的家,他迟早都要回来的。走,跟我回。”

“我不回。”

两人僵持不下,谁也不相让。徐成虎失去了耐心,脸上变了颜色:“嫂,你不听劝,可别怪我动粗的!”说着,猛扑过来,抱起她把她塞进轿车,一甩鞭子往回就赶……

最终她没有去成省城,可她一直盼着男人回来,给男人诉一诉心中的苦处,希望男人能给她鸣冤叫屈,让她能挺起胸膛做人。现在男人终于回来了,但完全事与愿违。男人听信了他父母的话,而且不容她分辩,张口骂她,动手打她,这日子还怎么过?还有什么希望?还有什么盼头?她动了死的念头。

一连几个晚上,男人都像头发情的公猪疯狂地作践她。她稍有拒绝,就动手打她,边骂边打:“你以为你是个啥宝贝？老子玩的是老子的一百块银圆!”当年,喜凤的父亲收了徐家一百块银圆的聘礼。

她从男人怀中挣脱,狠狠地瞪着男人。男人更为恼怒,骂道:“你在我跟前装啥贞节烈女？你那地方都被人弄成磨眼啦!”

她气得浑身筛糠,泪水在眼眶里直打转转。她实在无法忍受了,站在镜子前整整衣服,理一理额前散乱的头发。男人看着她,冷笑道:“长的是河短的是刀子,软的是绳硬的是柱子,井也没盖盖。你要死就去死,吓谁哩!”

她一愣怔,打了个寒战。这个男人是逼着她去死!

“你是逼我去死?”

男人激她:“你要真的死了,还算你们孙家养了个贞节烈女!”

她胸中立时填满了怒火。这个男人实在太损了！她犯了牛脾气,男人不逼她,她也许真的会去死。现在男人逼她去死,她说啥也要活着。她愤愤地说道:“你要我死,我还偏偏不想死!”

男人恼怒了:“你他妈的还敢嘴硬!”扑过来扒她的衣服。她死力抗拒。男人似乎中了邪,疯劲十足,两记耳光打得她眼冒金花,倒在了脚地,失去了反抗力。男人扒掉她的裤子,用腿使劲地夹住她的头,捡起一只鞋抽打她的下身。屈辱填满了她的胸膛,她觉得浑身要炸裂似的,泪水喷泉似的涌出了眼眶。她拼尽全力咬住男人的胳膊,男人痛叫一声,抓起桌上的茶壶砸在了她的头上。她的脖颈立时软了。男人一惊,伸手摸摸她的鼻息,脸上变了颜色。少顷,男人起身坐在床边狠狠地抽烟。好半晌,男人扔掉烟头,狞笑一声,起身要把女人的尸首拖出去。

就在这时,前院有人高声喊叫:"掌柜的,有土匪！快跑!"

随即听见徐云卿在喊:"望龙成虎,快上炮楼!"

徐望龙慌忙丢下女人,拉开门撒脚往后院炮楼跑。上了炮楼,只见父亲搀着抖成一团的母亲也往炮楼上爬。

"望龙!"徐云卿叫道,"快拉你妈一把!"

徐望龙把母亲拉上炮楼。紧跟着徐云卿和成虎小两口也都气喘吁吁地上了炮楼。成虎小两口都精着身子,只穿着裤衩。徐云卿慌而不乱,脱下身上的长衫扔给儿媳妇,手里提着盒子枪一边冲院子打枪,一边高声喊叫两个护院:"郑二刘四,把狗日的往死里打!"

前院炮楼响起了枪声。徐望龙从赵要员的千金手里弄来一支手枪,回家带在身上,一为防身,二为显威风。这时能派上用场,一摸腰啥也没有,才想起手枪还在枕头下压着。

打了一阵枪,不见院子有啥动静。徐云卿便不再瞎打枪了。一家人挨到天亮,只见郑二和刘四从前院走了进来,冲他们喊:"掌柜的,土匪跑了。下来吧!"

一家人下了炮楼,徐云卿黑丧着脸说:"你们查查,看都少了些啥。"

徐家两兄弟和两个护院里出外进查看一番。罢了给徐云卿禀报,说啥也没少。徐云卿正在吸水烟养神,听后一怔,半晌,自语道:"咋能没少啥?"

郑二忽然说:"掌柜的,大少奶奶不见了。"

徐云卿这才想起,从昨晚上炮楼一直到现在都没见大媳妇的面。他转脸向大儿子投去垂询的目光。徐望龙一怔,抽身直奔自己的屋。进屋他就呆住了,屋里啥东西都在,偏偏不见了女人!

第八章

刘十三独自一人在屋里喝酒，喝得没滋没味。赵拴狗急匆匆地走了进来。

“拴狗，来，喝一杯！”刘十三递过一杯酒给赵拴狗。

赵拴狗受宠若惊，急忙接住酒杯，吱地饮了个杯底朝天，说：“多谢大哥！”

刘十三自饮一杯，问道：“有啥事？”

“大喜事！”赵拴狗一脸的笑意。

刘十三斜了他一眼。他近来心情一直不好，不相信能有啥大喜事，鼻子哼了一下：“啥大喜事？”

赵拴狗凑上前一步，说：“大哥，我给你搞了个花不棱登！”

刘十三往嘴里灌了一杯酒，怔怔地看着赵拴狗，一时没明白他说的是啥意思。赵拴狗朝门外一挥手，喊道：“扛进来让大哥瞧瞧！”

一个膀大腰圆的大个儿喽啰扛了个口袋进了屋，轻轻放在脚地。刘十三一瞧，那口袋里的东西软囊囊地在蠕动。他不知道赵拴狗弄了个啥东西回来，投去狐疑的目光。

赵拴狗解开口袋绳，拎出一个女人来，扯掉塞在女人口里的破布:“大哥,你看看,盘子亮得很!”

刘十三见是个女人顿时长了精神,起身走过去仔细地看。那女人虽说头发散乱,衣衫不整,但掩不住天生丽质,不禁心里一喜,问赵拴狗:“你从哪达弄来的?”

“永平镇。”

刘十三再看那女人,不像穷家小户出身,一身绸布衣裤,像是大户人家的千金。赵拴狗说:“他是徐云卿的大儿媳妇。”

徐家是西秦县数一数二的富商大户,刘十三自然知道徐云卿的大名,也曾多次抢劫过徐家的店铺作坊。他没想到赵拴狗能把徐家的大少奶奶搞到手,有点不相信:“你当真是徐家的大少奶奶?”

女人点头,脸上并无惊恐之色。几经风雨,她已不再是以前的她了。她十分清楚,阎王想要你的命怕也啥都不顶。

昨晚上徐望龙逼她去死,最初她还真的想去死。活在这个世界上忍屈受辱,供男人玩弄,没谁把她当人看,还真不如死了的好。可徐望龙那驴屎太损,强逼她去自尽,反而激怒了她,使她打消了自尽的念头。徐望龙盼她去死,她却偏不去死。她活着不好受,也不能让那驴屎遂了心愿。那驴屎又要作践糟蹋她,她便拼死力反抗。那驴屎竟然对她下了毒手！现在回想起昨晚的事,她恍如隔世之人。她依稀记得那驴屎拿啥东西砸了她一下,一股无法忍受的疼痛从头部传遍全身。在那一刻,她知道自己是死了……

不知过了多久,她感到身子发冷。睁眼一看,桌上的油灯亮着,徐望龙不见了。她挣扎坐起身,才知道自己躺在脚地,还赤着下身。她十分害羞,寻来裤子穿上。就在这时外边有人大声叫喊:“土匪来了,快跑!”

紧接着一阵杂乱急促的脚步声充满了惊慌和恐惧。她却没有半点胆寒,镇静自若。头部的伤痛使她扶着桌子坐在床沿。

忽然,屋门猛地被推开,桌上油灯的光焰摇摆不定,几乎熄灭。她吃了一惊,刚抬起头,几个壮汉闯进屋来,脸上都涂抹着锅灰,根本看不清眉目来。为首的汉子一挥手,上来两个大汉没容她站起身,就给她嘴中塞了团破布,把她装进一条口袋里,扛起来就走。她没有反抗,也没有挣扎。就是不堵她的嘴,她也不会呼喊。她知道就是喊破喉咙,也不会有人救她的。

路很远,几个壮汉轮换驮着她,不住地大口喘粗气。她在汉子们的肩膀上,捂在口袋里虽然不舒坦,却也不觉着累。她脑子没闲着,一路不住地寻思:抢她的是哪股土匪?抢她干啥?绑花票?徐家能拿钱赎她吗?管他哩,在徐家是死,落在土匪手里也是死。咋死都是死,怕也不顶啥。

终于到了目的地,她被从口袋里放了出来,长长吐了一口闷气。她揉揉眼睛,只见那几个脸上抹锅灰的汉子众星捧月般地捧出一个黄脸汉子。她明白过来,抢她的土匪不过是喽啰而已,这个黄脸汉子才是匪首。面对匪首,她毫无畏惧,开口问道:“你是谁?为啥抢我?”

匪首竟然笑了一下,毫不凶恶,还有点憨厚相:“你看我是谁?”

这一带有不少小股土匪,多则十多个二十几人,少则七八人。徐家有护院有快枪,他们都不敢贸然进犯。敢抢劫徐家的只能是刘十三这股土匪。他们人多枪多,专吃徐家这样的流油豪富。

“你是刘十三?”女人猜测道。

赵拴狗上前一步,骂道:“婊子养的,刘十三也是你叫的!”

刘十三一摆手,让赵拴狗退后。他没想到这个女人如此大胆,竟敢直呼他的姓名。打他落草为寇以来,还没谁敢当面呼他的名姓。看来这个女人有点不凡。

刘十三点了一下头:“我就是刘十三。你真的是徐家的儿媳妇?”

女人说:“啥真的假的!我是有名有姓的人!”

刘十三一怔,问:“你叫啥名?”

“孙喜凤。”

“喜凤,”刘十三嘿嘿笑了,“这个名好!”

喜凤有点恼怒了:“你抢我来干啥?”

刘十三看着女人,笑道:“你能干啥?”

喜凤一时语塞,目光并不避开。

刘十三走到她跟前,依然笑道:“我缺个压寨夫人。”

喜凤一惊,扬起了眉毛:“你要我给你做老婆?”

刘十三盯着喜凤问:“你愿意吗?”

喜凤不语,半天,冷静下来说:“愿意咋?不愿意咋?”

“愿意的话,有穿不完的绫罗绸缎,吃不尽的山珍海味。”

喜凤一笑:“你这个山寨恐怕没有徐家的钱旺吧。”

刘十三冷冷一笑:“不愿意的话,阎王爷那达缺个小老婆!”

喜凤又是一笑:“我已经摸到了阎王爷的鼻梁子,还怕个啥。”

刘十三怔住了,一时竟无话可说。赵拴狗在一旁骂道:“你个婊子客牙还这么硬!看我不挑了你的牙筋!”

喜凤睬也不睬赵拴狗,对渐露凶相的刘十三说:“我知道你刘十三手狠,你要敢强逼我,我就一头碰死在这柱子上,你啥也得不着。你要不逼我的话,咱还好商量。”说罢,向柱子跟前紧走两步。

刘十三见此情景,急忙说:“我不强逼你。你有啥话就说出来。”

喜凤一双眼睛盯住刘十三说：“你要能割来徐望龙的卵子，我就给你做老婆。”

刘十三一怔，不明白这个女人为啥这样恨她的男人，好半晌，问道：“那个脏东西，你要它做啥？”

喜凤说：“这你就甭管了。”

刘十三面有难色：“杀人不过头点地，割人那东西太损了点。你换样东西吧。”

喜凤沉吟一下，说：“不要那东西也罢，你给我卸回一条腿也行。”

刘十三呆看女人半天，问道：“徐望龙是你男人，你要残了他？”

喜凤不耐烦了：“你问那么多干啥？你到底能不能办到？”

刘十三一拍胸脯：“成，我答应你！你几时给我做老婆？”

喜凤干脆地说：“你几时办成了这事我几时就是你的人。”说完这话只觉一阵头晕目眩，身子打了个趔趄。刘十三眼疾，一把扶住了她，这才发现她的发际处有干涸的血迹，转脸怒斥赵拴狗：“你们咋㞞弄的，把夫人打伤了！”

赵拴狗诚惶诚恐地说：“我们连夫人一根毫毛都没敢动，大哥不信，就问问夫人。”

喜凤说：“不关他们的事……”

刘十三命令道：“快去喊王先生！”

王先生是山寨的大夫。一个喽啰拔腿跑出了屋。刘十三又下一道命令：“给夫人收拾好住处，好好伺候着。若有不周到的地方，看我不打断你们几个的胳膊！”

刘十三袭击徐家那天是农历五月二十九。昼伏夜出是他们惯用的战术。那夜月黑风高,他们先是用肉包子药死了两只大狼狗,随后悄然潜入徐宅。

刘十三从喜凤那里已经对徐宅的情况了如指掌。徐家有六条快枪,四短两长。护院郑二和刘四各一长一短,徐家父子各有一支短枪。另外徐望龙带着一支短枪。他吩咐赵拴狗带几条枪封住前院,只要郑二和刘四不硬拼,就不要伤他们;又命令杨万有带着几个人封住西厢房和正房,只要里边的人伤不着外边的人,也不要伤了他们。依着刘十三的脾气,下个黑手就把徐家一锅端了。可喜凤再三交代过,徐家的人除了徐望龙和徐云卿外,其他人不要伤。

刘十三亲自带着几个喽啰直扑东厢房,没想到"铁将军"把着门。喜凤被抢的第二天徐云卿就心怀恐惧。儿子给他说了实话,说是把喜凤打死了,可尸体却不见了!无疑是被土匪抢走了。土匪抢一具女尸去干啥?难道要做人肉包子?这个推测实属荒唐!喜凤肯定没有死,因此才被土匪抢走。徐云卿这样一推测,起了一身的鸡皮疙瘩。打蛇不死,必被蛇咬。他对儿子望龙说,家里不可久停,赶紧回省城。徐望龙嘴里虽不吐软话,心里却惶恐不安。突遭匪劫,他也感到兆头不好。在父亲的再三催促下,当天中午他就返回省城。刘十三突袭徐宅,却扑了个空。

刘十三眼珠一转,返身扑向正房。

徐云卿的瞌睡向来很轻,外边的风吹草动惊醒了他。他喝问一声:"谁?!"侧身伸手就去枕头下摸枪。可迟了一步,一只大手抢在了他的前头掏走了枕下的枪,另一只手捏住他的脖子把他从炕上拎了下来。随即有人点亮灯。他看清屋里有好几个提枪的汉子。为首的是个黄脸汉子,豹头圆眼,目光凶狠。他自知在劫难逃,反倒不慌不忙,从容地穿好衣服。徐王氏在炕上抖成一团,白晃晃的大腿都露出了被子。徐云卿皱了一下眉,把衣裳扔给老婆,对为首的汉子说:“好汉,咱们屋外说话吧。”

黄脸汉子瞥了一眼徐王氏,说:“我们来找徐会长有点事,你穿你的衣裳,不碍事。”

徐云卿只能主随客便,说道:“各位好汉,请坐下说话。”

黄脸汉子并不客气,稳稳地坐在太师椅上,笑道:“徐会长果然见过世面,临危不惧。”

徐云卿强作笑脸:“承蒙好汉过奖。不知好汉是哪路人马?”

黄脸汉子愣着眼看他,缓缓地说:“刘十三你知道吧?”

徐云卿心里一惊,故作镇静:“哦,原来是十三爷到了,失敬,失敬。”

这时,只听郑二和刘四在前院高声喊叫:“掌柜的,有土匪!”随即打起了枪,紧接着是还击声,爆豆一般。

刘十三对徐云卿说:“今晚夕来,我跟徐会长有点事商量,其他人最好不要插手,免得流血遭罪!”

徐云卿变颜失色,急忙说:“这个好说。”慌忙起身出了屋,扯着嗓子对前院喊:“郑二刘四,不要打枪了! 凡事有我哩!”

郑二刘四停了枪,赵拴狗他们也罢了手。

徐云卿回到屋,说:“不知十三爷今晚夕来,有何贵干? 缺啥尽管开口,只要我徐家有,绝不吝啬。”

刘十三笑道:“我知道徐会长向来慷慨大方。可我近来手头也不缺啥。今晚夕来我是想找你的大少爷徐望龙问个话,不知他现在在哪达?”

徐云卿一怔,随即笑道:“十三爷来得真不凑巧,望龙几天前回省城去了。”

刘十三瞪起了眼睛:“你说的可是真话?”

徐云卿说:“我哄谁也不敢哄你呀。”

刘十三捏着下巴把徐云卿瞪了半天,确信徐云卿不是哄骗他,沉吟道:“那今晚这事就有些麻缠了。”

徐云卿心中疑惑,儿子回家没有几天,并没跟刘十三结下梁子,刘十三找他能有啥事?开口问道:“不知你找望龙有啥事,能跟我说说吗?”

刘十三站起身在脚地走了一圈,说:“既然徐望龙走了,我也只有跟你说了。我今晚来是想跟他借一样东西。”

“啥东西?”

“一条腿!”

徐云卿打了个寒战,惊出了一身的冷汗。他明白儿子十有八九惹翻了刘十三,可弄不清望龙才回家几天,怎能跟刘十三结下如此深的梁子?他强赔着笑脸说:“十三爷说笑话了。”

刘十三沉下了脸:“徐会长,我也是个忙人,没空跟你说笑话!”

徐云卿抹一把额头的冷汗,急忙说:“不知犬子啥地方得罪了十三爷?我来给你赔罪。”

刘十三手一摆,说:“赔罪的话就不要说了。这几年我好多回打扰徐会长,你也搬兵搬将来打我,咱们都有损失。我是为了吃饭穿衣,你是为了保家保舍,咱俩谁也甭怨谁。”

徐云卿说:“十三爷能有这个肚量,真是难得,真是难得。”

刘十三哈哈一笑:“先甭给我说这拜年话。今晚的事咱咋个了法?”

徐云卿慷慨地说:“十三爷,望龙啥地方得罪了你,你开个价。

我徐云卿绝不含糊。”

刘十三说:“如果为钱财之事,我刘十三用不着亲自出马打扰徐会长。”

徐云卿闻听此言,禁不住连连打了几个寒战,脸上变了颜色。看来今晚真是在劫难逃了。这时院里有厮打声。不大工夫,徐成虎被杨万有和一个壮汉拧着胳膊推搡进来。徐成虎的媳妇腆着大肚子也被一个喽啰拉了进来,推到炕角和婆母徐王氏缩成一团。

“刘十三,我日你先人哩!”徐成虎被拧住胳膊身子不能动,嘴却还很硬,梗着脖子血红着脸破口大骂。

杨万有一耳光过去,徐成虎嘴角流出了血。他还要打,被刘十三拉住了。刘十三看着徐成虎,问徐云卿:“徐会长,这是你的二少爷吧。”

徐云卿头皮立时一麻,起了一身的鸡皮疙瘩。

杨万有捏了一把徐成虎的大腿,在一旁插言道:“大哥,徐家二少爷这条腿也不错嘛。”

徐云卿脸色顿时灰青,一个箭步抢上前,闪身护住儿子,瞪着眼睛望着刘十三:“我想知道望龙啥地方得罪了你?你要下这么狠的手!”

刘十三冷笑一下:“徐望龙倒没有得罪过我,我也不想要他的腿。”

“那你是……”徐云卿狐疑不解。

“这个你就甭问了。”刘十三狞笑道,“我刘十三是个土匪,遭千人恨万人骂。你那个驴屎崽娃子,书都念到狗肚子去了,那心比我这个土匪还毒还狠!自个儿的媳妇都敢下黑手,比老虎狼都残!”

徐云卿明白了,徐家毁在了女人手中。想当初,他让墩子刺杀罗玉璋，考虑欠周到，仇人没有被杀，反而把丑事挑明了，一镇的人都传得沸沸扬扬，徐家的脸皮被揭光了。望龙又下错了一步棋，做事手腕不硬，打蛇不死反遭蛇咬。这一回揭不揭徐家脸皮是小事，恐怕全家人的性命凶多吉少。想到这里，他浑身不禁发冷。

喜凤被抢上山，在刘十三再三追问下，她说出了在徐家受屈受辱的实情。当下刘十三大骂徐望龙不是人养的驴屄。今晚袭击徐家，他打定主意要割了徐望龙的卵子，出一口心中不平之气。没想到徐望龙回了省城，这使他十分恼怒。

徐云卿稳了稳神，说道："望龙年轻鲁莽，做事欠考虑，还请十三爷网开一面。"

刘十三冷笑一声："欠债还钱，杀人偿命。这个理徐会长不会不知道吧？用一条腿抵一条命，便宜还是让你占了！"

徐云卿明白再求情也无济于事，咬着牙说："我用一半家产赎望龙这条腿，行吗？"

刘十三摇头。

徐云卿猛一跺脚："我把家产全给你！"

"徐会长真是慷慨大方。"刘十三一笑，猛地脸又一沉，"我说过了，今晚我来不是为钱财之事！"

徐云卿瞪瓷了眼睛："这么说你不肯手下留情？"

刘十三阴冷地点点头。

徐云卿半晌无语。忽然猛地一跺脚，厉声说道："今晚夕我子债父还，你答应吗？"

刘十三一怔。屋里的人都呆了。徐云卿瞪着血红的眼睛，追问一句："子债父还，你答应吗？"

刘十三醒过神来，一跷大拇指："徐会长是条汉子，我成全你！"

有人递过一把利斧，徐云卿接在手中。徐王氏和成虎两口子哭喊着往过扑，被拦回了屋角。徐云卿看一眼闪着寒光的利斧，对刘十三说："今晚夕我想跟你订个君子协定。"

刘十三说道："我刘十三向来器重的是硬汉子。徐会长有啥话就说吧。"

徐云卿说："一是往后不能再找我两个儿子的麻烦，二是不能再来打抢我徐家的店铺作坊。你能答应吗？"

刘十三略一沉吟："好，我答应你。"

徐云卿盯着刘十三的眼睛说："十三爷，你在江湖绿林中可是有名声的人，千万不能自食其言坏了名声！"

刘十三拍着胸脯说："徐会长放心！我刘十三吐摊唾沫砸个坑，绝不食言！"

"那我就信你一回。"徐云卿坐在地上，瞪圆眼睛看着自个儿的左脚。好半晌，猛地扬起斧头砍了下去……

刘十三回到老爷台，来到喜凤的住处，从手中的布袋倒出一只血淋淋的人脚，说："你要的东西拿回来了。"

喜凤刚刚起床，正在梳理头发，看见那血淋淋的东西吓得一哆嗦，起了一身的鸡皮疙瘩。好半晌，她问："徐望龙的？"

"不是。徐云卿的。"

她抬眼看刘十三："徐望龙哩？"

"那驴尿两天前回了省城。"

喜凤呆了半晌，叹了口气："唉，徐家脉气旺，天不绝他。"

刘十三说："那徐云卿也是条硬汉子。"

喜凤说："那人心残得很，你能砍下他一只脚来，也算是条好汉子。”

刘十三说:“这脚不是我砍的。”

喜凤问:“那是谁砍的?”

刘十三说:“徐云卿自个儿砍的。”

喜凤一怔。刘十三便把袭击徐家的事讲述了一遍,临了遗憾地说:“可惜没拿住徐望龙那个驴屌!要真的拿住了那个驴屌,我非割了他的卵子不可!”

喜凤呆了半晌,说:“这也怨不得你,是天不绝他。”

刘十三说:“这事没给你办好,你生气了吧?”

喜凤说:“徐云卿子债父还,看来还真是个汉子。你说的话办到了,我也不能说话不算数。从这会儿起,我就是你的人了,你想咋就咋。”说罢,闭住眼睛,一副任其宰割的模样。

半晌,不见刘十三有什么动作,喜凤又睁开眼睛,慢慢动手解衣服扣子。衣服一件一件脱去,最终丢剥光了。刘十三的眼睛呆瓷了,女人的裸体美轮美奂,令人心颤目眩。他忘却了一切,如同观看一件洁白无瑕的美玉一样呆看着。他慢慢走了过去,情不自禁地伸出一双大手想要去抚摸那“美玉”。猛然他醒悟过来,一双手僵在半空。少顷,他弯腰捡起脚地的衣裳,小心翼翼地给女人披在身上。

喜凤倒是一怔:“咋的,你不想要我?”

刘十三搓着手,憨笑道:“不,不是不想……”

“那你……”喜凤狐疑地看着他。

半晌,刘十三说:“说老实话,这些年我经见的人不算少,还真没见过你这样有血性的女人。我打心眼里敬佩你。我知道你不愿意给我这个土匪头子做老婆。我不勉强你,你走吧。”

喜凤呆眼看着刘十三,没有动窝。刘十三拿出一摞银圆塞到她手中,一摆手说:"快下山去吧,趁我还没有后悔。"扭过头去。好半晌转过头来,见女人木橛似的戳在那里,有点恼怒起来:"你是咋了？莫非要我背你下山?!"

喜凤喃喃地说:"你让我下山到哪达去?"

"去徐家嘛。"

"徐家还能要我吗？罗玉璋强逼了我,徐家已经不待见我,盼着我去死。你把我抢了来,虽说没动我一指头,可我在你的山寨住了好几天,就是跳到黄河也洗不干净。再说,因了我,徐云卿才砍了自个儿的脚,徐家能不恨死我！你要我回徐家,不是逼我去送死吗?!"

刘十三愣住了,他没有想到这一层。他沉思片刻说:"回你娘家去吧。"

喜凤摇摇头:"我娘家没有啥亲人了,回去也没个落脚处。"她没有给刘十三说实情。她已经有了自己的主意和打算。

刘十三无奈地说:"那你愿意上哪达就上哪达去吧。凭你这模样咋样的男人都找得到。"

喜凤依然摇头。

"那你想咋?"

"既然你把我抢上了山,我也就不下山了。"

刘十三很是惊喜:"你愿意留在山上?"

喜凤平静地说:"我认命。"

刘十三有点沮丧:"你还是不愿意嘛。"

喜凤说:"要说愿意,我也愿意;要说不愿意,我也不愿意。"

刘十三问:"这话咋说?"

喜凤说:“要我嫁给土匪,我不愿意。可话又说回来,我嫁给了徐家的大少爷,人家却不愿把我当人看。罗玉璋是保安团长,是国家正儿八经的官,却尽干欺男霸女的事。如今这瞎瞎世道,有权有钱有势的人心地都不良善,心地良善的人却尽遭人欺辱。我也看得出,你虽说是土匪,心倒也不咋瞎,跟了你说啥也不会再遭人欺辱,你说是吧?”

刘十三怔怔地看着喜凤,猛地上前一步拉住她的手,双膝跪倒在地,朗声说道:“我的好人哪,从今往后我再也不让你遭欺遭辱!”

泪水涌出了喜凤的眼眶,她一只手摸着跪在他面前的汉子的猪鬃似的头发,喃喃地说:“起来吧,男儿膝下有黄金……我情愿跟你……”

刘十三站起了身,拉着女人的手不放。女人眼里柔情似水,默默地凝望着他。这个没拴缰绳的粗野汉子立时被柔情融化了,猛地把女人拥进了怀里,半晌又推开了女人。

喜凤不禁一怔,呆眼看着刘十三。

“喜凤,我要名正言顺地娶你。”

“几时娶?”

“明儿。”

第二天,刘十三倾全山寨之力操办婚事。俗话说:人上一百,形形色色。山寨有百余名喽啰,三教九流中的人物都有。当下把寨主的婚事操办得红红火火。

赵拴狗是操办婚事的大总管,一伙喽啰嘻嘻哈哈地围住他。问他都准备下了啥好吃的。赵拴狗原是讨饭出身,能说陕西快书。他清清嗓子,耍开了贫嘴:

不赖不赖真不赖

听我给你说蔬菜
冬瓜作战怒气生
笋瓜子当了传令兵
河北的葫芦造了反
发起茴香生姜兵
头戴白菜盔一顶
身穿菠菜一身青
骑着一匹黄瓜马
手拿长枪一根葱
大喊一声把令下
把菜园子围得不透风
打得辣子红了脸
打得茄子眼窝青
打得豆腐淌白汁
吓得荞粉战兢兢
要不是蒸馍来救驾
在米汤锅里成了精
…………

众喽啰听得捧腹大笑。这时刘十三陪着喜凤走了过来。喜凤抿嘴笑道:“拴狗还有这一手,真个是红萝卜调辣子,吃出没看出。”

刘十三笑道:“他打小没爹没妈,沿门乞讨,练的就是嘴皮子功夫。”

赵拴狗这时人前逞能,高声喊道:“弟兄们,拜十三爷和夫人喽!”

众喽啰齐刷刷地站在刘十三和喜凤面前,行单腿跪礼,齐声道："祝十三爷早得顶门杠子（儿子）！"

刘十三哈哈大笑："弟兄们，喝酒去！"

喽啰们笑着闹着簇拥着刘十三和喜凤去老爷庙喝喜酒。这顿喜酒把百十条汉子喝得醉倒了多一半。

第九章

陈楞子二十八岁就当了手枪营的少校营长，且深得李信义的宠爱和信任。他年轻气盛，血气方刚，直杠子脾气，不会投机钻营。他连连升职凭的三点：一是对李信义忠心耿耿，二是枪法好，三是拳脚功夫好。八年前，李信义是团长，奉命去陕南山窝子剿除土匪。那伙土匪兵强马壮，毫不畏惧官兵。一个月黑风高的夜晚竟然偷袭了李信义的团部。团部乱了营，枪子飞蝗似的直朝屋里钻，李信义左腿挨了一枪，躺在地上动弹不得。他只说这回把命丢在了这里，闭上眼睛等死。就在这时，警卫排长陈楞子冲进屋里大声喊叫他。他又惊又喜，急忙应声。陈楞子不惜命地背起他，仗着天黑和手中的盒子枪，硬是从死人堆里救出了他的一条命。此后，陈楞子成了李信义的心腹爱将。

李信义的亲信随从警卫都是清一色的秦川子弟。他的官越做越大，因此把性命看得越来越值钱。军人是在枪林弹雨中讨生活的，子弹没长眼睛，也不认得谁是官谁是兵。也因此，李信义后脑勺都长了眼睛。他对身边的人都十分宽容大度，经常施些恩惠给他们。他身边的人都对他感恩戴德，忠贞不贰。当年，陈楞子的妹子被村里一个大户人家的恶少强奸了，那女子性烈，悬梁自尽了。

陈楞子那时十八岁，年少气盛，初生牛犊不畏虎，找恶少去算账，却被恶少带着护院家丁毒打了一顿。陈楞子怒气难咽，却斗不过恶绅。一气之下，他千里迢迢跑到河南投到李信义名下当兵吃粮。李信义重乡党情谊，留他在身边做马弁。后来又让他当了警卫排长。再后来李信义升任师长，调到陕西驻防。李信义便让他带人回去收拾了恶绅。陈楞子的血海深仇终于报了，他对李信义感激涕零。终南山剿除土匪一役，李信义身陷绝境，他舍性命救出了李信义。从此，李信义对他格外恩宠，先任警卫连长，再任手枪营营长。在新二师陈楞子可不是一般人物。

墩子成了手枪营的兵。手枪营其实就是警卫营，是新二师的卫戍部队。手枪营只是个叫法，武器装备强过其他团营，可也是当兵的背长枪当官的挎短枪。墩子不是官，腰间却挎着短枪，而且这短枪是师长给的。其他人不管心里服不服，面上都高看他一眼。有李信义的特别关照，陈楞子自然格外照顾他。陈楞子练过功夫，见识过墩子的功夫，很是佩服。他这人有个怪脾气，待见有真本事的人，瞧不起投机钻营的人。他要委墩子一个排长的官当。墩子却说："你的好意我心领了。我初来乍到，寸功未立，人家会说闲话的。"

陈楞子一怔，猛地在他肩头拍了一巴掌："好兄弟，我没看错人。往后你会有大出息的。"

墩子憨憨一笑："我能有啥出息，连枪也不会打。"

陈楞子笑道："这有啥难的，我教你。"说着掏出手枪，随手一扬，啪的一声枪响，树梢一只正叽叽喳喳叫着的麻雀应声而落。

"好枪法！"墩子赞叹道。

陈楞子得意扬扬地说："你看我的枪法还行吧。"

墩子啪地一个立正："营长，请你一定教教我。"随后又按江湖上的礼仪叫了一声："师傅！"弯腰给陈楞子鞠了一躬。

陈楞子哈哈笑道："叫啥师傅，太生分了。你是师长的外甥，又和我是乡党，往后咱俩兄弟相称，咋样？"

"陈大哥！"墩子叫了一声。

"好兄弟！"陈楞子在他肩头亲热地拍了一巴掌，"把枪拿出来，大哥给你说道说道。"

墩子抽出了枪。陈楞子给他指点："你看，这是准星，这是缺口，对准目标，三点一线。"他做了个示范动作，把枪还给墩子说，"没啥难的，好好练，功夫是狗连（练）儿子练下的。"说罢，哈哈大笑。

墩子也笑了。

陈楞子从裤兜掏出两把子弹给墩子："先瞄上几天空枪，再打实弹。子弹完了就言传一声，我再给你。打上两笼子弹就八九不离十了。"

自此，墩子起早贪黑苦练枪法，先瞄空枪，再打实弹。打完了子弹就去跟陈楞子要。果然如陈楞子所说，他积攒了约莫两笼弹壳，手里的盒子枪虽然不能百步穿杨，却也弹无虚发。

这日中午，手枪营在操场操练步伐。墩子陪着陈楞子在一旁演练单刀。两人各操一把单刀，扎势对杀起来，只见刀光闪闪，寒光裹着人影。斗了约莫四五十个回合，分不出高低来。这时有人高喊"好！"两人收刀一看，是李信义。

"师长！"两人异口同声，打了个立正。

"你俩是棋逢对手，将遇良才嘛。"李信义倒背着手，叉开双腿，一脸的笑容。他来了好一会儿，一直在观看他们的演练。他俩相视一笑。墩子说："陈营长要我陪他耍耍。跟营长比，我的功夫还不行。"

陈楞子道："文化的功夫跟我不相上下。"

李信义笑道："文化是谦虚，你别不知天高地厚。要我看，他比你强。文化，枪法练得咋样了？"

墩子答道："报告师长，刚练了点眉目。"

陈楞子在一旁说："师长，他又跟你谦虚哩。"转脸对墩子说，"露一手给师长看看。"

墩子见李信义拿眼看他，明白师长想看看他的枪法，便拔枪在手，一双眼睛搜寻目标。二十步开外的一棵歪脖子榆树上吊着一个沙袋，那是手枪营士兵练功夫用的。陈楞子指着那沙袋说："文化，打那根绳子！"

墩子举起枪，稍稍一瞄，扣动扳机，枪响沙袋应声落地。李信义满意地点点头："当兵吃粮不是闹着耍的，这是把脑袋拴在裤腰带上弄事哩。本事练精了，肩膀上这东西才扛得稳当，你说是不？"李信义拍着墩子的脑袋，哈哈笑着。

墩子也笑了："师长说的是大实话，我一定好好练本事。"

"这就好，这就好。"

就在这时，一卫兵来报告，说是抓住了一个土匪。李信义说声："带来！"

少顷，两个士兵押来一个中年汉子。中年汉子衣衫褴褛，脸上和裸露的双臂都有伤痕，显然已经受了刑。李信义一脸的威严，虎视眈眈地瞪着他，喝问一声："你可是土匪？"

中年汉子看出面前是位大官，双膝跪倒在地，连连磕头哀告："长官，我是被迫无奈才当了土匪……饶我一命吧……"

李信义面如生铁，背转过身去，喝令一声："军法从处，立即执行！"

陈楞子拔枪在手刚要过去，李信义却道："让文化去执行！"

墩子一怔，随即就醒悟过来，提枪走了过去。中年汉子大声哭喊："长官，饶命呀！"

李信义无动于衷。两个士兵把中年汉子拖到一旁，等候墩子执行。墩子张开了机头，中年汉子凄惨地哭喊："我家里有老有小……长官饶我一命吧……"

墩子动了恻隐之心，不忍下手，回头看看师长，真希望他能改变主意。李信义却背转过身去抽烟。他一咬牙，慢慢举起了枪。

"长官，饶命啊……"中年汉子歇斯底里地哭喊。

墩子闭眼打了一枪，转身就走。

"文化！"有人猛喝一声。

墩子抬眼一看，是师长。

"你回头看看！"李信义一脸的怒火。

墩子回过头，禁不住打了个冷战。他那一枪并未打中中年汉子。中年汉子如同脱兔似的往树林那边狂奔。这时陈楞子手中的枪响了，中年汉子抢金元宝似的扑倒在地，再也没有起来。

"你为啥不执行命令？"李信义十分恼火。

"我……"墩子语塞。

"你可怜他？你相信他家里上有老下有小？"

"……"

"你懂不懂军人以服从命令为天职？你懂不懂军令如山？"

"……"

"刚才他要有枪就打了你！你看看，你这弄的叫啥事！"

墩子浑身一激灵，垂下了头。

“你要这么心慈手软，就把军装脱了回家种地去！”

“师长，我知错了……”

“你站在这达给我再好好想想。”说罢，李信义转身走了。

墩子挺直身戳在那里。陈楞子扑哧一声笑了：“师长走远了，甭当木橛了。”

墩子站着没动窝。陈楞子拉了他一把：“咋的，你生师长的气了？”

墩子说：“我生自个儿的气。”

“知错改了就行。走吧走吧，到街上逛逛去，散散心。”

墩子本不想去，却不能不去。陈楞子边走边说：“当兵吃粮凡事由不得自己，有军令约束你。说白了军令就是长官的话，啥事都要听长官的。他说灯你就得添油，说庙你就得磕头。他让你往东你不能往西，让你往左你不能往右。就是让你跳崖，你也得跳。”

墩子想想，还真是这么个理。

陈楞子又说：“今儿这事换个人，重则打你四十军棍，轻则也要关你三天禁闭。师长器重你，只是训了你一顿。他是恨铁不成钢。”

墩子心情顿时轻松了许多。他打心眼里感激师长。

两人说说笑笑到了大街。墩子投军后很少到街上去逛。街上虽然也是客栈、饭店、杂货铺、绸布店、中药房等铺面，却是州城的水准，比永平镇繁华热闹许多，很有些瞧头。

今儿逢集，街上熙熙攘攘，比往日更热闹。陈楞子和墩子大摇大摆穿街而过，锃亮的皮靴、威武的军装、唬人的盒子枪把两个年轻人打扮得潇洒精神，行人纷纷给他们让道。众人都知道这年月当兵的不好惹。

认识陈楞子的人很多,街道两旁店铺作坊的老板几乎都认得他。这个叫:“陈营长,进来喝杯茶!”那个喊:“陈营长,歇歇脚!”口气透着十二分的亲热,而且绝无作假的意思。陈楞子应酬不过来,干脆谁也不理,只跟墩子说话。墩子十分羡慕:“营长,你的人缘真不错!”

陈楞子却说:“啥人缘不错。他们是问候陈营长哩,不是舔我陈楞子的尻子。”

墩子有点不明白了。陈营长就是陈楞子,陈楞子就是陈营长,怎的是问候陈营长而不是问候陈楞子?

陈楞子笑了一下,说:“咱俩要是掉个过,你是营长我是兵,这伙人保管现在都跟你李营长亲热,没谁瞅睬我。你信不?”

墩子明白了,连连点头。

陈楞子感慨地说:“这伙人都是势利眼。”又说,“其实也怨不得他们。世道就是这么个世道,走到哪达都是这么个屌样。”

两人边走边谝。在一家气势颇为宏伟的餐馆门前陈楞子住了脚。墩子抬眼看,“客再来”三个斗大的烫金字格外醒目,门口还雕刻着一副楹联:

酒能解乏,请进来喝上几杯

面可充饥,往上坐品尝两碗

墩子心里赞叹楹联写得好。陈楞子说:“进去歇歇脚。”墩子只有奉陪。

老板见了陈楞子像是见到了亲娘舅,亲热得不得了,急忙跑过来打招呼:“陈营长,咋的好长时间不来坐坐?”

陈楞子显然跟老板很熟,笑着说:“今儿不是来了嘛。”

"欢迎欢迎！请到楼上雅座歇脚。"

两人随着老板到了楼上雅座,陈楞子对墩子说:"这是苏老板,做得一手好臊子面,是岐风第一勺。"

苏老板点头哈腰道:"过奖过奖!"

陈楞子又对苏老板介绍道:"他叫李文化,是我的拜把兄弟,也是李师长的外甥。"

"原来是李长官,失敬失敬。"苏老板一脸谄笑。他不愧为生意场中人,很会说话。

墩子冲苏老板笑了笑。

陈楞子说:"往后我兄弟来,可不能慢待。"

苏老板笑着说:"看陈营长说的,李长官能来坐坐就是给我苏某人天大的面子,咋敢慢待。"随即便吆喝跑堂的上茶。

陈楞子一摆手:"不喝啥茶了,端几碗臊子面让我兄弟尝尝鲜。"

"好哩!"苏老板转身就走。

陈楞子又叫住他:"苏老板,你亲自掌勺,把看家本事拿出来!"

"遵命!"苏老板屁颠屁颠地往伙房跑。

尽管陈楞子说不喝茶,跑堂的还是送来了茶水。陈楞子边喝茶边给墩子介绍臊子面。

臊子面是岐风的名吃。"客再来"的臊子面做得最地道。"客再来"众多厨师当数苏老板手艺最好,有"岐风第一勺"的美誉。这面有九大特点:薄、筋、光、稀、煎、汪、酸、辣、香。薄筋光是指面条。那面必须是上等白面,不用压面机压,而是手工揉,而后用擀面杖擀,擀得又薄又光又筋道。酸辣香是指汤。那汤十分有讲究,用猪排骨熬制而成,放上桂皮、花椒、茴香等作料,调上上好的醋,加上辣子油，再撒上葱花，入口又酸又辣又香。稀煎汪是指制作手法。每碗只挑一筷头面条，然后浇满汤，再浇熟好的菜籽油，再把鸡蛋摊成薄饼切成旗花状洒在汤上，汤锅要不断加火。一碗面端到面前，热气香气扑鼻，入口汤烧嘴唇，油糊满口，一口可吃完一碗面，真是又稀又煎又汪。

工夫不大，跑堂的端来了臊子面，一盘九碗。盘是红漆木盘，碗是细瓷小花碗，只见油汪汪的酸辣汤上漂浮着旗花蛋饼和葱花，看不到面，香气扑鼻，令人垂涎三尺。

“来，尝尝岐风的臊子面，保管香得你忘了生日。”陈楞子率先端起一碗，张口就吃。

墩子也不讲礼数，端碗吃了起来。一碗下肚，他赞不绝口。果然名不虚传，比西秦的涎水面强多了。

两人风卷残云，吃了个不计其数，只吃得额头鼻尖一个劲地冒汗。饭罢，陈楞子喊苏老板结账。

苏老板跑上楼来，笑脸问道：“陈营长李长官，吃得可心吧？”

“可心可心。”陈楞子掏出一块银圆扔在桌上。

苏老板连忙说：“装上装上，今儿我请客。”

陈楞子站起身笑道：“我要真的把钱装上，走后你不骂我吃黑食才是怪事哩。”

苏老板讪讪笑道：“看陈营长把我说成啥人了。装上装上。”

陈楞子把苏老板递钱的手挡了回去，严肃了脸面：“吃饭开钱，天经地义。你就不要客套了。”说罢抽身就走。

两人出了“客再来”，陈楞子问墩子：“肚子喂饱了，咱上哪达逛去？”

墩子说：“你上哪达，我陪你去哪达。”

陈楞子略一沉吟，怪怪一笑："兄弟，大哥带你去一个好耍的地方。"

墩子不明就里，只有奉陪到底。

穿过大街，来到一条小巷，进了一家名叫"十里香"的店铺。墩子原以为又是去吃什么名吃。刚才的臊子面实在是汤香面筋油汪，禁不住多吃了几碗，肚子有点发撑，就是有再好吃的东西他也咽不下去了。进了门才知不是饭馆，墩子有点宽心了。

老板是个半老徐娘的妇人，穿一身绫罗绸缎，头饰珠宝，面相富态，显然跟陈楞子很熟。

"陈营长，啥风把你吹来了。哟，还带着位兄弟，快请里面坐。"

墩子随着陈楞子走进大厅，落了座，便有人送上茶来。墩子只觉着这地方有些怪异，嗅到鼻子里的是一股女人的香粉味。

老板娘对陈楞子很亲热："陈营长，让艳红陪陪你？"

陈楞子呷了一口茶，笑道："让艳红陪陪我这位兄弟，我还是要春妮。"

老板娘面露难色："陈营长，不知道你今儿要来……春妮已经有客了……"

陈楞子脸色陡然一变："是哪个？"

"王团长。"

"王大麻子？他咋占了老子的窝？"

老板娘赔着笑脸说："陈营长，这事怨我。这些日子你没来，我便自作主张把春妮给了王团长。这样吧，我挑两个俊俏点的姐儿来陪你和这位兄弟，陪客费算我的。"

陈楞子反而火了："你是说我出不起钱?!"掏出一把银圆拍在桌上。

墩子已经明白这地方是妓院,很有些惶恐不安,见此情景,急忙上前劝说:“大哥,既然人家已经占了你的窝,咱们就走吧。”

谁知这话竟给陈楞子的心头火上浇了一桶油。他原本就跟王团长尿不到一个壶里,这会儿火冒三丈地发作起来:“他妈拉个巴子,老子今儿来专要春妮!”

老鸨脸色一变,甩出一张牌,不轻不重地说:“陈营长,好话我已经跟你说尽了,王团长我可惹不起!”

陈楞子雷霆大发,破口大骂:“你他妈的狗眼看人低!他王大麻子算个朘子,老子还不尿他哩!”

就在这时,王大麻子搂着一个丰腴俊俏的姐儿出现在楼梯口。他是听见有吵闹声,跑出来瞧热闹,恰好听见陈楞子在骂他,黑麻脸顿时变得铁青:“陈楞子,你骂哪一个?”

陈楞子一怔,仰脸看去,王大麻子搂着春妮站在楼梯口,心头的火往上又是一蹿:“老子骂的就是你!”

王大麻子倒被陈楞子唬住了,愣在那达。怀中的女人突然咯咯笑了。王大麻子顿时灵醒过来,说啥也不能在女人面前丢了威风。他也破口大骂:“你他妈的算个啥玩意,狗仗人势!”说着扑下楼来。

陈楞子哪里肯示弱,日娘操祖宗地还骂。王大麻子恼羞成怒,大手一挥,喊道:“把这狗日的收拾一顿,叫他知道马王爷长的是三只眼!”他身后立刻扑出两个彪形大汉。这是他的贴身马弁。

两个马弁身手不凡,左右夹击直扑陈楞子,挥拳就打。陈楞子一个腾跃,闪身躲过两个马弁的拳脚,骂了句:“驴屎,还真敢上老子的身!”出手如闪电,一拳打在左边马弁的胸脯,随即身子一旋,一个扫堂腿过去,右边的马弁扑通倒在地上。陈楞子又骂:“跟师娘学的本事也敢拿到爷爷面前显摆!”

两个马弁恼羞成怒,爬起身又扑过来。陈楞子左躲右闪,又是拳脚并用,两个马弁又倒在地上。墩子本想上前帮陈楞子一把,却见两个马弁根本不是陈楞子的对手,也就站着没动窝,拿一双眼睛观战。春妮见两个彪形大汉被陈楞子打得东倒西歪,用手绢掩着口笑得如同风摆杨柳枝。王大麻子气得面色灰青,唰地拔出手枪,骂一声:“老子毙了你狗日的!”手中的枪响了。陈楞子急忙一闪身,子弹贴着耳根飞了过去,打在身后的白灰墙上,钻了一个黑洞。

“王大麻子,你个驴屄还真敢开枪!”陈楞子随着骂声跃身而起,飞起一脚,王大麻子的勃朗宁手枪脱手而飞,落在了陈楞子手中。

勃朗宁在陈楞子手中旋了几旋,逼近了王大麻子。失去了武器的王大麻子面如土色,呆瓷了眼望着陈楞子手中黑洞洞的枪口,连连打了好几个寒战,沁出了一身的冷汗。

墩子也吃了一惊,疾步上前拉了陈楞子一把,叫了一声:“大哥!”他真怕陈楞子开枪打死王大麻子,那就把祸闯大了。

陈楞子这时也冷静下来,冷笑一声,用勃朗宁指着王大麻子,说:“我打死你跟捏死个蚂蚁一样容易。看在师长的面上,我饶了你这一遭!”退出枪膛的子弹,隔窗扔了出去,把枪插回王大麻子的枪套,黑丧着脸又说:“春妮是老子的人,你给我滚!”

王大麻子带着两个马弁抽身就走。走到门口又回过头来:“陈楞子,今儿算你娃歪(厉害)!”

陈楞子对着他的背影哈哈笑道:“王大麻子,你能把我的毬子咬了!”

当天下午李信义就知道了在“十里香”争风吃醋的事。是王大麻子告的状。

李信义让人唤来陈楞子。陈楞子跷进客厅，只见王大麻子青着脸坐在沙发大口抽烟，李信义正笑着脸跟他说啥。李信义见他进来，脸色陡然一变，没问子丑寅卯就给了他一个耳光。他身子挺得笔直，木橛似的戳在那里，动也不动。李信义怒不可遏，当着王大麻子的面痛斥陈楞子，并责令他给王大麻子赔礼道歉。陈楞子心里极不情愿，但不敢违抗师长的命令。他踌躇半晌，冲王大麻子行了个军礼，口里说道：“王团长，上午兄弟多有得罪，你宰相肚里能撑船，甭和我一般见识。”

王大麻子跷着二郎腿，嘴角叼着烟，面孔望着天花板，似乎没听见陈楞子的话。陈楞子肚里立时蹿起了火苗，真想一脚平了王大麻子的秤锤鼻子。李信义狠狠瞪了他一眼，他才没敢动窝。

李信义上前一步，笑着脸说：“生祥老弟，你也知道，楞子是个冷娃生坯子，是个二杆子，甭跟他计较。”

王大麻子这才转过脸来：“师长，不是我跟他计较。他娃娃也太那个了……”

李信义走过去，拿出一根雪茄烟递给王大麻子，示意陈楞子点烟。陈楞子只好上前点烟，违心地说道：“王团长，甭跟我这个二杆子计较。”

李信义又瞪着眼睛训斥：“论年龄你是王团长的晚辈，往后如果再在王团长面前有非礼行为看我咋收拾你！”

王大麻子虽是庸才，却也不糊涂。戏唱到此处他已经挣足了脸面，见好就收，起身告辞。

王大麻子走后，李信义沉下脸说：“你尽给我闯祸！”口气明显转变了,饱含着恨铁不成钢的意味。

陈楞子讷讷地说:“师长,你甭听他说。那驴屌不是个好玩意!十个麻子九个怪,剩下一个也是害。我当时真想一枪毙了他……”

“放屁!”李信义的脸色陡然一变,“他好歹也是个团长,你凭啥毙他?你呀,真真是个冷娃生坯子!”

见师长发了火,陈楞子诚惶诚恐,把腰杆挺得笔直。李信义缓和了一下口气,说:“王大麻子在军界上峰有后台,咱不能轻易招惹他,这是其一。他的一〇三团就驻扎在岐凤城内,万一哗变了咋办?这是其二。干啥事不能不瞻前顾后凭一时的痛快。为人在世想干点事就要能喝下几桶泔水。记下了吗?”

“记下了!”

“只怕你犯了驴脾气又忘了。”李信义在陈楞子头上敲了两下,“为了一个窑姐你就舞刀弄枪的,值吗?!”

陈楞子知道警报解除了,挠着头憨笑。李信义背着手踱了几步,问道:“楞子,你有看中的女人吗?”

陈楞子一怔,看着师长。李信义说:“你该成个家了。看中了谁家的姑娘说一声,我替你做主,赶快完婚,生个一男半女好接续你陈家的香火。”

“师长!……”陈楞子叫了一声,欲言又止。

李信义一摆手:“你不要说了,这回说啥也要给你成个家,哪个干大事的男人能成辈子泡妓院。你这匹野马早该拴上个笼头了。”

以前李信义好几次给陈楞子提亲事,陈楞子都嬉笑着打哈哈,说他不娶媳妇,老跟一个女人睡觉没味。李信义骂他是二屎冷娃生坯子,早晚要栽在女人身上。

这次,陈楞子又嘻嘻一笑:“师长,我看中了一个女人,只怕师长不答应。”

“是谁?”

“春妮。”

“春妮是谁?”

“就是‘十里香’那个春妮。”

李信义一怔,瞪着陈楞子:“你真的要娶那个窑姐?!”

“师长,你答应我吧。”

李信义很不高兴:“娶一个窑姐你也不怕羞先人的脸!”

“师长,你就不知道她有多迷人……”陈楞子耍着娃娃的脾气,死皮赖脸地恳求,“我跟春妮说过,这辈子非她不娶。我要失了言,她会笑话我言而无信,不是男子汉大丈夫。师长,你就成全了我吧。”

李信义寻思陈楞子这阵心火正旺,很难劝回头,再说也没个合适女人给他,便顺水推舟,一挥手说:“好吧,我替你把她赎出来。”

陈楞子扑通一下双膝跪倒在地:“谢谢师长!”

李信义倒是一怔,有点不高兴:“为一个女人值得给我行这么大的礼,真没出息!”

李信义出面,在岐风地面没有办不成的事。春妮原本是五百银圆的赎身价,李信义只掏了二百银圆。

当陈楞子领着春妮站在李信义面前行礼道谢时,李信义也被春妮的美貌惊呆了。她不似一般烟花女子涂脂抹粉,珠光宝气。她着一身阴丹士林布做的袄裤,裁剪得十分得体合身,脸上未施脂粉,却白中透红,鲜嫩如荷花开放;梳一根黑油油的独辫,辫梢拖在浑圆丰腴的屁股蛋上很有一番风韵。李信义看得呆了,半晌回过神来,在陈楞子头上敲了一下,笑道:“怪不得你跟王团长拼命,果然是个尤物。你这个愣小子真有艳福啊!”

陈楞子挠着头看着春妮一个劲地憨笑。春妮含羞带笑地垂下了眼皮……

陈楞子的婚礼在师部礼堂举行,很是隆重。师长李信义做主婚人,参谋长汪松鹤做证婚人,全师营以上的军官都来祝贺。王麻子团长也来了。他似乎早已忘了以前的不愉快,在婚宴上喝得醉醺醺的,跟陈楞子称兄道弟。

陈楞子脱去戎装,穿了一领黑绸长袍,头戴呢子礼帽,两旁插花,斜披一条红绸带,显出几分斯文相。他满面春风和新娘子挨桌敬酒。

新娘子春妮今儿打扮得更是不俗。穿一袭红缎旗袍,薄施脂粉,发辫绾成发髻,斜插玉簪,两鬓插花,面含微笑,脸颊显现两个浅浅的酒窝,盛满着喜悦。

当他们来到王大麻子团长桌前敬酒时,新娘子显得有点尴尬。王麻子脸皮却厚,嬉笑道:“新娘子好漂亮!陈老弟,晚上可得悠着点,当心把老二挣日塌了。”

周围人都被王大麻子粗野的玩笑话逗得哈哈大笑,把婚宴的喜庆气氛推到了高潮。

婚宴一直延续到晚上十一点多钟,陈楞子原本就是个红脸汉子,今儿喝多了酒,此时脸色呈绛紫色。子夜时分,他送走了最后一拨客人,才步履踉跄地进了洞房。

洞房里两根大红蜡烛流着喜泪,跳跃的烛光喜庆着整个洞房。春妮应酬了一天,疲惫不堪,斜倚在床头的红缎被子上,手托香腮昏然入睡。

陈楞子走到床前,看着春妮发呆,恍惚似在梦中。烛光下的春妮别有一番风韵。红缎旗袍紧身合体,恰到好处地勾勒出令人心醉情迷的曲线。由于半躺在床上,旗袍拥了上去,开衩处露出一截丰腴白嫩的大腿……

陈楞子顿觉心头燃起了欲火,干咽了一口唾沫,禁不住伸出手想去摸那地方。春妮猛然惊醒,看清是陈楞子,又嗅到一股浓烈的酒味,娇嗔道:“看你都喝成啥了。”

陈楞子憨憨地笑,痴迷迷地看着春妮。春妮在他额颅上戳了一指头,香腮旋出两个酒窝:“尽看啥,没见过。”

陈楞子心头一热,挨着春妮坐下,把她拥在怀中:“今晚夕你比在‘十里香’更心疼……”

春妮却脸色陡然一变,一把推开他,恼怒地说:“甭碰我!”

陈楞子怔住了:“你这是咋了,说变脸就变脸!”

“不是我变脸,是你没记性!”

“我咋没记性了?”

“咱俩不是说好的,不再提‘十里香’的事,你咋又提这话?”

结婚之前,春妮曾跟陈楞子约法三章,一不许陈楞子再逛妓院,二不许再提春妮当窑姐的事,三要陈楞子听她的话,跟她好好过日子。如果陈楞子答应,就结婚;如果不答应,各走各的路。陈楞子连连应诺,满口答应。现在见春妮恼怒了,陈楞子急忙赔笑脸:“我这张臭嘴真该打!”说着当真打了自个儿一个嘴巴,又拉过春妮的手说:“你也打一巴掌出出气。”抓起春妮的手打了自个儿一下,又说:“你这手真绵软,再打一巴掌。”

春妮扑哧一声笑了。

陈楞子嬉笑起来,抱起春妮要上床。春妮戳了他一指头,娇嗔道:“又不是头一回,急啥!往后我是你的人了,牵上骑上都随你,还怕我飞了不成。咱俩先说会儿话。”

两人相拥着坐在床边。春妮愣着眼问:“你真心爱我?”

陈楞子说:“咱俩都到这个分上了,你还问这话。”

“我就不信,你堂堂一个营长能爱我这个贱女人?”

“看你说的,我要不爱你咋能为你赎身哩!”

“你爱我啥?”

“你长得心疼,我头一回见到你就打心眼里喜欢你。”

“过些年我老了,不心疼了,你还喜欢我吗?”

“喜欢,咋能不喜欢。”

“你哄我。”

“驴屄才哄你哩。”

“往后不许你再往‘十里香’跑。”

“看你说的,‘十里香’没了你,我还跑去干啥?”

“少拿甜话糊弄我。艳红春月的身你没沾过?你不是也跟我说过老跟一个女人睡觉没味?”

“我那是多灌了几口马尿,胡说八道哩。从今往后我要再沾别的女人,让我出门就撞上枪子儿!”

“甭瞎说!”春妮一把捂住了陈楞子的嘴,“楞子哥,我信你……”

陈楞子在她光洁的额头亲了一下,喃喃地说:“春妮,我打心眼里喜欢你,真格的,不哄你……”

“我信,我信……”春妮偎在陈楞子怀中,泪水盈盈:“我真怕你嫌弃我是个残花败柳的身子……其实我一点也不愿那样。我也是好人家的女子。我老家在河南,那年黄河发了大水,家里人全都淹死了,就逃出来了我一个……后来被人贩子卖到了这地方。我盼着能遇到一个好男人替我赎身,和我一起好好过日子。我昼思夜盼,没想到替我赎身的男人是你……”

“我不是你心中想象的好男人?”

“这话咋说哩,头一回见到你,我也挺喜欢的,待你比其他客人亲热。那天你为我跟王大麻子拼命,让我很动心。可我一直没敢想你能为我赎身。”

“为啥?”

“你是手枪营营长,李师长的大红人嘛,能看上我这个窑姐。”

“你是把你看低了,把我看高了。其实咱俩一般齐,你说是吗?”

“楞子哥!……”热泪涌出了春妮的眼眶,滚落在陈楞子宽厚结实的胸脯上。

女人的柔情融化了男人的野性,百炼钢化为绕指柔。陈楞子搂着怀中的女人,鼻子酸酸的,眼里竟有泪水涌出……

第十章

徐云卿砍下自己的左脚，惨白着脸，眼睁睁地看着刘十三一伙把那只血淋淋的脚装进一条布袋，扬长而去。他痛叫一声，昏死过去，幸亏护院郑二懂得一点医术，手头也有应急止血的急救药，赶紧上药包扎住伤口，他才保住一条性命。

徐云卿养伤期间，亲朋好友以及永平镇的绅士名流都来探望他。众人说了一番安慰的话，便众口一词大骂刘十三是个十恶不赦的土匪瞎灰，刘十三一日不除，永平地面一日不得安宁。有人提议联名给县里写呈文，请求派重兵剿灭刘十三这股土匪。有人反对，说是上回请来了罗玉璋，派来了王怀礼中队，打死了个冯四，屎事没顶，反而给永平镇招了祸。先是活埋了耿老二的闺女，现在又累及徐会长失去一只脚。若再请兵，说不定还会惹出啥祸事来。一时众人都哑然无语，只是唉声叹气。

这一日，又有许多人来探望徐云卿，杨玉坤也在其中。众人说了些探望病人该说的话，便渐渐离去，最后只剩下杨玉坤一人。徐云卿打起精神，斜靠在被垛上的身子坐直了，觑了一眼老婆。徐王氏明白老汉有话要跟杨玉坤说，倒了两杯茶，出了屋，轻轻带上门。

杨玉坤呷了一口茶，说："云卿兄，明儿我想上县城再请罗玉璋,请他亲自坐镇剿灭刘十三这股土匪。你看行吗?"

"唉!"徐云卿长叹一声,连连摇头,"老弟,你咋这么糊涂！咱们已经走错了一步棋,咋能再错走下去。"

杨玉坤愕然:"错走了哪步棋?"

"上一回就不该请姓罗的,屁事没顶,反而招来了一连串的祸事。"

"那咋办？刘十三不除终究是祸害呀。再说,他把你弄残了,你能咽下这口气?"

"唉！这口气我实难咽下。可当今这个社会兵匪难分,咱是个做生意的,能拿他们有啥法。"徐云卿长吁短叹,一脸的无奈。

杨玉坤也一时默然无语,低头喝茶。好半晌,说道:"云卿兄,我有个法子能除掉刘十三。"

"啥法子?"徐云卿瞪大眼睛看着他。

杨玉坤压低声音说:"望龙在省府当秘书,打交道的都是省上的头头脑脑。让他在上面活动活动,请驻扎在岐凤的新二师出兵,剿掉刘十三这股土匪。"

徐云卿沉吟半晌,说:"那天晚上,我跟刘十三有约,他拿去我的脚,一不再伤害我徐家人一根毫毛,二不再打抢我徐家的店铺作坊。我不想再招惹他。"

"云卿兄,你咋能听信那个土匪的话!"

"那家伙虽是土匪,却也是条汉子。那天晚上他心残一点,也就把我一家灭了。他讲江湖义气,说话还是算数的。再说,上次他是对着望龙来的,我不想让望龙出面了结这事。"

沉默。

好半晌,杨玉坤开了口:"云卿兄,你的心思我明白。这件事咱悄悄去办,决不张扬出去,你看行吗?"

徐云卿拿起桌上的水烟袋,呼噜噜吸了一袋烟,鼻子嘴巴徐徐吐出三股白烟。良久,他点点头。

"云卿兄,请你写一封书信,我明儿亲自上省城去找望龙。"

徐云卿放下水烟袋,拿出笔墨纸砚,当下修书一封交给杨玉坤。杨玉坤藏信在怀,起身告辞。徐云卿又留住他,再三关照:"老弟,行事一定要机密!我再也经不住闪失了……"话未说完两颗老泪滚出了眼眶。

杨玉坤拍着胸脯说:"云卿兄,你放心,这个轻重我掂得来!"

"你给望龙说,刘十三不除就不要回家来。"

杨玉坤点点头,问道:"云卿兄,你还有啥话要带给望龙?"

徐云卿沉吟片刻,太阳穴暴起了青筋,从牙缝挤出一句话来:"你再给望龙说,想法把罗玉璋也收拾了!"

杨玉坤一惊,怔怔地看着徐云卿。徐云卿咬牙切齿地说:"那驴屎比刘十三还瞎十分,我徐家的祸事都是他惹起的!"

杨玉坤心里有点明白了。虽然徐云卿没给他说过什么,可他早已觉察到徐家近来连连遭事,都和罗玉璋有关。

"云卿兄放心,我一定把话带到。"

翌日,杨玉坤就去了省城。几经周折,他找到徐望龙的住处。

徐望龙住在一个式样别致的二层小洋楼里,客厅十分宽敞,家具都是西式的。他和赵要员的千金已经结了婚。这座小洋楼是赵要员送给女儿的嫁妆。他西装革履和赵小姐正准备外出游玩,杨玉坤找上门来。他看到杨玉坤感到诧异,一怔,随即热情招呼杨玉坤在客厅坐下,倒茶拿烟。赵小姐斜了一眼长袍马褂的杨玉坤,一脸的不高兴。徐望龙走过去赔着笑脸在她耳边低语了一阵,她这才扭着屁股出了门。

杨玉坤用眼角瞥着那妖里妖气的女人，心里很不是滋味。他早就听说望龙在城里另娶了一房，没想到是这么个女人，绣花包袱包了一堆干骨头！心里说，望龙咋看中了这么个干柴棍棍？心里又说，这是人家的事，管屌他哩！

送走女人，徐望龙回到客厅坐下，问道："杨叔，你几时来的省城？"

"刚来。"

"有啥事？"

"没事叔能来省城吗？"

"我家里一切可好？"

"唉！"杨玉坤叹了口气，"一言难尽！"

徐望龙脸上变了颜色："怎么，我家里出事了？"

"这是你爹给你的书信，你看看。"杨玉坤从怀中取出徐云卿的书信交给徐望龙。

徐望龙看罢书信，泣声道："爹，都是我害了你……"泪如雨下。

杨玉坤劝慰道："贤侄，事已至此，哭也无用。你看有啥办法能为你爹报仇雪恨？"

徐望龙止住悲声，拍案而起："我去军部请命，提一旅之师剿灭刘十三这股土匪！"

杨玉坤急忙说："不可！不可！刘十三不是轻易就能除掉的。你带人马去反而打草惊蛇，会给你家招来更大的祸事……"便把徐云卿叮咛的话一一转达给徐望龙。

徐望龙冷静下来说："杨叔，我一时乱了方寸，你看此事该怎么办才好？"

杨玉坤说:"我跟你爹在家商量过。不管咋样弄你都不能出面,只能在背后做文章。此事一定要缜密行事,千万不能再有闪失!"

徐望龙连连点头称是。

"你在省府熟,找拿事的人出面调岐凤新二师的兵马去剿除刘十三,顺便收拾了罗玉璋。这样做天衣无缝。即使失手,谁也不会怀疑到咱们头上。"

徐望龙以拳击掌叫声:"好!"

"杨叔,你先歇着。我这就去找我岳父。"

此时杨玉坤方知那个干柴女人有个当大官的爹,暗暗佩服徐望龙的狠劲。

徐望龙见到赵要员,双膝跪倒在地,放声大哭。赵要员吓了一跳,不知是死了什么人,茫然地看着女婿。

徐望龙呈上家书。赵要员看罢,脸色陡变。赵要员很器重这个女婿。现在亲家翁竟被土匪废了一条腿,实乃奇耻大辱。

"匪患如此猖獗,令人发指!"赵要员以拳击桌,一脸怒色。

"岳父,你可要为我报仇雪恨啊!"徐望龙泣声恳求。

赵要员扶起徐望龙,问道:"你们那个县的保安团长是谁?"

"罗玉璋。"

赵要员猛然想起,前些时日徐望龙探家归来,曾给他说过这人剿匪无能,却鱼肉欺压百姓有方,竟然用活人给他的下属陪葬。当时徐望龙火气十足地说:"党国的军人,不能保一方民众平安,反而如此横行乡里,难怪匪患猖獗。此人不除,西秦县境土匪不能绝迹!"那时赵要员也觉得罗玉璋做得太残,可他究竟是个保安团长,能加他个什么罪名?他只是大口抽烟,没表什么态。

赵要员在室内踱了两圈，暗自思忖：“罗玉璋此人不能用。”坐在书桌前，写了一封书信，说道：“望龙，这封书信你亲自送交岐凤新二师师长李信义，让他务必尽快办理。”

徐望龙一怔，说道：“岳父，我送这封书信多有不便。”

赵要员皱起了眉头，面有不快之色。

徐望龙急忙说：“岳父，小婿不敢违抗您的命令，实在是有难处。我徐家在西秦县是大户，在土匪刘十三眼中是块肥肉，随时都想咬上一口。罗玉璋虽说是党国军人，实则是党国败类，和土匪无异。此次若能剿除他们，西秦百姓万幸，党国万幸。倘若万一除不了他们，他们岂能放过我们徐家？我父亲废了一条腿不就是前车之鉴嘛……”徐望龙渐露泣音。

“罗玉璋和刘十三当真就这么厉害？”

“西秦百姓闻这二人之名如羔羊听见虎啸！有民谣说：保安团的罗蛮蛮，兔儿岭的刘十三，乌龙沟里狼撒欢。罗蛮蛮是罗玉璋的乳名，他和土匪头子刘十三、乌龙沟的小白狼是西秦地面的三大恶物！”

“岂有此理！”赵要员猛拍了一下桌子，取出未封的书信，展开，提笔一阵疾书，信纸的空白处出现了一行刀剑似的字迹：

“罗、刘二人罪在不赦，务必尽快歼之，不容迟缓。”

赵要员派一名亲信副官给李信义送去了亲笔密信。李信义看罢书信，不禁紧皱眉头，心中十分犯难。剿除刘十三这股土匪，他眼睛眨也不眨。对土匪他向来恨之入骨。可要把罗玉璋也除掉，他还真有点下不去手。

李信义与罗玉璋是西秦乡党。李信义的家乡李家集和罗玉璋的家乡罗家堡仅距五里地。李、罗两家同为当地富家大户。李信义的父亲李大老汉与罗玉璋的父亲罗三老汉是结拜弟兄。幼年时李信义和罗玉璋同在一个私塾念书。李信义年长罗玉璋五岁，他性格内向，却十分喜欢虎头虎脑顽皮机灵的罗蛮蛮，常和他在一起玩耍。每逢年节他都和父亲去罗家，按乡俗喊罗父一声"叔"，叫罗母一声"姨"，跟罗蛮蛮自然兄弟相称。李信义读书用功，聪敏过人。罗蛮蛮却视读书如受刑，半点也念不进去。罗父常常在教训儿子之后感叹道："蛮蛮，你要能跟上你狗剩哥一个角角，爹就知足了。"

几年后，李信义去省城读书。罗家也突遭变故，罗父被土匪烧死。罗蛮蛮扔掉书本成了有名的街楦子。从此，两人断了音信。再后来，李信义弃笔投戎，罗玉璋也混进了保安团。虽都当兵吃粮混世事，却天各一方没有来往。

前年，新二师奉命从河南调到陕西岐风来驻防，李信义才知道罗蛮蛮更名罗玉璋，当上了西秦县保安团团长。他大为惊讶，弄不明白罗蛮蛮怎的就当上了保安团团长。他学富五车，自以为才华过人，也不过只是个师长，而罗蛮蛮斗大的字也不过认得几麻袋，竟然当了团长！世事真有点荒唐。后来他静心想想，世间的荒唐事何其多也，此事有何怪哉，也就释然了。

新二师到达岐风的第二天，罗玉璋带着他的骑兵卫队去看望李信义。卫队的团丁经过严格挑选，一律是二十出头的棒小伙，每人配两支枪，一长一短，军装整洁，马靴锃亮，清一色的蒙古马。马队驰进岐风城，马蹄的铁掌把街面的石子踏得直冒火星，真是八面威风。当时李信义带着几个随从刚刚布防归来，看到一队骑兵横冲直撞，有点懵了。是谁这么胆大妄为，敢在师部的驻地显摆威风。他十分恼火，准备上前训斥带队的军官。未等他开口，为首的军官滚鞍下马，冲他一抱拳："大哥，你好啊!"

李信义怔住了，呆眼看着面前的壮汉。

"大哥认不出我了？我是蛮蛮，罗蛮蛮。咱俩一起逮过蚂蚱，抓过黄鼠哩!"

李信义终于认出来了，翻身下了马，笑道："我还真有点认不出你了。听说你当了西秦县的保安团长？"

罗玉璋上前拉住李信义的手连摇带晃，笑着说："瞎当哩。"

李信义看了一眼他的马队："你威风得很嘛，比我这个师长还牛逼。"

李信义身后只有三五个随从，也只佩短枪。让罗玉璋的马队一比，他倒像个当连长的，心里有几分不悦。罗玉璋没有看出他的不悦，依然牛逼哄哄地说："我这人你知道嘛，干啥事就爱扎个势。不然谁知道你是卖瓦罐的还是烧窑的。大哥，你如今是师长了，说啥也要把势扎起来。你不扎势，就好像那个霸王项羽说的锦衣夜行。"

李信义打了个哈哈，岔开话题。他有点看不惯罗玉璋的言谈做派，却碍着两家世交的情分和少年时那段情谊，还是很热情地招待了他。自此，罗玉璋和李信义拉上了关系，且拉大旗作虎皮，仗着李信义的声威在西秦县为所欲为，连县长、党部书记都不放在眼里。

罗玉璋在西秦县的所作所为李信义早有耳闻。罗蛮蛮真是狗改不了吃屎的脾性，当了保安团长还是街楦子做派。如果他属下的哪个团长敢这样胡作非为，他决不会宽恕轻饶。作为军人，保家卫国维护社会治安乃是天职，如此骚扰祸害百姓与土匪何异！他驻军岐凤,是这一方军界的最高统帅。可罗玉璋的保安团隶属地方管辖,他不便干涉,这是其一。其二,李罗两家有世交情谊,他和罗玉璋在同一私塾念过书,算是同窗,他不愿落个容不下乡党朋友的恶名。其三,至今没有苦主找上门来申诉冤情状告罗玉璋,有道是民不告官不究,他何必去管那些闲事。尽管如此,罗玉璋几次来岐凤他都直言相劝,要罗玉璋不要行事太过,激起民愤。罗玉璋嘴里唯唯诺诺,回到西秦依然我行我素。对此,李信义十分恼火,真想狠狠教训罗玉璋一顿。

前些日传来消息,说是罗玉璋竟活埋了一个女人为他的一个属下陪葬。李信义大为震惊,如此草菅人命真是无法无天!他对参谋长汪松鹤说:"姓罗的真能干得出,简直无法无天了。不看在往日的情分上,我就毙了他狗日的!"

汪松鹤年近六旬,在官场混了几十年,城府很深。他已知李罗两家是世交,缓缓地说道:"师座不必动怒,地方之事,不管也罢。"

李信义长叹一声:"唉,用如此之人治理地方,只怕是乱上加乱。"

汪松鹤说:"乱世用人乱着来,这也是政府的一个高招。"

李信义沉吟道:"松鹤兄言之有理。"便也不再去管罗玉璋的闲事。

现在赵要员送来亲笔密信,要他尽快剿灭刘十三这股土匪,而且连罗玉璋也除掉。他十分惊诧。赵要员远在省城,怎的知道西秦有个刘十三?怎么知道罗玉璋的恶迹?显然是有人告了状。刘十三该杀该剐毫无疑问。罗玉璋虽然胡作非为,罢了他的官也就是了,怎得要问个死罪?这完全出乎了李信义的预料。他在赵要员手下当过团长,现在赵在军界任要职,虽不直接管他,可他的话他不能不听。他有些犯难，一时拿不定主意，便找来参谋长汪松鹤商议。

汪松鹤看罢赵要员的书信，皱着眉问道："师座打算怎么办？"

李信义抽着烟，来回踱着步："刘十三不用说，坚决剿灭。罗玉璋有点难办，我想把他请到岐凤来击毙之。你看行吗？"

汪松鹤看看李信义，一时摸不清他的真实意图，试探地说："我以为罗玉璋罪不当诛。"

李信义说："我也是这么想的。可赵要员要除掉他，而且口气很强硬。他的话我们不能不听。"

"这就让我们为难了……"

李信义沉吟片刻，敲了一下桌子："再难，上峰的命令总是要服从的。松鹤兄，你看刚才我说的那个主意行吗？"

汪松鹤摇了一下头："师长，这样干虽好，可有点不妥。"

李信义看着参谋长。

"处决罗玉璋显然是赵要员的意思。如果是司令部的意思，送来的一定是公函。"

李信义连连点头："松鹤兄说得极是。可赵要员的密令我们不能不服从。"

汪松鹤一笑："当然要服从。我是说这事要机密行事。赵要员的意思也是让我们不要张扬出去。"

李信义点点头。少顷，叹了口气，说道："唉！罗玉璋不听我良言相劝，今日杀头之祸是他咎由自取的。"

"师座动了恻隐之心？"

李信义徐徐吐了口烟，说道："好歹他是我的乡党，我们李、罗两家是世交，他又是我的同窗。说心里话，让我去杀他，我还真有点下不去手哩。”

汪松鹤言道:“师座真是菩萨心肠。其实正如师座所说,罗玉璋是自取其祸。前些天情报处送来情报,西秦永平镇商会会长徐云卿被土匪刘十三废了一条腿。那徐云卿的儿子徐望龙是省府的机要秘书,又是赵要员的乘龙快婿,他岂能善罢甘休。”

情报处送来的情报都由汪松鹤处置,没有重大情况一般不送李信义。因此,李信义的信息倒不如汪松鹤灵通。听到这一消息,李信义倒是一怔。徐云卿这个人他知道,是西秦有名的富商。土匪伤他一条腿也不是什么奇事。可徐家跟罗玉璋又有何仇?

汪松鹤沉吟道:“这其中必有蹊跷。年初徐云卿请罗玉璋剿除刘十三,安排罗住在他家。谁知出了刺客,差点要了罗的性命。”

“真有此事?”

“真有此事。”汪松鹤说,“这件事我本想报告师座,却又觉得跟咱们没有什么关系,也就没有报告。”

李信义点点头,并没有责怪汪松鹤的意思。他沉吟片刻,问道:“那件事查明了吗?”

“说是查明了,刺客是罗的一个仇家。”

李信义看一眼汪松鹤,面有不快之色:“咋的是‘说是查明了’?”

“师座,‘说是查明了’是罗、徐两人放出的话,其实另有隐情。”

“什么隐情?”

“徐云卿为请罗玉璋剿匪花了不少银圆烟土,而且待如上宾。罗玉璋不但没剿掉土匪,反而强霸了徐家的儿媳,也就是徐望龙的媳妇。徐云卿哪能咽下这口龌龊气,雇了一个刺客去刺杀罗玉璋。罗玉璋命大,只伤了一条胳膊。”

"刺客抓住了吗?"

"没有。徐云卿怕罗玉璋对他下黑手,把罪责全推在刺客身上。罗玉璋也不敢贸然对徐家下黑手,装了个糊涂神,跟徐云卿唱一个调调,说刺客是一个仇家。"

"如此说来,罗玉璋也真该死。"

"这也怨不得谁。天堂有路他不走,地狱无门他硬要来。"

李信义甩掉手中的烟头:"松鹤兄,你说这两件事该怎么办?"

汪松鹤沉吟半晌,说道:"依我愚见,都需出奇制胜。"

"如何出奇制胜?"

"对付罗玉璋我已经想出了个眉目,对付刘十三还有点犯难……"

"说来我听听。"李信义信步进了内室,汪松鹤相跟了进去……

未等李信义"出奇制胜",乌龙沟的小白狼绑了赵要员的千金赵亚男的花票。

杨豹子死后,他的侄子小白狼成了山寨之主。小白狼几经努力想重振乌龙沟雄风,怎奈元气大伤,无法扭转局面。加之时值青黄不接之季,山寨缺粮,人马吃了上顿没下顿,怨言四起。眼看山寨每况愈下,士气不振,小白狼心急如焚。无奈之中,他硬着头皮去兔儿岭向刘十三伸手。

小白狼上了兔儿岭,向刘十三说明来意。刘十三半天不语,一旁站立的赵拴狗和杨万有直向他使眼色,他明白赵、杨二人要他趁机收拾了小白狼。他沉思半晌,没有按两个下属的意思办,慷慨地借给小白狼两千银圆。小白狼十分感激,拱手相谢:"十三爷果然英雄义气,多谢了!"接过银圆转身就要下山,却被赵拴狗拦住了:

"杨寨主,借钱该有个说道吧?"

小白狼一怔,随即明白过来:"十三爷,你说几分利?"

刘十三笑而不语。

小白狼道:"十三爷不肯说,那我说了,一把手枪,外加五十发子弹。咋样?"

刘十三笑道:"杨寨主果然是个痛快人。"

赵拴狗又问一句:"几时还呢?"

"两个月。两个月我连本带利一准还清!"

赵拴狗再追问一句:"到时还不上呢?"

小白狼顿时热血上了脸,撕开衣衫,把胸脯拍得震天响:"到时要还不上,我把舌头割下来送上兔儿岭让十三爷喂狗!"

刘十三上前拍着小白狼的肩膀说:"杨寨主,拴狗是跟你说耍话哩。我知道你是条硬汉,我刘十三信得过你。这钱几时有几时还,不急,不急。"

小白狼红着脸说:"十三爷,我小白狼吐摊唾沫砸个坑,说个钉子便是铁打的。两个月我说啥也要连本带息还你。"说罢,冲刘十三一拱手,转身下了兔儿岭。望着小白狼远去的背影,赵拴狗说道:"十三爷,咋不把他收拾了呢?"

刘十三道:"乘人之危落井下石,不是英雄好汉所为。"

赵拴狗和杨万有两人都还想说啥,只见刘十三冲他俩摆了摆手,只好钳住了口……

小白狼借了两千银圆,解了些燃眉之急,稳住了军心。可那笔债却像一扇石磨压在他的心头上,随着时间的推移,那扇石磨越压越重。眼看离还债的日期越来越近,他如坐针毡,心急如焚。倘若到时还不了刘十三的债,他还有啥脸在江湖上混?

就在小白狼万分焦急之时，有探子急匆匆报上山来，说是有好货进了山。小白狼急问是啥好货。探子说："是一男一女，男的穿的衣服很日怪(特别)，领口大开着，脖子还挂着一个花布带带。女的穿的……"

小白狼不耐烦了："我看你是欠打！谁问你他们穿的啥，说，他们带的啥货?"

"没带啥货，只有一个皮箱。"

"皮箱里有啥?"

"那咋看得见呢。"

小白狼骂道："狗日的你长眼睛是出气哩?!"

探子委屈地说："好我的爷哩，他俩一进山我就瞅着哩。在山口他们才下了小汽车，就是在省城里才能看到的屎巴牛汽车。下了汽车他们换上了马，我扮成挖药材的偷偷地跟着他们。你猜他们说啥哩?"

"说啥哩?"

"说省长，说军长，还说蒋委员长。那个女人比县长的三姨太洋活得多，是个大户人家的千金。我估摸那皮箱子里值钱的东西不少!"

"就他们俩?"

"还有两个牵马的，像是保镖。"

小白狼大喜过望，以手加额："天不灭我！弟兄们，咱们的买卖来了，操家伙跟我下山!"

…………

来的一男一女，是徐望龙和赵亚男。赵亚男在城里待腻了，忽然心血来潮想到乡下逛逛。她听说西秦一带风景不错，说啥也要来游玩一回。徐望龙说那一带民风剽悍,常有土匪出没,若是遇上了土匪如何是好？不让她来。赵亚男从小被宠坏了,十分任性,徐望龙越是拦着她,她越是要来。徐望龙拗不过她,只好陪着她。徐望龙知道西秦的兔儿岭是个险恶去处,便捡了另一条道走。汽车开到了乌龙沟,他和赵亚男下车换上了马。他打算在乌龙沟口的浅山处转上一圈就打道回府。

春夏相交之季,浅山一片翠绿,野花点缀其间,别有一番情趣意境。赵亚男很少看到这样的景致,看啥都觉得新鲜。在马背上用马鞭指东指西,一惊一乍地大呼小叫,惹得几个山民装束的青壮汉子呆眼看她。徐望龙却心不在焉,他曾听父亲说乌龙沟有一股土匪,凶悍不在刘十三之下,若是碰上这股土匪如何是好？想到这里,他不寒而栗,勒住马缰:“亚男,里边没啥好景致,咱们还是回吧。”

赵亚男正在兴头上,还要继续往里走。这时走在前头的保镖返身回来,说是有点不对劲,前面有一伙山民朝这边来了。徐望龙举目观望,果然一伙山民直奔他们而来,心中不禁一寒,向前方大声喝道:“你们是干啥的?”

那伙山民并不作答,步子迈得更大更快。

徐望龙又喊一声:“站住！别过来!”

那伙山民哪里肯听他的,迈步如风。

“是土匪!”保镖喊了一声,掣出枪来。

可已经晚了,跑在前头的壮汉先开了枪,保镖扑倒在地,脑袋往外直冒血。徐望龙和赵亚男都大吃一惊,徐望龙刚要掏枪,被壮汉从马背上拽了下来,缴了他的枪。随后赵亚男也被从马背上扯了下来。

“望龙!”赵亚男哭喊着向徐望龙求救。

徐望龙自知落在土匪手中凶多吉少,心想,装熊装鳖也是死,还不如做条汉子去当鬼。他一咬牙,壮起胆子,扑过去护住赵亚男,大声说道:“你们有啥话就跟我说,不许碰她!”

壮汉冷笑一声:“许你碰,就不许我们碰了?”

徐望龙怒吼道:“她是我媳妇,不许碰她!”

壮汉一把抓住徐望龙的衣领,恶狠狠地说道:“是谁的媳妇还不一定哩!要想让我不碰她就拿五千银圆来!”

这时走在后边的保镖急忙上前一步,冲壮汉抱拳拱手:“好汉,手下留情。要钱的事咱们好商量。”

壮汉松开了徐望龙的衣领,回首瞪着保镖。保镖看出事情有了转机,急忙问道:“请问壮汉是哪位爷的人?”

壮汉身后闪出一位彪汉厉声道:“你啰唆个屌,快拿钱来!”

壮汉摆了一下手,上前一步说:“小白狼你知道吗?”

保镖点点头。壮汉拍了一下他的肩头:“老子就是小白狼。我看你是个跑腿的,放你一马。你回去跟你的掌柜的说,三天之内拿五千块银圆来赎人。”小白狼用枪一指刚被打死的那个保镖的尸体:“过了三天钱不到,男的就剁成馅蒸包子,女的就是我的媳妇咧!”

保镖急忙说:“好汉,千万不要伤人。你不就是要钱嘛,我这就给你回去拿去。”转身又对徐望龙和赵亚男说,“徐秘书,赵小姐,你们多保重,我下山去了。”

赵亚男带着哭腔说:“你让我爸快点拿钱来。”

徐望龙也再三叮咛:“快去快回!”

保镖转身就走,走了几步又回过身对小白狼说:“好汉,我看你是个英雄，千万不要坏了江湖上的规矩，三天之内对他们不能下手。”

小白狼道：“你放心，我小白狼虽说是个土匪，向来说话算数，吐摊唾沫砸个坑，不会坏了江湖上的规矩。可过了三天，若是五千银圆少了一个子儿，那可就别怨我心黑手残。”

“我也请好汉放心，三天之内，五千银圆一定送到，不会少一个子儿的。”保镖说罢，疾步下山而去。

女儿女婿被土匪劫持的消息就像晴天霹雳，惊得赵要员目瞪口呆，沁出了一身的冷汗，待醒过神来心急如焚，坐卧不宁。他并不是发愁钱，钱是小事，只要他开金口，自然有人孝敬，他连腰包都不用掏。他担忧的是女儿女婿的生命安全。在他的心目中，土匪全是些杀人成癖言而无信的混世魔王。女儿女婿落在他们手里，无异于羊落狼群，命悬一线。

焦急之中，他想到了李信义的新二师。这并非没有其他力量供他选择，诸如罗玉璋的保安团等。可他毕竟不是普通的浅薄之辈，临危而不乱，想到新二师也自有他的道理。

首先，新二师离乌龙沟近，行动起来方便。其次，新二师毕竟是正规军，不是乌合之众的保安团，战斗力强。一旦赎人不成，动起手来绝不会吃亏。更重要的是，李信义曾是他的部下，一定会竭尽全力去办这件事，不至于让他丢了脸面而使女儿女婿丧命。拿定主意后，赵要员立即给新二师打电话。

接电话的是汪松鹤，他十分震惊，答应立刻出兵围剿小白狼。赵要员再三叮咛，不可莽撞行事，要智取，千万要保证女儿女婿的安全。

汪松鹤放下电话犯了愁。围剿小白狼救出人质谈何容易！智取,怎么个智取法？他早有耳闻,小白狼的凶残狡诈不在兔儿岭的刘十三之下,要从他的窝巢救出活人质,无异于鹞子窝里掏麻雀。他大口吸着烟,眉毛拧成了墨疙瘩。

这时李信义走了进来,看他一脸苦相,有些讶然,问道:“松鹤兄,你咋了？脸色这么难看？”

汪松鹤便把刚才赵要员来电话的事说了,李信义大吃一惊急忙问:“是哪股土匪干的？”

汪松鹤哗的一声拉开墙上的黑布,指着地图说:“是乌龙沟的小白狼干的,这可是在咱的地盘上。”

李信义不禁骂道:“这狗东西胆子也太大了！咋说的？”

“让三天之内送五千银圆赎人,不然的话就撕票。”

李信义又骂一句:“狗东西还真敢开口！松鹤兄,你说这事咱该咋办？立刻派兵去围剿？”

“师座,赵要员刚才电话里说,让咱们不要贸然行事,要智取,千万不能伤了他女儿女婿的性命。这事有点难办,我正在为这事犯愁哩。”

李信义不吭声了,点燃一根烟,大口吸了起来。

沉默。俩人都大口吸烟,片刻工夫屋里烟雾腾腾,着了火似的。好半晌,汪松鹤捏灭了烟头,言道:“师座,要不伤人质的性命,只有一个办法！”

“啥办法？”

“备齐五千银圆,派个精明胆大的人拿钱去赎人。”

“小白狼收了钱还不放人咋办？”李信义提出疑问。

汪松鹤略一迟疑,道:“那咱就再破一次财。”

李信义道:“那家伙要还不放人呢? 多少是个够? 无底洞呀! 闹到最后,他们很可能还要撕票。真要撕了票,咱咋跟赵要员交代? 这是个十分难啃的骨头哩!”

汪松鹤这时也感到事情十分棘手,歉疚地说道:“师座言之有理,我有点太草率了,不该贸然答应出兵……”

李信义摆摆手,苦笑道:“松鹤兄不必自责。赵要员亲自打来电话,你能回绝吗? 我接电话也得答应。这件事办也得办,不办也得办。只是风险太大,闹不好赔了夫人又折兵。如果强攻,踏平乌龙沟那是小菜一碟,可赵要员的女儿女婿也就没命了。”李信义顿了一下,吸了口烟,又说:“还是按你的主意办,拿钱赎人。”

“师座,若真要是小白狼拿了钱还不放人,咱咋办?”

“先探探情况。到时候咱再想招。松鹤兄,你看派谁去合适?”

汪松鹤思忖半晌,说:“师座,你看楞子行吗?”

李信义沉吟道:“冲锋陷阵楞子没弹嫌的,可这是跟土匪打交道,楞子还有点欠缺。”

“欠缺啥?”

“欠缺一股匪气。”

汪松鹤有点不明白:“匪气?”

李信义点点头:“跟土匪打交道就要有比土匪更凶悍的匪气,不然的话,到了紧要关头就会手软腿软骨头软。”

汪松鹤连连点头称是:“言之有理,言之有理。师座,你看派谁去合适?”

“李文化。那家伙身上有一股匪气,而且身手不凡,也有胆识。就是万一失了手,损失也不大。”

此时汪松鹤完全明白了李信义的心思。陈楞子是李信义的心腹爱将，他舍不得让陈楞子去冒这个险。能和陈楞子匹敌的就是李文化了，这个鹞子窝掏雀、虎口拔牙的差事非他莫属了。

“师座，几时让李文化去乌龙沟？”

“此事宜早不宜迟，明天就去。”

“那我这就去找李文化部署一下。”汪松鹤转身就走。

“松鹤兄留步。”

汪松鹤急止脚步，回首看着李信义。李信义压低声音说：“让楞子带两个连的人马埋伏在山下，万一文化失了手，小白狼撕了票，就让楞子踏平乌龙沟！”

“是！”

汪松鹤刚想转身走，又被李信义叫住了：“松鹤兄，楞子的事你去布置安排。送钱赎人的事我给文化说。”

汪松鹤走后，李信义让传令兵叫来墩子。墩子身子站得笔直，很标准地给李信义行了个军礼。李信义含笑点点头，让他坐下说话。墩子没有坐，依旧木桩似的站着。李信义不再勉强，问道：“生活过得惯吗？”

“过得惯。”

“枪法练得咋样？”

“还行。”

“苦不苦？”

“不苦。”

李信义哈哈笑道：“你紧张啥哩，我又不是吃人的老虎。坐下，坐下说话。”

墩子坐在板凳上，身子依然挺得笔直。李信义吐了一口烟，推心置腹地说：“我本想给你安排个职位，可你寸功未立，难以服众。

现在有个任务我想让你去干，干成了，你就立了大功，我也就好说话了。”

墩子啪地站起身来：“师长你下命令吧。”

“乌龙沟的小白狼绑了两个肉票，这两个肉票是军界赵要员的女儿女婿。你带上五千银圆去赎人。本想让你带上几个帮手，可这种事去的人多了反而不好，你就一人去吧。”

“几时动身？”

“明天一大早动身。小白狼十分凶悍，你要见机行事，一定要把肉票赎回来，还要保证他们的生命安全。”

“请师长放心，不把肉票赎回来我决不活着回来见你。”

“不，这事只许成功，不许失败。我等着你的好消息。”

…………

翌日清晨，墩子骑着驮马直奔乌龙沟。日头斜过头顶，他到了沟口。说是沟，其实是两座黄土梁夹着一溪瘦水。小白狼的营寨扎在黄土梁深处。举目眺望，梁梁峁峁树木杂草丛生，看不到一个人影。可墩子感觉得到那梁梁峁峁的树木杂草中透出一股瘆人骨髓的杀气。上山的路不好走，他下了马，抖起精神拉马进山，边走边唱乱弹给自己壮胆。

他大舅他二舅都是他舅
高桌子低板凳都是木头
金疙瘩银疙瘩还嫌不够
天在上地在下你娃甭牛
…………

忽然，从树丛中钻出一伙壮汉，手中拿着家伙。

“站住！干啥的？”几个黑洞洞的枪口对准墩子的胸膛。

墩子知道他们是小白狼的人，并不惊慌，反问道："你们是哪路好汉？"

"我们是杨爷的人马，你是哪路杆子？"

"是杨爷的人马就好说。我是送赎金赎人的。"

一伙人听说是送赎金的，收起了手中的家伙。为首的头目上前仔细打量着墩子，半晌，问道："钱带足了吗？"

"带足了，在马背上。"

头目的目光在马背上流连了一会儿，又转了过来，口气温和了许多："兄弟，山有山规……"

墩子在刘十三的匪巢待过，知道山规，举起了双手："搜吧。"

两个匪卒上前搜了墩子的全身，什么也没搜着。头目一摆手，说了声："牵马进沟！"

一伙人便牵着马簇拥着墩子进了沟。一路上墩子在心里琢磨，论关系小白狼是表叔杨豹子的侄子，自己应该叫他一声"哥"，可不知道小白狼认不认他这个兄弟？管屎他哩，见了面再说，小白狼再凶残也不会一见面就把他生吃了。想到这里，他心里不慌不乱不畏不惧了，脚步也坚实有力了。

七八里山路拐了十几个弯弯，到了小白狼的窝巢。见了面墩子才知道小白狼是个挺英俊的汉子，面白无须，方脸阔嘴，只是一双豹眼透着凶光，咄咄逼人。墩子自报家门，说杨豹子是他的表叔。此前小白狼从没见过墩子，但他知道叔父有这么个表侄。小白狼上下打量了墩子一番，冷笑道："你今儿不是跑到乌龙沟跟我认亲的吧，钱拿来了吗？"

墩子一指马背上的驮子："拿来了，你点一下数。"

小白狼让手下人点数并检验真假，分文不少。小白狼让人收好钱,点火吸烟,不说放人的话。墩子忍不住道:“钱你收好了,可人哩?”

小白狼咧嘴笑了一下:“你来一趟乌龙沟也不容易,再说咱俩还沾着亲,我咋说也得请你吃顿饭吧。先吃饭,吃了饭咱再说事。”

墩子哪里肯吃饭,一定要人。小白狼出乎意料没有发火,依然笑着脸说:“太阳都跌了窝,这乌龙沟满山遍野都有狼,你这会儿带人下山不怕狼把你们吃了。明儿我送你下山。”

墩子看看天色已晚,侧耳细听,远处果然传来狼嗥。他迟疑了,但坚持要见人质。小白狼说:“放心,人好着哩,没伤一根毫毛。”

墩子说:“山有山规,行有行规。钱到我就要见人!”

小白狼挥挥手,俩喽啰押着徐望龙和赵亚男走了进来。徐望龙讶然道:“墩子,你咋在这里?”

墩子没想到徐望龙就是赵要员的女婿,也十分诧异。没等他说啥,小白狼一摆手,喽啰又把徐望龙和赵亚男押走了。

是夜,墩子住在了小白狼的山寨。可他怎么能睡着?翻来覆去想着明儿怎得脱身。他看出小白狼居心叵测,得想法应对突如其来的变化。可再三琢磨,也没想出个良策。他暗自思忖:到时候随机应变吧。

小白狼却睡得很踏实。五千银圆已到了手,押墩子上山的头目出主意要到晚上剁了墩子。他笑骂道:“你懂个锤子!把他剁了我跟谁要钱去?”小头目疑惑地看着他。他又骂了一句:“说你是个瓷锤你还真是个瓷锤。那两个肉票是有钱的主!明儿我要墩子下山再拿钱来。狗日的,这回我要一万现银圆!”

第二天一大早,墩子就要带人质下山。小白狼果然变了卦,狞笑道:“你回去再拿一万银圆来,人嘛,在我这里再住上一两天,我不会伤他们一根毫毛的。”

墩子心头腾地蹿起了怒火:“小白狼,你咋能言而无信,坏了道上的规矩?!”

小白狼却不温不火:“我做一回好生意不容易,只赚五千银圆有点太亏了。你快去快回,过了三天,我可就撕了票!”

墩子咬牙切齿道:“小白狼,你不是条汉子,我看不起你!”

小白狼脸不变色,哈哈笑道:“我是不是汉子不要你说。再者,你看得起我能咋?看不起我又能咋?我照样当我的山大王!”他走前两步,拍着墩子的肩膀说:“兄弟,别怨我言而无信。山上近百口兄弟张嘴都向我要吃的喝的,你说我咋办?我只能找肉肥的主下口。还请你多多包涵。”

墩子定下神来,自思人在屋檐下,不得不低头。他强压心头的怒火,寻找应变的对策。他叹了口气,说:“杨寨主,你这么做让我回去咋跟我掌柜的交代哩?”

小白狼笑道:“好交代得很,你就说小白狼是白眼狼,认钱不认人。”

墩子又道:“我如果再拿一万银圆来,你还不放人咋办?”

小白狼拍着胸脯说:“你如果能拿来一万银圆,我一定放人。”

“杨寨主的话我实在难以相信。”

小白狼的脸腾地起了火,一下子涨得如同猪肝:“我小白狼咋说也是个汉子,心再残也有知足的时候。我若再反悔,出门就撞上枪子儿。”

这是个很毒的誓。墩子相信他不会再反悔,可装作犹豫不决的样子。小白狼拿出一摞银圆给墩子:“兄弟,咱把话挑明了,你也是把头拴在裤腰带上上山的，这一百银圆是给你的跑路钱。”

墩子说：“谢了，这钱我不能要。”

小白狼一脸的惊诧：“咋，你嫌钱扎手？”

“我不嫌钱扎手。我是奉命行事，若是上峰知道了加我一个通匪的罪名，我吃饭的家伙就保不住了。”

小白狼哈哈笑道：“原来你是怕把吃饭的家伙丢了。”

墩子说：“为了一百块银圆把脑袋弄丢了太不划算。不过，我想跟你要样东西。”

“啥东西？”

墩子冲小白狼招招手。小白狼疑惑不解。墩子笑道：“你怕啥哩，把你的帽子借我用用。”

小白狼有点莫名其妙：“你借我的帽子干啥用？”

墩子说：“我拿回去给我的上司看看。不然的话上司还以为我没来乌龙沟，把五千银圆私吞了。要你的帽子做个信物。”

小白狼笑道：“这算个啥屌事，给你！”摘下帽子给墩子。墩子靠近小白狼，忽然伸出手，却没有接帽子，直取小白狼腰间的盒子枪。说时迟，那时快，墩子下了小白狼的枪，上前一步，以迅雷不及掩耳之速度一只胳膊勒住了小白狼的脖子。在场的人都被突如其来的变故惊呆了。小白狼最先醒过神来，气急败坏地喊道：“弟兄们给我开枪，打死我算屌了！”

众喽啰端着枪，黑洞洞的枪口对着墩子，也对着小白狼，可没谁敢贸然开火。

墩子大声吼道：“往后退！谁敢向前我就让他的脑袋开花！”说着，抬手一枪，树梢上一个正在聒噪的鹁鸪应声落地，翅膀胡乱扑棱了几下，便再也不动弹。众喽啰瞪眼去看，灰鹁鸪的头不知去向,只有脖子在汩汩地往外冒血,一时惊得缩不回舌头。

墩子又吼:“各位兄弟,你们能拉杆子,都是好汉。江湖上讲的是‘义气’二字,你们的寨主不讲义气逼我这么做。五千银圆是你们开的口,我一文不少地给你们送上了山,你们不能言而无信!”

众喽啰面面相觑,都有愧意。这时徐望龙上前喊道:“墩子,把小白狼毙了!”

墩子不屑地说:“你活泼烦了!还不快带着你媳妇下山!”转脸又对众喽啰说:“我只是拿钱来赎人,并不想伤人。小白狼,我吐摊唾沫都算数,放他们走!”

这时小白狼已冷静下来,自知大势已去,也不想立马去死,发了一声命令:“放他们走!”

众喽啰让开一条道,徐望龙拉着赵亚男就走,又回头喊了一句:“墩子,把钱也带下山!”

墩子轻蔑道:“江湖上的规矩我不能坏,钱是赎你们的,应该归杨寨主。你们快走!”

徐望龙和赵亚男在前,墩子断后。他生怕再出意外,用枪顶着小白狼的后背倒退着走,两眼狠狠地盯着紧跟上来的土匪。匪徒们端着枪,趋步向前,他们都明白轻举妄动的结果,因此谁也不敢轻举妄动。

墩子大声喝道:“都给我站住!谁要再跟上一步,就是给你们寨主催命哩!”

匪徒们全都被墩子震慑住了,不敢贸然向前。墩子押着小白狼带着徐望龙夫妇疾步下山。他们刚到山下,就见陈楞子带着全副武装的士兵包围了过来。小白狼一看这阵势,破口大骂:“墩子,我只当你是条汉子,说话算数,看来你不是个立着尿尿的!”

墩子看到陈楞子先是一怔，随后明白是咋回事，顿时肚里有了怒火。他把手中的枪给了小白狼，然后用身子护着他对陈楞子说："陈营长，你们都闪开，我与杨寨主有言在先，只要交还人质，互不伤害。谁要敢动他一指头，他的枪也不是吃素的。枪一响，首先要的就是赵小姐的命！"

这句话提醒了小白狼，他掉转枪头，直对赵亚男的脑袋。

陈楞子着急道："文化，这是师长的命令！"

墩子厉声说："陈营长，小白狼真要开枪打死赵小姐，你我都吃不了兜着走！"

就在双方僵持不下的时候，赵亚男说话了："你们往后退吧，墩子说过互不伤害的话。见了李师长我会给他说明一切的。"

陈楞子摆摆手，士兵们撤了下去。墩子冲小白狼拱手道："你回吧。"

小白狼很是感激，急忙抱拳还礼："墩子兄弟，上山多有得罪，请你海涵，今儿的事我记在心里，日后定当厚报。"抽身撤步上山而去。

女儿女婿虎口脱险，赵要员大喜过望，高兴万分，当即大笔一挥，拨给新二师一批军火，有十五挺机关枪、二十万发子弹，以资奖励。此前李信义多次向上峰申报，请求拨给新二师一些军火，可报告递上去，却如同泥牛入海。没想到这次轻而易举得到了一批军火，李信义喜不自胜。可赵要员这批军火并不白给，他电令李信义务必尽快剿灭小白狼这股土匪。李信义与汪松鹤商量如何才能尽快剿灭小白狼这股顽匪。汪松鹤开口道："这次投鼠不必忌器，让陈楞子带手枪营强攻乌龙沟。我就不相信一个手枪营消灭不了百十个土匪。”

李信义言道:“杀鸡焉用牛刀。我不想兴师动众,大动干戈。”

“师座的意思是……”

“赵要员叮咛过,要智取。”

“智取?”

“对,智取!”

“师座有好主意了?”

李信义笑了笑,刚要说出自己的主意。汪松鹤忽然一摆手,说道:“师座,先不要说,让我猜猜看。师座是不是想用这批军火做诱饵,引蛇出洞,一举歼灭之?”

李信义哈哈笑道:“松鹤兄,你不愧是我的参谋长。”

“高招是师座出的,我愧为参谋长。”

两人拊掌大笑……

当天李信义就让人放风,说是新二师要去省城运一批军火,走北线回岐凤。很快有眼线把这个消息报知小白狼。小白狼有点不相信,又派出几个眼线打探消息。眼线接二连三地回来报告,都说消息完全可靠,新二师派了一个加强排押运这批军火。小白狼一拍大腿,兴奋地叫道:“肥肉又到嘴咧!”

二头目在一旁提醒道:“杨爷,会不会有诈?”

小白狼说:“我仔细琢磨过,新二师的人从咱的手中救出了赵要员的女儿女婿,姓赵的奖赏李信义一些军火在情理之中。”

二头目疑惑地说:“杨爷言之有理,可我总觉得有点蹊跷,这事该压得严实点,咋传得沸沸扬扬的?”

小白狼笑道:“这么大的事能压严实吗?得胜的猫儿欢似虎,李信义赢了咱一把,轻狂着哩。再说,姓李的根本就没把咱往眼里搁。这一回我就要给姓李的一点颜色看看,不然的话,他还真个以为我小白狼不吃人是只病猫哩。"

二头目还是心存疑虑:"杨爷,万一他们是引咱上钩呢?"

小白狼有点恼火了:"你跟我也有好几年了,胆子咋还这么小?胆小不得将军做!咱们乌龙沟正缺军火,如今这世道有枪有子弹就是草头王。如果能把这批军火劫来,别说兔儿岭的刘十三,就是保安团的罗蛮蛮我也不尿他!"

"杨爷,咱们几时动手?"

"从省城回岐凤,走北线,周公壕是必经之路,咱们这就下山,在周公壕打狗日的埋伏!"

当天下午,小白狼倾巢出动。他似一个赌徒,把宝全押在了这一仗上。他带领人马出了乌龙沟,来到周公壕。说是壕,其实是一条黄土沟,沟里杂草丛生,一条牛马车道从中穿过。相传周文王当年四处访贤,途经这条大沟,时逢正午,下马歇息。他坐在土坎上觉得十分困乏,闭目养神,不觉地打了个盹,梦见有一个白发白须的老汉在渭河边用直钩钓鱼。他十分惊奇,想上前去问个究竟。他疾步走过去,那个老汉却不见了踪影。他猛然惊醒,原来是南柯一梦。他急忙率领文武大臣直奔渭河,果然在磻溪找到了大贤姜子牙。后世人便把这条大沟呼为"周公壕"。

小白狼在周公壕布下伏兵,等待新二师运送军火的车辆往口袋里钻。看看日头斜了西,壕里车马道上连狗大个人影都没有。二头目抹了一把额头的汗珠嘟囔道:"都这个时辰了,咋还不见新二师的人影影,莫非有诈?"

小白狼面无表情地盯着壕内,其实他心里也十分焦急。小白狼向来性情急躁,等候了一天一夜,不见新二师运送军火的车辆,他心里早都起了火。可他还是强忍心头之火,耐心地等待。他不想撤兵,这批军火对他的诱惑太大了。十五挺机关枪,二十万发子弹,这块肉肥得流油,谁吞进肚里就肥谁,说啥他都不愿失去这个良机。

二头目又嘟囔道:“杨爷,情报八成不准,弟兄们埋伏了一天一夜,肚子早都唱空城计了,咱撤吧。”

小白狼按捺不住,发了火:“你吵吵个屎哩!少吃一顿饭把你饿得死!这可是一块大肥肉,过了这个村不一定还有这个店,都给我耐着性子等着!谁要再吵吵我就毙了谁!”

二头目见小白狼发了火,赶紧钳住了嘴。其他喽啰更是噤若寒蝉,抱着枪靠着土坎闭目养神,有几个喽啰肚中实在太空虚,坐卧不宁,不住地引颈往远处张望。

忽然,一个眼尖的喽啰喊了一声:“快看,来了!”

匪徒们呼啦一下站起身,举目张望。只见壕边出现了一抹黑线,那条黑线往壕里移动,愈来愈近。渐渐地看得清楚了,是一支车队,且有扛枪的兵跟随着。车队行进的速度不快不慢,愈来愈看得清楚,有五辆马车,车上装着木箱,押送车队约有一个排的兵力。

小白狼喜上眉梢,一拳砸大腿上,喝喊一嗓子:“弟兄们,操家伙!”

匪徒们的精神都为之一振,操起手中的家伙,等待命令。车队很快到了壕中央,小白狼大喊一声:“弟兄们,给我打!”手中的盒子枪响了,头辆驾辕的大白马长嘶一声,卧倒在地。后边的马车都停滞不前。押送军火的士兵似乎早有准备,呼啦一下散开队形,隐伏在杂草丛中,接着在杂草树木的掩护下,边还击边往壕边撤。

小白狼一门心思在这批军火上,全然没有看出破绽,喝令匪卒猛冲，赶快去抢马车上的军火。押运军火的士兵并不恋战，小白狼也不去追赶，率匪卒直奔马车。二头目冲在最前面，第一个跳上马车，打开木箱，傻了眼。木箱是空的！二头目一连又打开几个木箱，都空空如也，他惊得声音都变了调："杨爷，木箱里屌毛都没一根！"

这时，小白狼已跳上了马车，看着空木箱只觉得脑袋一炸，惊出了一身的冷汗。

"杨爷，咱上当咧……"二头目声音带着哭腔。

小白狼禁不住打了个寒战，随即醒悟过来，叫了一声："快撤！"

可已经晚了。螳螂扑蝉，黄雀在后。小白狼带着人马扑下周公壕，万万没有想到，新二师的两个连左右夹击，围住了周公壕。押运军火的那个排又掉头回来扎住了口袋口。小白狼一伙成了袋中之鼠，瓮中之鳖，插翅难逃。

双方的力量悬殊，且强者一方有备而来，弱者一方毫无防备意识；再者，强者占据有利地形，弱者腹背受敌。这一仗结束得很快，前后不过十来分钟。枪声一响，二头目就从马车上栽了下来。匪徒们顿时惊得目瞪口呆，随后乱作一团。小白狼压不住阵脚，一怒之下打死了一个不听吆喝的喽啰。这一来反而更糟了，谁都看得出眼前的形势，哪里还肯听小白狼的指挥，如没头的苍蝇，四下逃命。小白狼急了眼，带着两个贴身马弁拼命突围，刚刚冲到壕边，迎头撞上伏兵，枪响如同爆豆，把个凶悍的小白狼连同两个马弁打成了筛子眼……

歼灭了小白狼，又得了一批军火，李信义十分高兴，奖励参战人员。特别是墩子，得到了特别的嘉奖，李信义给他了一个二等功，并给了二百银圆的奖金，还委任他了一个排长。

墩子自然很是高兴，带着自己的兵整天在操场上操练，眉梢眼里都是笑，可一张脸却十分严肃地绷着。当官了就要有个官样，他不能让士兵轻看了他，该扎势还要把势扎起来。

这一日，汪松鹤陪着李信义信步来到操场，墩子正给他的士兵教授战术。李、汪二人站住脚，在一旁观看。墩子远远瞧见了他们，教授得更加卖力。李信义很是欣赏墩子，笑问汪松鹤："松鹤兄，你看李文化咋样？"

"是块好钢。"

"钢倒是好钢，可还有点欠火候。"

汪松鹤笑道："师座再给他加点火嘛。"

"咋加火？"

"让他带兵去剿刘十三。我看他对付土匪有一套办法。"

李信义摇头："刘十三不比小白狼，剿灭他绝非易事。再则，咱们刚歼灭了小白狼，刘十三肯定是惊弓之鸟，严加防范。现在时机还不成熟。"

汪松鹤点点头，少顷，问道："那么罗玉璋的事咋办？"

"我打算让楞子去，你看行吗？"

"楞子也是块好钢，好钢就要用在刀刃上，师座选对了人。几时动手？"

"赵要员昨天来电话又催，不能再拖了。"李信义说了句模棱两可的话，迈开了步子。汪松鹤急忙跟上……

第十一章

男人娶了媳妇和不娶媳妇大不一样。往往他自个儿感觉不到自个儿的变化,而别的人立刻就感觉到了。

陈楞子娶了媳妇感觉自己还是从前的自己,可墩子感觉到陈楞子变得跟以前大不一样了。一是邀他上街去玩的次数大大减少了;二是性情绵和了许多,很少打骂弟兄们;三是晚上不再出屋打麻将。周围的弟兄们也都看出了端倪,言说女人真是好东西,可以顶饭吃顶钱花。

墩子近来心情很烦闷。他从别人口里得知了李、罗两家的关系,好像当头挨了一闷棍。他万万没有想到罗玉璋与李信义还有这么一层关系。他投李信义当兵吃粮,想的就是有朝一日能借他的威势枪杀了罗玉璋报仇雪恨。可偏偏李、罗两家是世交,李、罗二人又是同窗,这个仇如何得报让他忧心如焚,闷闷不乐,不是独自出去喝闷酒,就是躲在屋里压床板,功夫枪法也懒得去练,更别说给士兵教授武术了。

这一日他又准备去街上喝酒,陈楞子大老远走过来喊住他。陈楞子嫌兵营里嘈杂混乱,在外边租了间民房居住。这些日子他在屋里守着媳妇,没事很少来兵营。

陈楞子刚从街上回来,手里提着一吊肉两条鱼及些许新鲜蔬菜,笑呵呵地说:“文化,到哥那里去坐坐,让你嫂子给咱弄两个菜,咱兄弟俩喝两盅。”

墩子见陈楞子真心请他,也就不推辞。到了陈楞子的住处,春妮迎了出来,笑道:“文化兄弟,你咋也不上门来坐坐?”

墩子也笑道:“你俩新婚宴尔,我来了怕你俩骂我不长眼色。”

春妮咯咯笑道:“楞子还说你老实,几天不见也学瞎了。”

陈楞子也哈哈直笑:“学瞎了学瞎了,几天不见学瞎了。”

三人说笑一阵,春妮下厨房去炒菜。陈楞子从柜子里拿出了两瓶西凤酒。工夫不大,春妮端上来几盘炒菜,三人便吃喝起来。墩子一杯接一杯地喝,不大的工夫,一瓶酒剩下了不多。陈楞子很是吃惊,几天不和墩子在一起吃喝,他的酒量见长。他看出了端倪,压住墩子的酒杯:“兄弟,你有心事?”

“没……没心事……”墩子的舌头有点大,拨开陈楞子的手又往杯里倒酒。

“兄弟,甭喝了,酒伤身子。”春妮在一旁劝道,示意陈楞子收起酒瓶。

陈楞子收起酒瓶,说:“兄弟,有啥话给哥说说,哥给你出出主意。”

“没啥,没啥……”

“咋的,你信不过哥?”

墩子喝干杯中的酒,发红的眼睛把陈楞子瞪了半天,忽然咧着嘴哭了。陈楞子两口子都吓了一跳,忙问出了啥事。好半晌,墩子才止住悲声:“大哥,我的仇报不成咧。”

“咋的报不成咧?”

“师长跟姓罗的是亲戚，他能让我去枪杀那驴日的？”墩子又哭了起来。显然他有了几分醉意。

陈楞子劝慰道：“我当是啥事哩。兄弟，甭难过。”又问，“你的父母是土匪杀的，咋又冒出了个罗玉璋？”

“不是土匪，是姓罗的那驴日的下的毒手……”墩子一勺倒一碗地把家仇给陈楞子叙说了一遍。陈楞子怔了半晌，说道：“兄弟，君子报仇，十年不晚，这仇迟早要报。”

春妮端来一碗醒酒汤让墩子喝下，安慰道：“楞子说得对。这种事急不得，你也甭熬煎自个儿。”

墩子有点清醒过来，拭干脸上的泪水，叹了口气：“唉，我不想在这达干了。”

陈楞子一惊，忙说：“兄弟，你可不敢走！你现在都当上排长了，再好好干几年，连长、营长也就当上了。你如果走了，啥就都完㞗咧。”

“我留下还有啥作为？跟大哥你说句掏心窝子话，我当兵吃粮不为升官发财，只为报仇雪恨！”

陈楞子劝道：“你先甭急着走。师长那人最体贴身边的人。想当初我跟你一样，跑到河南投到师长名下为的就是报仇。后来果然就报了仇。师长现在很看重你，你好好干，总会有出头之日的。再说，师长和罗玉璋的交情也只是上一辈的，师长也不待见罗玉璋。那人太狂也太残，迟早会一个跟头栽下来。你先熬着吧。我还是那句老话，君子报仇，十年不晚。”

墩子仔细想想，陈楞子的话不无道理。李信义很看重他，只要他好好干，对李信义忠贞不贰，出头之日不会太远。若是另投他人，前程还是个未知数，更别谈报仇雪恨的事了。也罢，先熬着吧。

吃了午饭,墩子才起身告辞。

出了陈家,离兵营不远有好几个平日相好的弟兄冲着墩子喊:“你逛到哪达去了? 有人寻你哩!”

“谁个?”他问。

“一个女人,水灵灵的跟小白菜一样,是你媳妇吧? 你小子真有艳福哩!”

墩子的心咯噔一下,不再搭理他们的取笑,疾步进了营房门,老远就看见杜雪艳站在操场边上。她村姑打扮,短发长长了,梳成独辫,下身穿阴丹士林蓝裤子,上身穿月白衫子,夹着一个小包袱,一双乌眸怯生生地朝营房门口张望。远远瞧见墩子,一脸的惊喜。

两人相见竟都无言,只是默默地注视着对方。良久,似乎都想起了什么,涨红着脸笑了。

“你咋来了?”墩子笑问道。

雪艳斜他一眼,抿嘴笑道:“咋的,嫌我来了。”

“看你说的,咋能嫌呢。”

“还说不嫌哩,就让人站在这达说话。”雪艳瞧见不远处拥着一伙兵,朝这边指指戳戳,浑身不自在起来。

墩子也发觉了,说:“走,到屋里去。”

两人挨肩走着,墩子的皮靴踏得嗒嗒响。雪艳上下打量他一眼,笑着说:“披上一身老虎皮,好威风哟。”

墩子笑了笑:“你瞧着害怕吗?”

雪艳说:“还真有点怕哩。”

两人来到墩子的住处,雪艳扔了小包袱,一双玉臂缠在了墩子的脖子上,呢喃地叫了声:“墩子哥!”

墩子急忙说:“我现在叫李文化。这名字还是你给改的哩。可不敢乱叫。”

雪艳说：“‘李文化’是改给外人叫的，你永远是我的‘墩子’哥。墩子哥，我真想你……”

“我也想你……”

“真个？”

“真个。”

“墩子哥，你抱紧我……”雪艳眼里滚出晶莹的泪珠。

墩子浑身的血液沸腾了，双臂箍紧了雪艳的腰。雪艳仰起脸看着墩子：“墩子哥，你黑了也瘦了……你就不知道我有多想你，我早就想来看你，又怕我姑笑话我……昨晚夕我做了个梦，梦见你打土匪受了伤，我在屋里实在待不住了，一大早就寻着看你来了，你没伤吧？”她一双纤纤玉手捏捏墩子的肩头胳膊，又解开衣扣摸摸墩子的胸膛，看得很仔细。

自母亲去世后，墩子从没有感受到女性如此体贴入微的关爱。他鼻子一酸，眼圈发潮了。

“雪艳，我不值你这样爱……”

雪艳感到有泪珠落在她脸上，心潮澎湃起来，捂住墩子的口：“墩子哥，我不许你这么说……我说过的，不管你走到天涯海角，我都牵挂着你……”

两人都不再说啥，亲吻着对方，直到把对方面颊的泪珠吻干。

雪艳打开包袱，取出一身衬衣和一双新鞋。墩子说：“衣裳鞋队伍上发哩，你还劳这个神干啥？”

“我愿意劳这个神嘛。”雪艳说，“大热天穿皮靴，你也不怕把脚捂出毛病来。快脱了，试试这个。”递过新鞋来。

墩子接过鞋仔细看，灯芯绒鞋面，千层鞋底，纳得十分细密，似姑娘的嫁妆。雪艳抿嘴一笑:“手艺不好,甭笑话。”

墩子笑着说:“你这是说反话哩。”扒掉皮靴换上新鞋,来回在屋里走动。鞋做得十分合脚。虽没有皮靴威风,却十分舒坦。

“合脚吗?”雪艳问。

“合脚,合脚。你咋知道我脚的大小?”

“这是秘密,不给你说。”雪艳笑得一脸灿烂。

墩子大笑起来,他就喜欢雪艳这种娃娃似的顽皮。

两人说着话,不知不觉屋里光线暗淡下来。雪艳忽然惊叫道:“天要黑了,我得走了……”

墩子很有点舍不得她走,却又不能留她住下。他起身相送。雪艳走到屋门口,又转过身来扑进墩子怀中,热吻着他。好半晌,呢喃地问:“墩子哥,你会想我吗?”

墩子心里很不是滋味。他不想把分离搞得这样痛苦伤情,强装笑脸说:“你说呢?”

“我不知道……”

“我想你,想你一辈子……”

“我也是……”

良久,墩子又说:“雪艳,我对不住你,我不值得你想……”

雪艳一把捂住了墩子的嘴。她知道墩子又要说啥。

“你啥也别说。这辈子我跟定了你……你尽管干你想干的事,我不拦你……”

“雪艳!……”墩子的声音有点哽咽。

“墩子哥,我走了,你多保重。”雪艳出了屋又回过头来,“过几天我再来看你。”

陈楞子奉了密令，换了一身便装，骑了一匹快马只身前往西秦县城。

昨天傍晚师长把他叫了去，要他去西秦干掉罗玉璋。接到这个命令他感到有点意外。师长说，罗玉璋被人暗杀过，是惊弓之鸟，若是生人恐怕到不了他身边，只有他熟悉的人他才不会防范。思来想去只有你去才能干成这件事，我也才放心。

他面有迟疑之色。李信义笑道："咋的，扔不下新媳妇？你这个冷娃生坯子还真的叫女人拴住了笼头。"

让师长说中了心病，他挠着后脑勺不好意思地憨笑起来。他向来敢打敢拼，最爱冒险出风头，把玩命视作儿戏。李信义看中的正是他这一点。可自从娶了春妮，他的性情变了。燕尔新婚温柔之乡令他心醉情迷。他十分清楚当刺客是把头拴在裤腰带上弄事，真有点不愿接受这个任务。

李信义一笑，一挥手："你去吧，我另找人去。"

他跟了师长近十年，十分清楚师长的脾气。师长那一笑、那一挥手显然是嘲笑轻视的表示。一股热血直冲他的脑门，一张脸涨得通红，挺直腰板大声请缨："师长，几时出发？"

"算了算了，你还是好好守着新媳妇吧，我另找人吧。"李信义使出了激将法，"你要去了西秦，春妮会骂我这个老汉不长眼色。"

陈楞子的脸又蒙上了一层红布："师长，你这是骂我哩！说啥我也要去！"

李信义的目光停留在他的脸上，半晌，说："好吧。"走过来在他肩头上拍拍，"楞子，罗玉璋不是等闲之辈，万万不可轻视。你要随机应变胆大心细，下手利索点。"

"请师长放心！"

李信义又说："行事要机密，千万不能走漏了消息。完事后暂不要回岐凤，先在扶眉县胡团长那里住几天。"

"是！"

"你打算几时出发？"

"听师长安排。"

李信义沉吟一下，说："明天就去吧。"又叮咛，"这事对春妮也要保密。"

陈楞子回到住处，春妮把饭菜摆上桌正在等他。吃饭间陈楞子告诉春妮，说他明儿要出一趟公差。春妮问他上哪达去。他说："到乾州送一封公函。"

春妮有点不高兴："送一封公函派个当兵的去也就行了，还要你这个营长亲自出马。"

陈楞子也觉得这个谎撒得有点离谱，又说："是封机密文件，师长要我亲自去。"

春妮不再说啥，拿出一瓶酒给陈楞子倒了一杯。陈楞子呆呆地看她，有点莫名其妙。

"看我干啥，只许喝两盅。"春妮冲他妩媚地一笑。

陈楞子笑着说："你真是个好媳妇。"吱的一声喝干了酒。

饭罢，陈楞子想去找墩子谝谝，把刺杀罗玉璋的消息告知他，让他高兴高兴。可又想到师长再三叮咛，不可泄露机密，便打消了这个念头。他觉得穿军装去西秦实在太扎眼，就翻箱倒柜找出一套便衣来。想想，再没有其他事，便上床睡觉。

春妮收拾好厨房，也钻进了被窝，偎在他的怀中。他被女人温馨的气息撩拨起欲火，拥紧女人要干那事。春妮拦住了他："甭胡骚情，安然地睡，明儿要赶长路哩。"

他嬉笑着说："怕啥哩，就我这身板弄上一夜，精神照样旺哩。"说着要动作。

春妮打了他一巴掌，娇嗔道："出门上路沾女人的身不吉利，你就不能禁忌一晚夕。乖乖，听话。"

陈楞子老实了，拥着女人闭上了眼睛……

一阵鸡啼声把陈楞子惊醒。他轻轻从春妮的头下抽出胳膊，点亮灯，看看手表，已是凌晨三点一刻。他穿好衣服，站在床前看着熟睡的春妮。春妮的睡相憨态可掬，半蜷着身子，一只胳膊露在被子外边。他轻轻抬起春妮露在外边的胳膊，塞进被子，弯腰在春妮光洁的额头吻了一下。春妮忽地睁开了眼睛："你这会儿就走?"

"嗯，都鸡叫头遍了。"陈楞子把被子往上拉了拉，"好好睡，我走咧。"

"不!"春妮伸出两条玉臂蛇似的缠在他的脖子上，哧溜一下钻进他怀中。他不能自已，搂紧了春妮。春妮在他怀中充满激情地扭动着精身子。他当然明白这个信号，毫不犹豫地扒掉衣服把女人压在身下。他们从来没有过这样的激情，两人都十分投入。许久，许久……最终，两人都如犁地的牛倒在了地头……

歇息半晌，春妮抚摸着陈楞子的胸膛，不无羞涩地轻声问道："你还能行吗?"

陈楞子欠起身，在她额头面颊唇上鸡啄米似的亲了一阵："好好等着我，回来咱再疯。"说罢穿好衣服下了床。把手枪别在腰间，系紧鞋带，浑身上下收拾得利利索索，抬脚就要出屋。

"楞子!"春妮欠起身，叫了一声。

陈楞子回身走到床前，看着春妮。

"就你一个去?"

陈愣子点头。

“不能带上几个人一道去?”

“……”

“你千万可要当心……”

“我知道。”

“快去快回,我等着你……”春妮竟有些呜咽。

“哭啥哩嘛。”陈愣子笑道,“你们女人就是尿水多。”抽身又要走。

“愣子!”春妮又喊一声。

陈愣子又止住了脚,回头望着春妮。春妮拭去脸上的泪珠,看着他半晌不说话。他有点不耐烦了:“有啥话你就说嘛,咋这么婆婆妈妈的。”

“有件喜事想给你说……”

“啥喜事? 快说嘛。”

春妮欲言又止,说道:“你走吧,回来再给你说。”

“你呀,屁半截子屎夹半截子屎!”陈愣子恼也不是笑也不是。

春妮妩媚地一笑:“好事好东西要慢慢享受,不能让你一下子吃光咽净了。”

“你这个媳妇!”陈愣子笑着,疼爱地戳了春妮一指头,恋恋不舍地出了屋……

当天下午,陈愣子到了西秦县城。他选了背街一个不起眼的客店住下。吃罢晚饭,他就上床睡了。临行时他跟媳妇玩得太疯了,加之跑了一百多里地,他感到十分疲劳。

一觉醒来已经日上树梢。他匆匆洗了把脸,掏出盒子枪仔细擦了一遍，给弹夹压满子弹，别在腰间，出门去街上吃饭。

对街有家小饭铺，早餐卖甑糕，这正是他最喜欢吃的。他边吃甑糕边在心中盘算，下一步棋该怎么走。他跟罗玉璋见过几面，看出罗玉璋是个厉害角色。也多次听人说过罗玉璋，都说罗玉璋放屁咬牙拉屎瞪眼是个镵火手，再加上郭栓子和那一班卫兵，个个枪法准，拳脚功夫也十分了得。稍有疏忽，他的命也就玩完了。

吃完了甑糕，他心里也有了主意，决定先去保安团部摸摸情况，再做打算。

他是西秦人，以前常去县城，对这里的情况熟悉，不用问人就找到了保安团部。他戴着墨镜，嘴角叼着香烟，大摇大摆地直朝里边走。斜地里伸出两杆枪，拦住了他的去路。

"站住！干啥的？"

"找你们罗团长。"他又要往里闯。两个卫兵看他面相恶，不是良善之辈，哪里肯放他进去，把枪口对准他的胸口。他有点恼火了，挥手拨开两杆枪，骂骂咧咧地说："再甭拿大毛尿吓傻女子咧，老子是染坊门口的锤布石，见过大棒槌！"

两个卫兵并不尿他，后退一步，哗啦把子弹推上膛，厉声喝道："滚开！再往前一步就毙了你！"

原来，自上次罗玉璋在徐云卿家遇刺后，他就处处防范，严令卫兵周密防守，若发现形迹可疑之人，先斩后奏。陈楞子是带兵的人，见卫兵这么凶，知道上峰有过严令，便也不敢贸然硬闯。

就在这时，一个军官在里边二门走过。陈楞子眼尖，大声喊叫："栓子！"

那军官听见喊声走了过来。等看清是陈楞子，他惊喜地打招呼："楞子，是你！咋到这达来了？"

原来陈楞子和郭栓子是同村人，他俩年岁一般大，从小一块耍大。后来陈楞子去投军，郭栓子也当了团丁。新二师驻扎岐凤后，郭栓子随罗玉璋多次去岐凤，他的卫队由陈楞子安排招待。两人的交情非同一般。

陈楞子说："你这个衙门真难进呀。两个黑洞洞的枪口对着我的胸口。吓得我差点尿了一裤裆。"

郭栓子笑着说："怨不得他俩，这是罗团长的命令。"转脸对两个卫兵介绍，"这位是新二师手枪营的陈营长。"

两个卫兵持枪给陈楞子敬了个礼。陈楞子笑道："你老兄还真叫行，调教出来的兵就是不一样。"

郭栓子笑哈哈地说："跟你陈营长比差出一大截子。"

说笑着，两人来到二道门。二道门有罗玉璋的几个亲信卫兵守着，他们都多次去过岐凤，跟陈楞子很熟，上前亲热地跟陈楞子打招呼。

进了二道门，有座砖木结构的小楼。楼门口由罗玉璋的贴身马弁守着。他们都认得陈楞子。说笑了一阵，郭栓子请陈楞子在他的卧房兼值班室喝茶。郭栓子问道："你咋有空来西秦？"

陈楞子呷了一口茶，笑着说："我到乾州公干，顺便来西秦县城逛逛，跟你老兄讨口酒喝喝。咋，你不欢迎？"

郭栓子笑了："只怕你陈营长看不起喝我的酒。听说你新近娶了媳妇，是个天仙似的美人。"

"你老兄消息真是灵通。"

"不算灵通，前几天才听人说的。李师长也太不体谅人了，咋能让你扔下新媳妇出这趟公差。"

"这叫人在江湖，身不由己。"

两人说笑了一阵，陈楞子有意无意地问："罗团长最近好吧？"

"还好。"

"听说罗团长被人打了黑枪？"

"你也听说了？"

"这么大的事我能不知道。有你老兄在身边，咋能出这码子事？"

"唉，防不胜防啊！"

"有人说是罗团长的老二惹下的麻达，不知是真是假？"

"不假。罗团长是条汉子，就是老大管不住老二。唉，他迟早要吃亏在女人身上。"

"这话不该你老兄说。"

"你我兄弟又不是外人。你可要保密呀。"

"放心，话到我肚里掏也难得掏出来。"

两人正说着话，罗玉璋下楼来。他穿一身便装，比先前胖了一些，但看得出有些虚弱。

"楞子，几时来的？"罗玉璋满脸带笑，拉着他的手直摇，显得十分亲热。

陈楞子虽是营长，却是新二师的营长，论职位并不比罗玉璋这个保安团长逊色。可罗玉璋跟李信义称兄道弟，便倚老卖老一见面就直呼陈楞子的名字，显示超出常人的亲密。

"刚到。"陈楞子也显得格外亲热。

"来西秦有啥事？"

"我到乾州去了一趟，顺路到西秦逛逛。罗团长欢迎吗？"

罗玉璋笑着在陈楞子肩膀上拍了一巴掌："你这家伙，咋说这话。到了西秦就是到了家，你想咋逛就咋逛，吃住花销我全包。"

“多谢罗团长。”

“谢啥哩。几天不见你咋跟我客套起来。我大哥近来可好?”

“师长好。他让我代他问罗团长好。”

“回去跟你们师长说,我罗玉璋啥都好,谢谢他的关心……”

这时楼上传来一个女人娇滴滴的声音:“玉璋,快上楼来。”

罗玉璋笑骂了一句:“这个熊女人,刚出屋就喊叫。”转脸对郭栓子说,“栓子,楞子可是贵客,你陪着他好好逛逛。”又对陈楞子一抱拳,“对不住你了,屋里有点事,就让栓子陪陪你吧。”

陈楞子也抱拳笑道:“罗团长太客气了。”

罗玉璋上了楼。陈楞子往楼上看了一眼。郭栓子说:“是四姨太喊叫团长。他是团长的打心锤锤。”说罢就笑。陈楞子也哈哈大笑。

笑过一阵,郭栓子要陪陈楞子去街上逛逛。陈楞子推托身体困乏,想好好歇息歇息,明天再逛不迟。郭栓子并不勉强,当即安排陈楞子在一楼客房住下。

陈楞子身子躺在床上,闭着眼睛,脑子却没闲着,思谋着下一步的行动。罗玉璋、郭栓子以及所有的卫兵对他不会起什么疑心,这是有利的一面。可这里防守森严,加之郭栓子身手不凡,那些卫兵也都不是吃素的,还有罗玉璋更不是平处卧的,稍有疏忽失算,肩膀上扛着的这个吃饭家伙就丢在这里了。

想到险恶处,陈楞子就觉着膀胱发胀。这是从没有过的事,自个儿骂了自个儿一句:“脓包!”爬起身去楼后上厕所。从厕所出来,他发现旁边有个偏门,信步走了进去。只见里边是个宽敞的大院子,靠墙盖着一溜牲口棚,喂养着几十匹马和骡子。

陈楞子经常骑马,很是喜欢牲口,便走进牲口棚去瞧。一个五十出头年纪的马夫正在给牲口搅拌草料，见他进来，拿眼睛瞪他。他笑着说："牲口喂得不错嘛。"

老马夫脸上泛起了笑意。他又问："这是谁家的牲口？"

老马夫说："谁家能有这么多的好牲口！这是我们保安团骑兵队的牲口。不错吧。"

"不错，不错。"

就在这时，郭栓子进了牲口棚。看到陈楞子不禁一怔，问陈楞子不歇着跑出来干啥。陈楞子笑着说："老二要放水，顺便溜达到了这达。你们骑兵队从哪达搞来这么多上等牲口？"

"从全县喂养大牲口的农户家挑选来的。"

"人家肯给吗？"

"谁敢不给！"

两人都哈哈大笑。陈楞子走在槽前一一地细看。一匹枣红马看见有生人，仰头长嘶，一只蹄子在地上乱刨。郭栓子喝叫一声，伸手摸摸马的鼻梁，那马立刻安静下来，低头吃草料。郭栓子说："你看这马咋样？"

陈楞子仔细打量那匹马，毛色红里透黑，没有一根杂毛，好似披着一匹锦缎，光亮炫目。它体形修长匀称，有一副清明俊秀的面庞，双耳如削竹，一双大眼顾盼有神。他忍不住伸手去摸马的脑门，那马抬头看看他，又去吃草料。

"好马！好马！"陈楞子连声夸赞。

"比李师长那匹白龙驹如何？"

李信义有匹爱马，浑身如雪，名唤白龙驹。这匹枣红马可与白龙驹相媲美。

陈楞子由衷地说："不差上下。"

在一旁的老马夫瞧出陈楞子不是一般人，赔着笑脸说："这是我们罗团长的坐骑，名叫赛赤兔。"

"好马！好马！"陈楞子赞不绝口。

郭栓子笑道："我这是头一回听你夸旁人的东西哩。"

陈楞子也笑了："这是旁人的好东西太少了。"

两人说笑着出了牲口大院。

跟郭栓子分手后，陈楞子又回到了客房。他在床上辗转反侧，左思右想，直折腾到子夜时分，一个刺杀罗玉璋的方案终于在脑海里形成了……

第二天吃罢早饭，郭栓子要陪陈楞子去逛街。陈楞子笑着说："西秦县城我闭上眼睛都能走几个来回，还要你陪。"

郭栓子笑道："你现在是贵客，不陪你逛团长要骂我的。"

"啥贵客不贵客的。你老兄忙你的去，让我自由自在地逛逛。"

郭栓子知道陈楞子有玩女人的嗜好，以为他想逛窑子，嫌他碍事，便哈哈一笑："那我就恭敬不如从命了，不陪你了。"

陈楞子自有他的想法。他虽是西秦人，以前也多次来过县城，只是来也匆匆去也匆匆，对县城的大街小巷并不熟悉。再者他出门在外好多年了，县城肯定有了变化。他想在大街小巷转转，主要是察看撤退的路线。若有郭栓子在身边，怎么能从容地察看情况呢？

西秦县城并不大，东西两条大街，五六条小巷。跟记忆中的县城做比较，没有多大的变化。陈楞子迈着小步在大街小巷溜达了一个上午，整个县城的情况尽装胸中。正午时分他进了东街老马家的羊肉泡馍馆，消消停停地吃了一碗羊肉泡馍。

出了羊肉泡馍馆，陈楞子回到了住处。他要养精蓄锐好晚上行事。躺在床上他辗转反侧怎么也睡不着，只觉得心里慌慌的，好像要出点啥事。

其实，陈楞子干这勾当不是头一回。那一年他给李信义当贴身马弁，那时李信义是团长。他们的师长在一次战斗中中弹身亡了，师长的位子空缺了。当时李信义被提升为师长的可能性最大，李信义也自认为师长一职非他莫属。可却传来消息，说是上峰有提拔二团沈团长当师长的意图。李信义得知此消息后大惊，坐卧不宁。他仔细分析研究，沈团长是黄埔毕业的，在上边又有靠山；而他不是黄埔生，上边虽有熟悉的人，却没有任要职。看来此消息并非虚传，煮熟的鸭子要落入别人的碗中。他在卧室里大口抽闷烟，急得如热锅上的蚂蚁，想不出对付老沈的办法。侍立一旁的陈楞子突然开了腔："团长，我去把姓沈的收拾了！"

李信义一怔，瞪着眼睛看陈楞子。陈楞子以为他说错了话，吓得一哆嗦，不敢再吭声。半晌，李信义忽然问道："咋个收拾法？"

陈楞子连忙说："姓沈的有个相好的女人，每个礼拜天晚上他都要去那女人屋里过夜。我去那达把他收拾了！"

李信义面露喜色，沉吟片刻，说："把活干利索点，千万不要暴露你的身份。最好不要用枪。"

陈楞子得到命令，迫不及待地等着礼拜天的到来。那天晚上，他换了便装，给脸上抹了两把锅灰，鬼也难认出他来。他来到女人住处，发现门外有两个穿风衣的大汉在门口转悠，知道是沈团长的马弁。他没有打草惊蛇，从后墙翻了进去，用匕首拨开门闩，给门轴尿了泡尿，轻轻把门掀了个半开，溜了进去。当他摸到女人床前时，沈团长和那女人正在得意之处。那女人在底下猛地看见一个面黑如炭的怪物站在床前,吓得一声惊叫,当时就昏了过去。沈团长惊回首,张口欲喊,一双铁钳似的大手就紧紧卡住了他的脖子……

沈团长死在了不是他老婆的女人的床上,一时间成了头号新闻。各种猜测,各种议论,众说纷纭,莫衷一是。但谁也没有怀疑是李信义刺杀了沈团长。

不几天,李信义当上了新二师的师长。

刺杀土匪头子杨子烈更具传奇色彩。杨子烈是终南山的惯匪,势力很大,手下有好几百条枪。李信义团奉命进山剿匪,却被杨子烈袭击了团部,差点丢了性命。他养好腿伤,发誓不除掉杨子烈决不罢休。可杨子烈在深山老林的暗处,他们在山外的明处,两方交战,挨打的是他们。把全团人马开进深山老林,人生地不熟,即使杨子烈不打他们的伏击,也会迷失方向困死在里边。想要取胜,只有智取。李信义授命陈楞子组织一个精悍的特工队,千方百计一定要击毙杨子烈。

陈楞子带着特工队在终南山几经搜寻,却连个土匪毛也没找见。后来终于摸了点可靠消息:杨子烈喜食羊肉泡馍,每每出山进山都要在一个叫峪口的小镇吃一顿羊肉泡馍。得此消息他大喜过望,把整个峪口镇控制起来,守株待兔。

一个多月过去了,不见杨子烈来峪口。陈楞子有点泄气,准备更改歼敌方案。

这日中午,在泡馍馆扮作跑堂的陈楞子正在打瞌睡,门外进来四五条汉子,风尘仆仆,客商的模样。陈楞子迎了上去,问他们吃点什么。其中一个说:“来几碗泡馍,羊肉捡上好的切来!”

“好咪!”陈楞子答应一声,便去端茶水。

回到厨房，扮作厨师的特工附在他耳边说："那个黑脸的汉子是杨子烈！"

陈楞子十分惊喜："你可认准是他？"

"错不了，他左眉有个刀疤。"

"按计划行事！"陈楞子叮咛一句，去送茶水。

"几位先喝茶，泡馍随后送上。"他端着茶壶一一斟茶，忍不住看了眼坐在上首的黑脸汉子。那黑脸汉子正瞪着眼珠子看他，他瞧见黑脸汉子左眉果然有个刀疤，又惊又喜。

当他端着两碗羊肉泡馍走到桌前时，黑脸汉子猛地喝问一声："你是干啥的？"

"跑堂的。"

"咋面生得很？"

"我刚来了几天……"

他话没说完，黑脸汉子瞧见他腰间鼓鼓的显然藏着家伙，伸手就摸枪。他一看要坏事，扬手把两碗泡馍朝黑脸汉子面目扣了过去，就地一滚拔出了手枪，当即撂倒了两个。扮作厨师跑堂的特工都抄起了家伙围了过来，不可一世的杨子烈捂着脸满地打滚。当几个特工扭住杨子烈的胳膊时，只见黄豆大的燎泡密密麻麻起了一脸……

沈团长和杨子烈都是赫赫有名的角色，罗玉璋与他们相比也只能算是小菜一碟。想当初，去干掉沈、杨二人时他半点胆寒也没有。这次行刺罗玉璋，不知怎的他实在有点怯阵。

陈楞子躺在床上竭力不使自己往坏处想。他寻思着想点高兴的事给自个儿壮壮胆，冲掉心头的阴云。

临行时和春妮那番亲热的情景又浮现在他脑海里。说实在话,他和春妮相识这么长时间,从没有这次这样激动和谐愉悦持久。春妮太可爱了,是个难得的好媳妇。在他今后的生活里他不能没有春妮。这次回去后他要春妮给他生个娃娃,生个男娃娃。不,最好生一大群娃娃来接续陈家的香火。想到得意之处,他独自嘿嘿直乐……

屋里光线暗淡下来,他坐起身,把枪又擦了一遍,又卸下弹夹,把子弹一颗颗擦得锃亮,装进弹夹。刚刚收好枪,有人敲门。他一惊,下意识地握住了枪把,轻轻拉开了门,是郭栓子。

郭栓子笑着脸打招呼:"几时回来的?"

"刚回来。"陈楞子暗暗松了口气,松了握枪的手。

"我以为你夜不归宿哩。走,出去喝两盅。"

"我到老马家的泡馍馆美美吃了一老碗泡馍,肚子实腾腾的。你这顿酒留着明儿再喝吧。"

"那好吧。"郭栓子说了几句闲话,起身告辞了。

夜幕拉开了。陈楞子把浑身上下收拾得利利索索,起身去卫兵值班室打麻将。保安团部大门和二门站着两道岗,罗玉璋住的小楼由郭栓子亲自带着亲信马弁守着,前半夜四人值班,后半夜六人值班。陈楞子来到过道,一个叫二狗的马弁在过道楼梯口守着,值班室正好三缺一。他来得正是时候。

陈楞子每打一局都要跑一趟厕所,坐在他对面的大胡子笑着说:"陈营长,你今晚夕是咋屎弄的,后门咋这么稀松?"

陈楞子皱着眉头说:"中午到老马家吃了一顿泡馍,喝茶觉着不过瘾,灌了一气凉水,这阵肚子格拧拧地疼,提不住了……"说着,扔下牌就往厕所跑。

过了好大一会儿,陈楞子提着裤子回来,骂骂咧咧地说:"妈拉个巴子！我这肚子以前就是把铁丸子吃进去，一时三刻也就克化了。不知咋䞘弄的，最近一阵连碗凉水都对付不了。"

大胡子嘴角叼着烟，一边洗牌一边笑道："我看你是叫我嫂子把你掏空了，成了糠心萝卜了。"

几个卫兵都哈哈大笑，陈楞子也跟着笑："胡子，还没娶媳妇吧？"

"没哩。"

"赶紧娶吧，媳妇可是好东西哩。夏天给你端茶送水，冬天给你暖脚暖腿。"

大胡子嬉笑道："还暖鸡巴吧？"

陈楞子笑道："你咋知道的？"

坐在陈楞子对面的小个子卫兵笑着说："陈营长，胡子早就不是童男子咧，南关的窑姐让他玩遍咧！"

陈楞子笑问："胡子，可是真格的？"

大胡子笑而不答，只是洗牌。

"这么说胡子的萝卜早就糠心了。"

小个子卫兵笑道："可不。前一阵子胡子的鸡巴不顶用，一上阵就打蔫。胡子害怕了，急忙找大夫去看。那个江湖大夫说他有个家传秘方，叫啥'金枪不倒'，专治胡子的毛病。胡子喜得差点掉了牙，当下掏了五块银圆买了一包药。那晚吃了药胡子又去逛窑子。一上床胡子就把窑姐压倒了，窑姐等了半晌却不见他有啥动静，伸手在他交裆摸了一把，老二蔫头耷脑的，没半点精神，抬腿一脚把他蹬到了脚地。"

众人一阵大笑，陈楞子捂住肚子笑出了眼泪："胡子，这事是真是假？"

大胡子笑道："陈营长，板凳狗瞎编你也信。板凳狗，明儿晚夕把你老婆借我使唤使唤，让你老婆给你说，看我的老二管用不管用。"

笑闹一阵，又开牌局。刚摸了两把牌，陈楞子又往厕所跑。如此折腾了几遭，小个子卫兵笑道："陈营长，你的萝卜糠得厉害，得找个大夫好好看看。"

大胡子有点不耐烦了，朝门外喊："二狗，你来替替陈营长！"

陈楞子忙说："甭，甭，当心出点事。"

大胡子不以为然地说："怕个朘子！大门二门都有岗，哥几个守在这达，哪个毛贼就是吃了熊心豹子胆也不敢上门来找死。"

二狗的手早就痒痒了，进门来笑着说："陈营长，你就在厕所蹲点吧，别来回穷折腾了。"

几个卫兵又都大笑。陈楞子也咧嘴笑了："今晚夕想陪哥几个好好耍耍，这屎肚子却不争气。"说着掏出一大把银圆，每人面前扔了几块，说道："这几个臭钱送给哥几个，权当我陪你们耍了。"

几个卫兵笑得不见了眼睛，连声夸陈营长仗义，够朋友。陈楞子摆摆手，提着裤子跑了出去。

出了卫兵值班室，陈楞子系紧裤带，把浑身上下收拾利索，拔枪在手，疾步过去从外边拴住值后半夜班的卫兵寝室的门，随即又拴住了郭栓子的单间门。再后又轻手轻脚回到卫兵值班室门口，从门缝往里看，里边雀战正酣，四个卫兵的注意力全在牌上，便轻轻地拴住了门，转身轻抬脚步上了楼梯。

他知道二楼没有卫兵，心却一下比一下跳得急。上了楼一溜三四间房子，他摸不清罗玉璋住在哪间。他听郭栓子说过，罗玉璋的结发妻和二姨太因和罗玉璋怄气，回乡下老家去住，楼上只有三姨太和四姨太。可究竟罗玉璋住在哪一间？他犯了难。

忽然，他看见靠里的一间房里亮着灯光，没有多想就奔了过去。他刚要推门时，罗玉璋在里边听到了响动，大声问道："栓子吗？有啥事？"

他惊出了一身的冷汗，来不及多想，推门就进。罗玉璋没有睡，正跟四姨太躺在床上对着烟灯过瘾。他听出脚步声有点不对劲，闪目一看，来人不是郭栓子，忽地坐起身，两眼圆睁，一只手伸到了枕头下，惊问道："楞子，你有啥事？"

四姨太也坐起了身，一双大眼呆瓷地看着陈楞子。陈楞子的目光正好和她相撞，惊得一哆嗦，差点叫出了声。罗玉璋床上的女人酷似春妮，特别是那双眼睛。一刹那，他把她误认为是春妮，愣了一下。虽然只是一瞬，罗玉璋已看清他手中提着枪，立即做出了反应。当他手中的枪响时，罗玉璋把四姨太推在了他的枪口上。那女人惨叫一声，扑倒在他身上，鲜血染了他一身。他急忙拨开女人的尸体，又是一串子弹打出去，罗玉璋滚下了床，白灰墙噗噗噗地出现一排弹洞。

"栓子！"罗玉璋大声喊叫，手中的枪也响了。陈楞子急忙低头，子弹从头顶飞了过去。

陈楞子知道失了手，不敢恋战，拔腿就跑。跑下楼梯，只听几个屋门摇得哗哗直响，里边的人乱成一团连声骂娘。他头也不回，飞奔楼后，跑进马厩伸手就解罗玉璋那匹马的缰绳。那个老马夫跑了过来，认出陈楞子，忙问："长官，出了啥事？"

"一个刺客跑了，团长让我去追！"他把马从后门牵出，马夫帮他备好鞍子。他翻身上马，在马屁股上擂了一拳。那马长嘶一声，撒开四蹄钻进了夜幕……

罗玉璋顾不得穿鞋，精着脚提着手枪跑下楼，大声叫骂："栓子！栓子！你死啦！"

"团长，给我开开门！"郭栓子把门摇得哗哗直响。枪声把他从睡梦中惊醒，他抽出枕下的枪，跳下床就去拉门，门却拉不开。他就知道坏事了，急得出了一身冷汗。

罗玉璋奔过去卸开门闩，郭栓子一步跨出门："团长，你没事吧？"

罗玉璋这才觉着左耳朵火辣辣地疼，一摸，黏糊糊的一片。半个耳朵没了！郭栓子也瞅见他没了耳朵，禁不住打了个寒战。两旁几个门摇得哗哗响，里边的人直喊叫。郭栓子急忙卸开了门闩，几个马弁围住罗玉璋不知所措。罗玉璋看了一眼手上的鲜血，咬着牙骂了一句："一群馍笼！"一人给了一个耳光。

郭栓子挺直身子站着。罗玉璋凶狠狠地说："还不去追！"

郭栓子壮着胆子问了一句："追谁？"

"陈楞子！"

郭栓子惊得起了一身的鸡皮疙瘩。就在这时，老马夫跑来报告，说是陈楞子把团长的马骑走了。罗玉璋扬手就打了马夫一个耳光，骂道："你这个老㞞，谁让你把马给他的！"

马夫吓得浑身筛糠，捂着腮帮嘴唇直哆嗦，说不出个字语来。郭栓子大着胆子说："团长，你息息怒。现在就是把我们都毙了也不顶啥，要紧的是把刺客抓住。"

罗玉璋瞪着血红的眼珠子说："你带上卫队去追！活要见人，死要见尸。"

郭栓子转身就走，又被罗玉璋叫住了："你上哪达去抓？"

"我估计他一定是回岐凤。他虽然马快可道不熟，我们抄近道截他!”

罗玉璋点了一下头:“好! 你们快追,我带骑兵队随后就到!”

罗玉璋的赛赤兔果然是匹好马。陈楞子伏在马背上,双腿夹紧马肚子连磕马镫。那马长嘶一声,撒开四蹄狂奔起来。他只觉得两耳生风如同腾云驾雾一般。

疾驰了一阵,他侧耳细听,后边并不见枪声和马蹄声,心才稍稍安了一些。此时夜色更浓了,附近村庄传出一阵阵鸡叫。他知道已是五更天了,估计太阳冒花时分就能赶到扶眉县城。到了扶眉,他就算捡回了一条性命。新二师的一六五团在扶眉驻防,团长胡金诚跟他交情不浅,就算是罗玉璋追进扶眉县城也把他怎么样不了。

他松了口气,但还是不敢掉以轻心。他打马奔上去扶眉县城的官道,连磕几下马镫,那马又狂奔起来。

来到一个三岔路口,天色已经放亮,扶眉县城的城门楼从退却的夜幕中隐现出来。陈楞子勒了一下缰绳,胯下的马便放慢了速度,连打了几个响鼻。遥望黑黢黢的城门楼,他长嘘了一口气,抹了一把额头沁出的冷汗。

他放马徐徐缓行,想喘一口气。就在这时猛地听见左边的小道上有杂乱急促的马蹄声,浑身禁不住一哆嗦,心里叫声:“不好!”头发也竖了起来。他使劲地在马屁股上连连砸了几拳,那马受了疼,一声嘶叫,四蹄腾空又狂奔起来……

郭栓子大老远就听见赛赤兔的嘶叫声,连连加鞭。当他率着卫队赶到岔路口时,只隐约看见前面有匹快马如离弦的箭射向扶眉县城,心知伏在马背上的人就是楞子,骂了一句:“好狗日的!”不知是赞叹赛赤兔是匹好马，还是骂陈楞子厉害。他连连加鞭，胯下的青鬃马早已是大汗淋漓，任他再打已是力不从心了。

郭栓子的人马驰进扶眉县城时，太阳已经升起一竿高了。街上的行人看见这一队来势汹汹的不速之客纷纷躲避让道，站立街道两旁冷眼观望。

郭栓子知道陈楞子和一六五团团长胡金诚关系甚密，估计陈楞子进城不会另觅藏处。他率人马直奔一六五团团部。扶眉和西秦是邻县，保安团和一六五团常有来往，郭栓子多次来过一六五团团部公干，因此道熟。

到了一六五团团部，郭栓子命令一班人堵住后门，其余人马跟他进团部。门口的卫兵横枪拦住了去路。郭栓子不敢贸然闯入，对卫兵说："麻烦你给胡团长禀报一声，就说西秦保安团的郭栓子有要事求见。"

两个卫兵都看出阵势不对，相对一视，其中一个说："长官稍等，我马上去报告。"慌忙奔了进去。

郭栓子点燃一根香烟，大口吸着。吸掉一半，不见卫兵出来。他心急如焚，把半截香烟扔在脚地，一脚踩灭。他用马鞭击打着掌心，来回不住地走动，似一头笼中的困兽。他做梦都没想到楞子竟然是刺客。他拿楞子当贵客待，可楞子却全然不顾以往的交情，在他的眼皮底下打他主子的黑枪，这不仅是砸他的饭碗，而且是把他的脑袋揪下来当球踢哩。他在肚里把楞子的八辈先人都骂了个遍，恨不能抓住楞子扒了他的皮！倘若楞子逃脱，他怎么跟主子交代？罗玉璋的脾气他知道，这次凶手逃脱绝不会轻饶了他。想到这里，他浑身冒出了冷汗，如同热锅上的蚂蚁。就在他不耐烦之际，一六五团团长胡金诚出来了，他一眼就看见团部门口竖着一排全副武装的人马,眉头禁不住皱了一下,随即挤出了一脸的笑纹。

“胡团长!”郭栓子打了个立正,行了个军礼。

“是郭队长,请里边坐。”

郭栓子随着胡金诚往里走,他身后的团丁也紧随而入,却被卫兵拦住了。郭栓子站住了脚,脸色阴沉。胡金诚嘴角现出一丝轻蔑的笑纹,摆了一下手,卫兵这才放行。

来到客厅分宾主坐下。胡金诚笑问道:“郭队长一大早赶来有何公干?”

郭栓子说:“胡团长,属下奉罗团长之命前来捉拿一个逃犯。”

胡金诚脸色一沉:“捉逃犯?怎么捉到我的团部来了!”

郭栓子不卑不亢地说:“胡团长误会了。罗团长有过交代,扶眉归胡团长管辖,命我请胡团长协助捕捉。”

“哦。”胡金诚面色平和了些,用手指轻敲桌面,“逃犯是何人?”

“陈楞子。”

“什么身份和特征?”

郭栓子见胡金诚装聋卖哑,心头的火往外直冒。但他还是强按住心头之火,说道:“他在新二师的手枪营当营长,胡团长难道不认识?”

胡金诚故作惊讶:“是他!”

“不是他还能是谁!”

“他犯了啥罪?”

“刺杀我们罗团长。”

“认错人了吧,他怎能去刺杀罗团长?”

“绝对不会认错人的。至于他为啥要刺杀罗团长我也感到有点蹊跷。”

“他也真是吃了熊心豹子胆。”

“胡团长可知道他的下落?”

“不知道。”

“不可能吧。陈楞子跑进了扶眉县城!”

“当真?”

“那还能假,我是跟他屁股追来的!”

“哦。这么大的县城他藏起来可不好找哩。”

“胡团长,你估计他能藏在哪达?”

“这个我怎么知道,我又不是他肚里的蛔虫!”胡金诚很不高兴。

“胡团长甭发脾气。要我看楞子不会藏到哪个平民百姓家。平民百姓也没谁敢藏他,没人愿担这个杀头的风险。胡团长,你说我说的对吗?”

胡金诚脸色陡然一变:“听你话的意思是我把陈楞子藏起来了?”

郭栓子冷笑一声:“据我所知,楞子跟胡团长交情不浅;再者,他又是新二师手枪营营长,你是新二师一六五团的团长,你能不庇护他?”

胡金诚怒发冲冠,拍桌而起:“郭栓子,我让你二两酱,你不要以为我不识秤!你一个狗一样的东西,也敢跟我这样说话!”

郭栓子早已怒火攻心。墩子刺杀罗玉璋从他手中溜走了,使他十分丢脸。这次说啥也不能让陈楞子跑掉。罗玉璋那一个耳光扇得他面部现在还隐隐作痛。他脸色陡然一变,忽地站起身,猛地一挥手,身后那伙团丁全都亮出家伙,围住了胡金诚。他豁出去了,没考虑后果。

胡金诚嘿嘿一声冷笑:"郭栓子,你也太小看我胡某人了!"

郭栓子一扭头,只见胡金诚的卫队早已把客厅包围了起来。一排黑洞洞的枪口对准了他们的后背,他们成了饺子馅。胡金诚走到他面前,冷笑道:"我就是把陈楞子藏了起来,你能把我腚子咬了!"

郭栓子把牙咬得咯咯响,可眼前这阵势他不敢轻举妄动。就在两家相持不下之时,胡金诚的副官匆匆进来附在胡金诚耳边说了几句什么。只见胡金诚的脸色陡变,额头鼻尖沁出了冷汗。

"胡老兄,你太不够意思了!"一个粗大的嗓门在客厅门口响起。

众人扭头观望,罗玉璋魁梧的身躯出现在客厅门口。他手提着马鞭,一脸的凶相,大步跨进客厅。他摆摆手,示意郭栓子他们收起手中的家伙。他走到胡金诚面前,说道:"胡老兄,在你的团部这样对待我的弟兄们有点过分了吧。"

胡金诚有些尴尬,命令他的卫队也收起了武器。

"罗团长,不是我胡某人不讲交情,你手下的这伙人也太那个了,一点也不把我放在眼里。"

郭栓子走过去,在罗玉璋耳边低语了一阵。罗玉璋冷笑一声:"胡老兄,你说说,有人打我的黑枪,我该咋办?"

胡金诚没有吭声。

"如果有人打你的黑枪,你咋办?"

胡金诚还是不语。

罗玉璋又说:"你我弟兄多少也有些交情,我不愿为此事跟你翻脸。我也知道你老兄是个明白人,不会为护着一个外人而不顾自家的身家性命吧。"

胡金诚十分恼火。他一个堂堂国军上校团长却被一个狗屁保安团长如此数落威胁,实在是大大丢了脸面。他刚要发一发自家的威风,那个副官又慌慌张张地跑进来附在他耳边说了几句什么。他的脸色顿时变得灰青,抬眼朝外张望,只见窗口伸进一排黑洞洞的枪口对着整个客厅。他一屁股跌坐在椅子上,浑身直冒冷汗。他知道罗玉璋心狠手辣,又是个二杆子,啥事都能干得出来。他的团部只有一个连的兵力,而且有一半没经过阵战。罗玉璋的骑兵队和卫队虽说只有两个排的兵力,可都是精选出来的精壮小伙,会武功,枪法好,且武器精良,他的兵根本不是对手。看来,今儿他这个国军上校团长要栽在这个狗屁保安团长的手中。

罗玉璋也坐下身,点燃一支烟,悠悠地吐出一串烟圈,说道:“胡老兄,你是明白人,知道该咋办了吧。”

胡金诚也冷静了下来,说:“你这样威逼,陷我于不忠不义。”

“此话怎讲?”

“楞子是我的朋友,交出他,我是不义。再者,他是新二师的手枪营营长,我是新二师一六五团团长。我俩同殿称臣,交出他,是我对李师长不忠。”

“那么依你的意思该咋办才好?”

“我把他送交师部,让师长去处置。”

“那就不烦劳老兄了。我正好去岐风一趟,把他交给我吧。”

胡金诚一怔:“这怎么行!”

罗玉璋阴鸷地一笑:“咋不行?你怕啥?有啥麻烦我会给我大哥说清楚的。”

胡金诚用手捏着下巴颏,半天不吭声。罗玉璋冷眼看着他,说道:“胡老兄如此为难,莫非是凶手的幕后指使人?”

胡金诚急忙说:“罗团长说的这是什么话。我与你近日无冤,往日无仇,为何要杀你!”

罗玉璋吐了一口烟,说:“我也想你不会打我的黑枪,可我又想不明白,你为啥要庇护凶手呢?”

胡金诚有些着急上火,忽地站起身:“你可不能胡乱猜疑!”

罗玉璋却不急不火:“不是我胡乱猜疑。只是老兄你藏匿凶手实在让我怀疑。你如果真是幕后指使人,那今儿就甭怨我姓罗的翻脸不认人!”说着使了个眼色,郭栓子一伙都拔枪在手,威逼过来。

胡金诚一怔,稍一沉吟,猛地一拍桌子:“好吧,我把楞子交给你!”他看出今儿阵势十分不利,心存恐惧。刚才陈楞子闯进团部,只说他得罪了罗玉璋,罗在追他,请求他保护。他来不及细问究竟,卫兵就进来报告罗玉璋的卫队长郭栓子在团部门口求见他。他急忙把陈楞子藏在了客厅的套房。他没想到陈楞子是去刺杀罗玉璋。现在罗玉璋威逼他,并说他是幕后指使人。他知道罗玉璋跟师长的关系,仗势欺人。他慌了神,乱了方寸。他要跳出是非圈子,把自个儿洗清白。否则,后果不堪设想。

胡金诚起身去客厅一个套房。郭栓子手提着枪紧跟过去。胡金诚拉开套房门,郭栓子一伙的枪口一齐对准了屋里。胡金诚垂着头愧疚地说:“楞子,我对不住你……”

陈楞子看了他一眼,啥话都没说,走出了屋。郭栓子下了他腰间的枪,说道:“你这个驴屄,咋能弄这事哩!我把你当朋友看,可你却把我的脑袋当球踢哩!”

陈楞子嘴一咧,朝他做了个十分难看的笑脸:“栓子,算我对不住你。”

罗玉璋走过来，骂道："你这个王八蛋，我跟你往日无冤，近日无仇，你为啥要打我的黑枪?!"

陈楞子瞪了他一眼，不吭声。

"你装聋作哑，就不是个立着尿尿的!"罗玉璋扬手打了陈楞子一马鞭。陈楞子的左脸颊立时暴起一道血印子。

陈楞子一笑，看一眼罗玉璋包扎的左耳，直呼罗玉璋的乳名："蛮蛮，我知道你手腕硬。我不如你，手软了点。我要手腕硬点，你掉的就不是耳朵了，我这会儿也不会挨你的马鞭。"

罗玉璋的脸涨成了猪肝色："你崽娃子还嘴硬!"扬手又是一马鞭。

陈楞子的嘴角流出了血，又是一笑："蛮蛮，这次来咱俩得有一个去见阎王，看来你还有几天寿数，那我就先走一步。我知道你是条汉子，不会干婆婆妈妈的事。你干脆点，给我吃颗铁花生算了。"

罗玉璋收起了马鞭，咬着牙说："你先甭着急，到时候我会成全你的!"随后冲胡金诚一拱手，"告辞了!"转身出了客厅。

胡金诚干瞪着眼看着郭栓子一伙带走了陈楞子。半晌，他醒过神来，急忙写了封书信，让副官快马给李信义送去。

第十二章

队伍上发了饷，墩子给自个儿留了点零用钱，把剩下的钱托一个家在青庙镇的熟人捎给雪艳。雪艳虽说住在她姑家，可究竟是寄人篱下，难免要看别人的眉高眼低，手头没钱日子一定过得恓惶。

这段日子墩子十分思念雪艳。他常常回想起他们在那孔破窑里的情景，浑身的血液就沸腾起来。有时他真想脱掉这身老虎皮，娶了雪艳，回家去过男耕女织、祥和安定的日子。现在这个活法实在太挣人了。他已在心中打定主意，一旦报仇雪恨，他就娶雪艳做媳妇，不再当兵吃粮，回家去好好过日子。

给雪艳把钱捎去不几天，雪艳又来城里看望墩子。一见面，雪艳就埋怨他："给我捎钱干啥，我又不缺吃不缺穿的。"

墩子笑着说："钱又不扎手，你拿着慢慢花嘛。"

"只要你心中记着我，比给我啥都强。"雪艳一双大眼含情脉脉地看着墩子。

墩子心头一热，攥住了雪艳一双纤纤玉手，动情地说："说心里话，我想忘了你，可咋的也忘不了你，连做梦都记着你。"

"墩子哥！"雪艳深情地呼唤一声，泪水涌出了眼眶，却一脸的灿烂。她把一张娇嫩秀丽的脸偎在墩子的胸脯上，来回磨蹭。墩子不能自已，张开双臂搂住了她，箍得她都喘不过气来，可她还呢喃地说："墩子哥，抱紧我……"

两人亲热了许久。罢了，墩子要带雪艳到街上逛逛，顺便吃顿饭。雪艳嫣然一笑："这回我可不想吃锅盔。"

墩子也笑了："不吃锅盔，咱吃臊子面。"

墩子带着雪艳去了"客再来"。他已和苏老板熟识了。苏老板早就瞧见了他，笑着脸迎了上来："李长官来了，这位是嫂夫人吧。请上楼雅座里坐。"

二人在雅座里落座，跑堂的送来茶水，说是面马上送来。雪艳喝了口茶，问："墩子哥，你当官了？"

"师长委了我一个排长，比芝麻还小，不算个官。"

"那掌柜的咋喊你'长官'哩？"

"做生意的就是嘴甜。适才他不也喊你'嫂夫人'吗？他的女儿恐怕比你还要大哩。"

雪艳脸上飞起两朵红霞，抿嘴一笑："谁稀罕他喊我'嫂夫人'，还不知道你肯不肯娶我哩。"

墩子低头喝茶，没有搭话。雪艳是个聪明女子，见墩子不愿提这话，便也岔开了话题："墩子哥，说你不算个官，咋腰里别手枪，脚上穿皮靴？"

墩子说："这手枪是师长送给我的，皮靴是陈营长特地发给我的。"便把他投军的经过给雪艳讲述了一遍。

说着话，跑堂端来了臊子面。墩子拿起筷子要给雪艳介绍臊子面的九个特点。雪艳笑道："你留着嘴吃面吧。臊子面我都会做哩。你几时到我姑家去，我做臊子面给你吃。"

墩子吸了一口面，笑道："那我一定要去，啥都不图，就图吃你做的臊子面。"

…………

吃罢饭，墩子陪着雪艳逛大街。走到菜市口，春妮迎面走了过来。她一眼看见雪艳，开玩笑说："文化，你把谁家这么心疼的姑娘给拐来了！"

墩子涨红了脸，撒了个谎："嫂子可不敢胡说，这是我表妹，叫杜雪艳。"又给雪艳介绍道，"雪艳，这是我们陈营长的太太。"

雪艳在省城读过书，见过世面，大大方方地叫了声："陈太太！"

春妮扑哧一声笑了："啥陈太太新太太的，叫声嫂子就行哩。"扭脸又对墩子说，"你这表妹长得真心疼，在岐凤城里也算人梢子哩。寻下婆家了吗？没寻下的话我给寻一个。"

"那就麻烦嫂子帮着寻一个。"

春妮咯咯笑了："你嘴里这么说，只怕肚里要骂我爱嚼舌头。"她见墩子雪艳都红了脸面，笑得更响了。

墩子知道她的脾气，怕她开出更令人难堪的玩笑，急忙岔开话题，问道："我大哥咋没陪着你？"

春妮收住了笑："他不在家。"

"上哪达去了？"

"说是到乾州去了。"

墩子一怔："几时去的？"

"昨天清晨。咋的，你不知道？"

墩子摇头："我大哥没说去干啥？"

"说是去送一封公函。"

"送公函咋能让他去？"墩子感到奇怪。

春妮说："我也闹不明白，他好歹是个营长，咋能干这差事。我问过他，他说是个机密文件，师长指名要他去送。"

"就他一个去了乾州？"

"就他一个。"春妮见墩子神色有点不对，立刻紧张起来，"兄弟，你说你大哥不会出啥事吧。"

墩子醒过神来，笑着脸说："不会出啥事的。我大哥那身本事上山打虎下海伏龙都不怯阵。再说送封信又能出个啥事。"他嘴里这么说，心里却觉得这事有点不对劲，十有八九楞子是执行什么机密任务去了。

"有你这话嫂子也就放心了。"春妮又叹了口气，"唉，嫁给你们这些当兵吃粮的，让人整天提心吊胆过日子。"

墩子无话可说，扭脸看看雪艳，雪艳脸上也挂了阴云。一时气氛有点沉闷。春妮到底出身不同，随即笑着脸说："咱们傻立在这达干啥，到我的屋里去坐坐，我给咱撕扯面。"

墩子笑着说："不去啦，我俩刚吃了臊子面，肚子饱饱的。你这顿扯面先留着，我们往后再去吃。"

"那就好，我把扯面给你俩留着。"春妮转过脸对雪艳说，"文化可是个百里挑一的好小伙，想嫁他的女子多得很。嫂子我要是没嫁人，都想跟他哩。"说着，甩出一串银铃似的笑声。

春妮走远了，雪艳问："陈太太不是乡下人吧？"

墩子说："她是乡下人。"

"她是乡下人?! 一点都看不出来。"

"她原本是个窑姐……"墩子便把春妮的来历给雪艳说了说。

雪艳顿时警觉起来："你跟她有过那个吗？"

墩子被她问得一怔："有过啥'那个'？"

“就是那个‘那个’嘛。”雪艳脸上泛起了羞红，“你甭跟我装傻卖瓜了！”

墩子恍然大悟，笑道：“你看你，问的这叫啥话！”

雪艳的粉腮更红了：“人家怕你在外边学坏……”

墩子看着雪艳娇羞的神态更是楚楚动人，笑声更响了：“你放心，我的老大管得住老二！”

雪艳打了墩子一拳，捂住飞满红霞的脸，娇嗔道：“看你，嘴脏得都跟茅坑一样！”

他俩正在说笑打闹，一辆黑色小汽车停在了他们的身边。他俩没有觉察，汽车的喇叭响了一声。他俩转过脸来。

“文化！”车里有人喊了一声。

墩子已认出是师长的车，听到师长喊他，挺直身子立正，答声：“有！”

车窗玻璃摇了下去，李信义一双目光威严地从车里射了出来，先扫一眼雪艳，随后目光落在了墩子身上。

“咋的，玩起女人来了?!”声音冷冷的，令人不寒而栗。

墩子涨红了脸，急忙说：“师长，我没玩女人，她是我表妹。”

李信义脸色缓和了一些，目光又射向雪艳，恰好雪艳一双惶恐的目光正在游移地看他，遇到那一双威严的目光慌忙躲开。他收回目光重新落在墩子身上：“晚上到师部来一下。”

“是！”墩子的腰板挺得笔直。

李信义的汽车绝尘而去，墩子还木橛似的戳在那里。雪艳拉了一下他的衣襟：“走远啦！”墩子这才醒过神来，长嘘了一口气。

雪艳问：“他是你们师长？”

墩子点了一下头，抹了一把额头沁出的冷汗。刚才师长那句

“玩女人”的话把他吓出了一身的冷汗。倘若师长真的知道他玩女人,一定会轻视他,不重用他。他和雪艳的关系到底算是怎么回事?算不算玩女人?他心里感到一阵惶然。

“你们师长可是个厉害人。”雪艳说。

墩子回过神来,笑了一下:“不厉害能当师长!”

“在他手下当兵吃粮你可千万要当点心啊。”雪艳一双乌眸里溢满着关切和深深的忧患。

墩子的心怦然一动。面前的女人把一颗纯真的心完全拴在了他的身上,令他十分内疚和不安。他一时不知说什么才好,只是紧紧地握着她的一双纤手。

许久,墩子说:“时间不早了,你该回了。”

雪艳看了一眼西斜的夕阳,半天,点点头。墩子说:“我送送你吧。”

墩子把雪艳送出了城。两人都不知说啥才好,便谁也不说话,只是肩并肩走路。

走出城老远老远,雪艳并不让墩子留步。墩子看看西沉的太阳,止住了步,说:“你回吧。”

雪艳说:“再送送吧。”

墩子就再送。

送了一程,墩子又止住了步。雪艳一双眼睛脉脉含情:“再送送吧。”

墩子有点为难:“师长叫我去师部,去迟了要挨骂的。”

“墩子哥!”雪艳叫了一声,拉住他的手,又慢慢地松开,难分难舍地说,“你走吧!”

“你先走吧!”

“你先走!”

最终两人同时转身走人。走出老远又都回过头来。墩子终于狠着心扭头走开。他心里想每次分手都这样受罪如何是好?

岐凤有个华庆戏班,班主姓袁名璧辉,武功杨陵人,艺名抱抱,他的戏唱红了关中道。抱抱演旦角,扮相俊美清秀,嗓音圆润甜美幽婉悦耳,誉满秦地。民间流传一句歌谣:宁吃抱抱鼻痂子,不吃香脆梨瓜子。关中方言把“美”“好”叫作“嫽”,某件东西好或某件事办得漂亮,大家便说:“嫽得跟抱抱一样!”抱抱名气之大,由此可见一斑。

抱抱演的闺阁旦、刀马旦,不只小伙子爱看,大姑娘小媳妇更爱看。抱抱化妆时她们挤着看,抱抱演戏她们抢着看,抱抱卸妆她们也等着看。就连抱抱吃管饭,她们也抢着要。相传,华庆戏班在西府某村唱庙戏,村里乡约安排抱抱在一家锅灶十分干净的人家吃饭。这家妯娌俩精心做了顿本地招待贵客时才做的臊子面招待抱抱。吃饭时,嫂子认真烧汤没有留神,弟妹心细,眼睛早就盯住了抱抱吃剩的一碗汤,端起就要喝。嫂子见弟妹喝剩汤感到蹊跷,忽又明白过来,一把抓住碗边不松手,一边笑骂:“鬼猴,给我留几口。”弟妹怕嫂子一人喝光了汤,手不松。一时间几乎要把那碗掰成两半。

正在妯娌俩互不相让时,婆母娘走进厨房,见此情景立时明白了,便吩咐两个媳妇:“干脆倒在锅里,让一家人都喝点。”

汤还未倒在锅里,乡约失急慌忙跑进来,大声喊道:“甭倒甭倒,要倒,就往村里的官井里倒,让全村人都沾点光!”

是时,华庆戏班刚刚从省城西安回到县城,就被李信义请到师部唱堂会。李信义不搓麻将不嗜酒，却爱看秦腔，也能唱几句，且嗓音洪亮。闲暇无事，他便操起二胡，边拉边唱，自得其乐。唱到得意之处，他摇头晃脑，物我两忘。他的同僚和部下都说，李师长若不从军，肯定是个好角儿。他很喜欢听抱抱的戏，华庆戏班回到县城的第二天他就请去了抱抱，饱过一顿戏瘾。

这日中午，堂会在师部的礼堂唱。先唱了一折《柜中缘》，接下来是《断桥》，抱抱演的白娘子。这出戏是抱抱演的拿手戏。抱抱的扮相俊美，一身白衣白裙，如同真的仙女临凡。他天生一副好嗓子，轻启樱桃小口，那声腔如行云流水，哀婉悦耳。

西湖山水还依旧
憔悴难对满眼秋
霜染丹枫寒林瘦
不堪回首忆旧游
想当初在峨眉一经孤守
伴青灯叩古磬千年苦修
久向往人世间繁华锦绣
弃黄冠携青妹佩剑云游
按云头观长堤烟桃雨柳
清明节我二人来到杭州
览不尽人间西湖景色秀
春情荡漾在心头
遇官人真乃是良缘巧凑
谁料想贼法海苦做对头
…………

坐在前排的李信义微眯着眼睛，一手轻轻拍打着掌心，轻晃着脑袋。他跟着抱抱幽婉的唱腔沉醉在戏文之中。

就在这时,张副官匆匆来到他身边,轻唤一声:“师长!”

李信义依然如故。

张副官提高了声音:“师长!”

李信义醒过神来,睁开眼睛,看了张副官一眼,面露不快之色。张副官却一脸慌张,附在他耳边低语几句。他猛地坐直了身子,脸色陡变。坐在他身旁的参谋长汪松鹤是江苏人,对秦腔并不感兴趣,他坐在前排看戏只不过是遵从附就而已,其实心不在焉。李信义脸色陡变他已瞧在眼里,他知道出事了,却一时弄不明白出了什么事。

李信义看了他一眼,起身离座。汪松鹤起身紧随其后。出了礼堂,李信义说了一句:“出事了。”

“什么事?”

“楞子失手了,被罗玉璋擒住了,而且找上门来了。”

汪松鹤一怔,这实在出乎意料。

“松鹤兄,你说这事该咋处置?”

“罗玉璋现在在哪里?”

“师部,他是来者不善。”

汪松鹤故作轻松一笑,用陕西话说:“怕㞞啥,莫非狼还敢咬老虎,而且还在咱的窝里。”

李信义脸上的阴云渐退,笑了一下:“松鹤兄,咱们一同去会会他,看他能不能咬了咱俩的脵子。”说罢,哈哈大笑。汪松鹤也哈哈笑了起来。

来到师部,等候多时的罗玉璋站起身,冲他们一拱手叫了声:“大哥! 参谋长!”

李信义满脸带笑："玉璋，来啦！"

汪松鹤也笑着脸握住罗玉璋的手，亲热地说："玉璋老弟，来咋也不打声招呼，也好让人招待你。"

罗玉璋面沉如水，说："打扰大哥和参谋长的雅兴了。"

李信义笑着说："客气啥，坐下说话。"

罗玉璋梗着脖子不坐。汪松鹤笑道："立客难招待，坐下说话坐下说话。"上前把罗玉璋按在座椅上。

罗玉璋虽落了座，腰板却还挺得笔直，话语挺冲："玉璋今儿有件事不明白，特此前来请教大哥。"

李信义哈哈笑道："你看看，咋说这外道话。你我兄弟有啥话尽管说。"

罗玉璋冲门口一挥手，喝喊一声："带上来！"

众人目光一齐转向师部门口，只见郭栓子和几个彪形大汉把陈楞子押了进来。陈楞子被五花大绑，身上的衣服破烂不堪，脸上和胳膊上布满着斑斑伤痕，显然是受了重刑。李信义不禁皱了一下眉，和汪松鹤对视一眼。李信义故作惊诧，忽地站起身："玉璋，这是咋回事？"

罗玉璋冷冷一笑："大哥，这话该我问你。"

"你这话是啥意思？"

"大哥的警卫营长干啥事大哥不可能不知道吧？"

陈楞子破口大骂："罗蛮蛮你这个贼驴日的！要杀便杀，要崩就崩，啰唆啥！"

罗玉璋青着脸皮走到陈楞子跟前，扬起手中的马鞭劈头盖脸就抽。陈楞子的脸上顿时开了酱油铺，令人目不忍睹。李信义忽地站起身，厉声喝道："住手！"

罗玉璋转过身来,阴鸷地说:"大哥动了恻隐之心?"

李信义的脸色很不好看:"楞子到底干了啥事?"

"大哥当真的不知道?那我就实话实说,昨晚陈楞子打我的黑枪!"

李信义脸上显出惊讶之色:"真有此事?"

"还能有假!"罗玉璋猛地撕掉耳朵上的纱布,"大哥请看,我的耳朵都没有啦!"

李信义一进师部就瞧见罗玉璋左耳贴着纱布。现在他看清白了,罗玉璋的左耳没了,刚刚结疤的地方由于撕掉了纱布又往外渗血,弄得耳朵下似乎涂上了红惨惨的油漆。李信义心里暗暗埋怨陈楞子临阵欠火候,枪头稍微准一点,罗玉璋此刻就不会气势汹汹地站在这达发威。

汪松鹤走过来,看了一眼陈楞子,说:"玉璋老弟,你没抓错人吧?陈营长前天跟我告假,说是回家探亲,怎么能打你的黑枪。"他的话语明显是把李信义从泥坑里拉出来,同时也暗示陈楞子不要承认此事。

陈楞子唾了一口血水,大声叫道:"师长!参谋长!你们别信他妈罗蛮蛮的!"

罗玉璋的脸色变得铁青:"大哥!参谋长!我罗玉璋是咋样一个人你们都清楚。陈楞子把枪口对着我的胸口我能认不出他!我咋不说是张副官打我的黑枪?"说着,转过身扬手又要打陈楞子。

李信义拦住了他:"玉璋,这样吧,他是我李信义手枪营的营长,就把他交给我吧,我一定给你查个水落石出。若真是他打你的黑枪,我要他拿命还你。"

罗玉璋却不依不饶:"大哥,这事用不着你动手。"

李信义沉下了脸:“咋的,你信不过我?”

“不是我信不过大哥。我是怕大哥动了恻隐之心。我跟楞子往日无冤,近日无仇,他打我的黑枪必有缘故。如果有人打大哥的黑枪,大哥抓住刺客一定也要查个一清二楚吧。”罗玉璋转脸对郭栓子说:“给楞子来点真格的!”

郭栓子应了一声,手一挥,便过来四五个如狼似虎的汉子,上前去扒陈楞子的衣服。李信义被拂了脸面,恼羞成怒,刚要发作,脚却被身边的参谋长踢了一下。他一怔,目光射向厅外,发现整个师部已被罗玉璋的人马包围了,室内也是罗玉璋的人占上风,几个卫兵手中的枪都大张着机头,形势对他们十分不利。他心里骂了句:“王八蛋!”便钳住了口。他知道罗玉璋是条疯狗,逼急了这条狗不顾一切地要咬人。他手下的那伙人只认罗玉璋,就是蒋委员长来了恐怕也管不住他们。好汉不吃眼前亏,他强把心头的怒火按下去。

几个马弁扒光了陈楞子的衣服,抡起皮鞭狠抽。陈楞子遍体鳞伤,嘴里仍然大骂不止。李信义坐在太师椅上,大口抽烟。那皮鞭每抽一下,他的心就紧缩一下,面部却波澜不起。

渐渐地,陈楞子的骂声没了。郭栓子报告说:“团长,他死过去了。”

罗玉璋咬着牙说:“用凉水浇!今儿我就不信撬不开他的铁嘴钢牙!”

一桶凉水劈头盖脸浇在陈楞子脸上,他苏醒过来。接着皮鞭又是一阵猛抽。如此这般,陈楞子死了三回,又被浇醒。

李信义实在坐不住了,走过去沉着脸问道:“楞子,谁是你的指使人?”

陈楞子缓缓睁开眼睛,看到一张十分威严的脸,喘息半天,说:"师长,我拿人钱财,替人消灾。事没给人家办成,再把人家给卖了,我陈楞子成了啥人了……"

罗玉璋踢了他一脚,怒吼道:"说! 那人是谁?!"

陈楞子冲他做了个笑脸:"蛮蛮,人家给你的头出了五百块银圆,价钱高了点,可惜我没这个财运。"

罗玉璋的脸变成了紫茄子,暴跳如雷:"栓子,把这狗日的给我往死里抽!"

陈楞子猛地睁大眼睛,叫道:"师长,看我跟随你多年的分上,给我一枪吧!"

李信义不再说啥,腮帮的咬肌一阵抽动,忽地拔出手枪,说了声:"楞子,你是条汉子,我答应你!"手中的枪响了。

陈楞子的前胸冒出了汩汩的鲜血,身子一挺,两眼圆睁,不再动弹了。

罗玉璋想拦已来不及了。他走过去,踢了一下陈楞子的尸体,悻悻地说:"大哥,你不该打死他。"

李信义猛地掉过脸:"你要我把他咋样处置了才称你的心?"

"大哥息怒。我是说再加加温,他就要开口了。"

"你可以接着审我嘛!"

"小弟不敢。"

"你不是怀疑我是指使人吗?"

"小弟不敢怀疑大哥。"

"你不敢干啥? 你看看你今儿的阵势,分明是在唱《白逼宫》嘛!"

"大哥息怒。小弟今儿多有得罪,还请大哥多多原谅。"

李信义不再言语,坐回椅上,大口抽烟。汪松鹤上前对罗玉璋言道:"玉璋老弟,师长近日身体不大好,你先住下,有话明儿再说不迟。"

"不了,我还要赶回西秦。"罗玉璋冲李信义一拱手,"大哥,小弟告辞了。"转身走人。他心里明白了,戏唱完了,在这地方多待一分钟就多一分危险。

罗玉璋带着他的卫队和骑兵队刚刚离去,胡金诚的副官一头撞了进来,气喘吁吁地呈上胡金诚的书信。李信义看罢书信脸色铁青,一语不发,抓起桌上的茶杯摔得粉碎……

墩子做梦也没想到李信义要他带兵去剿灭刘十三这股土匪,把手枪营的一个加强连交给了他。

那天晚上他奉命去了师部,师长正在看情报处送来的一份材料。他木桩似的站了半天,师长并不理他,只是埋头看材料。

终于,李信义抬起了头,犀利的目光看着他,突然问道:"那个女人到底是谁?"

他浑身禁不住一颤,从师长的眼神中看出一切都瞒不过去,斗胆如实说了。李信义大口抽着烟,眉毛拧成了两个墨疙瘩:"这么说她是刘十三的老婆?"

墩子急忙说:"他是被刘十三抢上山的……"

李信义挥手不让他往下说,冷眼看着他:"你喜欢她?"

墩子下意识地点点头。

"土匪玩过的女人你也喜欢?没出息!"

墩子垂下眼皮,不敢看师长的脸色。李信义突然又问:"上次罗玉璋遇刺,也是你干的?"

墩子瞥了一眼师长办公桌上的材料,明白是情报处送来的,自思什么也瞒不过去了,便点了一下头。

"这么说你的真名叫李墩子?"

墩子惶恐地点点头。李信义威严的目光直逼着他,令他不寒而栗。半晌,李信义喃喃自语道:"墩子,李文化,改了个名把我也蒙在了鼓里。"

"师长,我……"墩子诚惶诚恐,不知说啥才好。

"墩子!"

"有!"墩子急忙打了个立正,身子挺得笔直。

李信义摆了一下手:"你改了名也好,我还是叫你'文化'吧,替你保住这个秘密。"

"多谢师长!"

李信义又把目光逼过来:"文化,这回你要给我说实话!"

"是! 一定给师长说实话。"

"你为啥要刺杀罗玉璋?"

"他是我的杀父仇人!"

"你父亲不是被土匪所害吗?"

"不,是罗玉璋打死的。"

"那你为啥要说谎?"

"我怕师长不收我当兵。"

"你知道吗? 跟我说谎是要挨枪子儿的!"

墩子浑身一哆嗦,挺直腰板答应:"我不是想哄骗师长,我要当兵为父报仇。"

李信义大口抽着烟,烟雾弥漫着他阴沉的脸。许久,他忽然又问:"你跟刘十三是朋友?"

"不是。"

"那他为啥留你在山寨住?"

"我是来投师长的,误入了他的地盘,被他手下的喽啰拿上了兔儿岭。"

"你在他的山寨住了几天?"

"四天。"

"山寨上的情况你都熟悉?"

"不太熟悉,多少知道一点。"

"你是咋样下山的?"

"偷跑出来的。"

"那兔儿岭出山只有一条道,你咋能偷跑出来?"

"后山还有一条小道,知道的人不多。我是趁天黑无人从那条道偷跑出山的。"

李信义倒背着双手,大口抽着烟,来回不停地走动。那架势就像一只在笼中不住走动的狮子。墩子一双目光追随着李信义,他感觉到师长正在做着一个重大的决策。

李信义的脚步停在了墩子面前。他扔掉烟头,一脚踩灭:"墩子,你知道吗? 你犯了两条死罪!"

墩子打了个寒战,腰板却依旧挺得笔直。

"你跟我说谎,这是其罪一;你私通土匪,这是其罪二。"

墩子急忙分辩:"师长,我没有通匪。"

李信义继续说道:"这两条罪我都暂不治你,我要你戴罪立功。"

墩子瞪圆眼睛看着师长。李信义又倒背着双手,边踱步边说:"我给你一个连,不,给你一个加强连,限你十日之内剿灭刘十三这股顽匪！”

墩子一怔，他没料到师长会交给他这样一个任务。李信义见他不吭声，沉下了脸：“咋的，你不愿去？”

他浑身一激灵，应声答道：“愿去！”几个月的兵营生活使他懂得了一个铁一样的道理：军人以服从命令为天职。

李信义走过来，拍了一下他的肩膀，脸上浮现出和蔼的神色：“墩子，我是器重信任你，你可不能给我丢脸啊！”

感激的热泪差点涌出了墩子的眼眶。师长交给他一个加强连，等于把他由一个排长提升到营副的位置。这实在是莫大的器重和信任。他感恩涕零，亮着嗓子说：“请师长放心。我不成功则成仁！”

李信义说：“只许成功不许失败。我看出你是机灵人，打刘十三只可智取不可强攻。你对那里的情况熟悉，要见机行事，千万不要鲁莽冲动。”随即让传令兵唤来手枪营二连的麻连长，交代道，“麻子六，我从一连再抽一个排给你。这次行动一切都听李文化的指挥，谁敢违抗命令，军法从处！”

从师部出来，墩子昂首阔步。他心中油然升起一股自豪感，从一个排长一下子升到营副的位子，当今军人中能有几人？他突然感到自己的身材高大魁梧了许多，目光也朝天上射去。忽然，他侧目看到了麻子六。

“麻连长！”他叫了一声。

“有！”麻子六应声站到他面前。他刚想再扎一扎势，摆出长官的架子，蓦地发现麻子六的脸色很不好看，心里顿时警觉起来，自思这次行动全仗此人之力，且不可在他面前胡奓尾巴。想到这里，他打消扎势的念头，脸上浮现出谦和的笑容：“麻连长，你我弟兄，不用来这一套嘛。”

麻子六脸上的颜色当下好看了许多。墩子笑容满面，用商量的口气说：“你看咱们几时出发？”

麻子六天生是个当兵的料，当即立正回答：“一切听长官指挥！”刚才师长只说让麻子六听墩子指挥，并没明确他的职务，所以麻子六称他为“长官”，可见麻子六也是个精明人。

墩子笑道：“看你看你，咋又来了。我比你老哥小好几岁，你还是跟从前一样叫我的名字，我听着心里舒坦。你叫我‘长官’，这是跟我生分，我也听着别扭。”

麻子六见墩子不跟他拿长官架子，反而诚心待他，脸上顿时散尽阴云，挂满可掬的笑容：“文化兄弟，要我说咱们要出奇制胜。明日休整一天，晚上再出兵。”

墩子说：“老兄高见。你给弟兄们说，吃饱肚子好好睡觉，咱们晚上出发。”

翌日黄昏时分，队伍饱餐一顿羊肉泡锅盔。夜幕拉开，麻子六集合起队伍，要墩子训话。墩子以前是个当兵的，训话轮不上他。现在他是这支队伍的最高长官，自然得训上几句话。他站在队伍前头，咳嗽一声，清理清理嗓子：“弟兄们，这次我们去执行一个特殊任务，一切行动要听指挥，违令者军法从处！”

他究竟是初次当官，训了这么一句就不知往下该“训”啥了，打了个“咯噔”，一挥手，干干脆脆地说了声：“出发！”

天色青蓝，星光闪烁。墩子带着加强连朝兔儿岭方向进发。手枪营的兵果然训练有素，一百多人的部队排成一字长蛇阵，蛇一般地沿着灰白色的官道直扑兔儿岭，听不见说话声和枪械碰撞声，只有急促整齐嚓嚓的脚步声。

墩子和麻连长走在队伍的前头,两人谁也不说话。时令已到晚秋,夜风扑面而来颇有凉意。墩子的头脑已冷静下来,心事重重。他已经完全感觉到这个任务十分艰巨。刘十三这股土匪,地方保安团剿了好几年,越剿刘十三的势力越大。罗玉璋自称是西秦的白虎星,也奈何不得刘十三,连连损兵折将。现在李信义把这个硬骨头让他去啃,是器重信任他,还是要借刀杀人?他在心里直犯嘀咕。无疑,这个加强连是支精锐之师。可要和刘十三明着干,别说一个加强连,就是把手枪营全拉上去,恐怕也伤不了刘十三一根毫毛。刘十三在兔儿岭占着地利和天时,又在暗处,硬打硬攻吃亏的肯定是自己。要想剿灭刘十三,只能出奇兵制胜,否则,只能打败仗。他当然不想打败仗,不愿让师长认为他是个无能之辈。他还想借此机会显一下身手让师长看看,从此飞黄腾达,好将来有一天去收拾掉罗玉璋报仇雪恨。

墩子在脑子里反复谋划着作战方案。渐渐地,一个剿灭刘十三的周密计划在他脑海里清晰起来。他放慢了脚步,问身边的麻连长:“老兄,照这个行军速度,天亮前能不能赶到兔儿岭?”

麻连长肯定地回答:“赶不到。”

“得想法赶到!”墩子把自己的想法给麻连长说了一番,末了问,“你看这个法子行吗?”

麻子六不由得对墩子刮目相看。他原以为这个毛头小伙借师长的势骑在了他的头上,没料到墩子肚里还真有货。其实是他小瞧了墩子。墩子在镖局干过好几年,出谋划策、运筹帷幄也是常有的事。到了队伍上,整天价跟陈楞子一伙钻在一起,闲时常说些用兵之道,耳濡目染也懂得了不少军事知识,此时派上了用场,竟使麻子六刮目相看。

麻子六说:“法子是个上好的法子,可一百四十里地说啥也赶不到。就算挣扎赶到,队伍也丧失了战斗力。”

墩子咬了半晌嘴唇,说:“出奇制胜关键在一个‘奇’字。咱们得出奇兵!你把地图拿出来,咱俩好好合计合计。”

麻连长命令队伍停止前进。两人蹲在路边,麻连长掏出手电筒和地图,两人头挨着头仔细查看起来。

“咱们走的是官道,绕了一些。不知有没有近路?”

“有。”墩子指着地图,“走这条道,至少能近四十里路。”

麻连长捶了一下大腿,说:“咱们就走这条道!”收起了地图。

墩子说:“这条道我走过一回。我在前边带路,你在后头压阵。你看行不?”

麻连长说:“行!”

墩子瞅了一眼队伍,皱了一下眉:“咱得轻装急行军,让弟兄们只带枪和子弹,其余的东西全都放下,留下一个班看守。”说着,卸下身上的干粮袋扔在地上。

麻连长也扔了干粮袋,随即传出命令,队伍轻装,跑步行军。

军令如山。士兵们只带枪弹,跑步上了小路。墩子跑在最前头,他个高腿长步子迈得很大。这条小道是驮户陈老汉送他和雪艳去岐凤走过的路。虽然事隔几个月,可他在脑子里一直记得清清白白。那一天那一夜非同寻常,是他人生的重大经历。闲暇无事他总会想起那一天那一夜。因此这条小道烙印在他的脑海深处,今生今世也难忘却。

小道在无垠的田野蜿蜒伸展,路的两旁是青森森的玉米、高粱、谷子、糜子和大豆。已是秋庄稼成熟的季节,夜风送来庄稼成熟的气息,也送来寒意。可士兵们都头上冒着热汗。一百多双脚踏得小道乱颤,不时地有野物被惊起,嚎叫几声逃向庄稼地深处。最初,队伍的脚步还十分整齐有力。渐渐地,脚步变得杂乱无章。再后来是一片混乱,而且不时地有人绊倒在地,骂一声娘,爬起身又朝前跑。再后来队伍的行军速度减缓下来,没有人说话,只听得一片牛喘之声。麻连长喘着粗气低声吼叫:"他妈的!别装孬种,跑步前进!"不住地踢落伍士兵的屁股,可队伍的行军速度并没有加快多少。

这时半轮明晃晃的下弦月升了起来,满世界顿时豁亮起来,前边显出一座青青的岭。队伍忽然停了下来。麻连长一惊,疾步赶到前头,问墩子:"到了?"

墩子喘着粗气说:"没有。"

"那咋不走了?"

"让弟兄们喘息一下。前边就是刘十三的地盘,咱们要小心行事,千万不能打草惊蛇。这地方有刘十三的眼线,惊动了眼线就会走漏消息。咱们也就竹篮子打水一场空。"

麻连长点头称是。队伍稍微休息了一阵,又出发了,自然没了先前的混乱和响动。

拂晓前,墩子和麻连长带着队伍赶到了兔儿岭老爷台的后山坡根。队伍停在坡根一个沟壑里休息。士兵们横七竖八地躺在地上,像扔在岸上的鱼,张着嘴巴大口喘着粗气。

下弦月已升到了头顶,白花花的月光洒了一地,把山岭树林照得清清白白。空寂的山岭上,夜风吹动树叶,飒飒作响。一只猫头鹰老汉笑似的一阵怪叫,引得满树林的乌鸦一阵聒噪。那月光寒森森地映照着这一片山林,树影斑驳,光怪陆离。

墩子一只脚踏在土坎上,一手叉腰,一手指着山坡喘着粗气对身边的麻连长说:“从这片槐树林摸上去就是刘十三的老窝老爷台。”

“不知有没有暗哨?”麻连长脱下军帽擦了一把脸上的汗。

墩子说:“有暗哨,可这会儿怕不顶屎啥了。”

麻连长不解地问:“为啥?”

墩子笑道:“麻明的瞌睡二淋子醋,大姑娘的舌头腊汁肉。这是四香中的一香嘛。”

麻连长也笑了:“你这么一说我的瞌睡都上来了。”

墩子回头看看疲惫不堪的队伍,不无担心地说:“咱们的战斗力不知行不?”

麻连长看一眼横七竖八躺在地上的士兵,皱了一下眉说:“行也得行,不行也得叫它行!”随即低喝一声,“集合!”

士兵们磨磨蹭蹭地爬起身。麻连长脸上变了颜色,又是一声低喝:“集合!”可听得出来声音透出了杀气。

士兵们好像被抽了一鞭,动作立即迅速起来,很快排成了方阵。麻连长和墩子走到方阵前边,麻连长黑着脸训起了话:“爬上坡就是刘十三的老窝。打死一个土匪赏银圆五块!抓住刘十三,官升一级,赏银圆一百块!畏缩不前者,作战不力者,就地枪毙!”

士兵们仿佛人人打了一针强心剂,立时有了活气。麻连长要墩子训话。墩子一则觉得再无话可训,二则认为兵贵神速不可迟延,当即一挥手,说了声:“不要弄出响动声!出发!”队伍便似一条出洞的蛇,无声地钻进山坡的槐树林……

偷袭刘十三的老巢出乎意料地顺利。设在后坡树林几条小道的暗哨还在梦中说着胡话就被前卫班几个大汉打发到阎王爷那里去报到了。往刘十三的住处突袭时几乎没遇到什么阻碍。

此时正值秋庄稼成熟之际,山上的业余土匪几乎全都回家去收庄稼,剩下来的都是职业土匪,约有六七十人。可别小看这六七十人,他们以抢劫为职业,个个心狠手辣,且人人都有一手好枪法,可与手枪营的士兵匹敌。然而,秋收季节是土匪的休闲时节。乡民们都忙着收庄稼,很少有客商经过兔儿岭。因此,刘十三的人马一般在这个时节不出山。土匪不滋事,官兵自然多一事不如少一事,也不去招惹土匪,双方相安无事。这已经形成了规律,刘十三的人马也因此在这段时间放松了警惕。加之刘十三自从娶了喜凤做压寨夫人后,喜不自胜,非但"君王不早朝",干脆把山寨的事一股脑推给了杨万有和赵拴狗,每日只和喜凤寻欢作乐。

杨万有带着一拨人马守着上山的要道,赵拴狗带着一拨人马守着东、西、北三坡的小道并肩负着聚义堂的安全。赵拴狗是个粗人,知道这段时间不会出啥事,每日和手下的喽啰吃酒赌钱打野物。杨万有虽然精明一些,可说到底也是粗人一个,比赵拴狗高明不到哪里去,每日也只是逛到坡口山寨开的酒店喝喝酒而已。墩子他们是偷袭老爷台,与杨万有没有多大干系。这里单说说赵拴狗。

赵拴狗这段时间搞上了一个娘儿们。这娘儿们的脸蛋子倒也平平常常,却长着一对大奶子,勾引得赵拴狗魂不守舍。赵拴狗二十七八岁,熬光棍熬得苦焦,真想笑纳这娘儿们做压寨夫人,也好名正言顺一天到晚去捏揣那对让人垂涎欲滴的大奶子。可那娘儿们是老爷台的娘儿们,他有匪心却没有匪胆。老爷台几十户人家的壮男壮女业余都从事土匪这个职业,因此民风剽悍。这地方男女方面的事也十分随便,苟且之事常有发生,谁也不当一回事。可也有个讲究，拔了萝卜有坑在没谁说啥，但要把那坑占为己有会激起民愤。赵拴狗是老爷台的土著，利害关系他自然清楚。

大奶子娘儿们是有夫之妇。那男人前些时日去河南走亲戚迟迟不见归来，女人正在如狼似虎的年龄，有点打熬不住。赵拴狗熬着光棍，夜夜狗寻油葫芦地找野女人。大奶子娘儿们的男人业余在赵拴狗手下当喽啰，赵拴狗自然知道大奶子娘儿们这几日守活寡，当下找上门去拿自个的萝卜填那个坑。那女人正想男人想得心焦，见送上门的男人是个精壮小伙，喜上眉梢。一个干柴，一个烈火，当即烧得乱七八糟。此后一段时光赵拴狗以喽啰之家为家，以大奶子娘儿们的肉身子为床铺，乐不思蜀。

赵拴狗正在得意忘形之际，大奶子娘儿们的男人突然回家。那男人回到家时正是中午，推开屋门，只见一个男人光着屁股趴在他的女人身上一颠一颠地正做那事，一双手还紧抓着那一对大奶子，女人不知是痛苦还是受活地大声呻唤。男人当下怒从心头起，恶向胆边生，伸手抓住那光屁股的脚腕硬是把他从自个儿女人的肚皮上拖到了脚地，举起钵子大的拳头就要打，却认出光屁股男人是山寨的头目赵拴狗，拳头砸在了自家的大腿上，唉了一声，似挨了一锥子的皮球，当下蔫了。

赵拴狗趴在脚地先是一惊，随后十分气愤。谁吃了熊心豹子胆，敢坏他的好事。当他看清白来人时，脑子清醒过来，嘻嘻笑道："大哥这些日子不在家，我帮你开开荒。你回来了我这就走。你看看，萝卜拔了坑还好好的。"说着麻利地穿好衣裤，给大奶子娘儿们的男人塞了一包香烟，吹着口哨出了屋门。

出了村，赵拴狗瞧见两条狗在草垛前连儿子(交媾)。他走到近前，两条狗躲也不躲，还干它们的事。那条公狗竟把一双狗眼看他,那眼神很有点烦他碍了它们的事,冲他吠了两声,似乎骂他:“快滚开!”他心里正烦,当下怒气冲天,骂了声:“狗日的!”一枪把那条公狗打了个脑袋开花。那条母狗惊叫一声,一弹后腿蹬开丈夫的尸体,箭似的钻进了树林。

赵拴狗踢了一脚死狗,走出几步又折回身来,把死狗扛在肩上,唱着秦腔乱弹回营去了。

回到住处,赵拴狗把死狗丢给手下喽啰,说晚饭就是这条狗。喽啰们去收拾死狗,他躺在屋里打盹。这些日子他被大奶子娘儿们淘空了身子,常常感到困乏疲倦。

狗肉煮熟了,赵拴狗捞出一条后腿让一个喽啰给刘十三送去。他虽是粗人,却最讲义气,处处都记着大哥刘十三。他又捞出一条后腿独自去啃,其余的让众喽啰去吃。

赵拴狗吃完了狗肉,觉着口渴,便灌了一马勺凉水。他感到浑身燥热,便脱光衣服去睡。临睡时又叮咛站岗的喽啰一句:“多留点神!”

那喽啰边吃狗肉边说:“赵爷放心睡吧,不会出啥事的。”

赵拴狗倒头便睡。黎明时分他闹起了肚子,这是以前从没有过的事,想必是狗肉吃多了,又喝了凉水闹的。他爬起身披上衣裳,裤子都来不及穿,光着屁股往外就跑。他蹲在一个坡坎下,一边拉屎一边在心里骂肚子不争气。拉完了他起身回屋,走了几步又想拉。他返回身挪个地方,骂骂咧咧地又蹲下身子。一阵山风吹来,从他胯下掠过。他禁不住寒意,打了个寒战。

忽然,他听见不远处有响动声。一种本能使他警觉起来。他弓起身子伸长脖颈朝响动的方向张望。晨曦中他看见一队黑影晃动。他以为看花了眼,急忙揉揉眼睛,定神细看。没错,是人影!

他直起身大喊一声："站住！干啥的！"那边的人影并不答话，行动更加迅速。他情知不妙，伸手去掏枪，却摸着的是光屁股。他急了眼，猛地跳上坡扭身往回就跑，边跑边喊："大哥，有官兵！"

墩子的尖刀排游蛇似的钻出密林，爬上山坡。冲在最前头的士兵们都嗅到了屎臭，而且这个臭味很不一般，十分地有味道。他们几乎是屏住呼吸往前冲。他们看到一个汉子猛地从坡坎上跳了出来，疯了似的边跑边喊，晨风剥去了他披在身上的衣服，他赤裸着身子在晨曦中狂奔。

"打死他！"麻连长发出命令。

一阵枪响，赵拴狗扑倒在黄尘里，赤裸的背部蜂窝似的布满弹洞，汩汩鲜血涌出，把身边的黄土染得变了颜色……

刘十三昨晚的晚饭也是那条狗腿。不过他没有独吞，与喜凤分享。他拿喜凤当眼珠子看，有福同享。喜凤倒也爱吃狗肉，只是饭量不大。加之她身怀有孕，吃饭嫌这嫌那。那条狗腿几乎都是让刘十三一人吃了。刘十三也觉着口渴，他没有灌凉水，一连喝了好几碗米酒。他还要喝，喜凤嗔道："别再灌马尿了。"

刘十三言道："男人不喝酒，还算个啥男人。"说着伸手就端酒碗。

喜凤一把夺过酒碗，佯怒道："再喝我可就不理你了。"

"好，好，不喝了。你爱听戏吗？我给你唱段乱弹。"刘十三有了七八分酒意，舌头也有点大了。

喜凤没理他。他清了清嗓子，吼起了他拿手的秦腔乱弹《苟家滩》：

王彦章打马上北坡

新坟更比老坟多

新坟里躺的是唐高祖

老坟里睡的是汉萧何

青龙背上埋韩信

五丈原上葬诸葛

人生一世莫空过

纵然一死怕什么

…………

以前喜凤常听刘十三唱这段乱弹，老觉得这段乱弹只有刘十三才能唱出味来。可今晚不知怎的，她感到刘十三的声音有点怪异，听得她直打冷战。她急忙打断刘十三："别吼了，睡吧，睡吧。"

"不吼就不吼了。"刘十三上了床。仗着狗肉和米酒的热劲，他要和喜凤亲热一回。喜凤不让，说她怀了娃娃。他涎着脸说他轻一点干。喜凤还是不让他轻狂。他也不再勉强，搂着喜凤去睡。他的肚子比赵拴狗的肚子争气，没闹事，却喝多了酒，黎明时分睡得正香。赵拴狗的喊声和枪声他没听见。喜凤却听见了，慌忙摇醒他："当家的快起来，官兵上山了！"

刘十三一骨碌爬起身，伸手抽出枕头下的盒子枪，麻利地穿上衣服。此时，外边的枪声响成了一片。

"十三爷，快走！"一个喽啰一头撞了进来，"官兵把咱包了饺子！"

刘十三心里一惊，面不改色地喝问："官兵从哪达上来的？"

"后坡……"

"拴狗哩？"

"赵爷被打死了……"

刘十三脸上陡然变色。他一手提枪一手拉着喜凤出了屋,只见几个喽啰边打枪边退进了庙院。他大喊一声:“给我顶住!”喊声未落,一个喽啰中了一枪,一头栽倒在面前,脑浆溅了一地。喜凤惊叫一声,双手捂住了眼睛,浑身筛糠。

“十三爷,咱们完了……”一个喽啰哭出了声。

“哭屎啥!脑袋掉了碗个大疤,看你这个熊样!”刘十三的白眼仁充满了血,一声喝骂,那喽啰的泪水断在了脸上。

“上来了多少官兵?”

“密密麻麻的,看不清……”

就在这时,杨万有带着十几个喽啰退回庙院。他脸色灰青,衣裤上染着斑斑血迹,弄不清哪地方受了伤。

“大哥,咱们被围住了……”杨万有的声音变了调。

“罗玉璋的人马?”刘十三瞪着血红的眼睛。

“不是。”

“那是谁的人马?”

“像是新二师的兵……”

“李信义的人马?”刘十三咬牙骂道,“龟孙子,从岐风跑来端我的老窝,今儿老子跟他拼个鱼死网破!”

这时庙外有人大声喊叫:“缴枪不杀!”

刘十三在一堵残墙下俯下身,抬起枪口扣动扳机,那个喊叫的士兵号了一声栽倒在地上。刘十三回头厉声说道:“弟兄们,扯了龙袍是死,日了皇上的尻子也是死!咱打死一个够本,打死两个赚一个!”

庙院内的二十几个喽啰都是职业土匪,个个都是亡命之徒。听了这话,号叫一声,扑向残垣断壁,占住有利地势,拼命还击。外边的火力很猛,几挺机关枪一起吐着火舌,压得里边的人抬不起头。刘十三打完一梭子弹,顺地一滚,仰着脸换了梭子。他伏下身看见有几个敌兵顺着墙根往前冲,咬牙骂道:"狗日的!"扬手又打出一梭子,那几个敌兵都做了鬼。他趴下身卸下空梭子,一摸腰间,子弹没了。他刚想回身去找子弹,一梭子弹递到了他手中。他抬眼一看,是喜凤!

喜凤已经没了最初的惊恐。她十分清楚她的性命拴在刘十三的身上。她一直蹲在墙根看着事态的发展。她看见刘十三果然十分厉害,手中一把枪指到哪儿打到哪儿,弹无虚发。可外边的枪也不吃素,里边的人手不断减少。死人在这时比阎王用笔打叉叉还容易。她看见刘十三没了子弹,便急忙从一个死了的喽啰的腰间摸了一个弹夹递了过去。

刘十三装上弹夹,看着喜凤,心里不禁一阵酸楚。他已经看得清清白白,他的气数尽了。

"我这回是完了。"刘十三说,"你十有八九也活不了了。"

喜凤看着他。

"你害怕吗?"

喜凤摇头。

刘十三叹了口气。这时杨万有跑了过来。他左臂中了一枪,喘着粗气说:"大哥,顶不住了……你带着嫂子走吧,我再挡一阵……"

刘十三看看身边的几个喽啰,摇摇头。杨万有红着眼睛说:"你带着嫂子从庙后的小道走,我们几个舍了命也要挡住这伙驴日的!"

刘十三嘴角挂上一丝冷笑,依旧摇摇头。他看得出今儿的阵势是在劫难逃。他也不想临阵脱逃。自个儿的老窝被端了他还活个什么劲！他放心不下的是喜凤。他觉着对不住喜凤,是他连累了喜凤。他觉着更对不住孩子,孩子还未出娘胎就没命了,实在是他的过错啊!

“大哥,快走！留得青山在,不怕没柴烧!”杨万有吼了一嗓子,带着剩下的几个喽啰去抵挡官兵。

刘十三俯下身子摸了一下喜凤鼓鼓的肚子,落下两滴泪珠,叹了口气:“我刘十三的根也要断了,这是天不容我……”

喜凤摸着自己的肚子,禁不住淌出两行长泪。刘十三一把抹去眼角的泪珠,气刚刚地说道:“今儿到了这一步田地,你要怨就怨我吧。那伙官兵比我这个土匪强不到哪达去。我给咱俩留两颗子弹,多余的打发那伙狗日的上西天,咱们路上也好多几个做伴的……”

这时猛地听见杨万有喊了一声:“大哥!”声音十分怪异。刘十三一惊,急忙奔过去。只见杨万有躺在脚地,手里握着枪,双目圆睁,鲜血把周身染红了。

“万有!”刘十三疾唤一声,一把抱起杨万有。杨万有不能再回答了,一双眼睛瞪着青天。

刘十三慢慢放下杨万有,轻轻合上他的眼睛。他的眼睛红得往外喷火,牙齿咬得咯咯响,猛地转过身,随即手中的枪响了,冲在最前头的几个士兵都给杨万有做伴去了……

终究寡不敌众。枪声渐渐稀疏下来。刘十三发现庙院里活着的人只有他和喜凤了,而且他的左臂连中两枪,正汩汩往外流血。喜凤掏出手绢要给他包扎伤口。他笑了一下,说:“别麻烦了。”他把喜凤拥在怀中。枪口对住了喜凤的胸口:“你甭怨我……我不愿让你再遭罪……”

“我不怨你……”喜凤闭上了眼睛。

刘十三扣动了扳机,枪却没响。枪膛没了子弹。刘十三恨得直咬牙。

“放下武器!”一阵威严森煞的吼声。

刘十三举眼一看,四周都是黑洞洞的枪口。他脸上毫无惧色。忽然他看见为首的是墩子,竟笑了一下:“是你墩子,我就说是谁能这么利索地端了我的老窝。”

墩子的脸顿时涨得血红,垂下了手中的枪,忽然,他看清了刘十三怀中的女人,失声叫道:“喜凤,咋是你!”

喜凤早已认出了他,冷眼相望,脸上毫无惊喜之色。刘十三扶着喜凤站起身:“你认得我老婆?”

墩子下意识地点了一下头。刘十三哈哈笑了:“没想到咱们都是老熟人。”

“……”墩子一时不知说啥才好。

刘十三又说:“墩子,你可不够朋友。上次你到我的山寨,不辞而别也就罢了,咋拐走了我的压寨夫人?”

墩子的脸好像挨了一巴掌,火辣辣地发烫。他有点无地自容,不敢正视刘十三的目光。刘十三又哈哈一笑:“过去的事不提也罢。今儿我栽在了你手里,你打算咋处置?”

墩子讷讷地说:“十三爷,上峰差遣,我不能不从,还望你原谅我的苦衷。”

刘十三大度地说:“正所谓,人在江湖,身不由己。我不怨你。”

“十三爷果然是明白人。”

“少跟他磨牙!”一旁的麻连长不耐烦了,手一挥,几个士兵就要上前擒刘十三。

"住手!"墩子喝住士兵,对麻连长说,"十三爷是条硬汉,无理不得。"

刘十三冷笑道:"看来明年的今日是我的周年了。"

墩子冲他一拱手:"不瞒十三爷,上峰有命令,活要见你的人,死要见你的尸。"

刘十三略一沉吟:"墩子,你还记得那天晚上我请你喝过酒?"

"记得。"

"那时我给你说的话还记得吗?"

"记得。"

"那就好。我刘十三打拉杆子当土匪就把脑袋拴在裤腰上,随时当球踢。今儿能死在你手里也算是我的造化。我看得出,你是条汉子,吐摊唾沫砸个坑,说过的话不会不算数。我这会儿再求你一次,放我老婆一条生路。"

麻连长说道:"别听他的!"

刘十三看一眼麻连长,说道:"我刘十三杀人放火的勾当干了也有好多年,可还一枪没伤过二命。你难道比我这个土匪还凶残?!"

麻连长瞥一眼喜凤鼓鼓的肚子,凶狠狠地说:"斩草就要除根!"

墩子脸色一沉,说:"麻连长,不要说了。"

麻连长一怔,呆望着墩子。少顷明白过来,急忙谏道:"文化兄弟,这个人情卖不得!"

墩子瞪起了眼睛:"麻连长,师长可是要你听我的指挥!"这是他第一次以权势压麻连长。

麻连长咽住了话。他已看出端倪,知道再说啥也无济于事,不如落个人情给墩子好了。

墩子转脸对刘十三说:“十三爷,你放心,你的夫人我会照顾好的。”

刘十三笑道:“你果然是条汉子,说话算数。”

墩子说:“我也有对不住你的地方……”

“以前的话咱不说,单说今儿的事。墩子,我谢你了!”刘十三扑通一下跪倒在墩子面前,磕了一个头。

墩子没想到横行一世的刘十三会行如此大礼,慌忙弯腰去扶刘十三。刘十三却一把抢下他手中的盒子枪,对着自个儿的脑袋开了一枪。众人都吃了一惊,望着一摊泥似的倒在尘埃中的刘十三痴痴发呆。

“我的你呀!”喜凤号叫一声,扑在了刘十三的尸体上……

好半天,墩子才把喜凤从刘十三的尸体上拉开。喜凤哭成了泪人,要不是墩子架着,就会瘫在脚地。墩子对麻连长说:“你们抬上刘十三的尸体先回岐凤。”

“那你? ……”

“我把她安顿好就回来。”

“给你留几个弟兄吧?”

“不用留。”

麻连长不再说啥,走出几步又折了回来:“文化兄弟,师长要问起你我该咋说?”

墩子沉吟道:“你说该咋说?”

麻连长不吭声,只拿眼睛看他。墩子自思这事瞒是瞒不住的,便说道:“你就实话实说吧。”

麻连长带着队伍抬着刘十三的尸体走了。喜凤这时也安静下来,坐在地上发呆。墩子站在她身边,一时找不出话语来安慰她。两人相视无语。

太阳升起来了,血染了似的架在天边的树杈上。关帝庙已被士兵们放了一把火,燃着熊熊烈焰,一股浓烟直冲云霄。庙院摆满了横七竖八的尸体,汪着一摊一摊的猩红鲜血,令人惨不忍睹。

忽的一声巨响。他俩抬眼看去,关帝庙的屋顶坍塌下来,一根带火的半截木椽斜刺劈空而来,眼看就要砸在喜凤身上,墩子手疾眼快飞起一脚踢开那半截带火的木椽。喜凤脸上波澜不惊,嘴里喃喃地说道:“造孽啊……”

墩子不愿让她在这个地方再受刺激,扶她起身,说道:“咱们走吧。”

喜凤一脸木然:“上哪达去?”

“我送你回家。”

“回家?”喜凤看着他,“我的家在哪达?”

墩子一怔,以为她受了刺激,神志有点不清,便说道:“永平镇。”

“你是说徐家?”

“嗯。”

“那是我的家吗?”喜凤摇头,喃喃自语,似在问墩子,又似问自己。

墩子觉得此时跟她说不清,改口又说:“那就回咱们村吧。”

喜凤又摇头:“我大说嫁出去的女,泼出去的水。他不想再见我,我也不想再见他。”

墩子为难了,一时不知所措。

沉默良久,喜凤忽然说:“我想死。你要念咱们小时候的交情,就把我打死吧。”

墩子大惊:“你千万不要这么想,你还年轻,正在活人,往后的路还长着哩。”

“我还活啥人哩……我活着不如死了的好……”喜凤眼里滚出两串泪珠。

“你不能死,千万不能死……”墩子找不出更多的话来安慰喜凤,只是反复地重复着这句话。

良久,喜凤拭去脸上的泪水,说:“我想回刘家。”

“刘家?”墩子一怔,“你是说刘十三的家?”

喜凤点点头。

墩子呆眼看她,实在弄不明白她为什么要去刘家。半晌,问:“你就不恨刘十三?”

喜凤抬眼看他:“恨他,为啥要恨他?”

“他把你抢上了山,让你落得如此下场。”

“他抢我上山不假,可他若不抢我上山,我早都做了鬼了!”

墩子愕然:“为啥?”

“那天晚上你刺杀罗玉璋失手逃走了,你安然了我可遭了大罪。徐家不再拿我当人看……徐望龙回家来,睡觉当我是窑姐,使唤当我是女佣,还逼着我去死……”喜凤把一肚子的苦水吐了出来,泪水如同决堤的江河汹涌而出,“我在徐家遭的罪受的辱你知道吗?!”

墩子没想到徐家竟然这样虐待喜凤,半晌无语。

喜凤又说:“不错,刘十三是土匪,杀过人放过火抢过钱,可他对我好,拿我当人看。不,他把我当神敬哩。可徐家呢?徐望龙是畜生！徐云卿是门背后的蝎子！”

墩子无话可说。徐家在他心目中的美好形象一下子崩溃了。

喜凤话锋一转，又把矛头指向他：“你也不是啥好东西！刘十三给我说过，他拿你当朋友待，可你却拐走了他的老婆！”

墩子的脸蒙上了红布，分辩道：“我没拐他老婆，是人家不愿嫁给他。”

“不管咋说，那女人是跟着你走的。”喜凤冷笑一声，“她如今给你做了老婆吧？”

墩子的脸越发红了：“我真的没拐她……”他不知道为啥要说这句话。

“就算你没拐吧。这回你带着队伍偷着来打老爷台，可是恩将仇报啊！”

墩子垂下眼皮，不敢看喜凤的眼睛，讷讷地说：“我在人家手下当差，不敢不服从命令。”

“墩子，不管咋说，刘十三是死在了你的手中，我恨你……”喜凤眼中又有泪水涌出。

墩子语塞，心中一阵惶然。好半晌，他说：“我送你去刘家吧。”

“刘十三早都没家了……”喜凤泣不成声。

墩子呆了。

“官家把他的家砸成了瓦渣滩……”

墩子搓着双手，一筹莫展：“那……咋办？”

“我不知道……”

墩子沉思良久，说：“离这达不远有我一个远房表叔，他人很厚道实诚，心地良善。我送你到他那达先住下，日后再想办法。你看行吗？”

喜凤叹了口气:"唉!到了这一步田地,死你又不让我去死,只有你说咋办就咋办。"

墩子见喜凤答应了,满心喜欢,说:"你收拾一下东西,咱们走。"

喜凤望着冲天大火,说道:"火把啥都烧了,还有啥东西收拾。走吧。"腿却软得走不动。

"你等等!"墩子说了一声,转身朝庙殿背后跑去。

时辰不大,他牵来一匹乌骓马,鞍镫齐备,这匹马是刘十三的坐骑,它在庙殿后的窑洞喂养着。庙殿虽然着了大火,可做马房的窑洞却安然无恙。墩子把喜凤扶上了马背,牵着马下山。

下了山,墩子牵着马踏上去表叔家的路径。喜凤忽然问:"你救了我,回去跟你的上司咋交代?"

墩子说:"咋交代啥?你又不是土匪。"

"我是土匪头子的老婆。"

"你是被抢上山的,逼良为娼。"

"不,我是自愿嫁给刘十三的……"

"这个……你就甭管,回去我自有法子交代。"

"我怕连累你。"

"能连累个啥?大不了脱了这身黄皮子。"

"脱了黄皮子,你的仇不报啦?"

墩子不语,牵着马低头赶路。他现在心里啥都没想,只想着咋样才能把喜凤安顿好。他觉得喜凤到了这一步田地都是他的罪过。只有安顿好喜凤他心里才好受些。

那匹乌骓马走着走着忽然不走了,回过头咴咴直叫。墩子和喜凤都转头过去,老爷台上的火光虽然看不见,可那浓浓的黑烟弥漫了整个东天,把血红的太阳也遮得暗淡无光。

良久,墩子回过神拉马赶路,那马不肯上路,他举起拳头在马屁股上擂了两拳,那马这才嗒嗒地上了路……

正午时分,他们到了表叔家。表叔表婶看到墩子十分高兴。表叔上下打量着一身戎装的墩子,笑得合不拢嘴,连声说:“墩子出息了,出息了!”

表婶瞅着马背上的喜凤,一张脸笑成了一朵菊花:“这是侄媳妇吧,心疼(漂亮)的哟,就像从画上走下来的人儿!”

墩子和喜凤相对一视,都红了脸面。他想给表叔表婶说喜凤不是他的媳妇,转念一想,还是将错就错的好,这样表叔表婶会待喜凤更亲些。

午饭表叔表婶倾家所有,熏肉、山鸡、野兔都上了桌面。无疑,表叔表婶拿他们当贵客待。墩子自然十分感激。饭罢,墩子给表叔表婶说,他们部队近日要开拔到终南山去打土匪,媳妇怀了孕不能随部队去。他把媳妇送到表叔家里,也好有个照应,待生下孩子后他再来接媳妇,再三说给表叔表婶添麻烦了。墩子说这番话时,喜凤几次都想张口说啥,却被墩子用眼色制止住了。表叔表婶连连应承,要墩子尽管放心。墩子掏出一大把银圆给表叔。表叔红了脸说啥也不收,还说墩子拿他当外人看。墩子说这钱不是给表叔的,是让表叔想法给喜凤补补身子。表叔这才收下。

安顿好喜凤,墩子就要回部队。他本想把那匹乌骓马留给表叔,可表叔不要,说山里人只养驴,马金贵养不起。墩子只好作罢。

表叔一家人把墩子送出村子,墩子要他们留步。喜凤说她再送墩子一程。表叔表婶都很知趣,止住了步,让喜凤再送墩子一程。两人并肩走着,喜凤忽然问:“你为啥要说我是你媳妇?”

墩子脸色一红,急忙说:“我没别的意思,这么说表叔表婶会对你更亲些。”

“他们都是难得的好人。”

“是好人,可日子过得苦。”墩子说着掏出一个包递给她,“这点钱你留着用,表叔他们一家也很难。”

喜凤接住了包:“到了这一步田地,我也只有领情了。”

“跟我你咋说这话,太生分了。”

“你……为啥要这么待我?”

“咱俩是乡党嘛。再说刘十三跟我好歹也算是朋友。”

“我先前拿话伤过你,你不怨我吗?”

“咋能怨你,你说的那些话都是实情。是我对不住刘十三,也害得你落到了这一步田地……”

喜凤叹了口气:“唉,别这么说,这也全怨不得你。他干的这勾当就不是个好营生。就是你不灭他,迟早都会有人来灭他。”

墩子没想到喜凤竟如此明事理,真有点感动。少顷,说道:“不管咋说,我觉得灭刘十三的不该是我。”他心里实在有些愧疚。

喜凤说:“这是命中注定。倘若落在别人手中,我们娘俩的命也就没了……”说着,下意识地抚了一下鼓鼓的肚子,“说到底我还真该谢谢你哩。”

“快别说这样的话。我答应过刘十三,要照顾好你,再者说,你我从小一块耍大,好歹还有一份情意哩。论年龄,我还是你哥哩,哥哥照顾妹子理所当然,你说是吗?”

喜凤笑了:“这么说你这份情我说啥也都该领。”

墩子也笑了:“是这么个理嘛。”

两人说说笑笑地走着,彼此都觉得亲近了许多。墩子又关切地说:“你是双身子,千万要保重身体。”

喜凤心中一颤,十分感动,点点头。

“将来把娃娃养好,他是刘十三的一条根。”走了几步,墩子又说,“生下男孩,再甭让他走他爹的道了,那条道既造孽又太险。”

喜凤说:“谁家的爹娘都盼着儿女能有出息,只怕将来儿大不由娘。”

墩子心里一沉,却找不出话来说。两人一时无语,默默走路。

走了一程,墩子止住步说:“你回吧。”

喜凤说:“我再送送吧。”

墩子说:“不送了。送君千里,终须一别。”

喜凤停住了脚。两人四目相视,心中都有话要说,但谁也不说。不远处的山坡上,有一群羊,白云似的悠悠飘荡,拦羊汉是个小伙子,捏细嗓子在唱信天游:

提起那哥哥走西口,
小妹妹我泪长流。
手拉着你的绵手手,
送你到大门口。
有两句知心话,
哥哥你记心头。

走路你有站,
过河你要看渡口,
水深深水浅浅,
叫人家前头走。

吃烟你自带火，
万不要对人家火，
牢记那别人起歪心，
害了我的小哥哥。

住店你要住大店，
再不要住小店，
住了小店有人偷，
害了我的小哥哥。

吃饭要吃煎饭，
万不要吃冷饭，
吃了冷饭得下病，
谁是你的知心人。

睡觉你要睡热炕，
万不要睡冰炕，
睡了冰炕冻下病，
谁是你的递汤端水人。
…………

听着拦羊汉的信天游，喜凤脉脉含情地看着墩子，禁不住眼里涌出了泪水。墩子也觉得鼻子酸酸的，眼圈发潮。

良久，墩子收住心猿意马，跨上了马背，说："你回吧，我有空再来看你。"

喜凤说："你身子忙，就甭来了……"

墩子抖动缰绳,那马在原地兜了一个圈。墩子刚想上路,只听喜凤叫了一声:“墩子!”他又扯回缰绳,回到喜凤身边。

“你身在军营,凡事都要当心……”喜凤的声音带着泪,哽咽地说不下去。

墩子心头一热,眼泪几乎夺眶而出。他怕自己抑制不住心中奔腾的感情潮水,说了声:“你回吧!”抡起拳头在马屁股上砸了两拳。那马一声长嘶,奔上了通往岐凤的官道。一股黄尘弥漫而起,遮住了远去的征人……

第十三章

墩子回到岐凤，刚进师部就见到了张副官。张副官也是西秦人，跟他关系很密切，平日里两人无话不谈。张副官一见到他就说："楞子死了。"张副官跟陈楞子有袍泽之谊，一脸的悲伤。

墩子大惊失色，忙问陈楞子是咋死的。张副官便简略地把陈楞子之死说了说。墩子有点不相信自己的耳朵："师长亲手打死了他?!"

张副官点头，要他保密，千万不要说这消息是自己告诉他的。墩子当时就傻了眼，脑子里一片空白。张副官临走时关照他："你可要当点心，师长正生你的气哩。"可他却没听进耳朵去，痴痴呆呆地走进师部客厅。

客厅里没有人。墩子怔怔地站在客厅中央，呆眼看着脚地出神。他似乎要找出陈楞子流血的地方。他实在不愿相信师长打死陈楞子这个事实。

不知过了多久，李信义从楼上下来了。他依然军装整洁，红光满面，背头梳理得丝发不乱，只是眼圈有点发青，可能是没休息好的缘故。

"文化，你回来啦。"

墩子猛然惊醒，并腿立正，给李信义行了个礼，答道："师长，我刚回来。"

李信义在太师椅上坐下，抽着雪茄，烟雾把他的脸面弥漫得一片模糊，看不清楚他的表情。半晌，他问道："你把刘十三的女人安顿好了？"

"报告师长，安顿好了。"

"你知道不知道你违抗了军令？"

"……"

"你知道不知道违抗军令所当何罪？"

墩子分辩道："师长，她是被刘十三抢上山的良家妇女，而且怀着身孕……"

李信义的脸色更加阴沉："那就更不应该让她活在这个世界上！"

墩子一愣，怔怔地望着李信义。李信义的脸色很不好看，雪茄在他指间冒出一缕袅袅青烟，他一双犀利的目光把墩子盯了半天，说道："人常说斩草务必要除根，你斩了草却不除根，后患无穷呀！"

"我不忍心杀一个手无寸铁的怀孕女人……"

"不忍心？她肚里怀的是土匪的种！倘若她生下一个男孩，你就不怕他长大成人寻你为父报仇？！"

墩子一惊："不……不会吧……"

"为啥不会？你不就是要为你父报仇吗？"

墩子打了个冷战，无言可辩。

这时汪松鹤从套间的机要室走了出来。师长和墩子的谈话他听得清清白白。他走到墩子身边，意味深长地说："文化，师长十分器重信任你。这次你一举歼灭了刘十三这股顽匪，的确立了一件大功。可你却自作主张放跑了刘十三的老婆,这可是要杀头的。"

墩子急忙说:"参谋长,不是我有意违抗军令,我实在有苦衷……"

"什么苦衷?"汪松鹤问。

"她娘家跟我同村,就住在我家对门……人非草木,孰能无情。我咋下得了手……再说……"墩子欲言又止。

李信义沉下脸道:"再说啥?莫非你俩还有私情?"

墩子红了脸面:"不不,她救过我一命……"

李信义与汪松鹤都有点吃惊,交换一下目光,同时把审视的目光投向墩子。墩子便把他刺杀罗玉璋的经过叙说了一番。其实李、汪二人早已从情报处得知墩子刺杀过罗玉璋,只是不知道得这么详细,更没有想到徐云卿是他的主使人,自然也想不到刘十三的压寨夫人就是徐云卿的儿媳妇。

汪松鹤缓缓地抽着烟,说:"如此说来倒也情有可原。"

李信义吐了一口烟:"量小非君子,无毒不丈夫。只怕文化你留下了一条祸根。"说着拿眼睛看着墩子。

墩子挺着胸脯,无怨无悔地说:"祸根不祸根听天由命吧。黑心的事我做不出来,更别说让我去杀一个对我有恩的怀孕女人。"

"也罢。"李信义挥了一下手,"你去吧。"

墩子却站着没动。李信义看他一眼,问:"你还有啥事?"

墩子瞪着眼睛问:"陈营长死了?"

李信义心里一惊,他没想到墩子刚回来就知道了这事,可却面不改色,点了一下头。

"是你打死的?"

"应该说是罗玉璋逼我打死的!"

“师长,你咋不把罗玉璋那驴屄打死?”

“放肆!”李信义脸上变了颜色,大口抽着烟。

汪松鹤走过来拍着墩子的肩膀,和颜悦色地说:“文化,别激动。当时的情况对咱们很不利,师部里外都是罗玉璋的人。罗玉璋你也是知道的,是条疯狗,急了眼就要咬人。而且陈营长已经身负重伤,奄奄一息。他再三呼叫师长送他上路。师长一来被迫无奈,二来不忍眼看陈营长再受罪,就开了枪。”

“参谋长,我不敢怨师长……罗玉璋那驴屄太猖狂了,跑到咱家门口来撒野……”墩子声音哽咽,眼圈发红,“陈营长他不该死呀……”

汪松鹤说:“陈营长是条汉子,他的血不能白流。这个仇一定要报!”

“师长,你发个命令,让我去收拾罗玉璋那个驴屄!”

李信义一言不发,只是大口抽烟。汪松鹤拍着墩子的脊背,婉言道:“你先回去休息吧。君子报仇,十年不晚。这个任务我一定让师长交给你。”随即喊来张副官,让张副官陪墩子回去休息。

张副官陪着墩子走出师部大院,墩子却没有回住处,脚步往西街走去。张副官问他上哪里去,他说去看看楞子的太太。张副官止住脚步说:“算了,甭去了。”

墩子困惑地看着张副官,不明白他为啥要说这种话。张副官叹了口气:“唉!春妮疯了。”

墩子惊呆了,半晌,醒过神来,扭头就奔陈楞子的住处。跨进院门,他就听见春妮沙哑着嗓子喊:“师长,你为啥要打死楞子!他可救过你的命啊……”

进了屋,手枪营的几个连长的太太和张副官的太太都在这里。

女人们见墩子进来,点点头算作问候。春妮披散着头发在床上又哭又闹,几个女人拼命拉着她。几天不见,一个俏丽佳人变成了一个疯婆娘,头发披散,形容憔悴,目光呆滞。她神志不清,已经认不出人了。墩子紧走两步,叫了声:“嫂子!”

春妮眼神惊恐起来:“你是谁?”

“我是文化。”

春妮瞪圆了眼睛:“你是李信义!你为啥要开枪打死楞子?你说!你派他干啥去了?是不是让他去打罗玉璋的黑枪?你说!你说呀!……楞子可是救过你的命的,你咋下得了这黑手?……你这是杀人灭口呀……”春妮扑过来要跟墩子拼命,被几个女人死死拉住。

墩子见此情景,鼻子好像灌进许多醋,泪水险乎夺眶而出。张太太拉了他一把,示意他出屋,好让春妮安静安静。

在院子墩子呆立半晌,才让心情平静下来。他问张太太,春妮几时疯的。张太太用手绢拭拭发红的眼睛,叹气说道:“唉!出事的那天也不知是谁给她说师长把楞子打死了。她发疯似的跑到师部,看到楞子的尸体一下就呆住了,好半晌都不会哭。后来哭了一声就一头栽在楞子的尸体上昏死过去了。大夫把她救灵醒后就成了这般模样……”

墩子用手搓着脸,把悄然滚出眼角的泪水也搓干了。张太太又说:“楞子死得很惨。罗玉璋把他打得遍体鳞伤,脸上被血浆了,都看不清眉眼来……”张太太哽咽起来,脸上又挂上两串泪珠。墩子心头的火熊熊燃着,牙齿咬得咯咯响。

良久,屋里听不见春妮的哭闹声。墩子想再进去看看,便和张太太一同进了屋。

春妮哭闹乏了，躺在床上，嘴里却还不停地念叨什么。忽然她大声喊道：“楞子！楞子回来啦！”忽地坐起身来，一双眼睛闪着亮光，痴呆呆地瞪着墩子，着实让墩子吃了一惊。

张太太小声说：“这几天她看到男人不是当作师长，就认成楞子。这阵把你认成了楞子。”

果然，春妮下了床，嘴里喃喃地说道：“楞子，你这个死鬼咋才回来，留下我守空房……”说着就往墩子怀里扑，慌得几个女人急忙拉住她。

“我要我的楞子……”春妮拼命挣扎，把两只手伸向墩子，一脸的绝望。

张太太揉着眼睛对女人们说：“放开手吧。”转脸又对墩子说，“文化兄弟，你就受点委屈让她疯一阵子吧……”

几个女人松开了手。春妮扑过来紧搂着墩子的脖子，脸上绽开娇羞的笑容：“楞子，你这个没良心的，咋才回来？是嫌那天晚上我没让你那个吧，我是跟你闹着耍哩……往后再甭撂下我不管不顾了。我受够了罪，不想再受罪了。往后你想咋在我身上疯就咋疯，我由着你……我知道你很爱我。楞子，跟你说掏心窝子话，我比你爱我还爱你哩……你不嫌弃我是个残花败柳的身子，真让我不知咋谢你才好……我要给你做个好媳妇，给你洗衣裳做饭，给你生娃娃……跟你说，我怀了娃娃，已经三个多月了，不信，你摸摸……你要我生个啥娃娃？哦，男娃娃吧。我知道你们男人都喜欢屌屌娃。跟你说，我也喜欢屌屌娃，我就给咱生个屌屌娃，生两个，不，生三个四个，你叫我生多少我就生多少……娃娃们把你叫爹把我叫妈，你说对吧……”

墩子听着春妮喃喃地诉说，再也禁不住了，两颗泪珠滚出了眼眶。屋里早已是一片啜泣之声……

后来几个女人给春妮喂了点药,春妮才安静下来,躺在床上昏然入睡。墩子出了屋,问身边的张太太:"找大夫看过吗?"

张太太说:"看过几个大夫,都不行。"

麻连长的太太说:"南街的王先生手段高,找他来看看吧。"

张太太说:"我也听说他有点手段,不知看这病行不行。"

墩子说:"叫来看看吧。"说着掏出身上所有的钱给张太太:"嫂子,我们当兵的身不由己,请大夫的事就拜托你了。"

张太太说:"跟我咋说这客套话,咱们都是乡里乡党的,春妮遇了难咱不帮谁帮?我也不跟你客气,这钱我替春妮收下。"

当天下午,张太太请来了南街的王先生。王先生来时春妮还在昏睡,他摸了一会儿脉,又翻开眼皮看看,开了个药方给张太太,说:"先抓三服药吃着。认药,就来找我;不认药,就不要跑冤枉路了。"

张太太当即就打发人去抓药。

第三天下午,墩子、张副官和几个贴身卫士陪着李信义和汪松鹤来到陈楞子的住处。张太太她们正在院子说着什么,看见师长他们进来都吃了一惊,急忙毕恭毕敬地打招呼。

李信义笑容可掬地跟她们点点头,随后问张太太:"春妮这几天病情咋样?请哪个大夫看过?"

张太太一一回答,说是请南街的王先生看过,吃了三服药,病势有点减轻。刚才王先生来过,又开了药方,说是有两味药岐凤可能没有要到省城去买,她们正为此事犯愁哩。

李信义"哦"了一声,迈步进屋。张太太和张副官、墩子也跟了进去。春妮躺在床上,微闭双眼,从脸色上看她比前几日有了精神，脚步声惊动了她，她睁大眼睛，猛地看见屋里拥进一伙带枪的人，面显惊恐之色。她忽地坐起身，缩到床角，一双惊恐的眼睛望着脚地的人。李信义向前走了一步，笑着脸说："春妮，我来看看你。你好点了吧？"

春妮痴痴地看着李信义，半晌，说："你……是李信义？"

屋里人心里都是一惊。李信义心中也十分不快，这个女人竟敢直呼他的名字！可他脸上依然挂满着笑："对，我是李信义。"

春妮突然母狼似的号叫起来："你这个贼驴日的！为啥要打死楞子！"骂着扑了过来，"我跟你拼了！"

墩子手疾眼快，抢前一步抱住了春妮。张副官他们急忙护着李信义出了屋。张太太也走出屋来，连连道歉："师长，她是说疯话，你别往心里去……"

李信义大度地一笑："她是病人，别说骂我，就是打我，我也不会往心里去的。"随即又严肃了脸面，说，"张太太，你们几个一定要照顾好春妮，要给她请最好的大夫。缺钱就跟张副官言传一声。楞子是咱新二师的功臣，他不在了，我们就要照顾好他的媳妇。看着春妮那个样子我心里真难受……"说着掏出手绢拭了拭眼睛。

在场的人都十分感动，几个女人都啜泣起来。李信义把手绢装进裤兜，问张太太："你刚才说有两味药岐凤抓不到？把药方给我吧。"

张太太拿出药方给李信义。李信义看了看，说："我马上让人去省城抓。"

张太太高兴万分："那就太谢谢师长了！"

李信义说："要说谢，我应该谢你哩，你替我照顾了春妮。"

张太太急忙说："师长过奖了。"

李信义摆摆手，带着一干人等走了。

两天后，李信义让人送来了药。张太太她们当即生火煎药。三服药吃完，春妮倒是不再哭闹了，却不能说话了。张太太慌了神，急忙去请王先生。

王先生赶到时，春妮躺在床上安安静静，嘴唇不住地抖动，却发不出半点声音来，一双眼睛瞪得老大，痴呆呆地望着天花板。王先生大惊，急忙摸脉，好半晌又去翻春妮的眼皮。后来又要去他开的药方，戴上老花镜反复地看，嘴里不住地嘟囔："咋能这样哩，咋能这样哩……"忽然，他想起了什么，急问张太太，"药渣哩？"

张太太说两服倒掉了，还有一服在药罐里。王先生说："快拿来看看！"

张太太拿来药罐。王先生把药渣倒在桌上一味一味地仔细察看。好半晌，猛地抬头惊问道："是谁抓的药？"

张太太回答："是师长让人去省城抓的。有啥麻达吗？"

王先生脸色陡变，额头鼻尖沁出了冷汗。张太太她们看出了端倪，忙问到底是咋回事。王先生一言不发，收拾药箱。张太太急了："王先生，你给我句明白话呀！"

王先生长叹一口气："张太太你是明白人，还要我说啥哩。你给陈太太准备后事吧。"说罢，背着药箱走了。

张太太叫了一声："老天！"一下子瘫坐在椅子上……

两天后春妮死了，墩子得知消息赶到时，春妮已躺在脚地另支起的一张木床上。她穿戴一新，头发梳得整整齐齐，脸上还轻敷了脂粉，还原了昔日的俏丽，只是面容有些憔悴，嘴唇有点发青，一条被单盖在她微微隆起的肚子上。

墩子望着木床上的春妮呆愣了半天。他问张太太，春妮怎么会死？张太太说，春妮先吃了王先生的药病情有了起色，后来吃了药就不行了。墩子脸色陡变，转身出屋。张太太急忙跟出屋来，问他干啥去。墩子说去找王先生问个究竟。张太太拭了一把泪水，说道："还问啥哩。春妮成不了个人，还不如走了的好……"她知道墩子是个直杠子脾气，弄清了事情的原委，说不定要惹出什么祸事来。

墩子仰天长叹："老天不公啊！……"两串泪珠滚出了眼眶……

下午成殓，李信义让人送来一副棺材。棺材是上等，油漆得起明放光。他还让人送来一个笸篮大的花圈，这样的礼遇实在少有。在场的人纷纷说李师长是个大好人，不光体恤部下，连他们的家属也体恤得十分周到。

成殓时，墩子和张副官、麻连长几个男人把春妮安置在棺材里。张太太等一伙女人大放悲声，墩子也禁不住黯然泪下。

在悲声中，棺材盖盖上了，盖住了一个俏丽女人和肚中的胎儿，盖住了一个死而不明的秘密……

第十四章

徐云卿失去一只脚后，一下子苍老了十多岁，头发花白了，胡子花白了，就连眉毛也白了一半。二儿子成虎请来木匠给他做了一副拐杖，并做了一个躺椅。让老子心瞀乱了，就出去转悠转悠，转悠乏了就在躺椅上歇歇。儿子的一片孝心徐云卿自然清楚，却不肯走出院门一步。他并不是觉得没脸见人，而是没有心劲，也没那个好心情。家里家外的事他都交给成虎掌管，自个儿啥心也不操了，每日在屋里抽抽水烟，跟老伴说说陈年旧话。院里太阳好时，便拄着拐杖出来在院里坐坐，看看狗啃骨头麻雀啄米，虽说十分寂寞，倒也清闲。

这段日子，镇里没再出啥事，店铺作坊和家里也平安无事。刘十三虽是土匪，倒也说话算数，看来还真是条汉子。徐云卿原本悬着的心慢慢放回到肚里。

徐家自从成虎当上掌柜的之后，表面上看上去依然如旧，一切都是按先前的章法办事。这也是徐成虎有自知之明。他自知经商之道不如父亲，他能够萧规曹随维持住这个局面就很不错了。但是，有一样他标新立异了。他借去省城办货之机去找哥哥徐望龙，说他想多雇几个护院保镖来对付土匪，请哥哥想法买些厉害家伙。

徐望龙十分赞同弟弟的主意,并说给徐家的每个店铺作坊都配备上保镖武器,武器由他来搞。

徐望龙没费多大的周折搞来一批军火,其中有两挺德国造的机关枪。武器运到家那天,徐成虎从屋里搀出父亲,安顿父亲在院中的藤椅坐下。他打开装枪支弹药的箱子,提出一挺烤蓝耀眼的机关枪,一边摆弄一边得意地说:"爹,这家伙能顶十几支汉阳造哩!"说着冲天打了一梭子。清脆的枪声如同一串鞭炮在空中炸响,惊得一群麻雀扑棱棱地飞得无影无踪。

徐云卿看一眼得意忘形的儿子,轻晃着花白的头颅,不以为然地说:"这玩意就不是咱老百姓摆弄的家伙。"

徐成虎以为父亲嫌他乱花了钱,分辩道:"爹,花几个钱怕啥。先前咱手里头若有这家伙,也不至于吃那么大的亏。"

徐云卿说:"我不是怕花钱。钱算个啥,我早已看透了,钱是人身上的垢甲,生不带来,死不带去。"

徐成虎有点不明白了:"你是嫌这家伙还不够厉害？要不我再去找找我哥,给咱再弄上两挺回来？"

徐云卿连连摇头,为儿子的糊涂而叹息。半晌,他说道:"俗话说,国正天心顺,官清民自安。世事整治不好,你就是给家里头的人一人买一挺机关枪,又能顶个啥用？唉！这世道!"

徐成虎猛然想起一件事:"爹,我哥让我给你说,他丈人爸给新二师的师长李信义打了招呼,让他出兵打刘十三和罗玉璋。过几天可能就有好消息。"

徐云卿皱了一下眉,在肚里埋怨大儿子荒唐,这么机密的事怎么能捎话回来,也不知道写封信。他再三关照儿子:"这事千万不能张扬出去,对谁都不能说,连你媳妇都得瞒住!"

徐成虎摆弄着机枪,头都不抬地说:“爹,你放心,我又不是三岁娃娃。”

徐云卿见儿子有点不耐烦,说了一句:“你娃娃家不知世事的险恶……唉!”起身拄着拐杖回屋去了。

徐成虎把机枪架在了前院的炮楼上,黑洞洞的枪口对着空旷的院子。新买的两条大狼狗卧在大门两侧,安闲地啃着几根骨头。

…………

日子一天天过去,无味却也平安。忽一日,徐成虎赶回家来给父亲报告了一个消息:有人刺杀罗玉璋失手了,刺客也被罗玉璋擒住了。

徐云卿着实吃了一惊,忙问儿子从哪里听到的消息。徐成虎说:“是孙七说的。”徐家在西秦县城开了一家客栈,孙七是客栈的主管。

“孙七回来了?”

“他是专程回来说这事的。”

“他人在哪达?”

“在客厅。”

“快叫他来!”

徐成虎唤来孙七。孙七还未问安,徐云卿就迫不及待地要孙七说事情的经过。

孙七说:“刺客是新二师手枪营营长,叫陈楞子。”

徐云卿瞪着眼睛问:“你是咋知道的?”

孙七说:“前几天我去扶眉办货,住在一六五团团部对门的一家客店。我亲眼看见罗玉璋带着他的骑兵队抓走了那个刺客。”

徐云卿的脸色变得十分难看,呼噜噜地吸着水烟。好半晌,他从嘴里拔出水烟嘴，说道："新二师的人咋那么屃！还是个营长哩，炒面袋一个！"

孙七说："姓罗的是个黑煞星，这几年正走红运，神鬼难缠。"

徐云卿挥了一下手："跑了这么远的路够辛苦的，你歇息去吧。"

孙七走后，徐云卿靠在被垛上闭目养神，却神不守舍，心慌得不行。新二师的失手实在出乎他的意料，而且刺客被姓罗的擒住了。若是姓罗的逼出口供来，得知是他徐云卿要自己的命，那个黑煞星岂能善罢甘休。想到这里他禁不住打了个寒战，起了一身的鸡皮疙瘩。他再也躺不住，坐直身子抓起水烟袋，手抖抖地按上烟丝，吹着纸煤，呼噜噜地抽了起来。

一连抽了好几袋烟，他的恐惧心情才慢慢安定下来。他细思细想，那刺客是新二师手枪营营长，也算个人物。想来李信义要他去刺杀罗玉璋决不会说是西秦徐某人的主使。那么，刺客根本就不知道他徐某人。就是刺客被逼出口供，肯定供出的主使人不是姓徐的。他何怕之有？他的心安定了，手也不抖了。他唤来儿子成虎，再三叮咛："你给郑二刘四他们几个说说，晚上多留点神。"他心中的惊恐没有完全消除。有句古训叫作"防人之心不可无"，何况罗玉璋是条疯狗。

过了两天，又得到了一个消息：刘十三的老窝被新二师端了，刘十三被乱枪打死了。最初听到这个消息，徐云卿有点不相信。刘十三横行了多年，国军多次围剿都没伤他一根毫毛，这次怎么就会被乱枪打死？恐怕是谣传吧？

两天后徐成虎从岐凤城办货回来，兴冲冲地给老子报告了一个可靠消息："爹，刘十三死啦！"

徐云卿正躺在炕上闭目养神，猛地坐起身瞪大眼睛问："你听谁说的？"

"没听谁说，我看到了。"

"你看到了？"徐玉卿瞪着儿子，心中有点不相信。

"嗯。我亲眼看到了！"徐成虎说得很肯定。

徐云卿疑惑不解："你到兔儿岭的老爷台去了？"

徐成虎笑道："爹，我跑到那达去干啥。我刚从岐凤回来。"

徐云卿依然不解："你到岐凤咋能看到刘十三？"

徐成虎说："刘十三的头被割下来挂在城门口示众哩！"

"你看清白了，不会有假？"

"我就怕有假，跑到跟前看了个仔仔细细，就是刘十三的头！"

"你看清白了？"

"我看得清清白白，黄脸络腮胡，豹子眼黑长眉毛，不是刘十三还能是谁！我还冲他说了一句，刘十三你也有今天。"徐成虎说着哈哈大笑。

徐云卿以手加额，长嘘了一口气，喃喃自语："此人一除，取了一块压在我心头的石头啊。兔儿岭的刘十三，保安团的罗蛮蛮。除了一个恶物呀！"

徐成虎说："爹，往后咱们可以睡个安稳觉了。"

徐云卿摇着花白的头颅："不，我心头还压着一块石头。"

徐成虎不解："还压着一块石头？"

徐云卿从牙缝挤出一句话来："罗蛮蛮不死，咱徐家就不会有安宁的日子！"

徐成虎却不以为然："姓罗的是保安团长，好歹也是政府的官员，咱本分经商，他能把咱咋样？"

徐云卿见儿子如此糊涂，连连摇头："成虎呀，刚过去的事你咋就忘了！姓罗的虽说是政府的官员，可他能比土匪强到哪达去？他把咱家还害得不惨？他都敢在光天化日之下活埋民女，还有啥事做不出来？如今这世道，手中有枪有权有势就是爷，老百姓是孙子！姓罗的是个混世魔王，咱在他的治下讨生活能有安宁日子过？再说，他对咱家一直心存仇恨，我就怕他对咱下黑手……"徐云卿说到这里打住了话头，他不愿往更坏处说，怕吓着了儿子，也怕吓着自己。

徐成虎把水烟袋递到父亲手中，给父亲装上一袋烟，又点着火。他原打算解雇各店铺的保镖，此时听父亲这么一说，又改变了主意。

"爹，我想再给家里请两个护院，帮帮郑二和刘四。你看行吗？"

徐云卿点点头，抽了一袋烟，说道："年年防旱，夜夜防贼。这是古训，一定要牢记！"

徐成虎连连点头称是。

从岐凤回来，罗玉璋一直在琢磨谁是陈楞子的主使人。他跟陈楞子往日无冤，近日无仇，陈楞子绝不会把头提在手上无缘无故地从岐凤跑到西秦来打他的黑枪。起初，他认定是李信义的主使，理由有二：其一陈楞子是李信义的人；其二陈楞子是手枪营营长，只有李信义才指挥得动。可他想不明白李信义为什么要杀害他？抛开李、罗两家的关系不说，自李信义到岐凤后他多次去看望，每次都带着丰厚的礼品。就凭这一点，李信义也不能主使人打他的黑枪。可不是李信义又能是谁呢？陈楞子那天在新二师的师部说,拿人钱财替人消灾;还说他的头值五百块银圆。那家伙是茅坑的石头,又臭又硬,皮鞭下都没招供,他那话能相信吗?可也不能一点不信。不是有句老话:重赏之下必有勇夫。陈楞子虽说是营长,未必有钱。不知是哪个仇家出重金请他,他动了心。五百块银圆可是个不小的数目哩!

思来想去,罗玉璋还是拿不准谁是陈楞子的主使人。他心情烦闷,一天到晚黑丧着脸,动不动就大发脾气,就连宠爱的三姨太都挨了他一个耳光。郭栓子和一班卫兵都提着脚跟走路,生怕惹出事端来。

其实,最让罗玉璋担心的是他触怒了李信义。那天他盛怒之下带兵冲了新二师师部,并做出了许多越轨之事。归途中他冷静下来就有些后悔,肚里直骂自个儿太没涵养。可世上没有卖后悔药的。回到西秦,他立刻命令郭栓子的卫队和骑兵队昼夜执勤,严加防范。凡外来者一律不许进保安团团部,违令者格杀勿论。他心中真害怕李信义这回真的派刺客来要他吃饭的家伙。

时光如流水,不觉过去了半月。什么事情也没有发生。罗玉璋心里稍安一些,又做了些善后工作,写了一封赔情道歉信,备了一份厚礼让郭栓子送到岐凤。

郭栓子从岐凤回来,罗玉璋迫不及待地问:"李师长把礼品收下了吗?"

郭栓子说:"收下了。"罗玉璋又问:"他看了信是啥态度?说啥了吗?"

郭栓子说:"李师长看罢信笑了笑,啥也没说。"

"啥也没说?"罗玉璋满脸狐疑。

"哦,说了一句。"

"说啥了?"

"我临回时,李师长说,礼品他收下,让我向你代声好。"

"就这话?"

"就这话。"

罗玉璋捏着宽大的下巴颏半天不语。忽然他看见郭栓子站着,便说:"栓子,坐下坐下。"又摆了一下手,示意坐在一旁的三姨太倒茶。俊俏的三姨太扭着丰圆的屁股送上茶水,娇滴滴地说:"栓子,喝茶。"

郭栓子受宠若惊,赶忙双手接住茶杯。他给罗玉璋当差多年,很少受到这样的礼遇,有些诚惶诚恐。

罗玉璋抽着雪茄,问道:"栓子,你看新二师有啥动静吗?"

郭栓子摇摇头:"看不出有啥动静。"

罗玉璋又问:"他们不会对咱下黑手吧?"

郭栓子说:"我想不会吧,咱们好歹是政府的保安团,他们打咱师出无名。"

"他们不能下黑手?"

郭栓子明白罗玉璋心存恐惧,安慰道:"团长放心。李、罗两家是世交,你跟李师长称兄道弟,再者说,你给他送了不少礼品,他没有下黑手的理由啊。"

罗玉璋摇头,沉吟道:"我跟陈楞子往日无冤,近日无仇,他从岐凤跑到西秦来打我的黑枪为的是啥?"

郭栓子说:"他身后有主使人。"

"谁是他的主使人?"罗玉璋瞪着眼睛问。

郭栓子不语,低头喝茶。罗玉璋缓和了一下脸色:"栓子,你说说看,这人是谁?"

“团长,这人我说不上来。”

“你看会不会是李师长?”

郭栓子摇头:“要我看不会是李师长。”

“为啥?”

“李师长要对你下手不用打黑枪,他可以把你招到岐凤去……”

罗玉璋点头,少顷问道:“那他为啥要打死楞子?是不是杀人灭口?”

“李师长打死楞子是动了恻隐之心……”

“动了恻隐之心?”

郭栓子肯定地点点头:“楞子是他的部下,他能不知道楞子的脾气?那是个宁折不弯的汉子!李师长明白他不会招供,又不忍看着他受酷刑就开枪打死了他。”

罗玉璋沉吟道:“你这话也有道理。看来陈楞子身后另有其人。你说,这人会是谁哩?”

郭栓子呷了一口茶:“团长,要我看这人是你的仇家,一个家道殷实的仇家。”

罗玉璋皱起了眉:“家道殷实的仇家?”

“楞子那天说有人出五百块银圆买你的头。我琢磨一般的仇家不会这么财大气粗。”

罗玉璋脑海忽地闪出一个人来,咬着牙说:“莫非是他?!”

郭栓子不知罗玉璋说的“他”是谁。他没有问,他清楚自己的身份,该问的话就问,不该问的就不要问。罗玉璋大口抽着烟,两条浓眉拧成了两个墨疙瘩。郭栓子见状,进了一言:“团长,西街有个算卦的,姓吴,满城人都说他的卦算得准,人称吴半仙。是不是把他请来算上一卦?”

罗玉璋眼睛忽地一亮,脸上有了喜色:"栓子,你快去把他请来!"

时辰不大,郭栓子把算卦的请来了。罗玉璋一双犀利的目光把算卦先生上上下下打量了一番。算卦先生年纪在五十开外,穿一领蓝布长袍,头戴青色瓜皮小帽,戴一副淡色水晶眼镜,留着山羊胡须,手拿一把折扇,颇有几分仙风道骨。

"你就是吴半仙?"罗玉璋冷不丁问了一句。

吴半仙冲罗玉璋一拱手:"那是世人送的外号。在下姓吴名道成。"

"你在西秦摆卦摊多久了? 咋面生得很?"

吴道成又是一拱手:"我来西秦不到半年,罗团长是大贵人,整天打交道的都是高官名流,看我自然是面生。"

罗玉璋捏着下巴点点头:"坐,坐下说话。"

吴道成落了座,郭栓子送上一杯热茶。吴道成呷了一口茶,言道:"罗团长唤我来有何事?"

罗玉璋坐在他对面,点燃一根烟,哈哈笑道:"请吴先生来给我算一卦。"

"不知罗团长算啥? 求官? 还是求财?"

罗玉璋摇摇手:"不求官,也不求财。"随即沉下脸来,"前些日子我被人打了黑枪,你给我算算,刺客是哪个?"

吴道成放下茶杯:"罗团长说笑话了,刺客已被罗团长擒住了,名叫陈楞子,是新二师手枪营营长。西秦城传得沸沸扬扬,连三岁娃娃都知道。这个还用我算吗?"

"不,不。"罗玉璋连连摇手,"我让你给我算算陈楞子身后有没有主使人?"

吴道成说:“请罗团长报上生辰八字。”

罗玉璋报上自己的生辰八字。吴道成微闭着眼睛,伸出枯瘦的手,嘴里咕哝着“子丑寅卯……”一阵掐算。良久,十分肯定地说:“身后有主使人。”

“是谁?”罗玉璋瞪圆了眼睛。

吴道成微微一笑:“罗团长,请你写一个字。”

罗玉璋有点迟疑不解。吴道成笑道:“随便写个啥字都行。”

罗玉璋手指蘸着面前茶杯的茶水,思索了一下,在桌上写了个“金”字。吴道成端详了半天,吟哦似的说道:“金者,钱财也。主使人必定家大业大是个富绅。”

罗玉璋看了郭栓子一眼。郭栓子心领神会,上前问道:“吴先生,能算出这个人是谁吗?”

吴道成矜持地一笑:“请拿纸笔来。”

郭栓子急忙拿来笔墨纸砚。吴道成提笔在手,写下一行字:云雾散尽天自清。

罗玉璋和郭栓子看罢,面面相觑,不解其意。罗玉璋说道:“吴先生,不知这句话是啥意思?”

吴道成笑而不答。罗玉璋再三追问,吴道成言道:“此乃天机,不可泄露。”说罢就要告辞。罗玉璋让郭栓子送上十块银圆做卦金,吴道成并不推辞,收下卦金拱手告别。

罗玉璋对着那张墨迹未干的宣纸呆呆地看着。好半晌突然醒悟过来,喃喃地念道:“云雾散尽天自清,云清,云卿,果然是他!”一拳砸在桌上,桌上的茶杯猛地跳起,跌在地上摔得粉碎。

郭栓子和三姨太都吓了一跳,怔怔地望着罗玉璋不知所措。他俩都知道罗玉璋脾气乖戾,喜怒无常,这会儿不知哪根神经又出了毛病。

“栓子!”罗玉璋厉声叫道。

“有!”郭栓子浑身一激灵,挺直了腰板。

罗玉璋甩掉手中的烟头,一脚踩灭,走过去,在郭栓子耳边低语了几句。郭栓子满脸惊色,半晌不语。

“咋的,你下不去手?!”罗玉璋脸上变了颜色。

郭栓子惊出了一身冷汗,问道:“团长,几时去?”

“时间你定。干利索点,不要露一点马脚!”

“是!”

郭栓子转身刚要走,又被罗玉璋喊住:“一定要斩草除根,不能留下后患!”

“是!”

转眼到了冬天。

入冬来很少雪雨,小北风却一个劲地吹。天上没有云彩,北风搅起黄尘把天空涂染得灰蒙蒙的,太阳似一个白铁饼悬在空中,没有一丝热气,干冷干冷的。徐云卿不再去院子,终日坐在炕上吸水烟,老伴徐王氏把炕烧得热乎乎的,让他感到十分惬意舒坦。到了晚上,老伴给放在火炕跟前的火盆加足木炭,他不点灯,面火而坐吸着水烟。徐王氏知道他没有瞌睡,便披衣而坐陪他说闲话。他们说的话题几乎全是年轻时的人和事,炭火把他们的脸庞映得通红。说到高兴处两人都咧着嘴笑,仿佛又回到了年轻的时代。这段时光徐云卿过得很满足,心中的不快一扫而光。

农历十月二十二,徐成虎的媳妇生了个男孩。徐云卿年过半百,才得头胎孙子,真是大喜。徐家家大业大却人丁不旺。徐云卿两女生在先,随后生有两子。长子徐望龙婚娶多年,却一直不在家,后来家里遭了变故,至今未有孩子。次子徐成虎娶妻两年,今喜得贵子,徐云卿乐而忘忧,终日喜笑颜开。

徐成虎本想在迎宾楼大摆筵宴,为儿子庆贺满月之喜。父亲把他拦住了,说道:“徐家添丁进口是咱徐家的喜事,不必那么张扬。”他心里怕大操大办过于张扬招来祸事,嘴里却不愿说出不吉利的话。徐成虎心中虽有几分不喜,但也没有违背父亲的意愿。

几天后,徐成虎去省城办货。回来时,身后跟着哥哥徐望龙。乍一见到大儿子,徐云卿又惊又喜,百感交集,下巴的胡须抖动了半天,却说不出话来。

“爹！妈!”徐望龙叫了一声,双膝跪倒在脚地,爬行几步到炕前,揭开被子,一眼看见父亲失去左脚而光秃秃的腿哭出声来:“望龙不孝,连累爹遭此大难……”

徐云卿拭去滚出眼眶的两颗老泪,强颜为欢:“你回家来是喜事,应该高兴才是,哭啥哩嘛。起来起来,坐下说话。”

徐望龙起身,又向母亲问安。徐王氏撩起衣襟拭着眼窝,拉过儿子左瞧右看,连声说:“瘦了,瘦了。”

徐望龙说:“妈,只怕我胖成弥勒佛,你也要说我瘦了。”

一屋的人都笑了起来,笑声冲散了最初的伤感气氛。徐云卿问大儿回家有啥事。徐望龙说,他早就想回家来看望父母,只因公务缠身走不脱。这次成虎进城办货,告知他徐家喜得贵子,添丁进口,他再忙也要回家来祝贺祝贺。徐云卿吸着水烟,半天不语。徐望龙看出父亲有点不高兴,便问道:“爹,我回来你不高兴?”

徐云卿吹掉烟灰,叹了一口气:“唉,望龙,爹恨不能你整天守在爹身边,可这世道……唉!”

徐望龙有点不明白："爹，刘十三已经除掉了，你还怕啥？"

"望龙呀，刘十三虽然除掉了，可还有王十三、张十三。树大招风，咱们徐家家大业大，在世人眼里是块肥肉，谁都想咬一口。"

徐望龙说："爹，过几天回省城我给咱再想法弄两挺机关枪，那家伙厉害，一般小股土匪都没有那家伙。"

徐云卿花白的头颅连连摇动："成虎也跟我说过这话。那家伙就不是咱老百姓摆弄的玩意……好啦好啦，不说这话了。"他截断了话头，不想在儿子回家的兴头上说这些揪心的话。

徐望龙在心里感叹父亲老了。以前父亲绝不是这个样子。家里遭了几次事，把父亲的胆气夺了，竟然一朝被蛇咬，十年怕井绳。看到父亲畏首畏尾的样子，他心里感到一阵悲哀。

孩子满月那天，天气突然转阴，北风呼呼刮着，夹杂着零零星星的雪花。依着徐云卿的意愿，徐家只是摆了家宴以示庆贺。来宾除了儿媳娘家的亲戚外，还有徐家的三姑六姨八舅和两个出嫁的女儿。请来的贵客只有杨玉坤一人。按徐云卿的意思谁都不要请，可这地方有个风俗，满月之日要抱着孩子出门撞彩。所谓"撞彩"就是由家里人抱着孩子出门，这时不管在门口碰到谁就把孩子给他抱，家里人把他请进家来坐入上席。这人这一天就是办喜事主家的贵客。有时抱孩子出门难免会碰到乞丐，这就有点大煞风景了。后来不知哪位智者想了一个高招，孩子满月之前给一位福命双全的人打好招呼，请他在孩子满月那天等在门前撞彩。从此再没有出现过大煞风景的局面。因此这个风俗一直流传至今。能给徐家抱孩子的人一定要大福大贵，徐云卿思来想去，此人非杨玉坤莫属。虽然杨玉坤谈不上怎么大福大贵，可也毕竟是永平镇的人尖子。

家宴摆在客厅，两个火盆加满了木炭，欢快的火苗把客厅烤得温暖如春。早宴撤下后，徐王氏把孙子抱到客厅，女客们围上前都夸孩子长得胖长得乖，纷纷拿出贺礼塞到孩子的婴兜里。孩子的外婆送给孩子的礼物是一顶老虎帽和一个长命锁。长命锁是银制的，做工精巧引出女客们一阵惊叹。

大伯徐望龙送给侄儿一支金笔，又引出一阵惊叹。轮到徐云卿，众人都笑说，看爷爷送给孙子个啥礼物。徐云卿呵呵笑道："也不是个啥好物件。"说着从怀里掏出一个长命金锁来。那金锁不同那银锁，黄灿灿地闪光，三个金牌点缀其间，下缀三个小金铃；金锁正面有四个篆字：长命百岁，背面也有四个字：富贵长久。金锁做工十分精致，巧夺天工。众人都看得发呆，好半晌才发出由衷的惊叹。

徐云卿从老伴的手里接过孩子，轻轻揭开襁褓，孩子粉嫩的小脸露了出来。孩子睡着了，忽然小嘴吮吸起来，粉嫩的小脸露出了笑容。他是在做梦吃奶吧。徐云卿看在眼里喜在心头，一双眼睛笑眯了。徐成虎在一旁笑着说："爹，你给他起个名吧。"

众人都说，让爷爷给孙孙起个名。徐云卿端详着小孙孙，半晌，笑道："叫锁柱吧。"

大家都说这个名字起得好。徐云卿更是高兴异常，忍不住亲了小孙孙一口，没想到胡子把小锁柱扎醒了。小锁柱睁开了眼睛，一双黑豆子似的眼珠目不转睛地看着抱他的人，忽然哇哇地大哭起来。显然他被爷爷那张长着胡须的老脸吓着了。徐云卿拍哄着，可小锁柱就是啼哭不止，他的眉头不易觉察地皱了一下。徐王氏从老汉怀中抱过孩子，说是孩子肚子饿了，让他妈给他喂喂奶。

午宴开了，酒菜十分丰盛。徐云卿给客人们劝了三杯酒，便拄着拐杖来到前院门房,这里另摆一桌酒宴,款待四个护院。郑二刘四看见老掌柜颤颤巍巍地走来,急忙离座搀扶,两个新来的护院也躬身笑脸相迎。

徐云卿落座后,笑容可掬地说:“今儿客人多,把你们几个慢待了。”

四人都说老掌柜太客气了,都是自家人,啥慢待不慢待的。徐云卿笑道:“今儿是大喜之日,你们几个一定要吃好喝好。”说着端起酒壶把盏,给每人斟满一杯酒,遂举起酒杯:“来,我敬你们一杯!”

四人受宠若惊,端起酒杯急忙站起身。徐云卿笑道:“坐下坐下,自家人别这么讲礼数。我先干为敬。”说罢,一饮而尽。

郑二等四人都饮干了这杯酒。徐云卿又斟满一杯酒:“各位给我徐家出了力,我代表全家人敬你们这一杯!”又一饮而尽。

四人也都饮了这杯酒。徐云卿再斟满一杯酒:“今儿天气寒冷,大家再饮一杯。”几人又饮一杯。此后,徐云卿只劝菜再不劝酒。少顷,他放下筷子,笑着说:“你们四个慢慢吃,我到里头招呼一下客人。”

几人都说老掌柜请自便,不必操心他们。徐云卿拄着拐杖走出两步,回过头笑着说:“多吃菜少喝点酒。”郑二明白了老掌柜的心思,当即让人撤走了酒。徐云卿满意地笑了:“酒改日再喝,保你们喝个够。”这才蹒蹒跚跚地走了。

午宴后北风刮得紧了,雪花也密了起来。天气不好,客人们纷纷告辞。冬日天短,送走最后一拨客人,天色昏暗起来。徐云卿拄着拐杖要出屋,老伴见院里也已有了鸡爪子雪,以为他要上茅房,怕他摔倒要扶他去。他摇摇头,说出去看看。老伴说这个时辰了出去看啥。他并不答言，拄着拐杖出了屋。

来到前院，两条大狼狗卧在门洞里正津津有味地啃着一堆骨头，郑二他们几个在门房里围着火盆烤火说笑。见他进来，为首的郑二吃了一惊，忙问他有啥事。徐云卿笑了笑，说没啥事，在屋里坐不住出来转转。郑二把他搀扶到火盆跟前坐下。说了一会儿闲话，他嘱咐郑二刘四："今儿天气不好，晚上要多操点心。给屋里和炮楼上多拿些木炭，把火烧旺些，天气冷不要冻着了。半夜叫你老婆她们弄几个菜吃喝吃喝。"郑二和刘四的老婆都在徐家当用人，在厨房里干活。

郑二刘四连连点头称是，并再三让老掌柜放心。徐云卿拄着拐杖临出屋时苦笑了一下说："你们甭嫌我老汉啰唆，年年防旱，夜夜防贼。这是古训。小心没错，你们说是吧。"

郑二刘四同声说："老掌柜说得极是。今晚我们四人都不合眼，绝不会出啥差错的。"

送走老掌柜，刘四对郑二说："老掌柜的今儿咋了？胆子比老鼠还小。刘十三死了，哪个毛贼还敢上门找死！"

郑二说："咱还是多操点心的好。拿人钱财，替人消灾。再者说，老掌柜待咱不薄。受人之托，忠人之事。"两人说着话上了前院炮楼……

夜幕拉开了。北风吹得更紧了，温度骤降，雪花变成了雪粒子，落在地上沙沙有声。徐王氏给火盆加足了木炭，早早睡下。今儿她迎宾送客劳累了一天，感到十分疲倦困乏，没有精神陪老汉说话。徐云卿披衣坐在火盆前吸着水烟。下午他的左眼皮跳个不停，俗话说，左眼跳灾右眼跳财，他虽然不信这个，可心里却不喜。中午抱孙子时，孙子看着他突然哇的一声哭了，他便也有几分不喜,总觉得有点不吉祥。可他对谁也没说,只是装在自个儿肚里。今儿全家大团圆(只少了徐望龙的媳妇),实在是个大喜的日子。他不想让这个大喜的日子蒙上哪怕一点点阴影。他再三叮咛郑二刘四他们千万要谨慎小心,生怕出点意外。冬日夜长,加之饥寒交困,正是土匪出没的时节。

不知过了多久,徐云卿放下了水烟袋,和衣靠在被垛上。白天他喝了不少酒,可对他来说算不了什么。他喝二斤酒也不会醉的。他没有多少睡意,闭着眼睛假寐。窗外北风在树枝上呼啸,雪粒子打着窗纸沙沙作响,此外是一片宁静。他想,这样寒冷的夜晚谁愿意钻出热被窝呢?心里宽松舒坦了许多,渐渐迷糊了过去……

郑二是尿尿时发现土匪的。

他们四人傍晚时分都上了前院炮楼。站在炮楼上墙外墙内都看得清清楚楚。他们四人的家伙都很硬棒,每人都是一长一短,此外还有一挺机关枪。刘四摆弄了一下机枪,说:“有这家伙,土匪能把咱的屌咬了!”几个人笑着围着火盆坐下谝闲传。谝着谝着两个新手连连打哈欠。刘四就说:“咱们轮班吧,你俩先睡。”郑二不置可否。两个新手和衣躺在床上。约莫子夜时分,刘四坐在火盆前打起了盹,郑二也有点犯困。他想叫老婆起来弄几个菜吃喝吃喝,提提精神。可想到这么冷的天气把老婆从热被窝里叫起来有点于心不忍。他打了个哈欠,感到膀胱有点发胀。上厕所他嫌麻烦,把撒尿的家伙掏出来从枪眼往外尿。尿水落地的响声在静夜中显得很豪放,他不禁咧嘴笑了笑。事毕,他边系裤带边顺着枪眼往外看,外边白茫茫一片,雪花已给大地披上了白被单。忽然,他看见一排黑桩子。最初,他以为是路边的树。可那排黑桩子在移动!

他情知不妙，不禁打了个寒战。他喊了一声："有土匪！"抽出手枪朝那排黑桩子打了一梭子。那排黑桩子哗地散开了，密密麻麻撒了一雪地，好像苍蝇趴在了白面缸上。

刘四他们几个都惊醒了，抽出枪趴在枪眼上，往外张望。刘四失声惊叫："天爷，这么多的土匪！"扔了手中的盒子枪，端起机枪往外就扫。

外边的枪声顿时大作，火力十分凶猛。两条大狼狗狂吠起来，引得一镇的狗都在咬。可郑二他们都知道，自王怀礼死后，罗玉璋撤走了保安中队，不会有谁来帮他们打土匪的。他们四人都看得出今夜的形势不对劲，边打枪边喊叫："土匪来咧！土匪来咧！……"

徐云卿早已被枪声惊醒。他翻身坐起，禁不住打了个寒战，趴在窗子上扯着嗓子喊："望龙成虎，快上炮楼！"摸着黑下了炕，拐杖没抓牢，跌倒在脚地。

老伴徐王氏慌成了一团，抓住裤子当袄穿，半晌穿不进去。等她穿好衣裳时，老汉已从脚地爬起。两人相搀着慌慌张张地出了屋。屋外天气十分寒冷，朔风裹着雪粒子打在脸上生疼生疼的，可他们竟一点都不觉得。这时望龙和成虎小两口抱着孩子也跑到了院子。孩子受到惊吓，哇哇大哭，哭声凄惨而嘹亮。一家人相拥着跌跌撞撞地上了后院炮楼。喘息未定，只见一人跑进后院来。徐成虎眼尖，瞧见那人便举枪要打。那人喊叫起来："老掌柜，我是郑二！"徐云卿急忙按下儿子的枪头："快放郑二上炮楼！"

郑二上了炮楼，把徐家一家人都吓了一跳。他满脸是血，面目狰狞可怕。他出气如牛喘："老掌柜，今晚火色不对……"

徐云卿急忙问："摸得清是哪股土匪？"

“摸不清,他们很有来头,比刘十三还凶,五六十人,还有好几挺机枪哩!”

徐云卿倒吸了一口凉气,一家人都惊呆了。郑二又说:“刘四他们三个在前边顶着,我护着你们从后门走吧。”

徐云卿看看老伴,又望望抱着孙儿瑟瑟发抖的儿媳,心里叹道:“残的残老的老小的小,咋走得动!”

正在徐云卿犹豫不决之时,一声天崩地裂般的轰响,只见前院腾起一个火球,炮楼被举到了空中,瞬间粉碎了。他们惊得半晌合不拢嘴巴。郑二叫了一声:“刘四兄弟!”泪如雨下。他和刘四在徐家干护院多年,亲如兄弟。

徐望龙惊醒过来,说道:“爹,咱们走吧!”他已看出问题的严重性,不走的话全家凶多吉少。徐成虎也催促道:“爹,快走吧!”

徐云卿一咬牙,说道:“望龙、成虎,你俩和你郑二叔护着锁柱娘俩快走!”

两个儿子异口同声问:“你和我妈呢?”

“甭管我俩!”

“爹!”

“老掌柜!”

徐云卿苦笑了一下:“我这个样子和你妈咋走得动。你们快走吧!”

望龙、成虎和郑二还在迟疑,徐云卿把拐杖顿得咚咚响:“你们是徐家的根苗,我和你妈都是一把老骨头,啥也不怕。还不快走,再迟就来不及了!”

徐王氏也跺着小脚,呜咽着喊:“听你爹的话,快走! 快走!”

望龙、成虎和郑二不再迟疑,裹着成虎媳妇娘俩下了炮楼。可已经晚了一步，十几个“黑桩子”冲到了后院，子弹尖叫着封住了炮楼出口。冲在前头的郑二被打中了，痛叫一声栽倒在地上。紧跟其后的徐成虎吼叫一声：“日你妈土匪！”手中的机枪响了。冲在前头的几根“黑桩子”扑倒在雪地不再动弹，其他“黑桩子”卧倒在雪地冲这边打枪。

望龙、成虎见冲不出去，护着成虎媳妇又退到炮楼上。徐云卿问儿子，郑二呢？望龙说：“郑二叔死了。”

“老天爷！”徐云卿叫了一声，半晌，他探头从枪眼往外看。雪地上有几十个“黑桩子”，白雪把他们映照得清清楚楚，可以看得出他们是一伙精壮小伙子，一律黑衣黑裤，脸上都涂着锅灰，弄得面目全非。显然他们是怕徐家人认出他们来。徐云卿自知今晚在劫难逃，他抖起胆子说道：“各位好汉，不知你们是哪路人马？我徐云卿不知啥地方得罪了你们，还请你们多多海涵。我徐家也有点资产，徐某人也不是守财奴，你们说个数，我如数奉上。咋样？”

底下没人答话。徐云卿又说：“冬天饥寒交困，好汉们是缺吃少穿吧？这是仓库的钥匙，你们缺啥拿啥。”他把一串钥匙从枪眼口扔了下去。可是没人上前去捡。

徐云卿再言道：“好汉爷，你们到底要啥，尽管开口。只要我徐家有，绝不吝啬。”

还是没人答话。徐成虎忍不住吼道：“你们是一伙哑巴？装聋作哑就不是立着尿尿的！”

这时有人搭了腔：“徐成虎，阎王爷叫你来啦，你崽娃子还嘴硬！”

听到这个熟悉的声音，徐云卿的头发竖了起来，起了一身的鸡皮疙瘩。为了进一步证实他的猜想，他又说道：“好汉，咱们往日无冤，近日无仇，为啥要苦苦相逼？”

那人道：“徐会长，不是我苦苦相逼，是你徐家的气数尽了！”

徐云卿低声问二儿子：“成虎，你听出这人是谁吗？”

“这人声音好耳熟……很像罗玉璋的卫队长郭栓子。”

“就是这个驴日的！”徐云卿咬着牙说。他心里明白了，这伙“土匪”是罗玉璋差遣来的。他一手拄着拐杖一手扶着墙壁，强压住心头的怒火，叫道：“郭队长！”

郭栓子见徐云卿认出了他，也觉得再没有隐瞒的必要，便也叫了一声：“徐会长！”

徐云卿冷笑一声：“郭队长是政府堂堂的保安团的卫队长，今晚夕干这种勾当有失体统了吧。”

郭栓子说：“我是人在江湖，身不由己。”

“这么说是罗玉璋让你这样干的？”

郭栓子答道：“徐会长是明白人，心中应该清楚。”

“郭队长，我跟罗玉璋的梁子是咋结下的你最清楚。是姓罗的对不住我姓徐的，我有哪点对不住他？”

郭栓子说：“徐会长，你不该两次让刺客对罗团长下黑手。”

徐云卿矢口否认。郭栓子言道：“你跟我说这话没用。”

徐望龙忍不住怒火，骂道：“郭栓子你这条疯狗，见啥人都敢咬！”

郭栓子先是一怔，随即笑道：“是徐家大少爷吧，你回来得正是时候。你记好，明年的今日是你的周年！”

徐望龙咬牙骂了一句，手中的盒子枪打出了一梭子弹。郭栓子栽倒在地。他只是左肩上中了一弹，伤得并不重。他就地一滚，滚到一个机枪手跟前，抢过机枪，对准炮楼的枪眼就打。炮楼上徐成虎的机枪也响了，徐望龙也用手枪还击。忽然徐望龙的身子面条似的顺着墙壁软了下来。徐云卿急忙抱住儿子。徐望龙胸前汪出一片血来。他疾声呼唤："望龙！望龙！"

徐王氏也扑过来，泪流满面呼唤儿子。徐望龙睁开眼睛，说了一句："都怨我没除了罗玉璋，打蛇不死反被蛇咬……"头歪倒在一旁。

"望龙，我的儿呀……你不该回来呀……"一个苍老而又悲愤的声音在静夜中显得十分凄惨。

徐成虎的眼睛往外喷火，端起机枪骂道："郭栓子我日你八辈先人！"机枪吐着火舌，几个"黑桩子"倒在了雪地。

郭栓子边还枪边命令："炸了狗日的！"立时有几条汉子抱着炸药包往上就冲，却都被火舌舔倒了。郭栓子红了眼睛，喊了一声："加强火力，打哑他！"

两挺机枪一起吼叫起来，子弹打得砖墙直冒火星。片刻工夫，炮楼上的机枪哑了。徐云卿惊叫一声："成虎！"

徐成虎喝醉酒似的站立不稳，踉跄后退一步，倒在了父亲身上。徐云卿抱着浑身淌血的儿子，疾声呼唤："成虎！成虎！……"

徐王氏和成虎媳妇都呆若木鸡。两个女人被眼前突变的景象吓痴了，弄不清是做梦还是真事。徐成虎睁开眼睛，看清身边的人，叫了声："爹！"

"是爹害了我娃……爹不该挣下这份家业……爹要是个要饭的，我娃咋能遭这个大难……"徐云卿痛心疾首，老泪如泉涌。

徐成虎气若游丝："爹，不怨人，怨世道太瞎……"话未说完就咽了气。

徐云卿号啕大哭，两个女人这才哭出了声，娃娃也跟着哇哇啼哭。许久,徐云卿止住悲声,抹去脸上的泪水,扶起墙壁站起身。他对着枪眼大声吼叫:“郭栓子!”

下面没人应声。枪声也停了,朔风也不再呼啸,一片沉寂。徐云卿又喊一声:“郭栓子!”

郭栓子答了话:“徐会长还有啥话要说?”

“你打死了我两个儿子也该撤兵了吧。”

“撤兵?我的任务还没完成哩!”

“莫非你还要我这条老命?”

“不光你的老命,这个炮楼也得端了!”

“你的心太残了!”

“不是我心残。有句老话,打蛇不死反为仇。还有句老话,叫作斩草除根。我想徐会长不会不知道吧。”

此时徐云卿完全明白了今晚的处境,也明白了再说啥软话也不起任何作用,朗声说道:“郭栓子,你想要我咋死?”

郭栓子看到炮楼上的老幼伤残对他构不成威胁,站起身仰脸说道:“徐会长想咋死?”

徐云卿略一沉吟,说:“这个炮楼是我为防土匪修的,没想到却要被政府的保安团炸掉。那我就跟炮楼一起走吧。”

“我佩服徐会长是条汉子,成全你!”郭栓子一挥手,命令人给炮楼下面放炸药包。

徐云卿盘腿而坐,抱着成虎的尸体。徐王氏和成虎媳妇还在哭哭啼啼。他以少有的温和态度说道:“甭哭了,把眼泪擦干。”一老一少两个女人抽泣着拭抹脸上的泪水,紧挨在他身边坐下。他看看瑟瑟发抖的儿媳妇,做了个笑脸:“甭害怕,把爹挨紧点。”成虎媳妇抱着孩子紧紧靠住公爹的身躯。徐云卿伸出一只手抚摸着孙儿柔嫩的头发。孩子哭累了,已经熟睡,小脸蛋红扑扑的,脖颈上挂着长命金锁。忽然,他的小嘴吮吸起来,脸上绽开了笑容。他又做吃奶的美梦吧。徐云卿不忍再看,长叹一声,老泪潸然而下……

轰隆一声巨响,大地颤抖了一下。在一片火光中徐家后院的炮楼飞上了天空。雪粒子不知几时变成了大雪片。鹅毛般的大雪满天飞舞,这一刻被冲天的火光映得如同染上胭脂的柳絮。

接下来是一片骇人的沉寂……

第十五章

陈楞子和春妮的突死，给墩子一个极大的刺激。他感叹人生无常，命运难测，他们的今日也许就是自个儿的明天。他觉得在这个队伍上干实在是把脑袋别在裤腰带上混饭，说不定自己大仇未报命就完屎了。他心灰意冷想解甲归田。前两天雪艳又来看望他，见他闷闷不乐便陪着他，并在军营住了一宿。这一宿在床上雪艳使出百般温柔讨他欢心。颠鸾倒凤时他把世间一切烦恼痛苦忘得干干净净，只有怀中美若天仙似的女人。在那一刻他觉得再也离不开这个女人了。自己以前太傻了，守着这么美丽的女人不好好过日子却要当什么兵报啥子仇！自个儿的脑子是不是出了毛病？第二天中午送走了雪艳，他就决定解甲归田，带上雪艳回家去过男耕女织的日子。三十亩地一头牛，老婆娃娃热炕头。此时他真向往这样的庄稼汉小康生活。

主意打定，墩子就去找师长。他本想一走了之，但怕遭人误会骂他是逃兵。大丈夫处世，光明磊落为第一重要。

来到师部，师长和参谋长正在谈论什么。看见墩子，师长笑了一下，问他有什么事。他忽然有点胆怯，讷讷半天才说明了来意，脱下了军帽，卸下了腰间的武装带和手枪放在了桌子上。李信义很是吃惊,拿雪茄的手僵在了半空,看了他半天,问道:“文化,你要解甲归田?”

他点点头。

“为啥?”

他不能说原因,缄默不语。李信义忽然勃然大怒:“你把军队当成啥了?旅馆?学堂?你说来就来说走就走!这是军队!有纪律有法令!你想当逃兵就该吃枪子儿!”

他打了个冷战,可还是犟巴巴地梗着脖子。汪松鹤走了过来:“师长息怒。”随后转过脸问他,“文化,有什么不顺心的事?说出来让师长给你解决,别耍小孩子脾气。”

墩子还是一言不发。汪松鹤拍着他的肩膀笑道:“是不是想媳妇了?今年多大了?二十五,该娶个媳妇了。”

墩子红了脸面,不好意思地挠着头。

“师长,你看一提媳妇的事墩子还脸红呢。”汪松鹤说着哈哈大笑。

李信义虽说没笑,可说了一句:“没出息。”屋里的气氛立刻缓和了许多。

汪松鹤和李信义交换了一下目光,一脸严肃地说:“打刘十三这股土匪,你任务完成得很好。师长正想提拔你当手枪营营长,在这节骨眼上你怎能说‘不干’的话?是不是觉得报仇无望了?师长多次给你说过,君子报仇,十年不晚。你着什么急?罗玉璋横行霸道,早晚要伏法。师长还想把这个任务交给你哩。”

墩子心头忽地腾起一股烈焰,看看参谋长,又望望师长。

“怎么,你不相信我的话?”

“参谋长,我相信。”

汪松鹤又拍拍他的肩膀:“文化,给你坦率地讲,师长一直很器重很信任你,多次跟我说你是个人才。可你今天说‘不干’的话,实在让他伤心呀。”

“松鹤兄,甭说了。”李信义摇摇手,站起了身,问墩子,“你是不是对我有成见?”

墩子慌忙摇头。

“没成见就好。”李信义摆了一下手,“你走吧。”

墩子有点发蒙,不知该走还是不该走,迟疑不决。李信义道:“当初你来投我,我本不想收留你,你却苦苦哀求,我便收留了你。现在你要走,我也没理由拦你。我若要按军法处置了你,世人要骂我李信义手太残。我就违一回军法放你走。你走吧。”

墩子忽然觉得自己打错了主意,很是惶然,不敢看师长咄咄逼人的目光,垂下了头。李信义见他呆立不动,加重了语气:“咋的不走？难道要我欢送你不成?!”

“师长,我知错了……”墩子讷讷地说。

李信义从鼻孔发出一声哼,大口抽烟。汪松鹤笑脸说道:“师长,人非圣贤,孰能无过。文化知错了,你就饶他一回吧。”

李信义叹了一口气:“松鹤兄,我李信义带兵多年,自信爱兵如子。可没想到所器重信任的人却要背弃我,实在让我痛心啊!”

“师长,文化一时糊涂,你别往心里去。”汪松鹤说着给墩子使了个眼色。墩子心领神会,上前一步诚恳地说:“师长,都怨我一时糊涂,说出没头没脑的话,辜负了你的栽培,你处罚我吧。”

李信义不语,挥了挥手。汪松鹤拿起桌上的军帽、手枪和皮带给墩子:“回去思过吧。师长训斥你,是恨铁不成钢。”

墩子戴上军帽,系好皮带,挺直腰板给师长和参谋长行了个礼，转身出了师部……

他回到住处，把自己扔在床上，双手枕在脑后，呆望着天花板思过。换了一个人似的想这个问题，陈楞子选择了军人这个职业，服从命令是他的天职。师长派他去刺杀罗玉璋，服从是他的天职。刺杀失手是他大意轻敌所致。没完成任务就要受到军法制裁，这也就是所谓的“不成功，则成仁”。他失手被擒，酷刑之下没有招供，有军人的气节，也算是个顶天立地的汉子。师长在无奈的情况之下，不忍目睹他惨遭酷刑，在他的哀求下开枪打死他，何错之有？陈楞子死后，春妮精神失常，这是女人家心胸狭窄所致。师长宅心仁厚，亲自探视春妮的病情，并请医寻药为其治病。春妮却当众辱骂师长，虽说是疯人疯语，可让师长脸面何存？然而，师长并不计较这些，足见师长仁慈为怀，心胸宽阔。春妮死后，师长送来上等棺木厚葬之，此等礼遇实属少有。春妮之死有许多流言和猜测，但究竟是流言和猜测，有谁能做证证实这些流言和猜测是事实呢？如此想来，他觉得自己错了，误解了师长，不该去找师长说出“解甲归田”的话，让师长痛心。

他又想到，自他投军以来师长的确待他不薄。他投军的当天师长就送了他一支手枪。这让师长身边的许多人都嫉羡不已。他虽是个兵，却享受着当官的待遇。打刘十三时，师长让他带一个加强连，把他放在了营副的位子上，这是何等的器重和信任！师长还准备重用他，让他当手枪营营长。有多少人觊觎这个位子，师长却准备让投军不到一年的他来坐这把交椅，这又是何等的器重和信任！可他却对师长心怀不满，抱有成见。想到此他在肚里直骂自己是“狗上锅台不识抬举”，以小人之心度君子之腹。自愧对不住师长，辜负了师长的信任和栽培。

过了一日，他又去找师长。见到师长他抖擞精神行了个军礼："师长，请你给我处罚！"

李信义倒背着双手，微微笑道："想通了？"

"想通了！"

"不解甲归田了？"

"不解甲归田了！"

"说的心里话？"

"说的心里话！"

"这就好！"李信义来到他身边，"文化，我知道你对我有成见……"见他要插话，李信义摆手止住了，"你心里想的是啥我都清楚。我李信义是师长，领的千军万马，咋样行事自有咋样行事的道理，你说是吧？"

墩子连连点头。

"谁人背后无人说。可墩子你不该对我有成见，我待你不薄啊。这里没外人，跟你说句私心话，你是我的乡党，也有点才干，我想重用你……算啦，这话不说也罢。"

墩子诚惶诚恐，自知有愧，不敢看师长的目光。李信义点燃一支烟，转了话题："墩子，那个女人叫啥来着？"

墩子一怔，不知师长说的"那个女人"是指谁。

"就是那个刘十三的压寨夫人。"

"她叫杜雪艳。"墩子不明白师长为啥突然问起这个来，一脸的茫然。

"你真的喜欢她？"

墩子下意识地点点头。

"那就赶紧把她娶过来吧。"

墩子的脸红了一下，挠着后脑勺不好意思地说：“我还没想这事哩……”

“你也老大不小了，该娶个媳妇了。抓紧时间把这事办了。”

“这事……往后再说吧……”

“还往后啥，赶紧办了。这事我替你做主了。”

李信义用家长的口气说：“吃粮当兵娶个媳妇不容易，能早点办就早点办吧。”

墩子脸上心里都在笑。

墩子的婚礼既隆重又特别。

雪艳在她姑家住着，因此姑家便是她的娘家。李信义让张副官送去一份丰厚的聘礼，并通知了结婚的日子。等墩子知道这一切时，张副官已从青庙镇打道回府。他俩在师部门口相遇了。张副官跳下马来，把缰绳扔给随从，笑着在墩子胸脯打了一拳：“你这家伙真有艳福！”墩子当下一怔。张副官便把师长让他下聘礼的事说了。墩子十分惊喜，师长办事真是干净利索，竟然替他下了聘礼，心中顿时生出无限感激。

李信义又从师部大院腾出两间房子给墩子做新房，这又让墩子感激万分。结婚那天，李信义把麻子六连全部派出迎娶新娘子。墩子骑着一匹高头大马，身上披红挂彩走在队伍最前头，满脸放着红光，显得十分威武气派。来到青庙镇雪艳的姑家，倒把雪艳的姑父姑妈吓了一大跳。两个老人只知道侄女婿在队伍上做事，没想到是个官，而且看样子官做得还不小。两个老人又惊又喜，急忙殷勤地招呼客人，可一连的人怎么招呼得过来。

新娘子雪艳今儿打扮得格外漂亮，一身红袄红裤，短发齐颈刘海齐眉，轻施粉脂，面若三月桃花。姑母把红盖头给她蒙在头上，表哥按乡俗背她出门，把她扶在马背上。墩子和她并辔而行，穿街而过，一连的队伍跟在后边，整齐的步伐雄壮有力，把街道踢踏得黄尘遮天。一街两行的人都引颈观看这无比体面无比辉煌的嫁娶场面。

迎娶队伍回到岐凤城，新二师师部门口一班乐手早已吹响迎亲唢呐，十多挂鞭炮一起炸响。墩子的马刚到门口，张太太就从人群里挤出来，朝墩子直招手。墩子不知出了啥事，赶紧跳下马来。张太太拿出长袍礼帽，说道："快穿戴上！娶媳妇又不是打仗，穿老虎皮吓唬谁哩！"原来张太太对派队伍娶亲很不满意。墩子的婚事师长具体交给张副官夫妇操办。张太太力主按乡俗办，张副官对此不置可否。可派队伍娶亲是师长的主意，张副官没有对太太说明此事，因此惹得太太对他好一番埋怨。张太太说，娶媳妇是大喜之事，忌讳的就是刀刀枪枪磕磕碰碰啥的。现在把媳妇迎到了家门口，一切都听张太太的指挥。

新娘子下了马，麻连长的太太当伴娘。这地方乡俗是新娘子头一天脚不沾土。麻太太上前搀扶新娘子，踏着彩布苇席缓步走进师部大门。张副官穿一领蓝缎长袍，头戴皂色礼帽，手捧一个红漆升子，升子装满五色粮食、草秸、麻钱等物。这时有人拿来一个红绸绾成的彩结，一头让新娘牵着，另一头让新郎牵着。张副官手抓升子里的物什朝新郎新娘头上身上撒去，嘴里唱念道："一撒金，二撒银，三撒媳妇进了门！"

伴娘把新娘搀扶到师部的小客厅。婚礼在这里正式举行。李信义和汪松鹤都在，他们都脱去戎装，着一身便服。两人穿惯了军装，乍一换上便服模样有点古怪，一个似老乡绅，一个像商人。可谁也没敢说出来。

客厅里临时焚了一炉香，供奉着天地之神。张副官高声喊道："一拜天地！"

新郎新娘双双拜天地。

"二拜高堂！"

墩子没有父母，但这个礼不能缺。汪松鹤笑道："师座，请你上座，受新郎新娘一拜。"

李信义推辞不坐，汪松鹤扶他在正面太师椅上坐下："按年纪你是文化的长辈，论辈分文化也要叫你一声'舅舅'。再则你是一师之长，他们拜你理所当然。"

客厅里的人都说，新郎新娘拜师长理所当然。李信义笑道："恭敬不如从命，那我就坐了。"

他身边还有一把太师椅，这个位子现在应该由师长的太太来坐，可事有不巧，李太太前些日子去了省城，至今未归。这个位子只好空缺。

新郎新娘双双拜了"高堂"。

"夫妻对拜！"

三拜之后入洞房，礼成。

接下来婚宴开始。小客厅摆了七八桌，招待营级以上的官们。师部大院摆了五六十桌，黑压压的一大片，全是手枪营的弟兄们。酒是大碗地装，肉是大盆地盛。这顿婚宴直吃喝到日落黄昏，每桌都有醉倒的汉子。

掌灯时分，新一轮节目开始了。闹洞房！

原本不算小的新房被陕籍官兵挤得水泄不通。当兵的都是精壮小伙子，乐此不疲。他们肆无忌惮地喊着笑着闹着，几乎要把屋顶掀翻。不知是谁喊了一嗓子："师长来了！"大伙都没想到师长会来，一时没了喊声和笑声。

李信义不是一个人来的，他身后还跟着参谋长汪松鹤等一干人。大伙急忙把师长和参谋长请到屋里，墩子和雪艳搬来椅子，又端上热茶。张副官在一旁笑道："文化，还不快给师长、参谋长点烟。"

墩子这才如梦初醒，按乡俗急忙给两位长官各敬上一支烟，回头给雪艳说："快给师长、参谋长点烟。"关中风俗，新郎新娘给闹洞房人敬烟点烟一表欢迎，二表尊敬。

李信义吐出一口烟，麻连长笑着问："师长，香不香？"

"香，香，新娘子点的烟哪有不香之理。"李信义说着哈哈大笑。大伙也跟着笑了。

麻连长又问汪松鹤："参谋长，你觉得咋样？"

汪松鹤眯着眼睛吸着烟，慢慢吐纳，猛地睁开眼睛："我觉着比吃臊子面还谄活（舒服）！"他虽是南方人，可来秦地有些时日了，秦腔说得有点别扭，却对秦地的风俗知道得不少。他的话惹得大伙哈哈大笑。

李信义和汪松鹤抽了一支烟，开了几句长辈人很有分寸的玩笑，起身告辞。麻连长笑道："师长、参谋长慢走，让新郎新娘给你们出个节目吧。"

李信义哈哈笑道："节目你们年轻人慢慢看，我们两个老汉不看也罢。"

汪松鹤也笑着说："我们两个老汉要跟着你们年轻人一起闹哄，走后你们肯定要骂我们是老骚情。"这话又惹得众人一阵大笑。

李信义等一干人走后，新房又恢复了乱哄哄的热闹气氛。为首的张副官让大伙不要胡乱喊叫，说这么胡乱喊叫到底听谁的。他提议让大伙点两个最精彩的节目，完了散伙，让人家新郎新娘亲热去。这个提议得到了大伙的一致同意。当即点了两个最精彩的节目：一曰吸火罐，一曰掏雀儿；让新郎新娘表演。

新郎墩子佯装无知，问啥叫“吸火罐”，咋个吸法。大伙见他不老实，嚷着要给他点颜色瞧瞧，便有人动手揭掉他头上的礼帽，要在他头上“动土”。他连声求饶。大伙一松手，他又要赖要张副官给他做个示范。张副官自然不能用新娘做示范。恰在这时，站在屋门口的麻连长瞅见张太太打门前经过，便把张太太诳了过来，推进屋里，笑道：“张大哥，给他做个示范，看他还敢耍赖！”张副官是个爱耍笑的热闹人，就势抱住张太太，说了声：“文化，你瞧好了！”在太太的脸蛋上狠狠亲了一口。顿时屋里掀起一阵笑浪。张太太羞红了脸，打了丈夫一巴掌骂了声：“死鬼！”随后又骂麻连长他们一伙：“你们不耍新郎新娘，欺负我们老夫老妻干啥？”挣扎出人窝慌忙走了。这伙男人在这个时候啥白货事都干得出来。

墩子还想支吾搪塞，可大伙哪里肯答应。有人把新娘推到了他身边。雪艳被这群男人推来搡去折腾得娇喘不息，粉面羞红。墩子看着她那艳若桃花的粉面，心头撞鹿，恨不能含在嘴里。可众目睽睽之下他实在做不出这个亲昵的动作。雪艳看了他一眼，那眼神分明在说，怕啥，我是你媳妇。他壮了壮胆，把新娘拥在怀中，很响地亲了一口，赢得了一片笑声。

下一个节目是掏雀儿。墩子这回不是装糊涂，当真的不明白何谓“掏雀儿”。张副官掏出自个儿的手绢，挽了一个麻雀状，让墩子把它从新娘的领口塞进去，再由袖口掏出来。墩子一听，迭声叫道：“难难难！”雪艳的粉面也飞起了两朵红霞。麻连长笑道：“这有啥难的,要不要我给你做个示范?”说着佯装要拿新娘做示范,惊得雪艳双臂抱住胸脯。

墩子再三磨蹭不肯做这个节目。大伙便起哄,说再磨蹭这个节目就烦劳麻连长代做了。麻连长挽胳膊捋衣袖,跃跃欲试。雪艳慌了神,忙给墩子使了个眼色,解开领口的扣子,仰起了脖子,大有“壮士一去不复还”的神情。墩子心一横,这个“雀儿”非他来掏不可,怎能让麻连长代劳。他把“雀儿”从新娘领口塞了进去,又伸手从衣袖里去掏。怎奈衣袖太窄实在难掏。他干脆一只手从领口往里塞,一只手从衣袖往外掏。大伙睁大眼睛看着,笑声一片。待“雀儿”掏出来时,墩子出了一身透汗,新娘的额头鼻尖也沁出了细密的汗珠。

麻连长故作惊讶地说道:“你把雀儿没掏出来吧?”墩子抹着脸上的汗水,说掏出来了,拿出手绢让他看。麻连长指着新娘高耸的胸乳,问那是啥。大伙起哄着,要新郎把窝里的两个“雀儿”都掏出来让大家伙看看。后来还是张副官解了围,说是夜深了,留点时间让新郎新娘亲热亲热吧。大伙这才余兴未尽地作鸟兽散。

送走客人,墩子回到屋里叫道:“我的老天爷,娶媳妇这么劳人的!”

雪艳抿嘴笑道:“嫌劳人就甭娶媳妇嘛。”

墩子也笑了:“早知道这么劳人我真个就不想娶媳妇了。”说着,拥着雪艳在床边坐下。

雪艳忽闪着一对毛眼眼看着墩子,十分满足幸福的样子。她眼角眉梢都是笑,粉嫩的脸蛋飞满红霞,在烛光的映照下是那样地楚楚动人。一股热血在墩子周身涌动,他禁不住在雪艳的香腮上亲了一下。雪艳抿嘴一笑:“刚才人家叫你亲,你咋不亲?”

墩子笑道:“我心里想亲,可当着那么多人的面我做不出来。这是咱俩人的事,干吗要让别人看见呢?”

雪艳忽然问道:“你咋忽然想到要娶我?而且说娶就娶?”

墩子说:“这事是师长替我做的主。依我的意思过些时候再办这事,可师长要我赶紧办了,他的话就是命令。”

“你们师长真好。”

“师长是好,咱们结婚的花费都是师长出的。”

“师长为啥要待你这么好?”

“师长那人看起来挺凶的,其实心很好,爱兵如子,重乡党情谊。我跟他是西秦乡党,论辈分我得叫他一声舅。再者,他看我不是个窝囊无能之辈,器重信任我,所以就待我好了。”

“你们师长怕是笼络你吧,让你替他出力卖命。”

“你这话是咋说的?”

“赵云赵子龙你知道吗?他是三国时刘备手下的五虎大将之一,在长坂坡杀了个七进七出,保住了太子阿斗。刘备见赵云血染战袍,实在无法安慰嘉奖他,便把阿斗扔在了地上。至今留下了一句警言:刘备摔孩子,收买人心。”

墩子哈哈笑道:“没看出,你读的书还真不少哩,有空时就跟我讲讲书里的故事。这会儿还是先睡觉要紧。”说着动手解雪艳的衣扣。

雪艳在他额颅上戳了一指头,笑他:“看你猴急的!”却由他去解。

墩子解开雪艳的衣扣,两只丰满的胸乳白兔娃似的扑了出来。他把“白兔娃”捉在手里忍不住亲吻起来。雪艳叫了一声,面条似的软在他的怀里……

云雨过后，墩子还舍不得丢开“白兔娃”，不住手地把玩着。雪艳呢喃道：“刚才我真怕麻连长掏我的雀儿。”

墩子笑道：“他是瞎咋呼哩。这对雀儿是我的，谁敢掏！”

“墩子，这辈子我能遇上你是我的福分……”

“我也是。跟你说心里话，在那个破窑里我跟你有了第一回，就想，迟早要娶了你。不知为啥我心里烦了闷了就想你，想你的笑想你的说话样，心里就好受一些。”

“我比你还想。你们男人家心里烦了闷了还能找朋友喝喝酒谝谝闲传岔岔心慌。我们女人家就不行。打分手后我天天都在想你，闭眼睛想你，睁开眼睛也想你。干活都丢三落四的，我姑都说我魂丢了。我往队伍上跑得勤了怕你烦，不来又心慌。有好几回我走到半道又折回去了。我都骂自己丢了魂了……有时我也想，人家恐怕早把你都忘了，你还胡骚情啥哩……”

“不，我一点也没忘。那时我不娶你，是怕将来万一……”墩子说到这里被雪艳一把捂住了嘴，她不愿他说出不吉利的话，也不想听这种话。她喃喃地说道：“将来我们的日子会过得幸福美满。打完了土匪毙了罗玉璋你就解甲归田，咱们隐居山林，男耕女织，再养几个娃娃……”

墩子在她脸上羞了一下：“才入洞房就想当娃他妈！”

雪艳羞红了脸，握起小拳头在墩子胸脯上打了一下，娇嗔道：“你不想当娃他大就放开我！”

墩子却把她抱得更紧了，她一双玉臂也紧缠住男人的脖颈……

他们都觉得洞房花烛夜别有一番情趣，格外醉人……

第十六章

蜜月期间,墩子被任命为新二师手枪营营长。这真是双喜临门,他的脸上一天到晚都挂着笑。

此间,手枪营的营副调到一六五团去当营长,麻连长升任营副。墩子便把营里的事务让麻子六总管,没有啥重大机密事情尽管处置。麻子六见墩子对他如此信任,欣喜异常,拍着墩子的肩膀,笑得满脸是皱纹:"你陪着媳妇好好玩几天。我是过来人,新媳妇可是盼着新郎官能天天守着她哩。"

墩子冲他一拱手:"那就有劳麻大哥了。"

这一夜,小夫妻早早上床安歇。子夜时分,雪艳突然惊叫起来,墩子一骨碌翻身坐起,问她怎么了。雪艳说她做了个噩梦,梦见刘十三活了,又把她抢上了山。墩子把她搂在怀里,抚着她的后背不住嘴地说:"甭怕甭怕,有我在哩……"雪艳惊魂未定,紧紧偎在他的怀中。后来雪艳睡着了,他却由刘十三想到了喜凤,怎么也无法入睡。那天别离时,喜凤一双幽幽伤神的大眼时常浮现在脑海中,让他感到深深的内疚和不安。特别是他和雪艳成亲后,他感到今生今世都欠着喜凤一份债一份情,无法偿还。他曾经答应要去看看她,可这些日子和雪艳在一起,竟把这事忘了。他在肚里直骂自己“混蛋”！此时回想起和喜凤在一起的情景,那份牵挂更烈。不知喜凤现在的情况怎么样,在表叔家能否住得惯。再有两个月她就要生孩子了,不知现在身体可好。他打定主意,天亮后去表叔家一趟,看望看望喜凤。

第二天吃罢早饭,墩子换了一身便服,给雪艳说他想去看望看望表叔。雪艳问,表叔家在哪里。他说:“在西秦。”

雪艳说:“我跟你一块去吧。”

他摇头:“路太远。”

雪艳撒娇道:“咱们骑马去。整天待在屋里我都捂出了毛病,早就想出去逛逛。”

他说:“山里有啥好逛的,又不太平。”

雪艳说:“刘十三被你打死了,还怕啥？再说有你在身边我啥也不怕。”

他有点犯难,迟疑半晌,说道:“除了看望表叔外,我还要看望一个人。”

“是谁?”

“喜凤。”

“喜凤是谁?”

“她是徐云卿的大儿媳妇,后来被刘十三抢上山做了压寨夫人……”

雪艳脸上变了颜色:“你……咋认得她的?”

他搂着她的肩膀在床边坐下,说:“我们是一个村的,她娘家跟我家是对门……”便从刺杀罗玉璋时与喜凤邂逅讲起,直讲到把喜凤送到表叔家才打住。

雪艳听罢,嘘了一口气,脸色转了过来。她说:“人家救过你的命，说啥我也得去看看她。”见墩子要反对，又佯嗔道，“莫非你适才说的是谎话，怕我一道去戳了你的谎？”

墩子急得涨红了脸，连连跺脚道：“我要说了谎嘴上就害老碗大个疮！”

雪艳扑哧一声笑了：“头才有多大，老碗大的疮往哪达害呀！快去备马吧，咱俩一块去。”

墩子拗不过她，无可奈何地笑了笑，转身出门去备马。时辰不大，他牵来了刘十三那匹乌骓马。这匹马师长赏给他做坐骑。

雪艳骑在马背上，墩子牵着马，两人说说笑笑出了岐风城。冬天的太阳升得迟，待薄雾散尽，太阳才懒懒地挂上了树梢。前几天下了一场雪，田野里雪未消尽，斑斑驳驳犹如盖着一床破棉絮。墩子在马屁股上擂了一拳，那马便小跑起来，墩子也跑了起来。两条腿到底跑不过四条腿，跑了一程，墩子额头冒汗，气喘吁吁。雪艳勒住缰绳，疼爱地说：“别傻跑了，上来吧。”

墩子来回张望一下，见路上行人来来往往，红着脸说：“人家笑话哩。”

雪艳娇嗔道：“笑话啥？我是你媳妇哩。”

墩子还在磨蹭，雪艳又道：“路远得很哩，照你这个走法赶天黑也不得到。”

墩子一想也是，便不再迟疑，跃身上了马背。果然过往行人都向他俩行注目礼。墩子在马屁股上连擂两拳，那马飞奔起来。雪艳虽骑过马，却从来没有这样狂奔过，吓得紧紧偎在墩子怀里。墩子豪气大增，连连加鞭了。那马舍命地狂奔起来，身后飞起一股黄尘……

正午时分，他们到了永平镇。墩子想绕开永平镇赶路，他怕去镇里惹出不必要的麻烦。雪艳却说他肚子饿了,他也觉得有点饿,略一迟疑,便把马勒上了进镇的大路。进镇时,他翻身下了马。

来到西街,雪艳用毛围巾把她的头脸包得只剩下了两只眼睛。墩子感到诧异,刚想开口问啥,只听雪艳低声说道:"那就是我家!"

墩子扭脸张望,杂货铺挨着绸布店,绸布店连着中药铺,中药铺靠着酱醋店……他弄不清是哪家。雪艳说:"就是那个'杜记绸布店',戴皮筒帽子的那个老汉就是我大。"

墩子看清了,绸布店不大,有两间门面,站柜台的除了一个十六七岁的小伙计外,还有个戴皮筒帽穿蓝缎长袍的老汉,年纪在五十开外,戴一副茶色眼镜,看不清眉眼。

"你回去看看吧。"

雪艳摇头,眼睛眨也不眨地望着父亲,乌黑的眸子泛起了泪光。墩子刚想牵住马停下,雪艳猛地掉过头,加了一鞭。马蹄嗒嗒快了起来。墩子撒开步子紧紧跟上。

来到东街,俩人在一家饭铺打尖。雪艳把头埋在饭桌上呜呜哭了起来。墩子一惊,急忙好言相劝。良久雪艳才止住了哭声。

墩子说:"你好不容易回到永平,回家去看看吧。"

雪艳擦干脸上的泪水,摇了摇头。她真想回家看看,父亲就她这么一个女儿,虽说胆小怕事,但很疼她。吴清水抢亲那天清晨,父亲当时就哭了,那苍老号啕的哭声似锥子一样扎她的心。刚才她看到父亲比两年前老了许多,霎时泪水涌出了眼眶。可后妈是个十分刁钻蛮横的女人,她最怕看她那张阴鸷的白脸。倘若她回到家中,后妈一定会摔盆子摔碗,指桑骂槐嚷得一街的人都知道。万一吴清水还驻扎在永平镇,那她不是给虎口送食吗?不回家也罢!

两人吃罢饭,正准备起身,邻桌两个老汉的对话引起了墩子的注意。

“刘十三灭了,是哪股土匪能打下徐家的炮楼子?”

“听说不像是土匪干的。”

“不是土匪干的?”

“土匪没那么大阵势,徐家有两挺机关枪哩!”

“那是谁干的?”

“听人说是罗玉璋的保安团干的!”说话的老汉声音压得很低,墩子背挨着他的背,他的话还是一字不漏地灌进了墩子的耳朵。

墩子当下心猛地一沉,变颜失色。雪艳瞧在眼里,忙问:“咋啦?”

墩子说了一声:“徐家出事了。”

两人出了饭馆,墩子牵着马径直朝后街走去。雪艳问道:“上哪达去?”

墩子答道:“到后街去看看。”

雪艳明白了,不再说啥,紧跟在他的身后。

来到后街徐宅,他俩都呆住了。昔日的深宅大院不存在了,呈现在眼前的是一片烟熏火燎的瓦渣滩;鹤立鸡群似的门楼、炮楼等变成了惨不忍睹的废墟。

墩子痴呆呆地看着眼前面目全非的景象,以为走错了地方。一个头发胡须皆白的老者拄着拐杖蹒跚而来,他急忙迎上前问道:“老汉叔,徐云卿的家住哪达?”

老人一指瓦渣滩:“这就是。”

“咋成了这般光景?”

“都是土匪造的孽啊。”

“徐家的人哩？”

“死了。”

“都死了？”

“都死了，没留下一个活口。造孽啊！”老人连连叹息，看了一眼他俩，问道，“你们是徐家的亲戚？”

墩子摇头。

“如今这世道，兵匪难分哩。”老人没头没脑地说了一句，蹒跚走开。

墩子木橛似的戳在那里，想起徐家待他的种种好处，一时百感交集，不禁眼睛发潮。徐家这样的富家大户，有护院保镖，还有机关枪，虽然肉肥油大却很难吃到口。刘十三这股土匪剿除之后，永平镇附近只有小股土匪出没，他们是啃不动徐家这根硬骨头的。难道是远道来的强匪？就算是吧，土匪一般都是抢钱财，轻易不伤人命。徐云卿不是守财奴，怎能舍掉一家人的性命而保家产？依此看来，正如饭馆那个老汉说的那样，是罗玉璋的保安团下的黑手。那个驴屃可是啥事都干得出来的！想到这里，他在肚里狠狠骂道：“驴日的东西！老子早晚要送了你的丧！”

雪艳见他发呆，拉了一下他的胳膊，说：“时候不早了，咱们走吧。”她从小在省城长大，对徐家毫无印象，更别说什么感情了。面对一堆废墟墩子百感交集，可她却平淡如水。

墩子抬眼看看，太阳早已斜到西天。他朝废墟看了最后一眼，牵着马默然走开。出了永平镇，两人上了马，直奔通往北山的大道……

太阳落山了，天边涌着一大片红色霞朵，给起伏的山峦涂抹上淡淡的橘黄色。山坡背阴处的积雪也被映照得变了颜色。一个拦羊汉赶着一群羊归来,白云似的羊群从红霞中钻出,飘进淡蓝色的炊烟里。

墩子遥指山坳中一片茅屋瓦房,说道:“表叔家到了,就是那个村子。”说着跳下马背。

墩子的到来,表叔表婶都十分惊喜,连声喊喜凤:“快出来,墩子来了!”

喜凤心中大喜,扔下手中的针线活,理了理额头的散发,笑盈盈地迎出了屋。

“你来了。”喜凤笑着,晚霞落在她的脸上,抹上一层艳丽的色彩。她完全是山里村妇的打扮,一身老棉袄老棉裤,加之身怀有孕,显得臃臃肿肿,完全失去了往昔的苗条秀气,只是面庞秀丽依旧。

墩子笑着上前跟她拉话,问她身体可好。几个人热热火火地说话,忘记了还有一个人。雪艳干咳了一声,跳下马背。

表叔表婶看着这个漂亮得如同从画上走下来的人蒙住了,面面相觑。最吃惊的还是喜凤。她呆呆地看着雪艳。面前的这个女人俨然是城里的洋学生,齐耳短发刘海齐眉,一双毛眼忽忽闪闪仿佛会说话,面似三月桃花,悬胆鼻,樱桃小口,围着一条白色毛围巾,穿一领狐皮外套,胸口纽扣敞着,露出火一样颜色的高领毛衣。喜凤脸上陡然失色。

雪艳大大方方地走过来,笑着拉住喜凤的手:“你是喜凤姐吧?”

喜凤只是呆眼看她。她一笑:“我叫雪艳,是墩子的媳妇。”

喜凤的脑袋里嗡地响了一下,身子晃了晃,慌忙站稳脚跟。这些日子她黑黑明明都盼着墩子来。打刘十三死后,她心中一直在想,墩子是个终身可依托的男人。那天墩子送她到表叔家,好几次她都想给墩子说说掏心窝子的话,却欲言又止。那个时候,那种环境她真难启齿。她怕墩子把她当成水性杨花的女人而小瞧她。她想,墩子说还要来看她,等他下次来再说也不迟。万万没有料到,事情发生了质的变化。她在心中暗暗叫苦,悔恨不已。然而,木已成舟,又有啥法?她只有认命。

雪艳见她脸色不好,拉着她的手笑道:"喜凤姐,我来看看你,你不高兴?"

喜凤醒过神来,慌忙用手抚抚头发做着掩饰,挤出一脸的笑:"高兴,高兴。快到屋里说话。"

两人手拉着手进了屋。墩子拴好马,也跟着进了屋。

屋外的表叔表婶可有点傻眼了。表婶问老汉:"墩子咋又引来了个媳妇?"

表叔略一思索,喜滋滋地说:"墩子把事弄大咧!"

"咋把事弄大咧?"表婶一脸的疑惑。

"你想想,他不把事弄大能娶个'小'回来?当官的有钱的有势的才能娶得起大妻小妾。你见过哪个穷光蛋当兵的娶过小老婆?"

"对,对,你说得对!"表婶一拍大腿,一张脸笑成了老菊花。两人喜滋滋地张罗饭菜去了。

吃罢晚饭,表婶去刷锅洗碗,墩子去帮表叔喂牲口,屋里只剩下了两个年轻女人。此时喜凤的心潮已平静下来。她听母亲说过,人一落草这一生的命运就定了,不是人力可挽回的。她信了,不再怨天尤人。她微笑着看着雪艳,由衷地赞叹道:"你长得真心疼,怪不得墩子要拐你跑哩。"

雪艳脸上泛起了红潮。喜凤又说:"你的事刘十三都跟我说了。"

雪艳拉住喜凤的手:"姐,咱俩的命真苦……"说着红了眼圈。

"不,你的命比我强得多。"喜凤的眼里涌出了泪水。

两个有着相同经历的女人互诉着衷肠。这时墩子走进屋,见此情景吃了一惊,不知出了啥事。喜凤抹去泪水,给墩子让座。

三人说着闲话,不知不觉话题扯到了徐家。墩子说起徐家遭抢之事,喜凤说她也听说了,是表叔去永平镇买东西带回的消息。街上传得沸沸扬扬的,还说徐家的大少爷那几日正好从省城回来,也被炸死了。喜凤说到这里,露出幸灾乐祸的神色。墩子却吸了一口凉气。如此说来,徐家真的断了根!

雪艳插言道:"这股土匪也太残了。"

喜凤说:"这事不是土匪干的。"

墩子一怔,问道:"那是谁干的?"

"罗玉璋干的!"喜凤说得很肯定。

墩子说:"我也猜是那驴屄干的。"

"刘十三完了,能炸了徐家炮楼的只有姓罗的保安团,也只有他能下这么残的手。"

墩子咬牙说道:"这驴屄比土匪还瞎十倍,我早晚要送了他的丧!"

正说着话,表叔把墩子叫出了屋。表婶收拾好隔壁房子,问墩子今晚睡在哪间屋子。墩子一时被问愣了,不知如何作答。依表婶的意思,让墩子跟喜凤睡。喜凤守了许久的空房,墩子难得来一趟,理应跟她亲热亲热。墩子见表婶乱点鸳鸯谱,也不做解释,笑了笑,让表叔表婶别操心,快去安歇。表叔表婶又叮咛几句,这才回屋安歇。

墩子回到屋子,又陪着喜凤说话。喜凤说:“你们跑了一天路,也乏了,睡去吧。”雪艳却要跟喜凤一块睡。喜凤不肯,说是拆开一对鸳鸯太造孽了。雪艳坐在她的热炕上不下来,说是难得见姐姐一面,要好好和姐姐说说话。她笑着推墩子一把,催他到隔壁房子去睡。

墩子来到隔壁屋子,屋里收拾得干干净净,炕上铺着白毡,一床蓝花被子虽然旧了,却浆洗得十分干净。山里柴火不缺,表婶把炕烧得很热。他脱得只剩下一条短裤,烙锅盔似的把躯体贴在白毡上,感到十分舒坦畅快。两个女人还在隔壁拉话。他一笑,伸开胳膊打了个哈欠,倒头便睡。赶了一天的路,他真有点乏了。

子夜时分他灵醒过来,听到两个女人还在说话,心里说,女人家就是话多,都啥时辰了还有啥好说的。一时没了睡意,侧耳听她们说话。

“姐,你不怨我吧?”这是雪艳的声音。

“看你说的啥话,我咋能怨你?我认命,怨天不怨人……”

墩子听着这话怪怪的,似乎与自己有关,侧耳细听。

“你的命比我好,遇上了墩子。他是个难得的好男人,你要好好待他。”

“姐,我会好好待他的。”

“他救了我一命,我真不知咋谢他才好!”

“姐,快别这么说。你也救过他的命,要谢该我们谢你才对。”

“他在军队上干事,是把脑袋拴在裤腰带上混饭吃。他脾气又耿直又实诚,难免要吃奸诈小人的亏。我时常为他担心。现在有你在他身边,我也就不担心了。”

“姐,你真好!”

“妹子,你念过书,心又细,凡事给他提个醒。他仗着自己武功好,又讲义气,把交情看得比性命还要紧,常常让人为他揪心。”

“姐,你放心。”

墩子心头滚过一阵热浪。两个女人的私房话深深地感动了他。他没想到喜凤竟对他一往情深,心底里感到对不起她。他再无一点睡意,思想这两个女人的种种好处,直到窗缝透进一抹亮光……

吃罢早饭,墩子夫妇就要返回岐凤。墩子拿出一摞银圆,一些留给喜凤,其余全给了表叔表婶。此时表叔表婶才知道喜凤不是他的媳妇。可墩子也没有暴露喜凤的身份,他知道山里人痛恨土匪,若是知道喜凤是刘十三的压寨夫人,说不定会惹出祸事来。他说喜凤是队伍上一个朋友的媳妇,朋友调到另一个队伍去了,媳妇是陕西人,本土难离,就留了下来。他再三叮咛表叔表婶,喜凤生产时要请最好的接生婆,不要怕花钱。表叔表婶连连答应,让他尽管放心。

喜凤把他们夫妇送到院门口,停住了步,说她身子不舒坦就不远送了。

雪艳说:“姐,你多保重!”

墩子说:“有空我们再来看你。”

“队伍上忙,就别来了……”喜凤话未说完,返身进了院子,脚步有些踉跄。她怕墩子看见她眼中的泪花。

墩子看着她的背影,心里沉甸甸的。半晌,他牵着马上路。走出村口,马背上的雪艳突然说道:“她喜欢你。”

墩子一怔,呆眼看她。雪艳又说:“你难道看不出来?”

“你瞎说啥哩。”

“谁瞎说了。假若没有我,她肯定就做了你的媳妇。”

墩子不语。

“她是个好女人。”

“是个好女人。”墩子说。

“你喜欢她吗?”

“你又瞎说哩。”

“上马赶路吧。”

墩子翻身上了马,信马由缰缓步徐行。他的心情一直沉甸甸的,有点不好受。雪艳忽然问道:“她肚里的孩子是谁的?”

“刘十三的。”

“刘十三死得也不冤,留下了一条根。”

墩子默然。

雪艳见他脸色一直不开朗,把身子掉转过来,背对着马头,在他面颊上亲了一下。他慌忙环顾四周,说:“你就不怕人看见笑话咱。”

雪艳撒娇道:“谁爱笑就笑去。”又亲了他一下,随后又说:“咱走小路吧。”

“为啥?”

雪艳两腮飞起了红霞:“我想再看看那个窑洞……”

墩子笑了,在她额头戳了一指头:“真是个瓜女子!”勒转马头。

雪艳偎在他的怀中,娇声说道:“我想给你生个娃娃……”

墩子兴奋起来,纵马疾驰。雪艳闭上眼睛,紧紧搂着他的腰,把脸埋进他的胸口,嘴里喃喃地说:“让马跑快些,跑快些……”

太阳斜过头顶,墩子夫妇来到午井镇。他们在一家饭馆打尖,稍作休息，便又返程。出了饭馆，脑后忽然有人叫了声："先生太太留步！"

他俩止步张望，饭馆左侧有个卦摊，喊他们"留步"的是卦摊的主人，五十左右年纪，留一撮山羊胡须，殷勤地冲着他们笑。

"先生太太算上一卦吧。"

墩子不想理睬，雪艳却拉了他一把，意思想算一卦。他说："你也信这个？"

雪艳说："就当耍哩，你舍不得一块钱？"

墩子只好由着她。俩人在卦摊前坐下，算卦先生笑容可掬地问："先生算，还是太太算？"

墩子转脸望雪艳，雪艳笑道："给你算吧。"墩子便说："那就给我算吧。"

"先生想算啥？"

墩子一笑："你先算算我是干啥的。"

算卦先生把他上下打量一眼，笑道："先生在队伍上做事。"

墩子心里暗暗一惊，嘴里却说道："你算错了，我是经商的。"

算卦先生一捋山羊胡须，眼睛盯着他腰间鼓鼓的地方，笑道："不会错的。先生不仅吃粮当兵，而且是个不大不小的官。"

墩子醒悟到腰间别的手枪露了马脚，却也心中惊叹算卦先生果然非同一般，一双眼睛很毒。雪艳在一旁更是惊诧算卦先生的神算，插言说道："请你算算他的前程如何。"

算卦先生把墩子的五官相貌端详了一番，开言道："先生相貌英武、印堂发亮、鼻端唇厚，是个忠勇之人，遇见明主定能发达。若遇奸诈小人要吃大亏。"随后要墩子伸出左手，仔细察看一番，又道："开春之后先生有一劫难，躲过这一劫难，先生定能飞黄腾达。"

雪艳急忙问道:“躲不过这个劫难会咋样呢?”

算卦先生沉吟片刻,说道:“有血光之灾。”

雪艳大惊,忙向算卦先生讨求禳治之法。算卦先生用朱笔画了一道符交给雪艳,叮嘱道:“把这道符让你先生带在身上,可保无事。”

雪艳收好符,掏出两块银圆做酬金。离开卦摊,墩子说:“你真大方。”

雪艳说:“他说得还蛮对。”

墩子笑道:“他是看见了我腰里别的手枪,就说我在队伍做事,还当个不大不小的官。你想想,当兵的能有手枪吗?”

“他咋不说你是土匪哩?”

“土匪能娶下你这么心疼的媳妇吗?”

雪艳笑道:“依你这么说,他是瞎猜哩?”

“算卦的都眼尖,也很会琢磨人。”

雪艳觉得墩子的话也在理,连连点头。

出了午井镇,雪艳掏出算卦先生画的符要给墩子装在贴身衣袋。墩子看了看,笑道:“阎王爷要你的命,这玩意能挡住?”

雪艳斥责道:“瞎说啥哩!宁可信其有,不可信其无。快装上吧,回去后我给你缝在衣襟里。”

墩子不愿扫她的兴,把符装进了贴身衣袋,两人上马赶路。

由午井去岐风没有官道,一条牛马道在沟沟梁梁中蜿蜒延伸。时值仲冬,黄土高原没有绿色,满目苍凉。这一带地广人稀,村庄之间除了一望无垠的麦田,就是半人多高的蒿草。

冬日天短,太阳转眼就斜到了山边。墩子怕天黑回不到岐风,便打马加鞭。那马撒开四蹄疾驰起来。

来到一道沟坎处,路两边的坡坎上长满着比人还高的蒿草,密不透风。雪艳叫道:“停下! 停下!”

墩子勒住马,问她停下干啥。雪艳说:“我要解手!”

墩子笑着说了一句:“乳牛骒马屎尿多。”把雪艳抱下马背。

雪艳钻进蒿草丛里。墩子点燃一支烟,站在路边等她。那马低头啃路边干枯的车前草。就在这时,迎面来了三个人,为首的骑匹白马,后边两个都骑着毛驴。墩子抬眼看看,三人都是地方保安团的装束,骑马的腰间挂着盒子枪,骑驴的两个都背着长枪。墩子吸着烟,没理睬他们。

那三人到了墩子跟前,都拿眼睛看他。其中一个骑驴的对骑马的说:“队长,这匹马不错。”

骑马的便扭脸看啃草的马,脸泛喜色:“不错,不错!”随即给两个骑驴的递了个眼色。

两个骑驴的都跳下驴背,径直走到墩子跟前,瘦高的喝问道:“这马是你的吗?”

墩子看他一眼,点点头。

“你从哪达弄来的?”

墩子一听这话,便明白他是成心找碴,甩掉手中的半截香烟,不卑不亢地说:“是我自家养的。”

“你能养出这么好的牲口! 前天保安团丢了一匹军马你知道吗?”

墩子说:“保安团丢不丢牲口与我有啥干系。”

矮胖的瞪着眼珠子说:“看你这贼势子,十有八九是偷马贼!”

墩子心头蹿起了火苗子:“你敢血口喷人!”

矮胖的冷笑道:“啥叫血口喷人? 老子说你是贼你就是贼!”

瘦高的道:“甭跟他磨牙了!”走过去就拉马缰绳。

墩子大怒:“光天化日之下打劫,简直就是土匪!”

矮胖的哗啦一声把子弹推上膛,顶住墩子的胸口,骂道:“狗日的你咋呼啥,老子就是土匪!你能把老子的屌咬了!”

被称为“队长”的在马背上如同看西洋景一般,笑得浑身的赘肉乱颤。这时沟坡的蒿草丛一阵哗哗响,马背上的胖子收住笑,扭脸张望,立时呆住了,半晌惊喜地叫了一声:“杜雪艳!”跳下马背奔向沟坎。

雪艳一出蒿草丛就被眼前的阵势惊呆了。她在草丛中解手时就听到路上有响动声,只当是过路的人跟墩子说话。没想到遇上了打劫的土匪,更没想到土匪的头儿竟是吴清水。

吴清水看见雪艳,一张胖脸惊喜得变了形,四方大嘴半天合不拢,露出两个锃光闪亮的大金牙。他的中队现在午井镇驻防。他有一个姘头在前头那个村子。吃一堑,长一智。他每次去姘头的家都带着两个护兵,以防不测。他刚从姘头那里回来,只想顺手牵羊抢上一匹好马,万万没有想到遇上了美人雪艳。他真是大喜过望。若拿雪艳和他那个姘头相比较,雪艳是红烧肉,姘头只能算是豆腐渣。

雪艳却像见到鬼似的惊叫起来,跳下沟坡朝墩子跑来。墩子趁矮胖团丁一愣神之际,飞起一脚踢到他的小腹上。矮胖团丁号叫一声,扔了枪,抱住肚子在地上打滚。墩子疾步过去,雪艳扑进他怀里,受惊羔羊似的战栗着。墩子抚着她的肩头:“甭怕,有我哩!”

吴清水见墩子如此凶猛,着实吃了一惊,慌忙拔出手枪。瘦高团丁也扔了缰绳,端着枪跟了过来。吴清水用手枪指着墩子,狞笑道:"你狗日的是个弄啥的,敢抢我的老婆!你知道我是谁吗?我是你吴清水吴大爷,罗团长是我的表哥!"

墩子明白了,冷笑道:"原来你就是吴清水,真是不是冤家不聚头!"

"你是谁?"

"你甭管我是谁。你扯长耳朵听着,杜雪艳是我的媳妇,天王老子动她一根毫毛也不行!"

"放屁,她是我媳妇!不信你到永平镇打听打听!"吴清水的胖脸成了猪肝色。他不明白,这个他好不容易才弄到手的美人,没有享受过一回就被土匪刘十三抢走了,怎的又成了这个毛头小子的媳妇?

"你到底是谁?"吴清水的手枪逼近了墩子。另一杆长枪也对准了墩子的脑袋。

雪艳吓得瑟瑟发抖。墩子心里一惊,嘴里安慰道:"甭怕甭怕,吴队长跟咱耍哩。"

"驴日的才跟你耍哩!说,你是谁?"吴清水眼睛瞪得似牛卵子,枪头乱点。

墩子轻轻推开雪艳,让她站在一旁。他稳住神,冲吴清水做个笑脸:"吴队长真个不认得我?"缓步朝吴清水跟前走。

"站住!"吴清水警惕性很高。

墩子笑道:"我是罗团长他舅的姐夫。"

吴清水没想到他竟然是表哥的亲戚,一时弄不明白这个拐弯抹角的亲戚到底是咋回事。稍一走神,墩子一脚踢了过来,吴清水防着他这一招,胖而不笨,慌忙躲开。瘦高团丁哗啦一声把子弹推上了膛。墩子又飞起一脚,踢中了瘦高团丁的手腕。瘦高团丁手中的枪响了，子弹却打飞了。墩子抢上一步，把瘦高团丁搂在怀中，一只胳膊夹住了他的脖子，勒得他直翻白眼。这时吴清水手中的枪响了，瘦高团丁的胸前开出两朵红花，身子便面条似的往下软。

啪！又是一声枪响，墩子急忙缩头，头上的帽子被打飞了。矮胖团丁不知什么时候爬了起来，端着枪瞄准墩子。雪艳急得在一旁跺脚喊："墩子，掏枪打呀！"

墩子被喊灵醒了，甩开瘦高团丁的尸首，拔出手枪，朝着矮胖团丁扣动了扳机。只听得一声惨叫，矮胖团丁一个狗吃屎扑倒在地，再也爬不起来了。

两个护兵接连丧命，吴清水吓傻了。他枪头抖得如鸡啄米，一梭子弹全打飞了。墩子提着枪走过去，他腿一软扑通跪倒在地，连连求饶："好汉爷饶命！"

墩子踢他一脚，冷笑道："给你当爷我都嫌窝囊！"

这时雪艳走了过来，偎在墩子身边，骂道："吴清水，你这个恶物也有今日！"

吴清水跪爬到雪艳跟前，可怜兮兮地哀求："好我的雪艳婆哩，咱俩好歹做过一回夫妻，饶我一回吧。"

这句话倒把雪艳惹恼了，她把一口唾沫砸在吴清水脸上，怒骂道："都是你这个恶物害得我有家不能回。今儿险乎又遭了你的毒手！"

"从今往后我再也不敢了……爷，婆，饶我一回吧……"吴清水连连磕头作揖，鼻涕眼泪糊了一脸。

墩子鄙夷地骂道："你是罗玉璋养的一条恶狗！留你在世上不知还要咬多少好人哩。"

吴清水见讨饶无望,便显出一副死猪不怕开水烫的凶蛮相:“狗日的,开枪吧!我死后变了鬼也饶不了你!也要把雪艳捏死做媳妇!”

“那你就做鬼去吧!”墩子手中的枪响了。吴清水牛屎似的瘫在了脚地,脑浆白花花地溅了一地。雪艳恶心得想吐,急忙捂住嘴转过身去。

墩子转身去牵马,两头毛驴早已跑得无影无踪。他把两匹马追回来,把雪艳扶上乌骓马,自个儿骑上吴清水的那匹白马。

远山衔住了夕阳,晚霞如血泼洒下来。一黑一白两匹马箭似的射向西南方,钻进如血的晚霞之中……

第十七章

转眼到了春节。队伍发了饷,破例放假十天。陕籍官兵都纷纷回家去过年,跟家人团聚。墩子无家可归,颇觉无聊。雪艳也说在队伍上过年实在乏味。要他一同去青庙镇看望看望姑姑,顺便在姑姑家过个年。墩子一想也好,便答应了。腊月二十八他俩去了青庙镇。

雪艳姑家待墩子如贵客,礼貌周全,毕恭毕敬。墩子反而觉得别别扭扭,浑身不自在。毕竟人地生疏,他有一种寄人篱下之感。破五一过,他婉言谢绝雪艳姑家的一再挽留,执意要回岐凤。

回到岐凤,队伍里上上下下纷纷传言,元宵节一过,队伍就要开拔河南。墩子半信半疑,去找张副官打探消息。张副官和太太回家过年还未返回。他闷闷不乐,回到住处喝闷酒。如果队伍真的要开拔河南,他考虑还要不要在队伍上干下去。

队伍开拔的消息属实,春节前命令就到了师部。孙蔚如的三十八军调驻陕西,孙蔚如兼任省府主席。新二师调防河南,归汤恩伯部管辖。接到命令后李信义十分不快。西安事变后,西北军成了蒋委员长的眼中钉肉中刺,此次调防实际上是瓦解西北军,可军令不得不服从。汪松鹤自然明了他的心思,多次劝慰他:"师座,大势所趋,你也不必为此愁眉不展。到了河南咱再图今后之计。”

李信义摇头叹气:“咱们本来就是杂牌子,又出了个西安事变,往后哪还有个出头之日。”

“这也难说,事在人为嘛。”

“唉,你我都不是黄埔学生,老头子不会重用咱们的。”

“师座说得极是。我也一把年纪了,想归隐山林。”

“松鹤兄,咱俩想到一搭去了。官场上的事我已经很烦了,不想再争啥高低了,想过一过‘三十亩地一头牛,老婆娃娃热炕头’的日子。”李信义哈哈笑了起来。汪松鹤也笑了。

李信义忽然问道:“西秦永平镇徐云卿一家被害一案查明凶手了吗?”

汪松鹤说:“从情报处搜索到的情报来看,不是土匪干的。”

“那是啥人干的?”

“那天晚上下大雪,凶手没留下什么痕迹。但从火力装备来推测,可以肯定是罗玉璋的保安团干的。小股土匪是炸不掉徐家的炮楼的。”

“又是罗玉璋!”李信义在桌上砸了一拳,“前几日我去省城见到赵要员。他再三叮嘱,要我尽快破获此案,对凶手严惩不贷!他的女婿死于非命,老头子的火气大得很。”

“尽快破获此案谈何容易。现在我们只是推测,还抓不住罗玉璋的任何把柄。”

李信义愤然道:“罗玉璋在西秦为非作歹,为所欲为,实乃十恶不赦!不除掉此人,我这个师长就白当了,也愧对家乡的父老乡亲,更对不住对我耿耿忠心的陈楞子。”少顷又说,“姓罗的官居保安团长,也算是地方官,如此胡作非为,与土匪何异!长此以往,老百姓怎能安居乐业?”

汪松鹤说道:“用此种如狼似虎的人治理地方,只怕越治越乱,民不聊生。如今政府和军队里此类人比比皆是,这是党国的悲哀啊! 唉,你我位卑,不管也罢。至于地方上的事让地方去管吧。我们即将开拔,无暇顾及此事。俗话说,善有善报,恶有恶报。罗玉璋多行不义,必遭天谴。”

李信义无可奈何地叹了口气:“松鹤兄说得也是。只是赵要员那里咋交代?”

“实话实说吧。此案一时半会儿难以查明,部队奉命开拔在即,无暇查明此案,请他移交地方处置吧。”

“唉,也只能如此。”少顷,李信义说道,“离陕之前我想回家乡一趟。”

汪松鹤知道李信义双亲都已亡故,家眷子女都在省城,随口问道:“不知师座老家还有什么亲人?”

“还有一个叔父,两个堂弟,其余都是子侄辈。驻防岐凤以来总想回家看看,却戎马倥偬,抽不出空来。此次离开陕西,不知何年何月才能回来。”

“师座早就该回家乡看看。李老大人恐怕已到古稀之年了?”

“叔父七十有五,是我父亲唯一的弟弟。小时候他十分疼爱我。”说到这里,李信义有点动情了。

“那就更应该回家看看。师座,松鹤也想去府上看看,不知尊意如何?”

“欢迎! 欢迎!”

“咱们几时动身?”

李信义略一沉吟:“明天吧。”

“那我去通知张副官,做做准备。”

“不用了。回自己的家扎的啥势,要的啥威风。”

…………

翌日清晨,岐风通往西秦的官道上有一队马队,共十余骑。走在最前边的两匹马一白一红,白的似雪,红的如火炭。白马背上是李信义,红马背上是汪松鹤。两马并辔而行,马背上的人都着便装。李信义头戴红狐皮帽,穿一领貂皮大氅,颇似富商。汪松鹤头戴高筒皮帽,穿一领宁夏羔羊皮袍,似教书先生。紧随其后的骑者是张副官、墩子和十几个贴身侍卫,一律都着便装。

虽然节气已过立春,严冬的余威还在逞能。小北风呼呼地刮着,把天上的浮云刮得无影无踪,扬起的尘土把青蓝的天涂抹得灰蒙蒙的。刚出东山的太阳似一个没上火色的烧饼,一团惨白,不冒一丝热气。路两旁稀疏的几棵白杨古槐当风抖着,树枝随风呼啸。北风肆虐了一个冬天,虽然带来过一场大雪,却不等积雪消融就把它风化干了。高原被折磨得千孔百疮,贫瘠的土地满目疮痍,狰狞丑陋,不见一点绿色,苍凉寂寥。田野上寒霜一片白茫茫,缺少水分的麦苗失去了应有的绿色,蔫巴巴地缩在地缝里。李信义目睹这一切,在马背上长叹一声:“去秋以来一直少雨雪,倘若今春再无雨雪,秦地又是一个灾荒年啊!”

汪松鹤也道:“战乱不止,灾荒连年,最苦的还是老百姓。”

“松鹤兄说得极是,长此以往,国将不国……”

两人信马由缰,指点江山,感慨不已……

太阳渐渐升起,朔风稍歇,天气暖和起来,田野上出现农人劳作,有了生气。李信义心情开朗起来,用马鞭遥指起伏的山山峁峁,说道:“松鹤兄,北国风光不及你们江南水乡好吧。”

汪松鹤是何等精明之人，见师长心情好了起来，自然不能扫他的兴，笑道："江南水乡虽说秀丽，却不及北国风光雄浑苍莽，有大丈夫的气概。"

李信义哈哈笑道："松鹤兄果然高见。这里是古周原地，是尧舜时期后稷教民稼穑之区。《诗经》云：'周原膴膴，堇荼如饴'。说的就是这地方。这一带曾是古战场，商、周、秦、汉、隋、唐各朝各代都在这地方交过兵。周从这里兴起有八百年天下，秦、汉、隋、唐以此地为根基拥有关中而统一全国。你看，这里东有漆水沣水断崖，西有千河相护，南有滔滔渭水，北有乔山为屏，抵御外族实为能攻能守之地。"

汪松鹤连连点头，恭听李信义夸家乡的佳处。

李信义用马鞭遥指远水近山："这里前挹太白之秀，后负周原之美，东控平原，西带长川，襟渭带沣，三水环绕，是块风水宝地啊！"

汪松鹤环目四顾，满目黄土，苍凉寂寥，看不出有什么优点，可嘴里还是说道："好地方，果然是好地方。"

李信义言犹未尽："松鹤兄，康海你可知道？"

"可是明代写《中山狼》的状元公康对山？"

"正是此人。松鹤兄知道他是哪里人吗？"

汪松鹤摇头。

李信义笑道："康海就是这地方人。说近乎点，和我是乡党。有句俚语：'公公刘瑾把权专，陕西连中二状元。'其实这是以讹传讹，冤屈了康海。康海天资聪颖，敏而好学。相传朝廷派出巡按到了这里，县衙老爷为巡按接风洗尘，宴席设在一豪绅的花园里。巡按见一花盆养的佛手壮实可爱，随口吟道：'佛手伸手要甚。'这是一句联句,因为是触景生情,质朴中藏有奇巧,一时无人答对得上。当时康海和几个同学在河里耍水,有同学慌慌忙忙跑来,说是巡按大人发下题来,先生叫大家快去答对。康海他们回到学堂,见先生和几个同学正在抓耳挠腮苦思冥想,便问巡按出的啥题目。先生说,叫对对联,'佛手伸手要甚'。康海说这有何难,咱对他个'花椒睁眼望谁'。"

汪松鹤赞叹一句:"对得妙!"

李信义笑道:"还有更妙的呢。巡按听到康海的对句大为惊奇,忙把康海传到县衙。康海见到巡按不惊不惧,上前施礼问安。巡按见他小小年纪,一身秀气,喜欢得不得了,当即又给康海出了一个联句:'是三更打五更更鼓不同'。这是个笑话,西秦上阁寺有口大钟,由一位老道看管,举报时辰。每夜一更,钟敲一响,二更钟敲二响,其他更次以此类推。偏偏巡按到来的这天晚上,老道不慎将三更敲了四响。等他清醒过来寻思道:'我刚才多敲了一响,不如再敲一响,算是把刚才多敲的那一响撞消了。'结果弄巧成拙,三更被敲成了五更,成了人们街谈巷议的笑话。巡按大人以这个笑料藏典,编成联句,新奇高雅。要对得像个样子,实在很不容易。在场的不担干系的人听了乐得直笑,一些舞文弄墨的人听了直瞪眼,暗暗替康海捏把汗。康海略一思索,昂头高声诵道:'南六斗北七斗斗星各异'。在场的人齐声喝彩,巡按也高兴得捻着胡须直点头,连声夸赞:'才子,真才子!'松鹤兄,你以为这个对句如何?"

汪松鹤赞道:"果然对得奇妙。"

李信义又道:"他写过一首过河诗,更是清新有趣。"

汪松鹤笑问道:"师座,这恐怕又有什么典故吧。"

李信义笑道:"当然有。相传康海有天去上学,见一村姑在河边急得如热锅上的蚂蚁。原来前几日发过洪水，小桥被洪水冲断，姑娘有急事却过不了河。他上前问清缘由，挽起裤腿背姑娘过了河。好事的学生把这事告知了先生，先生是个老古董，认为康海此举有失体统，当下大怒，把他训斥了一顿。康海心中不服，在当天写的大楷字行间套了一首诗，表白自己。”

汪松鹤饶有兴趣地问：“师座还记得那首诗吗？”

“记得，”李信义吟诵道，“美女临江恨波流，对山暂作寄人舟。聊将桂手攀纤手，携着龙头并凤头。一枝鲜花插背上，十分春色满河州。轻轻落下尘埃地，默默无语各自羞。”

汪松鹤以马鞭击掌，惊叹道：“好诗！果然是锦绣文章！康对山不愧是状元郎！”随后又说，“此地人杰地灵，古有康对山，今有李信义，真是块风水宝地啊！”

李信义面露悦色，摆摆手：“松鹤兄过誉了，信义何德何能，怎敢比先贤康状元。”

汪松鹤言道：“师座太自谦了。江山代有才人出，各领风骚数百年嘛。现在该师座独领风骚了。”

李信义仰面哈哈大笑……

说说笑笑，太阳升到头顶。一行人到了永平镇，李信义说：“打打尖吧。”一行人便下了马。

李信义笑问汪松鹤：“吃点啥？”

汪松鹤说：“随便吧。”

李信义笑道：“这个‘随便’饭最难人。”

汪松鹤笑了：“到了师座故里，我便是客。客随主便嘛。”

李信义说道：“这个镇子有个老孙家泡馍馆，我小时候吃过多回，味道不错。咱们就吃一顿泡馍。”

一行人进了老孙家泡馍馆。掌柜的见这一行人非同寻常，笑脸把客人迎进雅座，亲自掌勺。跑堂送上了耀州老碗，每个碗里放两个饦饦馍。李信义拿着馍笑道："泡馍最讲究，饦饦馍掰成玉米粒大小才最有味道。"汪松鹤如法炮制。喝茶等饭的工夫，汪松鹤问道："师座，这个老孙家可是省城的那个老孙家？"他在省城的老孙家吃过一回泡馍。他不习惯北方人的口味，并不觉得泡馍特别好吃。

李信义还未答话，泡馍端上了桌。碗是耀州老碗，比脑袋还大。"先尝尝味道如何。"他率先拿起筷子。一口泡馍下肚，他就觉得比西安老孙家的泡馍逊色多了。汪松鹤也吃出味道不同："不正宗啊。"

李信义笑道："乡下小镇怎能跟省城比。在这个镇上就它最正宗。"边吃边跟汪松鹤说起了羊肉泡馍的起源。

羊肉泡馍说起来已有上千年的历史。史载，公元651年，伊斯兰教传入中国，波斯胡人来长安朝拜，在长途跋涉中，带着饦尔木（即今天的饦饦馍）做干粮。此种馍水分少，便于保存。他们每到宿营地，燃起篝火支起铁锅，宰羊煮肉熬汤，然后将干硬的饦尔木掰碎泡入肉汤之中，既美味又耐饥。到了长安之后，再加以精心改进与提高，就形成了长安羊肉泡馍。苏东坡有诗云："秦烹唯羊羹。"一个"唯"字就道尽了他对陕西羊肉汤（羹）的极力赞美与推崇。从汉字结构上解，"鲜"字是由"鱼"和"羊"合成，由此可见羊肉汤和鱼汤一样，自古以来都是味道鲜美的佳肴。"羹"字是由"羊"打头，"美"收尾，中间加上"四点水"。"羊"是"祥"之意，"美"则是味美。可见羊肉汤是味道最美的羹汤了。

汪松鹤笑道："师座，听你这么一说我食欲大增，能吃两大老碗。”

一桌的人都哈哈大笑,吃得如风卷残云……

李家集在这一带是个大村子,有三千多口人。李姓在李家集是个大姓,约占村子三分之二人口。而李信义一族又是李姓的名门望族。特别是他当了师长之后,这一族人更是扬眉吐气,非同一般,自然有不少人攀附李家。

李信义一行人刚到村口,便有人报知李家。李信义的叔父李德厚老汉率着一家大小迎出了家门。李信义老远看见叔父颤巍巍地站在李家的高门楼前,急忙甩镫离鞍下马。汪松鹤等一干人也慌忙下了马。李信义疾走几步,跪倒在叔父面前,说道:“二爸,狗剩回家来看望你老人家。”

李二老汉慌忙搀扶起侄儿:“早就听说你在岐凤,黑明盼着你回来,可不见你回来……”老汉落下老泪。

“我早就想回来看看你老人家,只是军务缠身,实在走不脱。”李信义鼻子有点发酸。叔父自幼疼爱他,他对叔父也怀着深厚的感情。

“二爸不是怨你。二爸知道你忙,也懂得忠孝不能两全这个理……”

李家一家老幼把李信义一干人等迎进家中,在客厅坐下,用人献上香茶。李信义边品茗边问叔父身体是否安康。李二老汉连说安康,只是上了年纪腿脚不太灵便。李信义便要张副官拿来礼物,是一根楠木手杖和一件狐皮长袍。李二老汉当即穿上皮袍,拄着拐杖在客厅走了两圈。众人都说二老爷让皮袍和手杖把精神提起来了,就像从画上走下来的神仙老寿星。李二老汉听了呵呵直笑。

随后李信义又给两个堂弟两个堂弟妹都送上礼物。其他子侄也都有见面礼物。李家的用人长工也都有赏赐,每人五块银圆,一件衣料。一时间李宅上下笑语不绝,热闹得跟过年一样。大伙都盛赞大少爷的功德。

晚饭间,李二老汉对侄子说:"回来了就多住几天吧。"

李信义说:"明儿祭罢祖祠我就得走。"

李二老汉感到诧异:"好不容易回家一回,就住一夜?"

"队伍奉命开拔,实在耽搁不得。"

"队伍要开拔?"李二老汉着实吃了一惊。

"开拔到河南,不几日就出发。"

"唉,你这一走,不知何年何月才能回家?不知咱们叔侄还能不能见面?"李二老汉放下酒杯,说得十分伤感。

李信义也觉得杯中的酒有点苦涩,嘴里还是安慰叔父:"有时间我一定会回来看望你老人家的。"

"唉,我已是风中残烛,活了今儿还不知有没有明儿……"老汉不觉黯然泪下。

李信义也眼睛发潮,一时无语。汪松鹤在一旁急忙圆场:"老叔红光满面,身子骨这么硬朗,活到九十九不成问题。"

李二老汉自知失态,拭去老泪,换作笑颜:"人一上年纪说话就颠三倒四,让松鹤贤侄见笑了。你难得到我家做一回客,来,喝酒!"

是夜,李信义在他父母生前的屋里安歇。这是他特别要求的。

这个屋子好多年没住人了,但父母生前的用品都还在屋里,家具摆设一点没动,一切都按原样放着。他每次回家都要住在这个屋里,叔父知道他的秉性,不许人动这个屋里的任何东西。他在心里感激叔父。

火炕烧得很热，炕上铺着父母生前用过的被褥。他看着这一切，一股暖流涌上心头。他躺在炕上，双手枕在脑后，闭上眼睛，父母的音容笑貌一齐浮现在脑海里……就在这个土炕上母亲生下他。这个炕这个屋这个家记载着他童年、少年的欢声笑语。现在这个家这个屋这个炕都在，可父母却不在了，他也过了知命之年。这真是物在人不在。睹物思亲人，他不禁感慨万端……他又想到，此次离开故乡不知还能不能回归故里……不禁长叹一声。直到子夜时分他才渐渐入睡……

翌日吃罢早饭，李信义要去祭祖祠。李二老汉率一家大小陪他一同前去。李姓在李家集是大姓，又多富家大户，祠堂修盖得十分气派。李信义在叔父、堂弟及众多子侄的簇拥下去祭拜祖祠，其实早已有人安排好一切。李信义还乡的消息昨天下午已传开，今日祭祖之事也传得沸沸扬扬。村里各家各户都在谈论此事。穷乡僻壤难得有啥大事，村里当大官的回家祭祖就是惊天动地的大事。众人纷纷走出家门，一是为瞧热闹，二是一睹李师长的风采。晚清年间，李家集曾出过一个武举人，论身份地位都远不及当今的李信义。许多老人都清楚记得，当年武举人在外地做官衣锦还乡，唱了三天三夜大戏，那个热闹气氛真有点惊天动地。当今的李信义官拜少将师长，官位显赫，回家祭祖少不了一场热闹。然而，却令人失望。李家并没有像众人想象的那样大操大办，连鼓乐之类也没有动。李信义只带了十多个随从，一身便装，逢人拱手，面带微笑，没有将军的半点威风，却倒像一个和善的乡绅。许多后辈晚生见李信义如此模样，说出一些轻视的话来：

“李师长看着不像个师长，倒像个做生意的。”

“人家保安团的中队长都比他牛逼。”

“你说得也是。他一个蔫老汉能率领千军万马?”

老人们另有看法:

“看看,就是不一样,这才是弄大事的料!”

“不艳不乍,礼待乡亲。果然非同一般。”

“官大不欺乡亲,有名将风范。”

…………

李信义在众人的簇拥下来到李家祠堂。李二老汉在前,他随后率李姓男子进了祠堂。李二老汉点燃一炷香,交给李信义。李信义双手握香深深一揖,毕恭毕敬插进香炉,说道:“不孝男信义叩拜列祖列宗。”双膝跪倒在地,行叩拜大礼。李二老汉率众子弟也行叩拜大礼。罢了,汪松鹤率张副官、墩子一干人等也向李姓先人行叩拜礼。

礼毕,李信义正准备和众人出祠堂,忽听堂外一阵马嘶人叫。众人面面相觑,不知外边出了什么事。李信义不禁皱了一下眉头。汪松鹤示意墩子出去看看。墩子下意识地摸了一下腰间的手枪,随即又松开了手,撩开大步往外走,却和来人撞了个满怀。来人的势头很猛,竟让墩子打了个趔趄。他站稳脚跟,定睛一看,来人一身戎装,年龄在四十开外,四方大脸,留着唇髭,身材魁梧壮实,怪不得撞他一个趔趄。来人也打了个趔趄,冲他一笑,便朝李信义弯腰拱手,嘴里叫道:“大哥,回家来了!”

李信义看到来人,心里一惊,脸上却浮出几分笑意:“哦,是玉璋。”

“大哥,你回家来咋不跟小弟打声招呼,我也好来接你。”

“回家省亲,何必虚张声势?”

"大哥说的哪里话。西秦县在外做官的就数大哥的官大。大哥衣锦还乡,理应热闹一番。"

李信义微微皱皱眉头:"玉璋咋知道我回家省亲?"

罗玉璋笑道:"在西秦地面没有我不知道的事。"原来李信义一行一到西秦地面,便有探子快马报告罗玉璋。

此时墩子这才知道来人是罗玉璋。那天晚上在喜凤屋里,罗玉璋穿着便服,且天黑灯暗,他并没有看清罗玉璋的眉目。这会儿罗玉璋身穿戎装,他完全认不出来了。罗玉璋也完全认不得他了,也丝毫没有想到刺杀他的刺客就在他眼前。仇人在眼前,墩子分外眼红,伸手就想拔枪。站在他身边的汪松鹤轻轻用脚踢了他一下,用眼睛示意了一下外边。他抬眼看去,只见祠堂门前有一队骑兵,耀武扬威,便悻悻地缩回了手。汪松鹤说道:"玉璋老弟,你的消息好灵通啊!"

罗玉璋冲汪松鹤一拱手:"参谋长,你也来了。蝇子飞过去都有个嗡嗡声,何况我大哥回家哩。"

汪松鹤不无讥讽地说:"看来玉璋老弟把西秦治理成了独立王国。"

罗玉璋笑道:"不是夸口,在西秦地面我罗玉璋说了算。"

李信义不易觉察地又皱了一下眉。汪松鹤说道:"师座,回府吧,此处不是讲话的地方。"他是为李信义的安全着想。这地方人太杂乱,而且门外还有罗玉璋的骑兵队,人人手里都有家伙。

李信义点了一下头。张副官、墩子和十几个卫兵分前后左右护在李信义周围,走出祠堂。祠堂门前原本挤满了一片黑压压的人群,却被耀武扬威的骑兵队惊散了。没有走散的乡人远远瞧着这边,满脸的惊恐和不安,议论纷纷。

“姓罗的一个保安团长比李师长还牛气!”

“他是土狗奓尾巴,硬充大尾巴狼!”

“他这才真是提上枪进祠堂,吓先人哩!”

李信义目睹着这一切,耳听着这些议论,脸色顿时沉了下来,眉毛拧成了墨疙瘩,大步往家里走。

回到李家,在客厅分宾主坐下,有人送上茶水。李信义这时已稳住情绪,呷了一口茶,问道:“玉璋,你来李家集有啥事?”

“小弟得知大哥回家的消息特地赶来,一来专程看望大哥,二来明儿是元宵节,也是老母七十寿辰,请大哥前去喝杯薄酒。”

李信义笑了一下:“多谢你的美意。你可能已经得到消息了吧,新二师奉命调防河南,近日军务十分繁忙。此次回家省亲我是忙里偷闲,耽搁不得。你那里恕我不能前去。回去替我向伯母问安,就说我祝她老人家福寿安康。”

罗玉璋脸色涨得通红,放下茶杯嚷道:“大哥,我来李家集时已经安排下去,现在整个西秦县城的民众都知道李师长要大驾光临西秦县城。你若不去,我岂不是放了个空炮?你叫我这张脸往哪达搁!”

汪松鹤在一旁说道:“玉璋老弟,师座真的军务繁忙,不能久留。”

“参谋长,我罗玉璋在西秦是说一不二的人,现在已把话放出去了,我大哥若真的不去,就是给我脸上抹屎哩!”

罗玉璋这话一说,倒真的让李信义和汪松鹤为难。他俩相对一视,都低头喝茶,寻找对策。罗玉璋忽地站起身,冲李信义一拱手:“大哥,今儿你若不去西秦,小弟就不离开李家集!”

这简直是要无赖!李信义心中十分恼怒,可脸上依旧笑纹堆垒:“看来玉璋今儿是诚心诚意请我去做客。松鹤兄,咱们就去西秦走一趟如何?”

汪松鹤也十分恼火。他担心罗玉璋在耍什么花枪,请他们去西秦别有用心。他正想找理由拒绝去西秦,李信义却动了去西秦的念头。他疑惑不解地看看师长,只见师长眼里露出一股不易觉察的凶光。他明白了,师长去西秦已有所图。他笑了笑:“玉璋老弟,没见过你这样请客的。恭敬不如从命,我和师座就去西秦一趟。”

“多谢大哥赏脸! 多谢参谋长赏脸!”罗玉璋如愿以偿,得意扬扬。

李信义问道:“几时动身?”

罗玉璋答道:“请大哥定夺。”

李信义与汪松鹤交换了一下意见,说上午就动身。当下他拜别了叔父及一家人,跟随罗玉璋去西秦县城。

李信义一干人到达西秦县城是正午时分。西秦县的各界头头脑脑聚集在保安团团部门前恭候欢迎。那个隆重场面令李信义和汪松鹤都感到意外。

西秦县城空前地热闹起来。城门口用松柏枝搭起了彩门,保安团团部门前的操演场上挤满着黑压压的人群,百十名精壮小伙敲着锣鼓家伙。街道上拥着一街两行的看热闹的民众。罗玉璋的骑兵队在前边开路,疾驰的马队把威风炫耀到了顶峰,惊得看热闹的人慌忙躲避,生怕被马队撞断了胳膊踢坏了腿。

李信义一干人等在后边信马由缰缓步徐行。罗玉璋一身戎装,骑着高头大马,手握马鞭,指东画西,时而大声嚷嚷,时而放声大笑，威风凛凛，完全盖过了李信义。李信义嘴角浮上一丝阴鸷的冷笑。

他们刚到保安团团部门前，忽地响起了数十声土铳，随即是一阵鞭炮声。幸亏他们的坐骑都经过战场的考验，不然的话就会受惊脱缰。

李信义和汪松鹤下了马，和西秦县的头头脑脑见了面，说了几句官场上的寒暄话，被迎进了团部。在客厅落座后，李信义这才知道罗玉璋竟请来了刚刚来陕驻防的三十八军第一师的张师长。他在心里不禁暗暗赞叹罗玉璋攀龙附凤的高超本领。他跟张师长见了面，寒暄了几句，便被罗玉璋请上了酒宴。

酒宴的丰盛又使李信义吃了一惊。在岐风驻扎两年他还没有吃过一顿如此丰盛的酒宴。他在心里叫了一声："惭愧！"同时又生出几分对罗玉璋的憎恶。

宴罢，李信义去看望罗玉璋的老母。罗母是个慈眉善目的老太太。见到李信义老太太十分惊喜，拉着李信义的手连连抹泪。李信义也生出几分伤感。拉了几句家常话，老太太叫着李信义的乳名说："狗剩，你回来得好，替我好好管教管教蛮蛮。"

"伯母，蛮蛮都是当团长的人了，你还操他的心干啥？"

"他那个团长当的……唉！咋说哩，尽胡吣乱道哩！我让他多做点积德事，可他就是不听。唉，儿大不由娘哩……"

"伯母，我说说他。"

"狗剩，你要下硬茬数说他哩！你不是外人，我就跟你说句掏心窝子的话。蛮蛮自小就爱张狂，当了保安团长后就更是披上被子上天，张狂得没了领子！他如今是老虎跌到了山涧，伤人太重，跟他结梁子的人很多，黑黑明明盼他死哩……你数说他是为他好哩……”罗母说着说着撩起衣襟直抹老泪。

李信义安慰了老人一番，便告辞了。下午有点空闲，他要和汪松鹤去城北门外的报本寺一游。罗玉璋当仁不让，说是要尽地主之谊，一定要陪他们一块去。李信义本不愿和罗同去，但罗执意要作陪。恭敬不如从命，他只好听凭罗玉璋的安排。

报本寺乃唐高祖别宅，在城北门外。唐高祖李渊任隋朝岐州刺史时，置家于此地。次子李世民于隋开皇十八年(588 年)十二月戊午生于别宅。后来李世民继位，旧地重游，对众臣说："朕生于此，今母永违，育我之德不可不报。"遂将城南的庆善宫改名为慈德寺，将城北的旧宅命名为报本寺。

报本寺有一塔，甚是雄秀挺拔。此塔的建造手法别具风格，其结构为楼阁式，七级八面，第一层稍高，往上各层的面阁与高度逐级递减。每层的出檐呈叠梁式样，稳重大方。柱额上置砖雕转角，补间排列斗拱。每层辟门为三，圆卷式洞门真假相间，变化有序。塔内中空，设有木梯可以供登临远眺。

千年古塔历经人间沧桑变幻。不知从何时起，报本寺塔还招引来它的特殊客人胡燕。这种燕子比一般家栖燕子体形大，矫健有力，鸣声尖厉，腹部呈深褐色，造窝仿葫芦形，独占塔顶，不入民宅。从早春到深秋，成群的胡燕日日绕着塔影飞舞，把个人迹不到的凌空变为自己的一统天下，尽情地嬉戏游乐。人们仰慕鸟的自由，称"胡燕朝塔"为本县八景之一。

李信义一干人等来到报本寺。寺内有许多游人，见这一干人不同寻常，都驻足观望。罗玉璋摆了一下手，郭栓子带着几个人挥着马鞭驱赶游人。一个老汉腿脚不灵便，走慢了点，挨了郭栓子一马鞭，脸颊上立时暴起了血印子。老汉怒气难平，想上前理论理论，被一个小伙子拉住了胳膊："老汉叔，快走吧。是罗蛮蛮的马队，咱惹不起！"老汉顿显恐惧之色，躲瘟神似的走了。

李信义瞧在眼里，心里很不是滋味，没了观赏的兴致。这时寺院的方丈走过来，对着罗玉璋连连打躬问安。罗玉璋手挥着马鞭对他指指点点，像是吆喝他手下的兵卒。方丈诚惶诚恐，唯罗玉璋之命是从。李信义心里越发不是滋味。他走马观花地在寺里走了一圈，就回到了下榻处。

稍事歇息，汪松鹤从隔壁房间走了过来。落座后，汪松鹤给李信义点燃一支烟，说道："师座，罗玉璋这个保安团长比咱牛逼得多，连出家人都怕他。"他对罗的作为行径十分地反感。罗玉璋根本就不是一个军人，完全是个地痞流氓土匪！

李信义叫了一声："惭愧！"接着说道，"我从军二十多年，官至师长，从没耍过这样的威风。今儿总算见了世面。"

汪松鹤感叹道："幸亏他只是个保安团长，若是当了省警备司令，牛逼得就没谱了。"

李信义把烟头戳灭在烟灰缸里，恨声说道："他哪里是政府的官员，实实是一条恶狼！"

"师座说得极是。他在李家集说是请我们，可明明白白是逼师座就范啊！"

李信义心里憋气已久。罗玉璋上次在岐风的所作所为就让他大伤脸面，后来胡金诚又把罗在扶眉的飞扬跋扈给他说了一番，他更是气上心头。当即他就想除了这个恶物，却找不着机会。今天真是天赐良机。他在茶几上擂了一拳："此人不除，李某愧对家乡父老乡亲！"

汪松鹤看到师长眉宇间露出杀气，明白他下定了决心，可还是忧心忡忡地说:“师座,且忍一时之愤。咱们现在在姓罗的窝子里,弄不好就会祸殃自身。”

李信义冷笑道:“我就是要在窝里除了这条恶狼,出出胸口的闷气!”

汪松鹤一怔,看着师长。李信义一副成竹在胸的神气,对汪松鹤耳语一番,汪松鹤频频点头,紧蹙的眉头舒展了,但还是不无担心地说:“师座考虑得十分周到,只怕万一失手……”

“患得患失,一事无成。”李信义决然地说,“你把文化叫来!”

汪松鹤出了屋。时辰不大他回来了,身后跟着墩子。

“师长,有啥任务?”墩子身板挺得笔直。

“坐下说话。”李信义和颜悦色。

墩子落了座。李信义字斟句酌地说:“有个重要任务想让你去完成,不知你肯不肯去?”

墩子唰地站起身,朗声说道:“军人服从命令是天职。师长,你下命令吧!”

李信义把他按在椅子上:“我想让你去除掉罗玉璋……”

墩子瞪圆了眼睛:“几时动手?”又欲起身,李信义按住他:“甭急甭急。”

墩子恨声说道:“那驴日的太张狂了,在祠堂时我就想干掉他!”

“我就知道你会冲动,果不其然。”李信义摆摆手,“算啦,我另派人去。”

墩子急了眼,忽地站起身:“师长,这个任务一定要交给我!”

“你这么冲动咋能完成任务?”

“我要完不成任务就不活着来见师长!”

“算啦算啦,我还是另派人去吧。”

“师长!”墩子急红了眼。

汪松鹤见火候到了,站起身说道:“师座,就交给文化吧。文化向来忠勇可靠,能担此重任的。”

墩子又请缨道:“师长,当初我投你时就是为了这一天。你若把这个任务交给别人,我文化死不瞑目!”

李信义这才开口道:“好吧,我成全你。”

“多谢师长成全。”

李信义便把自己谋划的行动方案说给墩子听,临了拍着他的肩膀再三叮咛:“此事行动要十分机密,千万不能失手!”

墩子拍着胸脯说:“师长放心,姓罗的活不过今晚!”

汪松鹤也走过来嘱咐:“文化,此次行动关系重大,一旦失手会祸殃师座。”

墩子咬牙说道:“请参谋长放心,文化不成功便成仁!”

就在这时,有人敲门。李信义示意墩子去开门。墩子拉开门,来人是罗玉璋。罗玉璋一点也认不出墩子来。但他看出墩子是李信义的心腹保镖,冲墩子做了个讨好的笑脸。墩子强压心头的怒火,扮了个笑脸,算是作答。

罗玉璋是来请他们吃晚饭的,晚宴比午宴并不逊色。李信义原本疑虑罗玉璋有什么企图,一直心存戒备。现在看来一切疑虑戒备都属多余。罗玉璋对他处处礼貌周全,毕恭毕敬,极尽巴结谄媚之能事。罗玉璋生性张狂,他得知李信义还乡省亲的消息,大喜过望。上回到岐凤去对李信义多有冒犯,一直惴惴不安,很想找个机会当面给李信义赔情道歉,冰释前嫌,却一直找不到机会。去登门道歉,他惧怕肉包子打狗,不得回还。现在李信义回家来了,真是一个难得的好机会。所以他用无赖的手段硬是把李信义请到了西秦县城,盛情款待,以博李信义的好感,冰释前嫌。其实他也知道新二师即将开拔河南,但他还是希望和李信义和解。李信义毕竟身居高位,而且又是西秦人。万一哪一天他落了架,也许有求人家的地方。他宁可得罪西秦十二万民众,也不愿得罪李信义一人。

晚宴散了,罗玉璋恭请李信义、汪松鹤和张师长去看戏。为给老母贺寿他请来了两个戏班,唱的是火爆戏,三天三夜连场唱,中间不停歇。今天晚上挂灯,此地把唱头台戏称挂灯。

戏台搭在保安团部左侧的操练场上。台下是一片人海。西秦县城难得有这么一回热闹,二三十里外的乡亲都赶来瞧热闹。有扶老携幼的,有呼儿唤女的,吵嚷成了一锅粥。卖吃喝的在人群外围了一大圈,把热闹气氛烘托到了极致。戏台口一字摆开挂了四盏汽灯,把台口照得通亮。锣鼓家伙忽然响起,预示着戏即将开演。锣鼓家伙紧一阵慢一阵地敲了起来,淹没了台下的喧闹声。大幕徐徐拉开,锣鼓弦索有节奏地响了起来,扮福禄寿三星的演员走上台前,舞扎一回,其中一个唱道:

门前一树槐
走马挂金牌
乌鸦不敢落
单等凤凰来
…………

台下的观众都知道这是封神戏,戏班子给主人舔尻子骚情哩。

露天戏台没有包厢,罗玉璋让人给戏台对面搭了一个看台,上面主位坐着老寿星罗老太太,罗玉璋挨着母亲坐着,他的另一边坐着张师长,李信义挨着张师长,汪松鹤挨着李信义。他们身后是丫鬟和随从人员。

封神戏唱罢，戏班送来戏名册子让主人点戏。罗玉璋接过册子让张师长点，张师长让李信义点。两人推让一番，张师长点了出《杀庙》。

《杀庙》唱罢，张师长让随从副官送上两锭赏银。班主走上台子冲着看台深深一揖，高声喊道："谢张师长赏银！"

李信义嘴角挂上几丝笑纹。罗玉璋又让他点戏，他便点了一出《断桥》。他很喜欢这出戏，随着台上演员的唱腔小声哼哼，十分入迷。唱罢，他让张副官也送上两锭赏银。班主依前，冲着看台深深一揖，高声喊道："谢李师长赏银！"

接下来罗玉璋点了一出《虎口缘》。唱罢，他让郭栓子送上比张、李二人多出两倍的赏银。

郭栓子拿着赏银来到台口，大把向台上抛撒。台前台后的演员及文武场面的鼓乐手都争抢银圆。班主顾不上作揖，喊了一嗓子："谢罗团长赏银！"俯腰去捡滚在脚边的银圆。一时台上乱成了一锅粥。

罗玉璋拊掌哈哈大笑。张师长也干笑两声。李信义嘴角显出几丝冷笑。显然张、李二人对罗玉璋此举都很反感。罗玉璋得意忘形，对此竟然丝毫不觉。

接下来演出本戏《郭瑗拜寿》。这个戏班演员的演技相当不错，唱念做打都很见功夫。李信义是内行，自然看得出，可他却有点心不在焉。起初，他坐在那里还随着演员的唱腔用手轻轻地打着节拍。渐渐地，他不打节拍了，开始抽烟，一支接着一支。他抬起胳膊，看看腕上的欧米茄夜光表，差一刻十一点。这本戏已演过半。按他谋划的行动方案，墩子应该动手了，可迟迟听不见那一声枪响。他转头看看身边的参谋长。汪松鹤也在大口抽烟，烟头的火光一明一暗，但完全可以看出他的脸色很不好看。不用问，他也心急如焚。罗玉璋不时地哈哈大笑，恨得李信义直咬后槽牙。

过了十一点，还听不见那声枪响，汪松鹤坐不住了，起身说是要解手。过了一会儿，汪松鹤回来了。李信义看了他一眼，汪松鹤轻轻摇摇头。李信义心里一沉，肚里直骂墩子无能，脸上却波澜不惊，平静如水，只是大口抽烟。罗玉璋在那里陪老母说话，时而笑出声来，直钻李信义的耳朵，他不禁把眉毛拧成了墨疙瘩。

这本戏接近尾声，张师长哈欠连天。他是河北人，对秦腔不感兴趣，也听不大懂。看在主人殷勤热情的分上，他不能不来捧场。已近子夜时分，他实在坚持不住了，推说身体有点不舒服，对李信义和罗玉璋道了声："对不起，少陪了。"欲起身离去。

李信义也说他困乏了，想早点休息。其实他是心中烦躁不安，不愿在这个地方再待下去。汪松鹤根本就没有看戏，他实在弄不明白墩子为什么不动手，难道什么地方出了问题？见李、张二人要走，汪松鹤便说也想早点休息，起身离座。

罗玉璋不敢怠慢，急忙起身相送。看台上只剩下了老寿星和几个丫鬟。

晚宴散后，墩子本应和张副官跟随师长一道去看台。可他接受了机密任务没有跟随师长，和其他几个卫士坐在一起喝茶闲聊，单等夜深再去下手。

李、张二人的随从由郭栓子负责接待。这些人都是精壮小伙子，对秦腔并不十分感兴趣，他们感兴趣的是女人和牌桌。郭栓子身为罗玉璋的侍卫官，常跟这类人打交道，自然深知他们的喜好。

罗玉璋对他有过交代,咋好咋待承。有了罗玉璋这句话,郭栓子便要竭尽全力。张师长的卫队长笑问道:“郭队长,你们西秦除了秦腔还有啥好东西?”

郭栓子笑道:“好东西多了,不知赵队长喜欢啥。”

“你说来听听。”

“羊肉泡馍、臊子面,锅盔、酿皮、豆腐脑,麻花、甑糕、油旋旋……”

“咋净说吃的,要把我撑死呀?说玩的。”

郭栓子朗声笑道:“玩得也多,我也就不一一说了。有一样玩的,保管各位弟兄都喜欢。”他冲着赵队长一挤眼,“跟我走吧。”赵队长心领神会,说了声:“走!”众人笑着起身跟随郭栓子就走。墩子不想去,想抽身走开,却被赵队长拉住了胳膊:“咱们弟兄难得相聚一回,一块玩玩去。”墩子实在不好推辞,只好跟随而去。

出了保安团部,往西走了百十步,郭栓子领着大伙进了一个名叫“翠香楼”的所在。墩子望着客厅富丽堂皇的装饰,心中生疑。就在这时,一阵香风扑鼻,从楼上走下十几个打扮得花枝招展的姑娘。她们一拥而上,一人挽住一个小伙子的胳膊,莺声笑语,眼送秋波。这群武艺枪法超群的精壮小伙顿时变成了女人的俘虏,温顺得如同绵羊。

墩子心里叫了声:“坏了!”他被一个丰腴俏丽的姑娘挽住了胳膊。他不能自已地被“挽”进了姑娘的香屋。

这种地方他以前也偶尔去过。在外逛荡混世事的男人很少不染指这种地方的,有许多人在这种地方找到了终身陪伴自己的女人,更多的人是寻求片刻的刺激和肉体的愉悦。他二十啷当岁,自然不能免俗。他明白今晚玩女人不用掏自家的腰包,所有费用郭栓子已替他们付过了,他尽管尽情地去玩。

屋里的灯光幽暗出一种诱惑,暗香飘动着一股强烈的欲望。屋里生着炉子,炉火正旺,温暖得令人不忍离去。更具有诱惑力的是屋里的女主人。她脱掉外套,只穿一袭无袖红缎旗袍,两只胳膊白藕般地肥嫩,一对丰乳把旗袍撑得高高耸起。这正是他所喜欢的那种女人。他心头撞鹿,如雪狮子向火,浑身有点酥软。女人冲他很狐媚地笑着,脸蛋上显出两个甜甜的酒窝,娇声说道:"大哥,脱衣裳吧。"

他呆眼看着女人,如醉如痴,不知所措。女人娇笑道:"大哥,我替你脱吧。"走过来,替他解开外衣的扣子,用一对丰乳磨蹭他的胸脯。他心头立时着了火似的,轻轻推了一把女人,呻吟似的说道:"我渴,给我倒杯水。"

女人咯咯笑着,给他端来一杯凉茶。他一饮而尽,心里觉着欲火稍稍息了一些。女人又贴了过来,偎在他怀里抚弄他的胸膛。他禁不住伸手捏揣起女人的丰乳。女人的手更放肆起来,一双纤手由胸脯往下转移,在腰间摸到了一个硬邦邦的东西,伸手往外就拽。他猛地惊觉起来,一把推开女人,按住了枪把。女人佯嗔道:"大哥,把那东西拿掉吧,怪吓人的。"

他把枪往紧地插了插,用衣襟掩住,狐疑地瞪着女人。他猛地想起了自己的使命,心头的欲火顿时减退了许多。女人又黏糊过来,一双玉臂缠绕在他的脖颈上,用粉嫩的脸蛋摩擦他那棱角分明的脸颊,娇声道:"大哥,带那东西上床多扫兴呀。"

女人只是给他骚情,并无什么歹意。他放下心来。他真想把女人放翻在床上,用他强壮的躯体挤压她,揉搓她,让她尝尝真正男人的厉害。可他头脑已经清醒过来,理智战胜了感情。他轻轻推开女人。女人感觉到了他的变化,柔声问道:“大哥,你咋啦?”

他没吭声。

“大哥,你不喜欢我?”

他笑了,伸手捏了一下女人的脸蛋:“妹子长得这么心疼,哥咋能不喜欢。”

女人的玉臂又缠绕在他的脖颈上。他抬眼看了一下墙上的挂钟,时针已指到了十点半。他不禁皱了一下眉头,解开缠绕在脖颈的玉臂。女人撒娇地冲他噘起了樱桃小嘴。他笑道:“妹子,哥有个毛病,上床之前爱喝两口。你给咱弄点酒菜来。”说着,掏出两块银圆拍在女人手中。

女人喜笑颜开:“大哥,你等着。”转身出屋去弄酒菜。

女人走后,他想着怎样逃离此地。从门口走,他怕遇上别的女人又跟他纠缠不清,干脆从窗口走。他打开窗子,一跃身子跳了下去……

他径直奔戏台,《郭瑗拜寿》正唱到热闹处。台下是一片黑压压的人群。他根本无心看戏,一双眼睛只往看台上瞅。看台上的灯光很暗,离得远看不清人的面目。他便奋力从人窝往跟前挤,不时踩了人脚,遭到一声斥骂。他不理不睬,只管往跟前挤。到了近前,看台跟前竟没有人,只有十来个身穿便装的精壮小伙在来回游动。他明白那是罗玉璋的卫队。他不敢再往前靠,怕被便衣卫士发现。他从人头缝隙往看台上瞅,人的面目可以看清楚了。罗玉璋挨着一个老太太坐着,那个老太太正是他的母亲。罗的另一边是张师长,再过去是李信义、汪松鹤。从这个地方下手角度很好。他眯起一只眼看罗玉璋,罗玉璋那颗大脑袋正好在他的视线内。他心里暗暗叫“好”,刚想伸手掏枪,突然发现身边有个小伙子不住地看他。原来那个小伙子发现他不往戏台上瞅却瞅看台，以为他有毛病，便拿眼瞅他。他着实吃了一惊，急忙离开这个地方。

他来到戏台左侧，在一个不惹人眼的地方站住脚。他看见参谋长离开了座位，不知去了啥地方，时辰不大又回来了，脸色很难看。他估计参谋长是着急了。他心中也如火焚。他往看台跟前靠了靠，找了一个合适的角度，掏出枪来。忽然他发现从这个地方下手，很可能要伤着老太太。今天中午他跟随师长去看望罗老太太。老人慈眉善目，和蔼可亲，与她的儿子大相径庭，而且老人是个难得的好母亲。从她和师长的一番言谈中完全可以看出她对儿子又爱又恨，只是猫老了不逼鼠，眼看儿子胡作非为她也无力回天。对这样一位老人他怎能忍心伤害她的性命！

他把枪收了回去，退了出去，来到戏台右侧。他挤进人窝，在一处人较稀疏的地方站住脚。他抬眼往看台看去，这个地方不错。视线内除了罗玉璋的头外还有张师长的半颗脑袋。他咬牙在心里说道："孱，下手吧！要有妨碍，干脆把两人都干掉算孱了！"伸手掏出枪来，顺着一个老汉的肩膀上往看台上瞄。罗玉璋的那颗脑袋正好对准了准星缺口，他刚要扣动扳机，突然，实在是突然，一个年轻女人抱着孩子站起了身，孩子的脑袋挡住了枪口，孩子的一张红苹果似的圆脸转了过来，看见他呆怔怔地看自己，竟冲着他笑了。他松开了扳机，闭上了眼睛，心里叫了声："老天爷！"

半晌，他睁开眼睛，想另找地方下手，却看见张师长站起了身，跟李师长在说啥。李师长和参谋长也都离座而起。几个人鱼贯下了看台，罗玉璋起身相送。一霎时，看台上只剩下了罗老太太和几个丫鬟。他傻了眼。半晌，灵醒过来，他朝看台跟前奔去，罗玉璋的卫队已撤离了，空场处已被站立两旁的观众拥过来坐满了。他狠狠捶了自个儿一拳，心里直埋怨自个儿手太软，痛失良机，不禁仰天长叹一声……

他不知下一步该怎样行动，没奈何，只好回客房找师长和参谋长。

来到客房，师长和参谋长都在。两人都在大口抽烟，脸色都十分难看。屋里烟雾腾腾，着火了一般。他叫了声："师长！参谋长！"就不知说什么才好，木橛似的戳在那里。

好半晌，汪松鹤冷着脸问："你是怎么搞的！"

他诚惶诚恐，说是找不下个好机会下手，不是这个挡住了枪口就是那个遮挡住了罗玉璋。汪松鹤十分生气地说："你为什么不把挡枪口的也除掉！你枪膛装的不是一发子弹！你这是妇人之仁！"

李信义摆了摆手："松鹤兄，甭说了。都怨我看人看走了眼。"

这句话如同一记耳光扇在他的脸上。他的脸火辣辣地发烧，他羞愧得无地自容。

汪松鹤又道："你当初是怎样请缨的？你要说你下不了手，师座可以另让人去干的！"

他垂首无语。

李信义叹了一口气："唉，都怨我用人失察，铸成大错，愧对西秦的父老乡亲。"

汪松鹤道："师座不必自责，这是天不灭曹，怎能怨师座呢。"

"话虽这么说，可如果当初我让张副官去，姓罗的就命丧黄泉！"

墩子全身的血液沸腾着直涌他的脑门，他的脸变成了猪肝色，羞愧不安化成了一股豪气。

"师长！参谋长！"他昂起头说道，"你们处罚我吧！"

李信义挥挥手:“去吧,你休息去吧。”看都不看他一眼。

他站立不动,脸面烫得能烙锅盔。

“去吧去吧,师座要休息了。”汪松鹤走过来摆着手似赶一只苍蝇。

他无地自容地退出了客房。此时已过子夜,冷风扑面,扫却他脸上的烫热。他呆立在那里,脑子乱成了一团麻,半天理不出个头绪来。他仰起脸看着夜空,大团大团的乌云涌过头顶,一轮圆月时隐时现,把大千世界映照得斑斑驳驳,景物难辨。许久,他慢慢冷静下来。戏台那边的锣鼓弦索声在静夜中显得格外嘹亮,他聆听半晌,一咬牙,在心里打定了主意,转身回到自己的住房。

墩子和张副官同住一室。张副官跟随师长一块回来,已经钻进了被窝。见他进屋,张副官探起身子问道:“你做啥去了?咋不见你的人影?”

墩子撒了个谎:“师长把个东西丢在了老家,让我去取。”

张副官“哦”了一声,躺平身子。他在床头坐下,掏出烟来给张副官一根,自己嘴角叼上一根。扯了几句闲话,他随口问道:“张大哥,兄弟跟你交情咋样?”

张副官感到有点奇怪,不知他为啥突然问起这个来。他说没啥,随便问问。张副官抽了一口烟,说:“当然不错,咱兄弟谁跟谁呀!”

他笑着说:“有一天我要不在了,就拜托你和嫂子多多照顾一下我媳妇,也不枉咱俩交往一场。”

张副官坐起了身,愣着眼看他:“你今晚是咋了?咋说这样的晦气话!”

他依然笑着："咱们吃枪杆子饭，谁能保住一辈子不出事。"

"你说得也是，扛枪当兵是把脑袋拴在裤腰带上讨饭吃，说不定哪天就丢了。"张副官深有同感地说道，"哪一天我遇了事，你嫂子和侄儿就托付给你啦！"

他说："大哥福大命大造化大，不会出啥事的。"

张副官说："你也福大命大造化大，啥事也不会出的。"

两人都笑了。又说了一阵闲话，墩子问道："今晚的戏唱得咋样？"

"不错，几个角儿的功夫都不错，尤其是那个旦角，扮相心疼得很。"

他笑着说："那我可得瞅瞅去。"

张副官也笑了："可别瞅进眼里拔不出来，回去要挨雪艳骂的。"

他笑了笑："大哥你睡吧，我看会儿戏去。"

张副官说："你去吧，我可乏得要命。"躺倒身子去睡。

墩子出了屋，轻轻带上门，摸了摸腰间的两把手枪，把皮带往紧地系了系，撩开步子钻进了夜幕。

夜静更深，火爆戏唱得正热闹。此时唱的是《苟家滩》，静夜中锣鼓弦索声格外嘹亮，扮演王彦章的角儿嗓门洪亮，那长长的拖腔在夜空中飘荡，直震墩子的耳鼓。

王彦章打马上北坡
新坟更比老坟多
新坟里躺的是唐高祖
老坟里睡的是汉萧何
青龙背上埋韩信

五丈原上葬诸葛
人生一世莫空过
纵然一死怕什么
…………

不知怎的，墩子觉得扮演王彦章的角儿的声气颇似刘十三。仔细再听，简直就是刘十三在吼这段乱弹。他下意识地环顾四周，四周被夜幕遮掩得一片模糊。他似乎觉得刘十三隐身在夜幕中，冲着他嘿嘿冷笑。他浑身一激灵，禁不住打了个寒战。他忽然预感到此时此地听到这段乱弹是个不祥的征兆，脚步一下子变得沉重起来。

师长回乡省亲的前天下午参谋长把他叫了去，让他挑几个精兵强将准备跟随师长去西秦。他安排停当回到住处已是掌灯时分。雪艳端上饭菜，问他怎么这么晚才回来。他一边吃饭一边给雪艳说，他明天要跟随师长去西秦一趟。雪艳一怔，停住筷子问："师长去西秦干啥？"

他说："队伍马上要去河南，师长想回家去看看。"

"去几天？"

"那就要看师长的意思了。"

"去的人多吗？"

"听参谋长说，师长不许兴师动众，只带十几个人。"

"西秦是个险地，师长不该只带十来个人。"

墩子笑了："听你的口气好像是诸葛亮。师长是何等样的人，谁敢动他一根毫毛！再说，我挑了七八个武功高枪法好的，再加上师长的四个贴身警卫，还有张副官和我，就是遇上三四十个土匪，也不是我们的对手。"

“你呀，还是多操点心为好。”雪艳放下碗筷，要他把军装脱下来。他不知雪艳要干啥，可还是脱下了军装。

雪艳找出春节前他们在午井镇算卦先生画的那道符来，缝在军装的衣襟里。墩子哑然失笑。雪艳道：“那个算卦先生说，立春之后你有个劫难。”

墩子笑道：“听见蝼蝼蛄叫，你就不敢种地了。亏你还在省城的学堂念过书哩。”

雪艳没有笑，一脸的忧郁之色：“没有你之前我啥都不信。现在我宁可信其有，不可信其无。”咬断线头，把衣服给他披在身上。

墩子深受感动，把雪艳拥在怀里，十分动情地在她光洁的额头亲吻了一下。雪艳回吻了他一下，喃喃地说：“我真不愿你离开我……”

墩子用手理着她浓密的头发，用少有的柔情说：“我也不愿离开你……”

“你早点回来……”

“嗯……”

那一夜他们缠绵到深夜。第二天早晨临出发时，师长突然要求所有去的人一律着便装。他当然只有执行命令。那件缝有护身符的军装被他换下扔在了床头……

一阵寒风迎面扑来，他不禁打了个寒战，缩了缩脖子，这才想起他穿的是便装。心里便生出几分胆怯，不由得又想起算卦先生说的“血光之灾”的话来，又生出几分怯意。他咬咬牙在肚里给自己打气，大丈夫立于天地之间，何惧江湖术士之言，就如王彦章所唱的那样：人生一世莫空过，纵然一死怕什么。浑身增添出几分豪气。他又想起父母之死，心头点起一把烈火，热血直涌脑门，怯意不翼而飞。刚才师长和参谋长的训斥犹在耳畔,身为军人,服从命令为天职,不成功便成仁。又想:刘十三一个土匪且不怕死,自己难道不胜刘十三?让刘十三小瞧了自己!大丈夫男子汉理应视死如归,何惧之有!再则此次刺杀罗玉璋是自己主动请缨,一为父母报仇雪恨,二为家乡父老乡亲除害,功莫大焉,即使是死,也可留英名于世,夫复何求!想到这里他生出一身的胆量和豪气,直奔罗玉璋的住处。

罗玉璋住的小楼距他住的客房有百十来步,中间是个小花园。冬季的花园凋零得一片黯然,只有几枝蜡梅和几棵常青树还显出勃勃生机。墩子在夜色的掩护下穿过小花园,疾步朝小楼走去。他没有奔前门,径直来到楼后。白天他跟随师长去过罗玉璋的住处,曾留神看过。罗玉璋住在二楼,一楼住着他的一班贴身马弁,防守得十分严密。要想打那儿冲进去是根本不可能的。

他绕到楼后,在一棵水桶粗的古槐树后伏下身,抬眼看二楼,正中的窗户还亮着灯光,那正是罗玉璋的客厅兼卧室。早已过了子夜时分,为何还不熄灯?他心里直纳闷。侧耳听听,楼上没有什么响动声,楼下有轻轻的脚步声,显然是值班卫兵在来回走动。

一轮圆月滑向西边天边,很快被一块乌云吞食了,那团乌云向东天压来,天地间顿时混沌起来。远处传来一声鸡啼,随后是一阵鸡叫。东天已泛起鱼肚白色,他望着那不熄的灯光心急如焚,却又不敢轻举妄动。

起风了,古槐的枝枝杈杈发出沙沙的响声,小花园也飒飒作响,把宁静的夜搅得不安宁起来。天上的乌云被风赶得如野马脱缰似的从头顶驰过,月亮刚从云层钻出又被另一块乌云遮住。天地间愈发混沌起来,五步外看不清人影。他觉得时机到了,不再迟疑，一跃而起，使出平生本事，徒手攀上了楼角，越过两个窗户，翻到阳台，侧身贴在黑暗处探头往亮着灯光的窗口里窥视，却隔着厚厚的窗帘什么也看不见。他伸出手使劲推了一下窗扇，窗扇发出一声声响，竟然开了！他吃了一惊，屏住呼吸贴住了墙。幸好那响声并不大，被呼啸的风吹得无影无踪。半晌听不见里边有什么动静，他伸手探了进去撩开窗帘，目光随即射了进去，只见罗玉璋搂着一个女人正在酣睡。

原来罗玉璋有个习惯，睡觉从不熄灯。那时没有电灯，他不愿用煤油，嫌煤油气味难闻。他屋里一直点的是清油灯。那油灯是细瓷做的，烧制得十分别致。灯身是一个模样俊俏的宫女，双手捧着一个茶盏，灯芯在茶盏中央。宫女的体内盛着灯油，装满可盛五六斤清油。灯芯有小拇指粗细，灯焰煌煌，把屋里照得亮亮堂堂。罗玉璋怀中搂的女人十分年轻且俏丽。红缎被子往下滑落了一些，把女人白嫩丰腴的膀子裸露出来。她枕着罗玉璋粗壮的胳膊，把半个脸埋进他的胸脯。跟罗玉璋那粗糙的脸相比，她就像是罗玉璋的女儿。但她是罗玉璋新婚不久的五姨太。

今天晚上五姨太有点不高兴，嫌罗玉璋没带她上看台。罗玉璋是想带上五姨太的，却怕惹老娘生气。当初罗母就坚决反对罗玉璋娶第五房，可拗不过儿子。打五姨太进罗家门后，老太太就没正眼瞧过她。老太太最喜欢罗玉璋的结发妻，因为那是她给儿子选择的媳妇，而且大媳妇对她十分孝顺。按说大媳妇最有资格上看台陪伴罗母，罗玉璋却最不待见结发妻，因此结发妻上不了看台。结发妻上不了看台，五姨太不能上看台，干脆其他两房也在下边待着去。

罗玉璋送李、张、汪等人回到客房，本想再回去陪陪老娘，脚却一拐回到了自己的卧室,他有点不放心五姨太。五姨太只有十七岁,比他的大女儿还要小两岁。他拿她当掌上明珠,含在嘴里怕化了,捧在手上怕摔了,从来不惹她生气。回到卧室,五姨太果然没有看戏去,躺在床上噘着小嘴生气。他急忙过去把她搂在怀里心肝宝贝地哄她,最后答应给她买一对玉镯,她脸上才绽开了笑容。这时他早把老娘忘到爪哇国去了,搂着五姨太左亲右吻,云雨了一番,最后如同一头犁地的牛倒在田垄上睡着了……就在这时,死神正一步一步向他逼近……

墩子看到里边的情景,恨得直咬牙。他身子一跃从窗口越了进去,落在地上如同四两棉花一样轻巧。罗玉璋却被惊醒了,猛地睁开眼睛,看见屋里站着一个人,打了个寒战,睡意全消,头发也竖了起来,伸手就往枕头下掏。可已经晚了一步,墩子早他一秒钟掏走了枕下的手枪。罗玉璋刚想坐起身,墩子用手枪点着他的额颅,冷笑道:"罗团长,老实点!当心枪走火!"

罗玉璋双手半撑着身子不敢动弹。这时五姨太惊醒了,看见乌黑的枪口对着罗玉璋,惊吓得张口要喊,墩子手疾眼快,用枪在她后脑勺上敲了一下,她半张着口一声没吭身子往前一扑裹着被子滚到了脚地,把罗玉璋赤裸裸地摆在了床上。

罗玉璋额头沁出了冷汗,颤着声道:"朋友,有啥话好说,犯不着动手。"

墩子冷笑道:"罗团长认得我是谁吗?"

罗玉璋瞪着眼看墩子,在脑子里迅速搜索着记忆,面前的人很面熟,猛地想起来了:"你是李师长的卫队长?"

"罗团长认得不错。你知道我的名字吗?"

罗玉璋摇摇头。他实在弄不明白自己啥地方得罪了这个人。

“我是李墩子!”

这个名字有点耳熟,可他想不起跟李墩子有啥过节。

墩子又冷笑一声:“罗团长记性这么不好,那我就再给你提醒提醒。你知道李世厚吗?”

这个名字也有点熟悉,可他还是想不起跟叫这个名的人有啥关系。他真有点被吓蒙了。

“杨豹子你总该知道吧?杨豹子是土匪,李世厚又不是土匪,他一个老实巴交的农民跟你无冤无仇,你为啥要打死他?!你这个驴屄,我今儿让你做个明白鬼!我就是李世厚的后人李墩子!在徐家那回算你驴屄命大,今儿看你驴屄能往哪达逃!”

一切都明白了。罗玉璋的脸色顿时变得蜡黄,躯体也微微颤抖起来。他明白再怎么哀求也无济于事,转着眼珠子想着对策。他半张着嘴不出声,眼珠子骨碌骨碌地来回转着,直往墩子的身后瞅。墩子以为身后有人,稍一扭脸,罗玉璋飞起一脚,踢中了他的手腕,他手中的枪飞了出去。罗玉璋一个鲤鱼打挺,翻身坐起,大声喊道:“栓子,有刺客!”

墩子红了眼,一脚踢过去。罗玉璋跃身躲开。墩子又一脚踢去,罗玉璋急转身又躲开。两人一个光着身子,一个全身披挂在屋里斗了起来。罗玉璋毕竟人到中年,且又被酒色掏空了身子,体力渐渐不支。墩子正值盛年,且抱着一腔仇恨而来,越战越勇。他先是一拳打在罗玉璋软肋处,罗玉璋身子打了一个趔趄。他又飞起一脚踢去,正中罗玉璋的胯下。这一脚踢得实在太重,罗玉璋痛叫一声,双手捂住下身在地上打滚。这时门外响起了跑动的脚步声,紧接着响起了敲门声:“团长!团长!”罗玉璋痛得满地打滚,不能应声。墩子冷笑一声,一把扯下床单,又随手撕下窗帘,砸破宫女灯筒把清油浇在床单窗帘被褥等物上，用灯芯点燃，一股脑儿扔在罗玉璋的裸体上。罗玉璋号叫着挣扎着想爬起身来，又被墩子一脚踢翻在火堆里。墩子操起衣服架，狠劲砸在罗玉璋的腿上。罗玉璋痛叫一声，抱着腿满脚地打滚，再也爬不起身来。墩子站在一旁，全然不理愈来愈急的打门声，冷笑着看着那火愈烧愈旺，火苗蹿上了屋顶，罗玉璋在烈焰中痛苦无助地翻滚，发出杀猪似的惨叫。他这才跃身从窗口跳了出去。

墩子的脚刚一着地，就有几个黑影扑了过来。他就地一滚，顺势拔出了枪，一梭子弹扫了过去，几个黑影木桩子似的栽倒在地上。他撒腿就跑，身后有人高喊："抓刺客！别让他跑了！"

墩子不敢怠慢，疾步跑到小花园。忽地从棵松树后闪出一个人来，伸手抓住他的肩膀，跟着一把枪逼了过来。他猛地一蹲身，甩脱了肩膀上的大手，那人的枪也打空了。他身子一旋，飞起一脚踢飞了那人手中的枪，就在此时那人也踢飞了他手中的枪。他俩便赤手空拳地对阵起来。

这时，小楼那边已燃起熊熊大火，烈焰从窗口扑了出来，照红了半边天。墩子看清与他交手的人是郭栓子，郭栓子也看清了他。

"狗日的，是你！"郭栓子咬牙道。

"今儿我替楞子送你的丧！"墩子也咬牙骂道，使出平生所学一拳打了过去，郭栓子急忙躲避，谁知墩子那一拳是虚，紧接又是一拳，郭栓子躲闪不及，面目挨了一拳，顿时满面是血。他号了一声，拔出一把匕首扑了过来。这时从小楼那边又跑来一队黑影，边跑边喊："抓刺客！"

墩子不敢恋战，从后腰拔出那把师长送他的左轮手枪。这时郭栓子举刀扑到了他面前，他咬牙骂道："狗日的你嫌死得慢！"扣动扳机，一声闷响，郭栓子的头开了花，脑浆溅了他一脸一身，身子一摊泥似的倒在了脚地。

墩子抽身就跑，身后尾随着一群黑影，子弹像飞蝗一样从他身边擦过。忽然，似有人猛推了他一掌，他一个踉跄扑倒在地。他觉得左腿似被谁扎了一刀，生疼生疼的，伸手一摸，大腿上黏糊糊的一片。他心猛地一沉，知道自己挂了彩。他挣扎着爬起身，忍着痛瘸着腿朝客房奔去。

他拖着一条腿终于来到李信义的屋门口，刚要敲门。李信义和汪松鹤提着手枪出了屋。他跌倒在地，喘着粗气说道："师长，我把罗玉璋收拾了……"

李信义抬眼望去，小楼起了冲天大火，把半边天都映红了，脸上显出一丝笑容，伸手去拉墩子："你咋了？"

"我的腿挂彩了……"

这时罗玉璋的卫队直朝这边冲来，一哇声地喊叫："抓住他！别让他跑了！"

墩子抓住李信义的手，挣扎着要站起身。李信义刚想弯腰搀扶起墩子，汪松鹤猛地拉了他一把，叫道："师座！"

李信义转头一看，只见张师长提着手枪带着几个卫兵疾步朝这边走来，猛地一惊，缩回了手。墩子伸出手，疑惑不解地望着师长。

"师座！"汪松鹤又叫了一声，示意他不得迟疑，快点下手。李信义提枪的手有点颤抖，咬牙说道："墩子，别怨我心黑！"手中的枪响了，墩子仰面倒了下去，两只眼睛瞪得老大。汪松鹤又补了两枪，把墩子的脑袋打得面目全非，任谁也无法辨认出来。

这时张师长一伙和罗玉璋的卫队都围了过来。张师长把墩子的尸体看了半天，踢了一脚，说道："看模样是个刺客。信义兄，你枪下留点情就水落石出了。”眼神有点异样地看着李信义。

汪松鹤在一旁急忙说：“这家伙是条疯狗，竟要对我们师长下黑手，师长只好先下手为强。”

张师长“哦”了一声，关切地问：“信义兄，没伤着吧？”

“没有。”李信义活动了一下手臂。

张师长说：“看样子刺客是冲着罗团长来的？”

李信义说：“我看也是。”

张师长说：“我刚来陕，就听说罗团长行为多有不端，省府军界都有他的仇家。看来这个刺客有点来头。”

李信义说：“玉璋做事是有点过火，可还不至于得罪上峰吧。”

张师长转眼去看起火的小楼，只见那边有不少人在救火，怎奈火势太猛，人不能近前，只能眼睁睁地看着大火熊熊燃烧，他问了一句：“罗团长逃出来没有？”

罗玉璋的一个卫兵带着哭腔说：“没有，他和五姨太都在屋里……”

“玉璋……”李信义叫了一声，掏出手绢揉眼睛。

张师长看了他一眼，说道：“信义兄节哀。罗团长被人打了黑枪，你我都该高兴才是啊。”

李信义捏着手绢，愕然地看着张师长。张师长正在看他，嘴角浮现出一丝意味深长的微笑。

两人都不再说什么，默然地去看熊熊燃烧的大火。那火光直冲天空，似绚丽的朝霞。黎明前的朔风紧了起来，那火借着风势，越烧越烈。天空飘起了鹅毛大雪，那雪片不等落下，被飞腾的烈焰化为血红的雨丝，浇在一群人的头上脸上身上……

尾　记

时光如流水,不觉几十年过去了,往事已成记忆。

冬日,农人闲暇,老汉老婆们坐在阳坡处晒太阳,嘴不肯闲着,说着说着就会情不自禁地给晚辈后生们讲起往事。他们都不约而同地提起当年令人惊骇的这件事,但都不是当事人,且年代久远,具体细节和当事人的姓名都已记不全了,因此发生了一些争执。

一个留山羊胡子的老汉说:“墩子打罗玉璋的那天晚上,前半夜天上还有月亮,后半夜不知怎的下起了大雪。”

一个面似锅底的老汉说:“那场雪真大,可那雪没等落地,就被大火化了,在脚地积起了水坑。天明一看,水坑里的水是红的!我心里琢磨,怪了,老天咋下起了血雨?后来又一想,老天没下血雨,那雪水是被人血染红的!”

一个后生问道:“罗玉璋一家都烧死了?”

黑脸老汉说:“没。罗玉璋的老娘受了惊吓,第二天死了。罗玉璋的结发妻子跟他怄气,没来县城住,逃了一条生路。听说她有一个儿子,发狠念书,考上了京城的大学,把老娘接到京城享福去了。”

一个白发婆婆感叹道:“没想到罗玉璋倒养了一个好儿子。”

山羊胡子说:“刘十三倒是断了后。”

黑脸老汉说:“刘十三也没断后,那个叫喜凤的女人给他生了个女娃。”

山羊胡子笑道:“生个女娃顶啥,还不是断了后!”

黑脸老汉驳斥道:“有道是:有女不算绝。咋的也不能说刘十三断了后。”

白发婆婆插嘴问道:“墩子留下后人没有?”

黑脸老汉说:“留下了,杜雪艳给他生了个屎屎娃。”

山羊胡子刚才被黑脸老汉将了一军,此时回敬道:“你给人家当产婆了?”

黑脸老汉并不恼:“我外婆家和墩子的表叔家在一个村。听我外婆说,杜雪艳后来去了彭家崖,和刘十三的女人住在一起。刘十三的女人生了个女娃,墩子的女人生了个屎屎娃。两个娃娃都是我外婆接出来的。”

白发婆婆说:“难怪你这么清楚。”

后生问道:“后来呢?”

黑脸老汉说:“我外婆说,两个女人生下娃娃后不久就离开了彭家崖。”

另一个后生问道:“她们上哪里去了?”

山羊胡子说:“听说她们到陕北投红军去了。”

白发婆婆说:“我听说她们跟随李师长去了台湾。”

一个姑娘着急道:“你俩到底谁说得对呀?”

山羊胡子和白发婆婆面面相觑。他俩都没有黑脸老汉那样有力的见证,不能肯定自己的话对,因而也不敢否定对方,只好三缄其口。

后生姑娘们都把垂询的目光投向黑脸老汉,希望能从他的嘴里找到答案。黑脸老汉缓缓抽了几口烟,慢慢从长满一圈白胡子的嘴里拔出烟锅嘴,笑道:“我也不知道。”

一个后生有点急眼了:“你咋能不知道?你外婆家不是在彭家崖吗?”

黑脸老汉依然笑道:“我外婆家在彭家崖不假,可我真的不知道。我也问过我外婆,那两个女人去了哪里,我外婆说,她问过墩子的表叔表婶她们去了啥地方,两个老人只是摇头抹泪,啥也不说。”

一时大伙都无话可说。

沉默。

许久,最先发问的那个后生不满足地说道:“就这样完了?”

黑脸老汉斜了他一眼,只顾抽自个儿的烟,没有答言。

后生嘟囔道:“有头无尾,真没劲。”拍了拍手,站起身走人。

后生姑娘们纷纷散去,各干各的事去了,把一伙老汉老婆遗弃在那里。老汉老婆们并不生气恼火,他们依旧坐在那里说说笑笑。

太阳暖洋洋地照着,照着这一伙老汉老婆们,照着这一块亘古不变的黄土地……

1995 年 8 月一稿于杨凌杜寨村

1999 年 4 月重写

2004 年 10 月再改

2014 年 9 月修订